www.b-books.co.kr

www.b-books.co.kr

상무님,
방 잡을까요?

vol.2

상무님, 방 잡을까요?

vol. 2

장민하 장편 소설

DAHYANG ROMANCE STORY

목차

11. 나 너 안고 싶어

점심때가 조금 지난 오후.

약속 시간을 조금 앞두고 호텔의 로비로 들어선 수진이 휴대폰을 꺼내 들고는 주변을 살폈다. 그녀의 품 안엔 어제 준성이 작성해 준 서류가 소중히 안겨 있었다. 이내 저만치 익숙한 얼굴을 발견한 수진이 얼른 손을 들어 올렸다.

"여기예요, 은수 씨."

"아, 김 주임님."

홍보실의 이은수 사원이 금세 알은척을 하며 다가왔다. 저보다 3년 정도 늦게 입사한 탓에 직급은 낮았지만, 나이가 같은 데다 차분한 성격이 마음에 들어 나름 내적 친분을 느끼는 관계다.

짤막하게 인사를 나눈 수진은 바로 서류부터 건네고 혹시나 싶어 미리 준비해 둔 에너지 음료를 꺼내 들었다.

"쉬엄쉬엄해요."

싱긋 웃으며 손에 쥐여 주자 얼결에 받아 든 그녀가 눈을 동그랗게 뜬다.

"잠 못 주무셨죠?"

"으, 그렇게 티 나요? 큰일이네."

"아니, 아니에요. 보기 흉하다는 게 아니라 뭔가 즐거운 일이 있었 구나, 싶은 느낌?"

혹시나 신경을 쓸까 재빨리 설명을 덧붙이는데 때마침 전화가 걸려 왔다. 무심결에 휴대폰을 꺼내 들었다가 화면에 떠오른 준성의 이름을 확인한 수진이 당황스러움을 숨기며 어색하게 웃었다.

"그럼 전 또 가 볼 데가 있어서……."

"아, 네. 들어가세요."

"그거 잊지 말고 꼭 드세요. 좀 나아지실 거예요. 그럼……."

최대한 자연스럽게 돌아서며 전화를 받았다.

— 어디야. 왜 아직도 안 보여?

"지금 가고 있어요."

— 빨리 와. 보고 싶어 죽을 거 같아.

"네, 간다니까요."

뛰듯이 걸으며 대꾸하고는 휴대폰을 집어넣었다. 어젯밤, 잠이 들기 전에 마지막으로 통화를 할 때 오후에는 호텔에 있을 거라는 말을 했었다. 영진그룹의 새로운 담당자와의 미팅이 예정되어 있었기에 무심결에 꺼낸 말이었다.

— 그래? 몇 시에 오는 거야?

왜 그리 시간대와 장소를 세세하게 묻나 했더니만, 오전 일찍 메시지가 도착해 있었다.

[오후 1시에 레스토랑 수에서 팀원들이랑 점심 식사 할 예정이야. 그 전에 얼굴 좀 보여 줘.]

절로 입이 벌어졌다. 아무리 생각해 봐도 급하게 일정을 바꾼 티가 나잖아!

권력을 막 이렇게 써도 되는 건가, 싶다가도 제 얼굴 한번 보자고 때아닌 점심 회식까지 제안했을 남자를 생각하니 괜히 설레는 건 또 뭔지.

어쨌거나 이런 남자를 더 기다리게 할 순 없기에 걸음을 서둘렀다. 약속 시간까진 아직 30분이 더 남았지만, 핑계 김에 근처에 앉아 최애(最愛)의 자태를 구경하며 시간을 보내는 것도 나쁘지 않을 것 같았다.

레스토랑으로 들어선 수진은 거의 한복판, 아주 눈에 띄는 자리에 앉아 있는 남자를 발견하곤 작게 웃음을 머금었다. 그야말로 그쪽만 조명이라도 켜진 듯 빛이 났다. 주변 손님들의 시선이 너무도 정직하게 한 남자를 향해 있어 더 눈에 띄었다. 졸지에 동물원 원숭이가 된 기분을 만끽하고 있을 그의 팀원들이 안타까울 지경이었다.

미리 예약한 자리로 안내받는 동안 아직 저를 발견하지 못한 남자가 주변을 둘러본다. 언제쯤 눈이 마주칠까 기대하며 자리에 앉으려는 순간, 누군가 '저기요.' 하며 그녀의 팔을 툭툭 건드렸다.

흠칫하며 고개를 돌리자 언제 온 건지 아주 세련되게 꾸민 여자가 그녀를 바라보고 있었다. 바로 접대 모드로 돌변한 수진이 미소를 지어 보였다.

"무슨 일이십니까, 고객님?"

"헐, 진짜 김수진이네? 맞지? 웬일이야! 세상에! 나야, 나. 미연이!"

그 이름을 들은 순간, 머리로 의식하기 전부터 팔뚝으로 소름이 쫙 끼쳤다. 전혀 예상하지 못한 장소에서 생각지도 못한 사람을 만났는데, 전혀 반갑지가 않았다.

"네가 여긴 어떻게……."

"이야, 이제 우리 서로 목소리도 몰라보는구나. 어제 통화했었잖아. 오늘 만나기로 한 사람이 바로 나야. 세상에, 난 김수진 지배인이라기에 설마설마했지. 진짜 너일 줄은 상상도 못 했다, 야."

입에 발린 인사말조차 하지 못하고 얼떨떨해 있는 그녀의 앞에서 미연은 활달하게 떠들어 댔다. 분명 제가 기억하는 담당자의 이름은 전혀 다른 사람이었는데.

"오늘 만나기로 한 김가연 씨가 그럼……."

"응. 앞으론 가연이라고 불러 줘. 나 이름이 너무 촌스러워서 개명했거든. 왜, 학교 다닐 때도 꼭 너랑 둘이 묶어서 이름 촌스럽다고 놀림당하고 그랬었잖아. 동명이인도 오죽 많았어야지. 덕분에 이번에도 설마 너라고는 생각도 못 했지, 난."

놀람이 가실 새도 없이 한다는 소리에 헛웃음이 났다. 별로 좋은 감정으로 헤어진 사이는 아니었지만, 이렇게 오랜만에 만나선 나이 서른에 유치하게 기 싸움부터 걸려 하는 말투라니.

덕분에 평정심을 되찾은 수진이 미연을 바라보며 미소를 지어 올렸다.

"어쨌든 만나서 반가워. 일단 앉자. 오늘은 처음이라 설명할 게 많아."

"뭐야, 꼭 오늘 같은 날에 일 이야기부터 해야 해?"

"일하려고 만난 날이니까. 친구로서의 만남은 다음에 다시 하자."

"어휴, 하여간 그때나 지금이나 꽉 막혀서는. 알았어."

툴툴거리며 자리에 앉는 미연을 바라보다 몰래 한숨을 내쉬었다. 다소 언행이 강한 느낌이라 얘가 이런 친구였었나, 싶어 살짝 혼란스러웠다.

어린 시절의 얼굴이 기억에 남지 않은 건지, 아니면 커 가면서 많이 변한 건지 외모부터가 많이 달랐다. 그 시절의 그녀는 마른 체격에 키가 작고 인상이 순해 제가 보호해 줘야 할 것 같은 친구였는데, 지금은 화장의 영향인지 눈매부터가 날카롭고 살집이 붙어 전혀 다른 사람 같았다. 꽤 고급스러운 옷차림과 수백은 호가하는 명품 백이 맞춘 것처럼 어울리는 게 그런 삶이 아주 익숙해 보여 더더욱 낯설었다.

하긴, 저도 자라면서 변한 부분이 많을 텐데 이 친구도 그만큼 나이를 먹고 사회생활을 해 온 만큼 당연히 변하지 않았을까.

그렇게 석연치 않은 느낌을 가라앉히며 자리에 앉았다. 식사를 주문하고 기다리는 동안 미리 준비한 자료를 건네며 앞으로 함께할 일에 대한 설명과 이런저런 주의 사항을 전했다. 몇 마디 말을 꺼내지도 않는데 미연은 벌써 지루해하는 기색이 역력한 얼굴이었다. 제대로 이해하고 배울 생각이 전혀 없어 보이는 태도에 문득, 서 과장과의 통화가 떠올랐다.

— ……김 지배인님께서도 각별히 신경 써 주셨으면 해서요. 제가 믿을 만한 분이 김 지배인님뿐이라서, 어려운 부탁 해서 미안해요.

머뭇거리는 듯한 말투였던 게 이유가 있었구나.

"쉽게 말해서 내가 갑이고 네가 을이란 소리 아냐? 그걸 뭘 그리 어렵게 설명해?"

"저기, 이건 그렇게 단순하게 판단할 일이 아니라……."

"어우, 또 뭘 그리 정색이야. 사람 무안하게. 당연히 농담이지. 꼭 중간에 초를 쳐서 분위기 싸하게 만드는 것도 여전하다, 정말."

절로 한숨이 샜다. 때마침 주문해 놓은 파스타와 샐러드가 나와 일단은 한발 물러났다. 뭐라도 먹고 나면 기분이 좋아질 거고, 이상하게 적대적인 태도도 누그러질 테니 그 타이밍에 다시 이야기를 꺼낼 참이었다.

그런데 뜻밖의 상황이 이어졌다.

"김수진 씨. 여기서 보네요."

"아, 주……. 아니, 상무님. 안녕하세요."

흠칫하며 고개를 들자 언제 온 건지 준성이 두 사람의 테이블로 다가와 있었다. 살짝 당황한 수진이 엉거주춤 일어나며 인사말을 건넸다. 미연의 등장에 신경을 쓰느라 준성이 이 레스토랑에 있다는 사실을 잊고 있었다.

아니, 설령 기억하고 있었다 해도 상황은 크게 다르지 않았을 것이다. 무엇보다 그가 이렇게 제게 알은척을 했다는 것부터가 좀 불길했다. 절로 미연을 바라보게 된다. 준성에게서 눈을 떼지 못하는 미연의 모습에 그 느낌은 확신이 되어 갔다.

"그러지 말고 앉아요. 지나는 길에 보이기에 인사만 하고 가려던 참이었으니까. 그보다 못 보던 분이 계시네요."

"아, 여기 이분은 저희 호텔이랑 오래 인연을 맺고 있는 영진그룹의 새로운 담당자분이세요."

"아, 그렇군요. 반갑습니다. 라비타 호텔 전략기획실 상무 송준성입니다."

그 순간 눈에 띌 정도로 크게 숨을 들이켠 미연이 '아, 네. 반갑습니다.' 하고 간신히 대꾸했다. 길에 널린 돌멩이라도 보듯 무심한 남자의 시선은 그 대꾸가 채 끝나기도 전에 수진에게로 돌아왔다. 어딘지 불편해 보이는 수진을 잠시 바라보던 그는 이내 아주 담백한 태도로 마저 남은 말을 건넸다.

"그럼 좀만 더 고생해요."

"네, 상무님."

혹시 이 상황을 지켜보고 있었던 걸까.

일하는 도중에 만난 직원에게 자연스럽게 할 수 있는 말 같으면서도 조금 다른 느낌이었다. 산뜻하게 돌아선 태도와는 달리 그 말투와 시선에 묻어나는 염려를 충분히 읽어 낼 수 있었다.

'그렇게 티가 났구나.'

내색하지 않으려 애를 썼음에도 제 불편함이 겉으로 드러났던 모양이다. 더 조심해야겠구나, 생각하며 미연을 바라봤다. 그때까지도 목을 빼며 준성의 뒷모습을 바라보던 미연이 뒤늦게 눈을 휘둥그레 뜨며 그를 손가락질했다.

"들었잖아. 우리 호텔 상무님이셔."

"허, 진짜? 저 나이에 상무님이라고? 그게 가능해? 설마 무슨 회장님 아들 뭐 그런 거야?"

제대로 정답을 말하는 미연에게 고개를 끄덕여 보이자, 더욱 놀랍다는 듯 경악하던 그녀가 이내 기막히다는 표정으로 코웃음을 쳤다.

"뭐야. 근데 너랑 친해 보이는데? 이렇게 인사까지 해, 보통? 혹시 따로 아는 사이야?"

일반적인 태도는 아니긴 했지. 설명할 말은 많았지만, 굳이 그와 가깝다는 이야기까진 하고 싶지 않았던 수진이 가장 모범적인 답안을 꺼내 들었다.

"여긴 호텔 안이잖아. 상무님은 고위 책임자고. 어디서 누굴 만나든 고객님이시니까 겸사겸사 인사해 주신 거지."

"그런 거치고 되게 친근한 말투던데? 눈빛도 심상치 않고."

"그런 거 아니래도."

"아니긴 무슨. 하여간 좋겠다, 야. 저런 남자도 매일 볼 수 있고. 우리 회사는 순 노인네들뿐이라 눈만 썩어 가는데. 아, 나도 그냥 호텔리어나 할걸. 여긴 손님들도 물 좋던데. 그중에서만 잘 골라잡아도 어디야."

맙소사. 한다는 소리가 기막혀서 숨이 턱 막히는 기분이었다.

제 직업을 후려치고 손님에게 급을 매기기까지. 고루고루 불쾌감이 확 밀려들어 당장 지적하고 싶은 부분이 한두 군데가 아니었지만, 안타깝게도 미연은 현재 가장 큰 거래사의 새로운 담당자였다. 그 현실이 너무 뼈아프게 와닿았다. 한숨 한 번에 치미는 화를 삭인 수진이 침착하게 말을 받았다.

"왜, 미연이 너희 회사도 좋은 곳이잖아. 인연이야 어디서든 만날 수 있는 거고. 능력도 있으면서 무슨 걱정이야."

"거, 걱정은 무슨. 말이 그렇단 소리지."

뭔가에 뜨끔한 건지 살짝 발끈한 미연이 투덜거리며 제 앞에 놓인 파스타를 뒤적였다.

"하여간 넌 남자 복도 많아. 그때도 이름이 뭐더라……. 아, 현성이었나? 그러고 보니 얘는 요즘 뭐 하고 살려나."

그 순간 수진은 경직된 표정을 풀지 못했다. 굳어 버린 얼굴을 발견한 미연의 입가로 의미심장한 미소가 떠오른다. 급히 정신을 붙들어 맸다. 손바닥에 피가 맺히도록 주먹을 움켜쥐며 미소를 지어 보였다.

"글쎄. 난 그때 친구들이랑 연락하고 지내지 않아서."

"그래? 고등학교 졸업하고 프로 팀 계약했다는 소식은 듣긴 했던 거 같은데, 내가 축구엔 관심이 없어서. 그래도 너랑은 따로 연락하는 줄 알았더니, 그건 아닌가 봐? 그럼 너 다른 애들하고도 연락 안 하는 거야?"

이미 늦은 걸까. 제대로 약점을 찾았다는 듯 신이 난 목소리가 더더욱 높아졌다. 그 시절이 제겐 어떤 의미인지 모를 리가 없는데.

아니, 그런 짓을 한 당사자면서…… 어떻게 감히 이럴 수 있나.

명치가 콱 막혀 왔다. 심장이 쿵쿵, 불안하게 뛰고 얼굴로 열이 오르다 못해 귓속까지 먹먹했다. 뭐라도 붙들어야 할 것 같아 테이블 아래로 양손을 내려 꼭 마주 잡았다.

"그렇지 뭐. 그보다 나 그때 이야긴 아직 불편해서. 그만 이야기했으면 좋겠어."

"왜 불편한데? 아, 맞다! 너 그때 현성이 좋아하는데 아닌 척 뒤로 호박씨 까다가 걸려 가지고 완전 전따 당했었지? 하하……. 어우, 미

15

안하다. 야. 내가 너무 오래전 일이라 깜빡 잊고 있었어."

표정을 가다듬는 게 이렇게 힘든 일일 줄은 몰랐다. 열기가 몰려드는 눈을 연신 깜빡이며 버텼다. 애써 미소를 지어 보이는 입가에 짧게 경련이 일었다.

"이해해. 옛날 일이니까."

"그래. 하여간 여전하다고. 그때도 아니라고 하더니 결국 서로 좋아한 거 맞았잖아. 뭐 어쨌든 그때 그건 내 잘못이니까. 내가 그렇게 장난만 안 쳤어도 지금까지 사귀고 있었을지 어떻게 알아. 그치?"

"……겨우 초등학생이었는데 무슨."

"그런가? 하긴, 그때 그렇게 잘나가던 이현성이 지금은 뭘 하고 사는 줄도 모르는 걸 보면 참. 그런 애가 뭐가 좋다고 그땐 그렇게 목을 맸었는지 이해가 안 간다니까."

"……."

"솔직히 말이야 바른말이지, 남자는 일단 능력이잖아. 소식도 모르는 걸 보면 프로로 잘나가는 것도 아니고, 공부도 제대로 못 했으니 앞날도 뻔하지 않겠어? 아무튼 그때 너 왕따 당한 덕분에 걔랑 사귀는 거 그냥 물 건너갔던 게 정말 신의 한 수였네. 참 세상 모를 일이야."

"……."

"너 그럼 인경이랑 정은이 소식도 모르는 거지? 어떻게 한 명도 제대로 연락이 되는 애가 없어? 아무튼 여기서 일하는 거 알았으니까 담엔 다 같이 모여서 놀면 되겠다. 너 고객 한 명이라도 더 생기면 좋지 않아? 친구 좋다는 게 뭐야. 걔들도 네 소식 알면……."

"김수진 씨."

다시 끼어드는 목소리에 귓속까지 쿵, 하고 울릴 정도로 심장이 내려앉았다. 이 순간 가장 들리지 않았으면 하는 목소리였다. 잠시간 눈을 감은 채 바르르 떨리는 눈꺼풀을 수습한 수진이 어느새 제 옆에 선 남자를 바라봤다.

설마 들었을까.

머릿속은 온통 그 생각뿐이었다.

"네, 상무님."

"그러고 보니 오후에 부탁드렸던 자료요. 혹시 지금 준비해 됐나 해서요."

"아……."

잠시 무슨 말을 하는 건지 몰랐다. 평소 같으면 빠르게 눈치를 챘을 텐데, 이미 다 타 버린 머리는 상황을 빠르게 파악하지 못했다. 멍하니 입을 벌린 채 대답하지 못하는 그녀 대신 준성이 싱긋 웃으며 말을 이었다.

"표정 보니 알겠네요. 괜찮으면 지금 좀 부탁드려도 될까요? 내가 많이 급해서 그런데. 지금 회의에 가지고 들어가야 할 거 같아서요."

"아, 네. 알겠습니다, 상무님."

뒤늦게 눈치를 챈 수진이 바로 대답하며 다시 미연에게로 눈을 돌렸다.

"어쩌지? 내가 깜빡 잊은 게 있어서 남은 이야긴 다음에 해야 할 거 같은데."

"뭐야, 이 시간은 나한테 빼놓은 거 아니야?"

"미안. 중요한 일이라서. 일단 오늘 준 자료부터 잘 읽어 보면 어느 정도 감은 잡힐 거야. 혹시 모르는 거 있으면 언제든 전화하고. 그럼 식사하고 가. 먼저 일어날게."

뭐라 반응할 새도 없이 바로 대화를 마무리해 버리는 수진의 태도에 미연은 떨떠름한 얼굴로 고개를 끄덕였다.

"어쩔 수 없지, 뭐. 알았어. 다음에 꼭 한턱 크게 쏴."

"그래. ……만나서 반가웠다."

나지막이 인사말을 남기고 일어난 수진이 아직도 제 곁에 서 있는 준성을 발견하곤 잠시 멈칫했다. '왜 아직도 여기에?' 라는 뜻을 담아 바라보자 그가 싱긋 웃었다.

"바로 받아야 하니까 가는 길에 같이 가죠."

얼결에 그가 이끄는 대로 함께 레스토랑을 나섰다. 근처에서 기다리고 있었던 건지 준성의 곁으로 합류한 김 비서가 그녀를 향해 눈인사를 건넨다. 그렇게 두어 걸음, 앞서 걷는 그들의 뒤로 조금 거리를 둔 채 따랐다.

저를 도와주기 위해 그냥 둘러댄 핑계란 것쯤은 알고도 남았다. 진즉부터 제 상태가 좋지 못하다는 걸 꿰뚫어 본 남자였다. 아니, 지금의 제 얼굴을 본다면 누구라도 이상하게 생각했을 것이다. 이 남자에겐 더더욱 그냥 넘길 수 없는 일이었을 거고.

그러니 제발 어떤 대화가 오간 건지, 그 내용은 듣지 못했으면 좋겠다고.

죄지은 사람처럼 입도 열지 못하던 제 모습까지는 그가 몰랐으면 좋겠다고.

그렇게 로비를 나서고, 호텔 정문을 나설 때까지 그녀는 말없이 가슴만 졸였다. 보이고 싶지 않았다. 알려 주고 싶지도 않다. 괜한 동정도 받고 싶지 않으니 그냥 아무 일 없었다는 것처럼 넘어갔으면 했다.

이윽고 조금 떨어진 곳에 먼저 멈춰 선 수진이 앞선 남자들을 향해 고개를 꾸벅 숙여 보였다.

"그럼 전 이만."

"김수진 씨."

준성은 잔뜩 굳다 못해 영혼을 잃어버린 것 같은 여자의 얼굴을 가만히 바라봤다. 창백하게 질려 버린 안색. 간신히 유지하던 포커페이스마저 무너져 금방이라도 쓰러질 것 같다. 당장에라도 저 가녀린 몸을 붙잡아 지탱해 줘야 할 것 같아 손이 움찔거렸다.

"괜찮아요?"

"아, 네. 고맙습니다. ……도와주셔서."

작게 덧붙인 수진이 다시 몸을 돌리려 했을 때였다.

"잠깐만요, 김수진 씨."

그렇게 불러 세워 놓고 그는 잠시간 뭔가를 생각하듯 진지하게 미간을 모으고 있었다. 무슨 말을 하려는 건지. 혹시나, 싶은 생각에 수진은 바짝 긴장하며 말라붙은 목에 마른침을 삼켰다. 그사이 휴대폰을 꺼낸 준성은 누군가와 짧게 통화를 했다. '그럼 나중에 뵙겠습니다.'라는 말과 함께 통화를 마친 그가 다시 그녀를 바라봤다.

"내가 지금 급한 일이 있는데. 수진 씨가 좀 도와줬으면 해서요."

"무슨 일이신데요?"

"여기서 말하긴 그렇고. 일단 가면서 설명하죠. 김 비서님. 차 대기 좀 부탁합니다."

부탁하니 움직이긴 하는데, 뭔가 토를 달고 싶어 안달이 난 듯한 김 비서의 표정을 봐선 절대 정해진 일정이 아니었다. 그렇다고 단호히 거절하기에도 명분이 없다. 오늘의 미팅 약속을 위해 시간을 비운

터라 오후엔 별다른 일이 남아 있지 않다는 걸 이 남자는 이미 알고 있었으니까.

더군다나 남자는 지극히 사무적인 어조를 유지하고 있었다. 혹시 다른 의도가 있나, 잠시 의심했던 마음을 접어놓고 일단은 따르는 수 밖에 없었다.

금세 차를 몰고 나타난 김 비서가 두 사람 앞에 차를 세우자 당연하다는 듯이 다가선 그가 뒷좌석의 문을 열어 준다. 그 서슬에 어쩔 수 없이 차에 오르자, 자연스럽게 옆자리에 오른 준성은 뭔가 설명하는 대신 김 비서를 향해 말했다.

"JL백화점으로 가죠."

대체 무슨 중요한 일이 있기에 백화점을 간다는 건지. 도무지 제 머리론 중요한 일과 백화점의 연관성을 떠올릴 수가 없는데, 남자는 그 어느 때보다 진지한 얼굴이라 선뜻 뭐라 말이 안 나왔다.

그렇게 백화점에 도착하고, 1층의 명품관에 발을 들인 후에도 남자는 별다른 설명이 없었다. 결국 기다리다 못한 수진이 먼저 물었다.

"저기, 여기까진 무슨 일로 오신 거예요?"

"화장품 좀 골라 줬으면 해서요."

"네?"

아닌 밤중에 홍두깨도 정도가 있어야지.

어처구니가 없어 되묻자 준성은 흘깃 그녀를 내려다보더니 아주 진지하게 말했다.

"쓰던 화장품이 다 떨어졌는데, 마땅히 뭘 사야 할지 모르겠더라고요. 아무래도 이런 건 여자분한테 도움받는 게 최선이지 싶어서요."

중요한 일이란 게 이거였어? 정말 이 말을 믿어야 해?

여러모로 어처구니가 없는데, 남자는 매우 진지하고 심각한 얼굴이었다. 그런 와중에 저만치에서 휴대폰을 붙든 채로 진땀을 흘리며 누군가와 통화 중인 김 비서를 보자니 저까지 불안해질 지경이었다. 대체 무슨 생각으로 이런 짓을 벌이고 있는 건지 알 수가 있나.

어쨌거나 이미 저는 여기까지 끌려온 상태고, 눈치로 봐선 업무 시간에 잠깐 나온 게 분명해 보이니 일단 원하는 대로 빨리 해결해 주는 게 여러모로 더 나은 선택인 것 같긴 했다.

"어떤 게 필요하신 거예요?"

"그냥 얼굴에 바르는 종류면 됩니다. 로션이라든가, 뭐 그런 거로요."

그러고 보니 그날 밤, 그의 파우더룸에서 뭔가 화장품 비슷한 걸 본 것 같기는 한데 눈여겨보지 않아선지 자세한 건 기억나지 않았다.

엉뚱하게 살색 가득했던 남자의 떡 벌어진 어깨와 날렵했던 쇄골 라인만 떠오를 뿐.

잽싸게 헛기침을 하며 기억을 날려 보낸 수진이 본론을 꺼내 들었다.

"흠, 흠. 혹시 따로 쓰시던 브랜드나 평소에 선호하던 게 있으세요?"

"이쪽으론 문외한이라 어디에 어떤 화장품을 쓰는지도 모르고, 브랜드 특성도 잘 몰라서 보통은 주는 대로 쓰는 편이에요. 아, 피부가 좀 예민한 건지 남성용은 가끔 탈이 나더라고요. 아마 집에 있는 것도 여성용이었던 거 같아요."

그렇구나. 의외의 사실을 알았다. 생각해 보면 그에게서 풍기는 향에는 남성 화장품 특유의 무겁거나 톡 쏘는 느낌이 없었다.

대신에 그에게서는 계절의 냄새가 났다. 아직 열대야가 오지 않은 여름날 이른 아침, 풀숲을 걸을 때처럼 싱그럽고 산뜻한 향기가.

　그게 은근 중성적인 느낌인데, 거기에 그 특유의 체취가 섞이며 좀 더 차분하면서도 묵직한 섹시함이 가미된다. 마치, 단정한 겉모습 속에 저돌적인 면모를 지닌 그 자신을 그대로 투영하는 듯한 향기였다. 그 잔상을 떠올리자 다시금 심장이 일렁였다.

　"괜찮으면 수진 씨가 자주 쓰거나 좋아하는 브랜드면 좋고요."

　그거라면 어렵지 않지.

　예산 걱정이라곤 평생 해 본 적 없는 사람에게 해 주는 추천만큼이나 쉬운 게 있을까.

　"그럼 전 여기로 추천해 드리고 싶은데요."

　비록 제 것은 아니지만, 애초에 쇼핑이란 사는 행위 자체에 의미가 있는 법이다. 남의 돈으로 실컷 대리 쇼핑을 즐기게 된 그녀의 목소리가 조금 밝아졌다.

　두 남자를 이끌고서 1년에 두세 번 들를까 말까 고민하게 되는 브랜드로 당당히 입성한 수진은 환한 얼굴로 맞이하는 점원의 앞에서 마음껏 쇼핑을 즐겼다. 제 돈이라면 거들떠보지도 않았을 프리미엄 라인으로만 골라잡아 그의 손등에 발라 보곤 의향을 물었다.

　이윽고 한가득 골라낸 상품들이 계산대에 놓이고 그의 카드가 오가는 사이, 수진은 마지막으로 립스틱 테스터가 잔뜩 꽂힌 자리로 다가갔다. 얼마 전 광고를 시작한 신상품 립스틱이 눈에 띈 참이었다. 하나를 꺼내 제 손목에 슥 그어 봤다.

　"……예쁘네."

　늦가을, 겨울 시즌에 딱 어울리는 오묘한 장미색이 창백한 제 피부에 약간의 혈색을 더해 줄 것 같았다. 하지만 수진은 곧 조심스럽게 립스틱을 내려놓았다. 이런 작은 즐거움으로도 지금의 우울함은 회복하기 힘들 것 같았다.

◇ ◆ ◇

"그럼 또 들러 주세요, 고객님!"

큰 매출을 올리게 된 점원들의 목소리엔 기쁨이 가득했다. 90도로 꺾이는 그녀들의 허리를 뒤로한 채 매장을 나선 후에도 준성은 꽤 한참 동안 백화점에 머물러 있었다.

그것도 모자라 그녀를 이끌고 온갖 매장을 돌아다녔다. 이제 들어가 봐야 하는 거 아니냐는 그녀의 말에도 아주 진지하게 먼저 해야 할 일이 남아 있다고만 답했다. 그러면서도 정작 더 이상의 뭔가를 사진 않았다.

전혀 흥미가 없다는 얼굴로 열심히 뒤따라 다녀 준 점원을 시무룩하게 만들어 놓더니, 한참 나중에야 그녀에게 강제로 고르게 한 넥타이핀만을 즐거운 얼굴로 그 자리에서 착용한 게 전부였다.

덕분에 백화점을 나섰을 때는 시간이 애매했다. 아슬아슬하게 퇴근 시간대가 걸려 있었다. 다시 회사로 가느니, 이대로 퇴근하는 게 좋겠다며 또 강제로 그녀를 차에 태운 그가 곧바로 그녀의 집으로 향했다. 이번엔 김 비서마저 퇴근시키고 단둘이었다.

오늘따라 평소보다 몇 배는 제멋대로인 남자를 차마 말리진 못하고 얌전히 시키는 대로 따라야 했다. 결국 집 앞까지 도착한 그가 차를 세웠다. 먼저 차에서 내린 수진이 휴대폰을 확인하곤, 어느새 뒤따라 내린 남자를 향해 걱정스러운 투로 물었다.

"태워다 줘서 고맙긴 한데, 정말 괜찮은 거야? 아까 보니 김 비서님 표정이 많이 안 좋던데."

그렇게 이야기하는 수진의 앞에 언젠가처럼 불쑥 쇼핑백이 다가왔다. 방금 전 백화점에서 구매한 화장품의 브랜드가 크게 새겨져 있는 쇼핑백이었다.

이걸 왜…….

의아한 눈으로 바라보자 그의 미간이 슬쩍 모여든다. 아주 익숙한 느낌에 저도 모르게 손을 뻗어 그것을 받아 들었지만, 여전히 어안이 벙벙했다. 이게 무슨 상황인지 좀처럼 이해가 가지 않아 눈만 끔뻑이자 설핏 웃던 그가 말했다.

"둔해 빠져 가지고. 이제 그만 눈치 좀 채라."

"……."

"네가 뭘 좋아할지 몰라서 잔머리 좀 굴려 봤는데 진짜로 속으면 어떡해."

그녀의 눈동자가 심히 흔들렸다. 이상하게 할 말이 떠오르지 않아 뭐라 대꾸도 못 하고 다시 쇼핑백을 바라봤다. 정말 가격 따윈 생각지도 않고 평소 쓰고 싶었던 물건들을 마구 사 넣으며 대리 만족 했던 순간이 머릿속을 아찔하게 스쳐 갔다. 대충 생각해도 이백, 아니 삼백만 원은 족히 넘었던 가격을 생각하자 목덜미까지 서늘했다.

심지어 바로 사용할 거라며 포장지까지 다 뜯어 버린 물건들이었다. 반품도 못 하게 하려고 그랬던 거구나. 뒤늦게 깨달은 사실을 되뇌며 허탈하게 웃어 버린 수진이 문득 생각지도 못한 물건을 발견하곤 저도 모르게 그것을 꺼내 들었다.

"이건⋯⋯."

그에게 권했을 리가 없는 립스틱이었다. 설마 하며 색상을 확인했다. 믿기지 않게도 제가 마지막으로 테스트를 해 봤던 그 색상임을 확인한 그녀의 눈이 덧없이 깜빡였다.

"다른 방법이 생각나지 않더라. 이것밖에는."

느릿하게 고개를 든 그녀가 담담히 말을 잇는 준성을 물끄러미 바라봤다.

"조금이라도 네 기분이 풀렸으면 해서."

언제 그렇게 사무적이었냐는 듯이 한결 누그러진 말투였다. 그녀를 향한 염려와 위로만이 가득한 눈빛이었다.

남자는 섣불리 그녀의 감정을 건드리지 않으려는 듯 내내 일정 거리를 유지하고 있었다. 그러면서도 꿋꿋이 그녀의 상태를 주시하며 절대 시야 바깥으로 빼놓지 않았다. 그 마음이 뭔지 알 것 같아 먹먹해졌다.

"⋯⋯아니야, 그런 거."

하지만 그녀는 그런 마음을 받는 법을 배우지 못했다. 무작정 아니라는 말부터 꺼냈다가 무슨 말을 해도 들어주겠다는 듯한 눈빛이. 진지하게 그녀의 입이 열리기만을 기다리는 눈빛이 너무도 낯이 익어서. 일순 말문이 막히는 것 같아 어설픈 미소만을 지어 보였다.

"네가 생각하는 그런 일 아니야. 별일 아니었다고. 그냥⋯⋯ 나랑은 의견이 좀 안 맞는 사람이라."

처음부터 그에게 무슨 말을 하고 싶었던 건지조차 알 수가 없었다. 이런 제 치부를 군이 드러내고 싶지 않다는 생각뿐이었다. 무엇보다 이 남자에게만큼은 절대로.

침착하게 마음을 가다듬고서 아무렇지 않은 척 다시 입꼬리를 끌어 올렸다.

"아까 말했다시피, 거래처 사람이라서. 상황이 내가 을이다 보니 어쩔 수 없이……."

"김수진."

툭하니 내뱉는 듯한 부름에 말을 멈춘 수진이 천천히 고개를 들었다. 방금 전과는 달리 여실히 굳은 표정을 보자 어쩐지 심장이 쿵, 내려앉는 기분이었다. 그녀는 그가 어떤 감정일 때 이런 얼굴을 하는지 누구보다 잘 알고 있었다.

"네가 이럴 때마다 되게 무력해지는 기분이야."

말끝에 긴 한숨이 배어 나왔다. 언젠가, 그의 앞에서 고백을 하려다 실패했던 날 그의 얼굴에 떠올랐던 실망감과 허탈함이 지금의 얼굴에 겹쳐진다. 섭섭함이 짙게 묻어난 한숨 소리가 가슴을 찌릿하게 울렸다. 생각지도 못한 상황에 당황한 그녀의 눈동자가 흔들렸다.

"이젠 안 그래도 되잖아. 네 곁에 내가 있는데. 그러니 적어도 나한테는 다 말해 줘도……."

"왜 그래야 하는데?"

"수진아."

그렇게 당황해 버린 탓이었을까. 비틀린 생각이 삐죽 입 밖으로 튀어나왔다. 제가 이렇게 꼬인 부분이 많은 사람인 줄은 처음 알았다. 재차 부르는 목소리에 정신이 돌아왔지만 입을 멈출 수가 없었다.

"누구나 하고 싶은 말을 다 하고 살진 않아. 상대에 대해 모든 걸 다 알 필요는 없는 거야. 그게…… 몰랐으면 하는 거라면 더."

제가 듣기에도 정이 떨어질 만한 말투로.

보여 주고 싶지 않은 것보다, 보여 줄 수 없는 것이었다. 한편으론 지독했던 그 과거사를 털어놓고 위로받고 싶다는 욕심이 불쑥불쑥 고개를 내밀었지만, 그러고 싶지 않았다. 실수로라도 드러내고 싶지 않았다.

이미 수혁에게는 술김에 딱 한 번 털어놓은 적이 있었다. 그조차도 많이 후회했었다. 저를 보는 수혁의 시선에서 이따금씩 느껴지던 동정심이. 어쩌면 제 자격지심일 수도 있지만, 그런 감정에서 비롯한 다정함이 도리어 저를 비참하게 만드는 것 같아 가끔은 괴롭기도 했었다.

하물며 준성에게 받는 동정의 시선이라니.

생각하는 것만으로도 피가 얼어붙는다. 가뜩이나 그의 앞에선 작아지고 마는데, 그런 눈길까지 받았다간 견딜 수 없을 것 같았다. 한없이 하찮은 존재가 되어 버릴 것 같아 무서웠다.

"그럼 억지로 웃지나 마. 뻔히 힘든 게 보이는데 그런 얼굴로 웃고 있으면 그걸 보는 난 어떻겠어."

"……."

"걱정되는 내 마음은?"

감정을 꾹꾹 눌러놓은 듯 바닥까지 깔린 목소리는 참담했다. 그러면서도 가슴이 아플 만큼 부드럽게 달래는 말투에 잠깐 목이 메었다. 흔들린 모습을 보이고 싶지 않아 더 뾰족한 말이 튀어 나가고 말았다.

"말한다고 달라질 일 아니야. 어차피 이해하기도 힘들뿐더러 서로 불편하기만 하겠지."

"……그래. 이미 지난 일이라면 그렇겠지. 그럼에도 불구하고 말을 한다는 행위 자체에 의의가 있는 거잖아. 그러면 적어도…… 제대로 위로라도 해 줄 수 있을 테니까."

"……."

"난 이제 네 남자 친구인데, 그런 것도 요구하면 안 되는 거야?"

그의 입가에 씁쓸한 웃음이 떠올랐다. 꿋꿋하게 그 웃음을 외면하는 그녀의 손끝이 바르르 떨렸다. 순식간에 주변을 메운 한기 속에서 두 사람은 한동안 말이 없었다. 숨이 막힐 것 같은 침묵의 시간이었다.

이윽고 그에게서 긴 한숨이 새어 나왔다.

"미안하다. 내가 이런 쪽으론 서툴러서. 좀 더 능숙했더라면 널 더 편하게 해 줄 수 있었을 텐데."

결국 그가 먼저 사과하게 만들었다.

"그만 들어가 쉬어. 한숨 자고 나면 좀 나아질 거야. 난 이만 가 볼게."

그렇게 돌아서는 남자를 바라보고만 있었다. 긴 다리로 성큼성큼 차체를 돌아간 준성은 운전석에 앉더니 그대로 문을 닫아 버렸다. 쿵, 하는 소리에 제 심장도 같이 쿵, 하고 울렸다.

고작 이게 뭐라고.

이 남자에게 동정 좀 받으면 어떻다고. 그 알량한 자존심 하나 지켜서 무슨 의미가 있다고.

그딴 게 뭐가 중요해서 저 남자와 다투기까지 한 건지. 매일 그가 보고 싶어서. 매 순간 그가 생각나서. 일분일초가 아쉽고 안타까워서 어쩔 줄 몰라 하던 내가 왜 이러고 있는 거지?

그와 싸우고 싶은 게 아니었다. 그를 상처 주고 싶은 것도 아니었다. 그저 너무 당황스러웠을 뿐인데. 너무 갑작스럽게 벌어진 일이라 미처 마음의 준비를 못 한 것뿐인데.

끼익—

"수진아!"

언제 몸을 움직였는지도 몰랐다. 저도 모르게 막 출발하려던 그의 차량 앞으로 뛰어들어 버렸다. 날카로운 소리와 함께 차가 멈추고 무릎이 범퍼에 살짝 긁혔다. 저도 모르게 휘청하자 순식간에 차 문을 박차고 뛰어나온 그가 황급히 그녀를 붙잡았다.

"수진아. 김수진. 나 좀 봐. 괜찮아?"

"괜찮아. 괜찮아, 나."

"어디 봐. 다리 부딪친 거 같은데, 일단 병원부터 가자."

"아냐, 아무 일 없어. 내가 잘못한 거니까 제발 이러지 마."

자칫 큰 사고를 낼 뻔했는데도 그는 화를 내기는커녕 그녀의 걱정뿐이었다. 당장에라도 그녀를 차에 태울 기세인 남자의 품을 가로막으며 수진은 고개를 저었다. 내내 목구멍에 막혀 있던 말이 두서없이 튀어나왔다.

"아까 걔는 내 옛날 친구야. 초등학교 때, 아주 단짝이었던 친구."

떨리는 목소리로 운을 떼고는 쇼핑백의 손잡이를 꽉 움켜쥐었다. 조금 놀란 눈을 한 남자를 마주 보며 다시 어색하게 웃어 보였다.

"아쉽게도…… 별로 반갑진 않아. 너도 이미 눈치챘겠지만."

흐트러진 감정을 정리하듯 길게 숨을 내쉰 수진은 천천히 그 시절의 이야기를 꺼냈다. 아주 짧았던 그녀의 평온했던 시절과 같은 아파트에 살며 친했던 친구. 어처구니없었던 전화 사건과 이후로 돌변해 버린 아이들의 태도.

그리고 지옥 같았던 초등학교의 마지막 한 해와 그로 인해 결국 다 망가져 버렸던 자신의 학창 시절을.

꽤나 긴 이야기가 이어지는 내내 준성은 아무 말도 하지 않았다. 간간이 감정이 격앙되어 말을 잇지 못하는 동안에도 섣불리 입을 열지 않고 그녀가 스스로 추스를 수 있도록 기다려 주었다.

"그냥 대학만 가자. 그리고 취업해서 완전히 사회로 나가 버리면 이제 그런 일에 연연 안 하고 살아도 될 거라고. 그렇게 벗어날 수 있을 거라고 생각하면서 살았어."

그녀의 바람대로 대학에 진학하고, 성인이 되어 사회에 나온 후로는 정말 괜찮아진 것 같았다. 굳이 타인과 어울리려 애쓰지 않아도 저 할 일만 잘하고 있으면 알아서 사람이 모였다. 맞지 않는 사람은 사무적으로 대하면 된다는 팁도 얻었다. 내가 맞춰 주려 애쓰지 않아도 진짜 인연은 어떻게든 만나게 된다는 것도 알았다.

"그래서 이젠 다 잊었다고 생각했는데, 아니더라고."

얼마나 극복하고 싶었는데. 얼마나 힘들게 보통 사람처럼 살아왔는데.

그 시절의 흔적을 마주한 것만으로 다시금 그 고통스러웠던 때의 기억이 되살아나 버렸다. 여전히 저를 미워하고 괴롭히려 안달 난 아이들의 표독스러운 눈 앞에 앉아 있는 것 같아 꼼짝도 할 수 없었다. 머릿속이 하얗게 백지가 되어 버려 결국엔 입조차 열지 못했다.

"나부터도 이해가 안 돼서 혼란스러웠어. 왜 거기서 그렇게 굳어 있었는지. 무슨 죄를 지었다고 입도 벙끗 못 했는지."

한편으론 화가 났다. 대체 언제까지 그런 과거에 위축되고 흔들려야 하는 건지.

지금껏 그 일로 인해 놓쳐야 했던 수많은 기회와 인연은 누가 보상해 줄 수 있는 건지.

정작 저를 괴롭게 한 이들은 다 잊고 아무렇지 않게 살고 있는데, 어째서 피해를 입은 저만 이런 기억을 품고 감내해야 했던 건지.

　"그냥 즐거운 추억이구나, 하면서 수다나 떨든가. 아무렇지 않게 그랬냐고, 기억이 잘 안 나서 모르겠다고 잡아떼기라도 하든가. 이도 저도 못 할 거면 듣기 싫으니 닥치라고 소리라도 질러 보든가. 대체 뭐가 그리 무서워서……."

　"……."

　"아무 말도 못 하고, 그렇게 굳어 있던 나 자신이 너무 바보 같고 한심해서. 그게 벌써 몇 년 전 일인데, 아직도 그걸 못 잊고 이런다는 게."

　어느새 뉘엿뉘엿 저물어 가는 햇살이 마주 보고 선 두 남녀의 실루엣을 붉게 물들이고 있었다. 하나둘, 불이 들어오기 시작한 가로등 아래 짙어진 자신의 그림자를 바라보며 수진은 치미는 한숨을 삼켰다.

　"더 웃긴 건 뭔지 알아? 이제 다 벗어났다고 믿고 살았는데, 내 삶은 계속해서 그 일에 휘둘리고 있었다는 거야."

　아무렇지 않게 미소 지어 보려 애쓰는 입술이 어색하게 비틀렸다.

　"누굴 만나든 나도 모르게 그 사람들에게 거리를 두게 돼. 심지어 호감이 가는 사람이 있어도 굳이 먼저 접근해서 친해지고 싶지가 않았어."

　처음 그런 제 태도를 깨닫게 한 남자의 앞에서 수진은 어깨를 으쓱해 보였다.

　"별로 가깝지 않은 사람들이 나에 대해 뭐라고 하는 건 상관 안 해. 아프지 않다는 건 아니지만, 그게 내 인생을 흔들 정도는 아니니까. 화가 나면 싸워도 되고, 무시해도 돼. 보기 싫으면 안 보면 그만이고. 하지만 가족이나 친구는 다르잖아."

친구였던 존재가 남긴 상처는 깊은 흉터를 남겼고, 그 흉터는 무슨 짓을 해도 지워지지 않았다. 그 아픔을 기억하기에 선뜻 용기를 낼 수 없었다. 제 약점을 만들고 싶지 않았다. 처음부터 혼자라면 사람에게 상처받는 일은 더 이상 없을 테니까.

"그런데 어쩌다 친구가 생기고, 또 누군가를 좋아하게 되니까……
갑자기 무서워지더라."

저를 보며 환하게 웃던 얼굴이 한순간 차게 굳어 갈까 봐.

혹시나, 만에 하나 제 감정이 소중한 친구의 마음을 상처 입힐까 봐. 불편하게 만들까 봐.

"점점 내 맘에 있는 말을 못 하겠더라고. 나도 모르게 눈치도 보게 되고. 부담스러워할까 봐 항상 밝은 모습만 보여 주려 노력하게 되고."

그래서 외면해야 했던 그 시절의 감정이 새삼 아릿하게 가슴을 옥죄었다.

"그래도 지금은 많이 나아졌어. 하필 내 직장에서, 그것도 네가 보는 앞에서 이렇게 흑역사가 터질 줄은 몰라서. 순간 당황해서 그런 거지."

묵묵히 제 이야기를 들어 주는 남자를 향해 부러 장난스러운 투로 덧붙였다.

"아무튼 덕분에 이런 소심한 사람이 완성되었다는 이야기야. 하아, 참. 별것도 아닌 거로 되게 거창했네. 바보 같지? 나도 알아."

농담처럼 마무리한 수진이 자연스럽게 시선을 돌리며 아무렇지 않은 척 허세를 떨어 봤다. 너무 심각해진 분위기를 부담스러워할지도 모른다는 생각이 들자 저도 모르게 발동한 방어 기제였다.

"아니. 전혀."

그러나 돌아온 건 짧은 대답이었다. 나지막하지만 선명히 울리는 목소리에 다시 그를 바라봤다. 잠시 생각을 다듬는 듯 깊어진 눈은 그녀를 보고 있었지만, 보고 있지 않았다.

"내가 그렇게 생각할 리 없잖아."

그 어떤 때보다 진지하고 단호하게 잘라 내는 말이었다. 농담처럼 흘려보내려 한 그녀의 생각을 알아챈 것처럼. 그런 거로 숨길 수 없다고 경고하는 것처럼.

그녀의 입가에 머물러 있던 미소도 자연스럽게 사그라졌다. 말없이 눈으로만 그녀의 얼굴을 덧그려 보던 남자의 입에서 이내 나지막한 한숨이 새어 나왔다.

"네가 어떤 마음으로 지금껏 살아왔는지. 어떤 각오로 지금까지 버텨 왔는지. 네 말대로 난 죽었다 깨어나도 알 수 없을지 몰라."

"……."

"그래도 네 곁에 있으면서 나도 쭉 봐 온 게 있으니까."

처음 그녀를 봤을 땐 굉장히 강한 사람인 줄 알았다.

혼자서도 전혀 외로워 보이질 않아서.

아주 단단하고 틈이 없는 사람 같아서 접근하기 힘들겠다고 생각했었다.

"근데 아니었어. 상처는 고스란히 받으면서 그걸 견디고 있는 게 보였거든. 그래서 첨엔 마음이 쓰였고, 그러다 어느 순간부터 자꾸 널 찾아보고 있더라고."

"……."

"혹시 또 어디서 이상한 말 듣고 시무룩해 있나. 혹시 어디서 몰래 혼자 울고 왔나. 그렇게 자꾸 네 눈만 보게 되더라."

그렇게 바라보고 또 바라봤었다. 이러니 제 마음에 새겨지지 않고 배겨 났을까.

"그러다 누가 부르면 되게 예쁘게 웃는데, 미치는 줄 알았어. 그런 얼굴 남한테 그만 보여 줬으면 좋겠는데 그게 내 맘대로 돼야 말이지."

천성적으로 사람을 향한 애정이 깊다는 것쯤은 쉽게 알았다. 어떤 무리에도 끼지 않았지만, 늘 그 주변 어딘가에서 저를 찾아 주기를 기다리던 여자였다. 상처 주는 말에 경계하듯 모두에게 거리를 두면서도, 타인을 바라보는 시선에서 악의를 느낀 적은 단 한 번도 없었다.

"그때도 이미 너무 착하고 좋은 사람이구나, 생각했었어."

"……."

"그리고 지금은 더 대단한 사람이라 생각해. 지금 네 모습은 너 자신이 그만큼 노력해 온 결과니까. 너 스스로 이만큼 극복해 온 거잖아."

이런 과거를 몰랐을 때도 충분히 느껴지는 것이었다. 위축되는 자신과 싸우며 그런 자신의 장점을 잃지 않고 살아왔다는 건.

"무엇보다 대단한 일이고, 누구나 쉽게 할 수 있는 일 절대 아니야. 그러니까."

잠시 말을 멈추고 생각했다. 지금 이 단어가 너에게 상처가 될까. 어떤 표현이 혹여 너를 슬프게 할까. 고르고 고른 말이 하나같이 무용했다.

그저 단지 조금이라도 너를 기쁘게 하고 싶은 마음에. 네게 작은

34

위로가 되었으면 하는 마음에.

"그러니까 넌 충분히 잘하고 있다고."

네 다정함에 위로받았던 그 어느 여름날처럼. 나 역시 네게 그런 사람이 되고 싶다고.

인형처럼 무표정한 얼굴로 바라보기만 하던 여자의 눈에서 또르르 눈물방울이 흘러내렸다.

가장 듣고 싶었던 말이었다. 잘했다고. 잘 살았다고. 그리고 지금도 잘하고 있는 거라고. 누구도 알아주지 않는 싸움으로 피폐해진 자신을 인정해 주는 말이 너무도 듣고 싶었다.

그 말을 그 누구도 아닌 이 남자가 해 준다.

이런 제 태도로 가장 많은 상처를 입고 힘들었을 이 남자가.

"그리고 난 그런 너한테 더 좋은 사람이 되고 싶어서. 너한테 더 멋지게 보이고 싶어서 노력해 왔어. 네가 보기에 내가 조금이라도 괜찮은 사람처럼 보였다면, 그건 다 네 덕분이야."

어쩌다 이런 남자가 내 삶에 끼어든 걸까.

이런 한심한 삶에 이토록 커다란 선물이 가당키나 한 걸까.

"넌 나한테 그런 사람이라고."

새삼 믿기지 않는 현실이 꿈 같아 눈물만 났다. 이대로 손을 뻗으면 물거품처럼 사라질 것 같아서. 낯익은 제 삶 어딘가에서 눈을 떠 버릴 것 같아서 움직일 수가 없었다.

그런 그녀 대신에 그가 움직인다.

성큼 다가선 준성이 하염없이 눈물을 흘리는 눈가로 조심스럽게 손을 올렸다. 뺨을 쓸어내리는 손이 뜨거웠다. 약간의 떨림과 함께 아주 느릿하게 움직이며 머무르는 손길에 담긴 의미가 명백했다.

그래도 오늘만큼은.

아니, 오늘이라서 하고 싶은 말이었다.

"나 너 안고 싶어."

뺨을 쓸던 손길이 멈칫했다. 대꾸도 없이 그녀를 내려다보는 남자의 눈빛이 위험한 색으로 물들었다. 이젠 주워 담을 수도 없는 말이 쿵쿵거리는 심장 박동을 따라 귓속을 울려 댔다. 뒤늦게 긴장한 몸이 간헐적으로 떨려 오는 걸 참으며 남자를 마주 봤다.

처음으로 제 모든 걸 알아준 남자였다. 이 남자와의 연애라면, 그 끝을 마주하는 순간조차 아름다울 수 있을 것 같았다. 무엇보다 함께 할 수 있는 이 순간을 놓친다면 평생을 후회할 것 같았다.

그래서 한 번이라도 더 많이 안아 보고 싶었다.

"그런 뜻으로 한 말 맞아."

꽤 긴 침묵이 흘렀다. 분명 바쁜 일이 남아 있을 남자라는 걸 알고 있음에도 꺼낸 말이었다. 이미 저 때문에 많은 시간을 버렸는데 이런 그를 붙잡는 건 너무 이기적이었던 건지도 모르겠다. 그럼에도 벌써 해 버린 말이 있어 초조하게 입술만 깨물었을 때였다.

"이젠 울어도 안 멈출 거라고 했는데."

순간 눈동자가 흔들렸던 건 본능적인 두려움이었을 것이다.

가만히 눈을 감았다 뜬 수진은 한층 짙어진 눈동자를 마주하며 제 얼굴에 닿은 남자의 손을 붙잡았다. 그 손에 제 뺨을 비비며 엷게 웃어 보였다.

"괜찮아. 오늘은 이미 울었거든."

기다렸던 것처럼 몸이 훌쩍 끌려들었다. 곧바로 휘어잡힌 머리채가 뒤로 당겨지며 고개가 들렸다. 그대로 그의 입술이 덮쳐 왔다.

뒤로 휘청한 몸이 커다란 남자의 손에 단단히 받쳐졌다. 머리가 당겨진 순간 이미 벌어졌던 입술 사이로 뜨겁게 밀려든 혀가 어루만지듯 입안을 쓸고는 굳어 있던 그녀의 혀를 감아올렸다. 다소 거친 손길에 좀 놀랐지만, 입술을 머금고 입안을 훑는 감촉은 놀랍도록 부드러웠다.

인적이 드문 골목길에 한동안 야릇한 소음만이 오갔다. 한 손엔 여전히 쇼핑백을 생명 줄처럼 꾹 틀어쥔 채 그녀는 정신없이 그의 입술이 주는 감각을 받아 냈다. 타액이 쭉쭉 빨려 나갈 때마다 감은 눈의 안쪽으로 온갖 색감의 불꽃이 점멸했다. 분명 몇 번이나 해 본 것인데, 할 때마다 새삼스럽게 심장이 터질 것 같다.

"하아, 잠깐. 여기선 그만……!"

그가 고개를 틀며 입술이 잠시 떨어진 틈을 타 속삭였다. 촉촉하게 젖은 입술이 곧 닿을 듯 말 듯 아슬아슬하게 스치는 사이로 할딱이는 숨이 토해졌다. 정신이 사납고 온몸이 바들바들 떨리는 와중에도 이곳이 누군가 오갈 수 있는 길목이란 사실만은 잊지 않았다. 적어도 누군가 본 것 같지는 않아 다행이었다.

"여긴 밖이니까."

그러니 일단 어디든 들어가자는 말이 턱 하니 목구멍에 걸린다. 이미 결심은 했으면서도 일말의 망설임이 자꾸만 그녀를 멈칫거리게 만든다.

더 말을 잇지 못하고, 찌르는 듯한 시선을 차마 마주하지도 못한 채 머뭇거리는 그녀 대신에 나직하게 웃던 남자가 모로 선 그녀의 허리를 당겨 안았다. 풀썩 안겨 든 순간, 생각한 것 이상으로 뜨겁게 발기한 것이 과시하듯 그녀의 허리께를 꾹 눌러 온다. 저도 모르게 움찔

하며 고개를 숙이자, 커다란 손이 불쑥 들어와 가볍게 턱 끝을 들어
올려 그를 마주 보게 했다.

"입술 다 번졌어."

그리 말하는 남자의 입가에도 제 입술에서 묻어난 흔적이 여실했
다. 그래서 더욱 야릇해 보이는 미소를 바라보며 마른침을 삼키는 사
이, 그녀의 입술 아래를 천천히 엄지로 쓸던 그가 차분히 덧붙였다.

"각오 단단히 해 줘."

절대 이대로 놔줄 마음이 없는 남자의 가슴 선득해지는 선언이었
다.

12. 처음은 연습

"……미쳤어."

작은 식탁 앞에 멍하니 서 있던 수진이 나지막하게 중얼거렸다.

아직도 몸이 덜덜 떨리는 게 꼭 키스의 여운만은 아닐 것이다. 이상하게 긴장한 몸에선 좀처럼 힘이 빠지질 않았다. 그러면서도 다리는 자꾸 후들거리는 게 몸이 제 몸 같지 않아 미칠 지경이었다.

차를 오래 세워 둬야 했기에 준성은 어쩔 수 없이 근방의 공용 주차장을 찾았다. 그사이 정리할 게 있다며 먼저 집으로 돌아와 있던 수진은 한동안 가쁜 숨만 몰아쉬고 있는 중이었다.

"자, 이제 정신, 정신 좀 차려 보자."

제 머리를 툭툭 쳐 가며 중얼거리다 주변을 살폈다. 혹시나 이상한 물건이라도 나와 있을까 싶어 먼저 오긴 했지만, 평소에도 뭔가를 널어놓고 사는 편이 아니라 집 안의 상태는 양호했다.

그럼 이제부터 뭘 해야 하나. 저 남자가 오기 전에 뭔가 더 해야 할 일이 있나.

갑자기 심장이 두근거렸다. 이미 각오를 했는데도 당장에 저 문으로 들어오게 될 남자를 생각하니 설레는 것보다 덜컥 겁부터 났다.

먼저 샤워라도 해 둬야 하는 건가? 아님 옷이라도 편하게 갈아입어야 하나?

아니, 너무 대놓고 만반의 준비를 갖추는 건 좀 이상하려나. 그래도 씻지 않으면 안 될 것 같은데. 하루 종일 바깥을 돌며 일하던 몸이라 혹시 땀 냄새라도 날까 신경이 쓰였다. 그렇다고 열 평 남짓한 이 좁은 공간에 그를 앉혀 두고 씻는 건 더더욱 불가능해 보이고.

5분. 아니, 3분이면 간단히 땀 냄새는 없앨 수 있지 않을까?

생각과 동시에 바로 몸을 움직였다. 가까운 공용 주차장이라 해도 가는 데만 최소 5분은 걸리는 거리였다. 혹시 좀 늦더라도 그가 조금만 밖에서 기다려 주길 바라며 현관 앞에 있는 욕실로 후다닥 걸음을 옮겼다. 그리고 벗기 쉽도록 블라우스의 단추를 다 풀어낸 채로 욕실 문을 열려는 순간,

삑삑삑삑삑. 삐리릭—

들려오는 소리라니.

저도 모르게 그 자리에서 굳어 버렸다. 내가 비밀번호를 가르쳐 준 적이 있었던가?

그 의문을 풀 새도 없이 문이 열렸다. 욕실 문을 붙든 그대로 얼어 버린 수진이 서늘한 공기와 함께 등장한 준성을 황망한 눈으로 바라봤다. 벌컥 문을 열고 들어서던 남자도 잠시 그 자리에 멈칫했다.

삐걱삐걱삐걱.

완전히 경직되어 버린 뇌가 힘겹게 굴러간다.

"어…… 빠, 빨리 왔네."

간신히 입을 연 순간에야 생각났다.

그에게 식사를 대접했던 그날, 눈앞에서 해제한 적이 있었구나. 저 머리 좋은 남자가 그걸 기억하고도 남을 거란 생각은 왜 못 했을까.

여전히 제게 직선으로 꽂혀 있는 그의 시선을 의식하며 황급히 블라우스 앞자락을 움켜잡았다. 물론 이런다고 마법처럼 단추가 다 잠기는 일 따윈 생길 리 없었다.

뭔가 이상한 포즈로 엉거주춤 물러난 순간 쿵, 하고 문이 닫혔다. 집요하게 그녀를 응시한 채로 그가 성큼성큼 다가왔다. 순식간에 거리가 좁혀지자 바짝 긴장한 그녀의 목구멍에서 미약한 비명 같은 게 새어 나왔다.

"잠깐만. 나 좀 씻어야 할 거 같은……."

"같이 씻어."

가볍게 그녀의 팔을 낚아채며 내놓는 목소리에 가벼운 흥분이 어렸다. 기겁한 그녀의 목소리가 높아졌다.

"아니, 그건 좀……!"

"지금 내가 널 못 놔주겠거든."

순식간에 조명을 등진 그의 얼굴이 그녀의 얼굴 위로 짙은 그림자를 드리웠다. 동시에 단단한 팔이 벌어진 옷자락 사이로 파고들어 맨허리를 휘감아 당겼다.

"흐읍!"

놀란 숨을 들이켤 새도 없이 곧장 입술이 닿았다. 어찌할 바를 모르고 굳어 있는 여자의 작은 턱을 붙잡으며 입을 벌리게 한 남자는 대번에 깊숙이 혀를 쑤셔 넣었다.

진즉에 예열되어 있던 남자는 순식간에 불타오를 기세였다. 여지없이 본색을 드러내며 먹어 치울 것처럼 그녀의 입술을 빨아들였다. 뜨거운 혀로 입천장과 치열까지 샅샅이 훑었다가 빠져나가고 다시 두툼한 입술로 버겁게 새어 나오는 숨결마저 다 마셔 버릴 듯 격렬하게 그녀의 입술을 빨아 댔다.

수진은 정신없이 그의 공세를 받아 내며 숨을 할딱였다. 굳어 있는 몸과 달리 격하게 뛰어오르기 시작한 심장의 박동이 버겁다. 언제 붙잡고 있었는지도 모를 그의 슈트 재킷 자락이 그녀의 손안에서 구겨졌다.

"하아, 너 때문에 눈 돌아가겠다."

간신히 틈을 내준 그가 속삭였다. 그답지 않은 언사에 귓속을 자극당하자 절로 허벅지 안쪽으로 힘이 들어간다. 아랫배 깊은 곳에서부터 열기가 뭉치는 게 실시간으로 느껴져 매우 당황스러웠다.

"저기, 하아, 잠깐만…… 으흡!"

다시 그녀의 입술이 그의 입안으로 빨려 들었다. 입술과 혀의 움직임만으로도 그는 교묘하게 그녀의 입을 벌려 가며 속살의 감촉을 마음껏 탐식했다. 당황하며 굳은 혀에 바짝 휘감긴 점액질의 혀가 연신 꿈틀거리며 그녀를 희롱한다.

대강 걸쳐져 있던 블라우스는 순식간에 사라지고 호크가 풀린 브래지어만이 엉성하게 걸렸다. 더는 거리낄 것 없다는 듯이 깊게 굴곡이 새겨진 등허리와 잘록한 허리를 매만지던 그가 탐스럽게 드러난 가슴을 꽉 움켜쥐었다.

단단하게 여문 유두가 우악스러운 손바닥에 짓눌린 순간 아, 하고 터진 신음은 그의 입안에서만 울렸다. 그사이 한 팔로 그녀의 허리를 끌어안은 그가 한쪽 다리를 그녀의 다리 사이에 밀어 넣고서 허벅지를 올려붙이며 지그시 아래를 압박해 왔다. 명백히 다음을 원하는 움직임이었다. 이미 한계까지 덩치를 불린 남성이 그녀의 허벅지를 쿡쿡 찔러 댔다.

이대로 가다간 씻기는커녕 침대에도 닿지 못하고 끝까지 가 버릴 기세라 덜컥 겁이 났다. 간신히 그의 입술을 빠져나온 수진이 허겁지겁 그의 어깨를 움켜쥐며 제지했다.

"그, 그만, 잠깐! 우리 먼저 씻기로 했잖아."

"그럴 거야. 키스부터 하고."

방금까지 한 건 뭐였는데?

너무도 산뜻하게 내놓는 대꾸에 기막혀 벌어진 입술을 웃음기 가득한 입술이 다시 덮어 왔다. 아무리 치고 밀어도 단단한 남자의 몸은 여전히 그 자리에 버티고 있을 뿐 꿈쩍도 하지 않는다. 그런 와중에 다정하게 얼굴을 쓰다듬는 손의 열기가. 입안을 맴도는 지나치게 부드러운 감촉이 자꾸만 정신을 아득하게 만든다.

"으읍, 준성, 준성아…… 읏! 그만, 그…… 합!"

그의 기세에 밀려 주춤주춤 물러날 때마다 그는 더욱 가까이 다가서며 그녀를 몰아붙였다. 그렇게 밀고 밀리며 움직이다, 어느 순간 입술을 뗀 그가 거치적거리는 브래지어를 벗겨 내고 그녀를 번쩍 안아 들더니 성큼성큼 욕실로 이동했다.

그러고는 한쪽에 그녀를 세워 둔 채 샤워 부스로 들어섰다. 내내 강제로 데워지느라 몽롱해진 그녀가 양손을 가슴 위로 교차한 채 달달 떨고 있는 동안 물을 틀어 놓고 잠시 온도를 확인한 그가 그대로 돌아와 그녀를 내려다봤다.

뭔지는 모르겠지만 그 시선엔 재미있어 죽겠다는 기색이 역력해 헛웃음이 나올 지경이었다. 온몸이 긴장으로 삐걱대는 저 자신과는 너무도 다른 반응이지 않나.

"데려다준 건 고마운데 둘이 같이 씻기엔 여긴 너무 좁지 않을까, 엄맛!"

약간 볼멘 투로 이야기하던 수진이 기겁하며 고개를 돌렸다. 그가 서슴없이 옷을 벗기 시작한 탓이었다. 순식간에 재킷을 벗어 욕실 바깥으로 던지고 넥타이를 풀어 헤친 그가 단정히 채워진 단추를 툭툭 풀어냈다. 반쯤 풀려 가는 셔츠의 안쪽으로 진하게 굴곡진 근육이 보인다.

아, 도저히 눈 둘 곳을 못 찾겠어!

"어차피 볼 거 다 봤으면서 새삼스럽게 왜 그래?"

"다는 아니거든!"

그리고 그때는 술기운이 10g은 남아 있었을 거라고!

말해 봤자 달라질 것도 없단 사실을 빠르게 깨달은 그녀가 작게 한탄하자, 나직하게 웃음을 터뜨린 준성이 한 손으로 그녀의 손목을 붙잡아 제 몸에 가져다 댔다.

"그럼 네가 직접 벗기면서 마저 확인해 봐."

미모사처럼 바짝 움츠러들어선 새하얗게 질려 있는 여자가 자꾸만 못된 생각을 하게 만든다. 더 곤란하게 해 주고 싶다. 더 난처한 얼굴을 보고 싶다. 정작 유혹은 저가 해 놓고 이 상황을 감당 못 해 쩔쩔매는 게 귀여워서 으스러지도록 안고 싶다. 지금의 그녀가 어떤 마음으로 이 순간을 견디고 있는 건지 알기에 미치도록 사랑스러웠다.

"응? 수진아."

하지만 지금은 마음 내키는 대로 지를 때가 아니었다. 당장에라도 그녀를 깔아 눕히고 싶은 마음은 꾹 눌러놓은 채 겉으로는 다정함이란 가면을 집어 썼다. 인내가 길어질수록 더 달콤하게 익은 열매를 손에 넣을 것이다. 그리고 그 정도의 기다림은 그에게 아무것도 아니었다.

그녀의 눈빛에 흐릿하게 욕망이 스미는 것을 감지한 준성이 바짝 몸을 붙이며 동그랗게 예쁜 귓바퀴에다 입술을 가져다 댔다.

"궁금했잖아. 해 봐."

그 예쁜 머릿속에 든 생각이 그리 순수하지 않을 걸 알기에 절로 입꼬리가 치솟는다. 질끈 눈을 감았다 뜬 그녀가 이내 폭, 한숨을 내쉬더니 더듬더듬 단추를 풀기 시작했다. 심장 속까지 간질거리는 느낌에 그의 목구멍에서 묵직한 신음이 새었다. 훤히 드러난 가슴팍을 보며 마른침을 삼키는 가느다란 목선까지 집요하게 눈으로 훑으며 속삭였다.

"아래도."

이미 단단하게 형체를 갖춘 성기가 바지 앞부분을 꽉 채우고 있다는 걸 그녀도 인식하고 있을 것이다. 역시나 그것을 확인하곤 움찔하는 그녀의 눈을 주시하며 음험하게 웃었다.

"여기가 제일 궁금했잖아?"

한층 은근해진 목소리가 유혹하듯 그녀의 귓전을 간질였다.

선악과를 따게 만든 뱀의 속삭임이 이랬을까.

제 안의 변태가 이걸 궁금해한 건 사실이지만, 맨정신인 상태로 시도할 수 있을 만큼은 아니었다. 그러니 이건 이 남자의 유혹에 끌려가는 거였다. 마치 홀린 것처럼 손을 뻗은 수진이 익숙하지 않은 손짓으로 벨트의 버클을 풀었다.

"옳지. 더 해 봐."

어떤 식으로든 이제 두툼하게 튀어나온 앞섶을 건드릴 수밖에 없는 상황이었다. 칭찬하며 부추기는 목소리에 더 움츠러든 채로 슈트 팬츠의 버클을 열고 지퍼를 내렸다. 그녀의 손끝이 불룩한 부분을 건드리자, 낮게 신음한 그가 그녀의 이마에 입술을 가져다 댔다.

욕실을 울리는 남자의 목소리가 몹시 야해서 등골이 바짝 조이다 못해 목덜미까지 저릿저릿했다. 이게 바로 귀로 느끼는 오르가슴인가 보다. 심장이 벌렁거려 턱 끝까지 차오른 숨을 삼키며 그대로 바지를 조금 끌어 내리자 팽팽히 당겨지다 못해 뚫어질 것처럼 빠듯하게 뭔가를 담고 있는 드로어즈가 보인다.

그러니까 저 안에 그것이…….

차마 손을 뻗지 못하고 흘깃거리자, 나른하게 웃어 보인 준성이 양손으로 그녀의 허리를 끌어당기며 툭 불거진 부분을 몸에다 지그시 눌러 왔다.

"평생 너만 기다린 녀석이야. 예뻐해 줘."

"……."

"조금만. 응?"

다정하게 속삭인 남자가 그녀의 눈이며 콧등에다 자잘하게 키스했다.

"겁내지 말고, 이제부터 하고 싶은 대로 해. 무슨 짓을 해도 좋으니까."

남자는 커다란 구렁이 같은 실루엣을 들이밀며 뱀처럼 혀를 놀렸다.

"지금까진 장난처럼 변태라고 놀렸었는데, 실은 나 그런 거 아주 좋아하거든."

그런 와중에도 얼굴에 떠오르는 미소가 지나치게 상큼해서.

"물론 날 만질 수 있는 여자는 과거에도 미래에도 너뿐이야."

손을 뻗지 않고는 참을 수 없는 그 입술이 하는 말이라.

"그러니까, 이제부터 미친 짓 좀 해도 참아 줘. 같이하면 더 좋고."

나야말로 미쳐 버리겠다.

분명 그녀의 자의대로 하라는 말인데도 다분히 강압적으로 느껴지는 건 이미 그에게 제 본능이 지나치게 이끌리고 있는 탓일 거다.

질끈 눈을 감았던 수진이 그의 허리에 손을 올렸다. 반쯤은 분위기에 떠밀리듯, 반쯤은 명백한 자의로.

"……!"

처음엔 제가 뭘 보고 있나 했다.

대체 이 남자는 다리 사이에 이런 걸 어떻게 매달고 사는 거지?

드로어즈를 내리자마자 군살 하나 없이 늘씬한 허리와 촘촘한 근육질의 복근 아래, 상상도 못 한 형태의 물건이 배꼽에 닿을 기세로 발딱 일어났다. 과장 조금 보태어 제 팔뚝만 한 기둥이 툭 튀어나온 거다. 짐작한 것보다 더 엄청난 위용에 저도 모르게 입이 벌어졌다.

그러니까 이런 게 사람의 몸에 들어오는 거라고?

내 몸에 이런 걸 넣을 공간이 있다고?

……그게 말이 돼?

잠시 넋을 잃었다가 홀린 것처럼 손을 뻗었다. 너무 비현실적인 생김새에 도리어 호기심이 일었다. 탁하지 않은 선홍색 기둥은 그의 남자다운 팔뚝처럼 핏줄이 불거져 있었고 놀라울 만큼 뜨거웠다. 두툼한 귀두 끄트머리에 맺힌 물기를 슬쩍 엄지로 쓸어내린 순간 낮게 신음한 준성이 그녀의 어깨에 이마를 댔다.

"하아……. 계속해."

허락이라도 하듯 내놓은 말에 수진은 침을 꿀꺽 삼키며 기둥을 움켜쥐었다. 분명 겁이 나야 하는데 이미 제 본능은 이 남자를 탐하고 싶어 안달이 났다. 그 사실을 굳이 숨길 이유도 없었다.

손아귀에 살짝 힘을 주며 위아래로 쓸어 올리자 남자는 뜨거운 숨을 토하더니 그녀의 허리를 끌어당겼다. 곱게 각이 진 남자의 귀밑 턱이 꿈틀거리고 굵고 날렵한 목에는 핏대가 섰다.

"이렇게 하면 돼?"

"응, 그렇게. 후우……. 기분 좋아."

귓가를 긁는 듯한 느른한 신음성이 묘하게 짜릿하다. 쾌감을 참는 듯 찌푸린 눈매와 살짝 벌어진 입술이 지독하게 섹시해서 절로 마른 침이 넘어갔다.

믿을 수 없게도 그저 남자의 성기를 매만지는 것뿐인데 제 몸까지 달아오르고 있었다. 정확히는 다리 사이, 깊숙한 곳이 멋대로 움찔거려서 살짝 손에 힘이 풀렸을 때였다. 갑자기 거친 숨을 훅 뱉어 낸 그가 제 것을 쥔 채 움직이는 여자의 손을 꽉 움켜쥐었다.

"그거 알아?"

차분히 가라앉은 목소리가 말을 걸어왔다. 치솟는 욕구를 억눌러 컨트롤하려는 남자의 눈빛이 한층 서늘하게 가라앉았다.

"널 알고 나서부터 자위할 땐 늘 네 생각만 했어."

그러면서도 입으로 내놓는 말은 거침이 없었다.

"아니, 널 생각하면 여기가 이렇게 됐다는 게 더 정확하겠지."

자조 섞인 말을 읊조리던 그가 남은 한 손으로 그녀의 가슴 아래를 쓸어 올리듯 움켜쥐었다. 짧게 신음한 그녀의 허리가 비틀렸다. 아랑 곳 않고 가슴을 주무르던 그가 엄지와 검지를 이용해 단단히 뭉친 유두를 살살 돌리며 비틀었다.

"바로 어젯밤에도, 네 여길 빠는 상상을 하면서 두 번이나 했고."

"흐, 읏, 잠깐⋯⋯."

"가끔은 내 집무실에서도 했어. 진짜 미친놈처럼."

귓바퀴를 핥고 속삭이던 입술이 그녀의 턱선을 타고 내려와 목 안쪽 깊은 곳으로 파고든다. 쇄골 위로 흩뿌려지는 더운 숨결에 다시금 숨이 거칠어졌다.

"10년 동안 한 여자만 생각하면서 이러는 게, 후우⋯⋯. 말이 되나 싶은데⋯⋯."

느른하게 신음을 뱉은 그가 젖가슴을 주무르던 손으로 그녀의 턱을 붙잡았다. 달큼한 향이 배어 나오는 여자의 입술을 길게 머금었다가 놓아주고 다소 뻔뻔하게 웃고는 그녀의 손을 빌려 하는 수음(手淫)을 이어 갔다.

"난 그게 되더라."

저 말이 나쁘게 들리지 않았다면 정말 구제 불능 변태임이 확정되는 거겠지?

그런데 그것이 실제로 일어났습니다.

저를 보며 야한 생각을 하고, 저를 생각하며 야한 짓도 했다는 남자의 말에 기묘한 흥분이 일었다.

왠지 이 남자가 더 흥분하는 모습이 보고 싶어졌다. 무엇에도 흔들릴 거 같지 않은 이 남자가 제 손길에 미쳐 폭발해 버렸으면 좋겠다.

그 광경을 상상하자 어떤 기대감에 심장이 미친 듯이 뛰어 댔다.

수진은 가빠지는 숨을 고르며 불거진 페니스를 움켜쥔 손에 더욱 힘을 줬다. 그대로 귀두 끝까지 쓸어 올렸다가 꽉 틀어쥐자 남자의 악 문 잇새로 깊은숨이 새어 나왔다. 더욱 그로테스크하게 불거진 핏줄 에서 거센 맥동이 느껴졌다. 그녀의 손길에 자극당한 남성은 빠르게 열기를 더해 갔다.

"하아, 미치겠다. 너 왜 이렇게 예뻐."

아찔하게 속삭인 그가 동그란 가슴을 천천히 쓰다듬으며 움켜쥐었 다. 예민해진 살갗이 그의 손길에 쓸리자 순식간에 몰린 감각으로 유 두가 찌릿했다. 윽, 하고 짤막하게 신음하면서도 손은 멈추지 않았다. 고지가 눈앞이었다.

갈라진 끄트머리에서 길게 실처럼 늘어지기 시작한 액이 그녀의 손길을 따라 그의 성기에 덕지덕지 발라지고, 금세 번들거리기 시작 한 곳에선 비릿한 수컷의 향이 훅 풍겨 났다. 몹시 음란한 광경에 저 도 모르게 긴장하며 숨을 들이켰을 때였다.

"후우, 잠깐만……."

깊게 한숨을 내쉰 그가 곧 터질 것처럼 부풀어 버린 성기에서 그녀 의 손을 풀어냈다. 그러더니 바로 그녀의 허리로 손을 뻗었다. 순식간 에 치마의 버클과 지퍼가 내려가고, 헐거워진 치마는 곧장 발목으로 떨어졌다.

"아!"

이어 스타킹과 속옷을 한 번에 붙잡아 끌어 내리는 손길에 당황했 다. 그대로 쭉 찢겨 나간 스타킹을 애도할 새도 없었다. 거침없이 그 녀의 다리를 들어 가며 너덜너덜해진 천 쪼가리를 치워 낸 그가 이윽고 자신의 남은 옷도 훌훌 벗어 던졌다. 당당히 맨몸을 드러낸 그는 덥석 그녀의 몸을 추켜 안더니 샤워 부스에 밀어 넣었다.

그러고는 뜨거운 물이 쏟아지는 샤워기 아래에 마주 섰다. 갑자기 돌변한 상황에 어안이 벙벙해진 수진은 태연히 제 앞에서 서비스 샤워 신을 연출하고 있는 남자를 바라봤다.

저 반짝반짝한 외모 탓인지 당당히 아래를 세운 채로 물을 맞는 모습이 코피 터지게 섹시하다. 심지어 젖은 머리카락을 휙 쓸어 넘긴 순간엔 숨이 멎는 줄 알았다. 이 광경을 지금 나만 볼 수 있다는 게 좋은 건지 안타까운 건지 알 수가 없었다.

"왜 그런 눈으로 봐?"

나름 열중해 있었는데 너 때문에 흥이 깨져 버렸다고는 말할 수 없으니 입을 다물었다. 마치 그 마음을 읽은 것처럼 그가 웃었다.

"처음이니까, 첫 사정은 네 안에다 하고 싶어."

경악하며 휘둥그레진 눈을 빤히 보며 손을 뻗은 그가 물에 젖은 그녀의 머리카락을 쓸어 넘기듯 휘어잡고는 입술이 닿을 거리까지 다가왔다.

"그다음부터는 뭐든 네 마음대로 해. 기대할 테니까."

음험한 속삭임과 함께 열기 가득한 숨이 벌어진 입술 사이로 밀려 들어 왔다.

어떻게 샤워를 마친 건지, 언제 욕실을 빠져나와 침대에 그와 겹쳐 눕게 된 건지 그 과정은 잘 기억나지 않았다. 정신없이 입을 맞추고,

허겁지겁 그의 타액을 받아 마시며 신음했던 기억만 드문드문 남아 있었을 뿐.

"으으, 음……. 준성아."

정신이 몽롱해서인지 손발의 감각이 둔한데, 그의 손길과 입술이 닿는 부분은 불길이라도 스친 것처럼 홧홧했다. 머리가 아득해지도록 키스하며 그녀의 통통한 허벅지를 매만지던 그가 불쑥 그녀의 다리 사이로 손을 내렸다.

"훗……!"

확실히 남자라는 게 느껴지는 커다란 손이었다. 그녀의 발목 정도는 가볍게 휘어잡을 수 있는 크기와 파르랗게 돋아난 힘줄의 모양까지 설레는 남자의 손.

그 손이 축축하게 젖은 음모를 살살 헤치더니 음부를 움켜쥐었다가 놓았다. 아찔함도 잠시, 매끈한 손바닥이 아래 전체를 압박하며 문지른 순간 숨이 턱 막혔다. 이어 부드럽게 그녀의 입술을 머금고 훑으며 중지와 약지로 길게 갈라진 틈새를 긁어내리자 온몸이 자지러질 것처럼 경련한다.

"아, 아…… 읏! 잠깐만."

"더 벌려 봐, 괜찮으니까."

나직하게 달랜 준성이 어쩔 줄 몰라 하며 들썩이는 여자의 다리 한쪽을 제 다리 사이에 끼워 고정했다. 남은 허벅지가 안달을 하며 가랑이를 좁혀 보지만, 그런 움직임 따윈 부질없었다. 버둥거리며 시트 위만 동동거리는 몸짓이 애처로울 정도다.

이미 욕실에서부터 흠뻑 젖어 있던 여자였다. 제 앞에서 샤워를 하는 그녀를 보다 또 음욕이 발동해 샤워 부스 벽에 밀어붙여 놓고 반쯤은 제 허벅지에 앉힌 모양새로 한참을 물고 빨았다.

그때 제 다리에 묻어나던 끈끈하고 투명한 액을 떠올리자 한도를 모르고 일어선 것이 지끈 울렸다. 그녀의 허벅지를 지그시 누르고 있는 성기에서 쿠퍼액이 줄줄 새는 게 느껴질 정도다. 하아, 낮은 한숨을 토해 낸 준성이 물기가 흥건한 입구로 손가락을 밀어 넣었다.

"윽! 자, 잠깐, 잠깐만……!"

손끝을 가져다 대자마자 쑥 빨려 드는 기분이었다. 그러면서도 낯선 이물감이 버거운지 젖은 내벽은 밀어 낼 기세로 그의 손가락을 꽉꽉 물어 댔다. 이렇게나 젖어 있는데 손가락 하나 움직이는 게 쉽지 않을 만큼 좁다.

"하, 무슨 감촉이…… 이렇게."

더는 말로 설명하기 힘든 감각에 절로 이가 악물렸다. 준성은 침음을 삼키며 본격적으로 그녀의 안을 탐구했다. 상처가 나지 않도록 조심스럽게 손가락을 돌려 가며 주름진 내벽을 지그시 눌러 문지르고 부푼 돌기를 손바닥으로 자극했다. 한껏 흥분해 잘 익은 홍시처럼 물컹해진 속살이 그의 손가락을 조이며 흥건한 액을 내뱉는다.

찌걱. 쯧.

그의 손가락이 깊숙이 파고들고 빠져나올 때마다 쫀쫀하게 빨아당기는 소리가 났다. 탐식하듯 빨아 먹는 느낌과 함께 흥건히 내뿜은 애액이 손가락에 감겨 나왔다. 이런 감촉으로 제 분신을 조여 올 걸 상상하니 더 미칠 것 같았다. 당장에라도 그녀의 몸을 뚫고 들어가고 싶은 본능에 저절로 허리가 움직였다.

하, 젠장.

어금니를 질끈 물며 순간 포악해지려는 자신을 눌러 담은 준성이 그대로 그녀의 입술을 집어삼켰다. 당장 박아 넣지 못하는 제 분신 대신 혀로 입안의 여린 점막을 마구 쑤셔 댔다.

"으, 웃, 흐으……. 으응!"

자극당한 그녀의 혀 밑에선 연신 타액이 솟아났다. 그사이에도 그의 손은 가만히 있지 않았다. 아래가 흥건해지도록 젖은 살을 헤집어 대다, 축축해진 손가락으로 도톰하게 고개를 내민 살덩이를 비비고 꾹 쥐어 비틀기를 반복하자 그녀의 향이 더욱 짙어진다. 품 안의 그녀에게서 전해지는 거친 숨소리가 퍽 만족스럽다.

저만큼은 아니어도 그녀 역시 흥분하고 있음이 여실한 반응이었다. 적당히 열기 오른 몸을 매만지며 질척한 타액이 그녀의 입가로 줄줄 흐를 때까지 입을 맞추고 그녀의 내벽을 자극하던 그가 이내 쪽, 하고 입술을 떼어 냈다.

"하아, 아무래도 너무 좁은데."

탄식하듯 중얼거리는 말에 수진은 조금 당황했다. 그렇지 않아도 이물감이 너무 심해 무섭던 참이었다. 저 날렵한 손가락 하나로도 이렇게 꽉 찬 느낌인데 진짜는 그럼…….

"그럼 어, 어쩌지?"

벌써 자신감을 잃어버렸다. 안을 휘저으며 자극하는 느낌은 크게 나쁘지 않았고 여전히 제 심장도 발작하듯 요동을 쳐 댔지만, 그 거대했던 물건까지는 모르겠다. 시시각각 다가오는 그 순간을 떠올리니 절로 몸이 굳었다. 제 손으로도 다 쥐어지지 않았던 굵기와 흡사 제3의 다리 같았던 길이를 몸으로 확인한 다음이라선지 두려움은 더욱 현실적이었다.

솔직히 그게 제 몸 안에 들어올 수 있는지도 의문이었다.

"어쩌긴. 어떻게든 해 봐야지."

물론 그는 절대 물러날 마음이 없어 보였다. 산뜻한 대꾸와 함께 손가락이 쑥 빠져나가고, 날렵하게 움직인 그가 순식간에 그녀의 다리 사이에 자리를 잡았다. 벌어진 허벅지 사이로 남자의 수려한 얼굴이 자리한 순간 기겁한 그녀의 윗몸이 반쯤 일어났다.

"뭐, 뭐 하는 거야!"

"빨고 싶어."

"아, 안 돼. 하지 마, 이건 아니…… . 아니야!"

"너도 기분 좋을 거야. 빨게 해 줘."

"아냐, 아냐, 더러우니까! 그만!"

"걱정 마. 네 건 다 맛있으니까."

버둥거리던 다리는 가볍게 그의 손에 제압당했다. 전혀 힘을 쓴 것 같지도 않은 얼굴로 태연히 허벅지를 벌린 그가 그녀의 양다리를 제 어깨에 걸쳤다. 다리 사이에 숨은 채 애액을 흘려 대던 음부가 그 순간 적나라하게 벌어지며 그의 눈앞에 제 흔적을 내보였다.

"너 여기 되게 예쁘게 생겼어."

"그, 그런 말 하지 마아!"

남자는 먹음직스럽다는 듯이 입맛을 다시며 벌어진 곳을 눈으로 훑었다. 부끄러워서 딱 죽을 지경이었다. 당황하며 저도 모르게 손을 내려 가리려는 순간,

"아앗!"

그대로 몸을 숙인 그가 그녀의 하체를 당겨 안으며 활짝 벌어진 다리 사이에 얼굴을 묻었다. 동시에 여자의 허리가 튀어 올랐다.

"어, 엄마…… . 어떡해, 어떡…… . 앗!"

내리누르듯 음부를 덮어 버린 그의 입술에서 뜨거운 숨이 쏟아졌다. 생전 들도 보도 못한 감각에 절로 터져 나간 비명이 뚝 끊어졌다.

이게 뭐야. 지금 뭐가 어떻게 되는 거야.

눈앞이 하얗게 부서졌다. 갈라진 틈새를 느릿하게 훑어 올라온 축축한 혀가 톡 하니 불거진 클리토리스 주변을 한 바퀴 돌자 힘이 탁 풀려 버린 허리가 시트에 가라앉았다. 꽉 조여든 목구멍에서 절로 앓는 소리가 튀어나왔다.

"아, 으음……."

그만두라 해야 하는데, 목이 졸리기라도 한 것처럼 목소리가 나오질 않았다. 머릿속이 녹아내린 듯 생각이 사라지고 그 자리엔 낯선 쾌감만이 자글자글 끓었다. 나른하게 신음하던 그녀가 저도 모르게 허리를 들썩였다. 더한 자극을 바라는 몸이 제멋대로 그를 재촉하는 반응이었다.

쫍, 쪼오옵, 쭈웁.

"흣."

뜨거운 입술이 볼록 튀어나온 돌기를 머금고 살살 빨아들이자 온몸이 후드득 튀어 댔다. 점액질의 혀가 발그레하게 익은 살점을 짓누르며 핥아 댈 때마다 숨이 뚝뚝 끊어진다. 수진은 정신없이 시트를 움켜잡고서 신음했다.

대체 내 몸에 무슨 일이 벌어지고 있는 거야.

타인에게 몸 아래를 몽땅 내어 주고 헐떡이는 이 순간이 너무 낯설고 비현실적이었다. 짜릿하게 파고드는 감각이 강해질수록 머리가 아득해져서 더더욱 현실감이 없었다.

"하아, 아, 어떡해, 아아!"

견디지 못하고 도망치려던 몸이 단호하게 엉덩이를 움켜쥐는 힘에 그대로 붙들렸다. 벌이라도 주듯 더욱 집요하게 처박힌 입술이 밑으로 내려와 젖은 입구를 베어 물었다. 순식간에 질벽을 밀고 들어온 뜨거운 혀가 주름진 안쪽까지 샅샅이 핥아 넘치는 음액을 퍼 올리고 적나라한 소리를 내며 빨아 삼킨다.

쭙, 쭈으읍. 츕.

"하으응!"

선득하게 덮쳐 온 쾌감에 순간 훅 조여들었던 허벅지가 남자의 얼굴을 살짝 건드리곤 금세 힘이 풀려 나갔다. 차마 그 잘난 얼굴을 건드리면서까지 발버둥을 칠 자신이 없었다. 그의 얼굴에 한없이 약한 그녀로서는 당연한 반응이었다. 어찌할 방법이 없어 제 몸만 뒤틀며 끙끙 앓고 있는 속사정을 아는지 모르는지, 그는 세상 무엇보다 달콤한 것을 빨고 있는 아이처럼 해사하게 웃는다.

"여기 움찔거리는 게 귀여워. 진짜 하아……. 너무 예뻐, 수진아."

"읏, 그만…… 하아, 하, 하아……."

더운 숨만 뱉어 내던 여자의 입술은 이미 바짝 말라붙었다. 고개를 젖힌 채로 할딱이는 신음성에도 감출 수 없는 색기가 돌기 시작했다. 은밀한 살점을 빨아 대며 색스러운 신음을 뽑아내다 기어이 울먹이는 소리를 듣고서야 잠시 틈을 주듯 살며시 입술을 떼어 냈다.

방금 전까지 실컷 빨아 댄 밀부가 그의 타액에 흠뻑 젖어 번들거렸다. 다시금 입안에 그녀의 맛이 감도는 것 같아 침이 고였다. 가능하다면 하루 종일이라도 빨 수 있을 것 같았다.

새하얀 허벅지와 붉게 익어 가는 속살의 조화에 여지없이 자극당한 본능은 당장 그 안에 저를 처넣으라 종용해 댔다. 하지만 지금은 아니다. 그 충동을 애써 참아 내려는 남자의 잇새로 깊은숨이 터졌다.

조금만 천천히. 조금만 더 부드럽게.

연신 머릿속으로 되뇌며 흐무러지게 벌어진 허벅지의 안쪽에 입을 맞췄다. 피어오르는 열기에 여기저기 붉게 얼룩진 몸을 추스르지도 못하고 헐떡이는 여자의 상태를 확인한 그의 입가로 만족스러운 웃음이 비어져 나왔다.

이제 시작인데, 벌써 이렇게 지치면 어떡하나.

한번 시작한 이상 밤을 새우도록 내 품에 안겨서 울어야 할 텐데.

잔악하게 피어오르는 생각을 숨긴 채, 질펀하게 흘러내린 애액을 중지로 훑어 올렸다. 그것마저도 자극이 되는 건지 붉은 속살 밑에 은밀하게 숨어 있던 구멍이 움찔거렸다. 아찔하도록 달콤한 그녀의 향에 이끌리듯 그대로 입술을 묻었다.

"아……!"

"진짜 귀여워, 수진아."

뜨거운 입김에 바르르 떨며 반응하는 음핵을 입에 머금고 돌리며 빼끔거리는 입구로 중지를 밀어 넣었다. 한결 부드러워진 안쪽이 매끄럽게 그의 손가락에 감기듯 조여 왔다.

신기하리만큼 아까와는 다른 반응이었다. 들러붙는 내벽 전체를 비비듯 진퇴하는 손가락의 움직임을 따라 잔뜩 고인 애액이 미끈거린다. 미친 듯이 조여 대는 건 여전한데, 확실히 드나듦이 쉬운 느낌이었다.

"좋았나 봐. 그새 더 부드러워졌어."

"윽, 그런 말 하지 마…… 아흣!"

발악하듯 외친 말은 금세 제 신음에 묻혔다. 꽉 다물린 안으로 그가 손가락을 쑥쑥 박아 대자 순간 온몸이 경련했다. 빠르게 질 내벽을 문지르며, 입술과 혀로 클리토리스를 빨아 대는 격렬한 애무에 까무러칠 것 같은 쾌감이 밀려들었다. 순식간에 손가락이 둘로 늘었지만 알아채지도 못했다.

"아, 안 돼, 안…… 아흑! 자, 잠깐만 준성, 아앗!"

음핵을 세차게 빨아들이며 압착된 혀의 감촉이 못내 지독하다. 빠르게 문지르고 뭉개는 혀 놀림을 따라 허리가 멋대로 들뜨고, 시트를 움켜잡는 힘도 강해졌다. 동시에 아랫배 깊은 곳에서부터 낯선 감각이 엄습했다.

"아, 아니, 잠깐, 잠깐만……!"

소스라치며 허벅지에 힘을 줘 조이려던 순간, 머릿속에서 뭔가 툭, 끊어지는 느낌이 왔다.

"하윽!"

외마디 비명과 함께 바들바들 떨던 그녀의 손에서 힘이 풀려 나갔다. 발밑이 꺼지는 것 같은 짜릿함과 동시에 일순 눈앞의 세상이 빙글 돌았다. 제멋대로 경련하며 확 좁아 든 내벽이 미친 듯이 그의 손가락을 물어 댔다.

동시에 왈칵 쏟아진 애액이 그의 손목까지 적시자 그제야 입술을 뗀 그가 소리 없이 웃으며 몸을 일으켰다. 보란 듯 젖은 손가락을 그녀의 앞에 내보이더니 스윽 핥고는 야릇하게 입가를 말아 웃는다.

"진짜 맛있다, 수진아."

"지금 그걸…… 그렇게……."

짓궂게 하는 말에 경악한 그녀가 눈만 휘둥그렇게 뜨며 몸을 떨었다. 기운이 빠지다 못해 넋이 나가 버려 꼼짝도 할 수가 없었다. 팔다리의 감각마저 엉망으로 꼬여 있는 기분이었다.

눈물이 그렁그렁한 채로 헛숨만 들이켜는 그녀를 보며 미안하다는 듯 너털웃음을 짓던 준성이 한층 다정하게 그녀의 입술에 입을 맞췄다.

"아프지 않게 하고 싶은데 힘들 거야, 아마."

그러고는 그녀의 머리맡으로 손을 뻗었다. 베개 밑에 파묻어 둔 콘돔 하나를 꺼낸 그가 잇새로 포장을 찢었다. 빠르게 콘돔을 끼운 그가 축 늘어진 그녀의 다리를 벌리며 서로의 하체가 꼭 맞붙도록 그녀를 아래로 끌어 내렸다.

그새 더욱 흉악하게 부풀어 오른 남자의 성기가 은밀한 부위를 지그시 스치자 절로 긴장한 그녀의 허리춤이 빳빳해졌다. 겁먹은 기색이 여실한 얼굴을 보며 남자는 싱긋 미소를 지어 보였다.

"그래도 열심히 잘해 볼게."

성실하기 그지없는 대사를 내뱉어 준 남자가 유유히 몸을 겹쳐 왔다. 굵은 어깨와 넓게 굴곡진 가슴 근육이 눈앞에 닥치자 벌써부터 몸이 굳었다. 저 힘에 꼼짝없이 짓눌릴 거라 생각하니 절로 신음이 샜다. 이건 길 한복판에서 호랑이를 마주한 것 같은 본능적인 두려움이었다.

"너무 긴장하지 말고. 가만히 힘 빼고 있어."

"나도 그러고 싶은데 지금은 좀……!"

그대로 입술이 틀어막혔다. 남자는 달달 떨고 있는 여자의 입술을 거침없이 헤치며 터질 것처럼 핏줄이 붉어진 성기를 붙잡아 내려 갈라진 틈새를 비볐다.

"웃, 으음……."

두툼한 귀두가 아슬아슬하게 질구 주변을 배회하며 건드리자 잔뜩 긴장한 안쪽이 바짝 조여들었다. 조금만 위로 꺾여도 곧장 치고 들어올 것만 같다.

"후우, 김수진."

뜨겁게 맞붙어 있던 입술이 떨어지고 그에게서 긴 한숨이 새었다. 남자의 몸을 지탱한 팔뚝에 더욱 힘이 들어간 듯 자잘한 떨림이 전해졌다. 욕정에 물들어 어둑해진 시선이 그녀의 불안한 눈으로 파고들었다.

"절대로 너 다치게 안 할 테니까."

"으…… 으응."

힘겹게 목소리를 밀어내는 여자의 굳은 몸을 꽉 끌어안은 그가 거대하게 부푼 성기를 들이밀었다. 정확히 질구를 찾아낸 끄트머리가 억지로 틈을 비집고 들어오자, 엄청난 압박감에 저절로 벌어진 그녀의 입에서 새된 비명이 튀어나왔다.

"흡!"

상상도 못 한 고통에 심장까지 한기가 밀려들었다. 잔뜩 달아올라 있던 몸이 한순간에 식어 버릴 정도였다. 당황한 수진이 저도 모르게 물었다.

"이거 들어가긴 하는 거야?"

순간 너털웃음을 지은 준성이 식은땀이 배어난 이마에 입을 맞추며 대꾸했다.

"조금만. 이제 다 됐어."

사실은 간신히 입구에 귀두만 걸쳐 놓은 상태지만, 때론 선의의 거짓말도 필요한 법이다.

언제든 한 번은 겪어야 할 고통이라면, 차라리 제 품에서 우는 게 나았다. 그녀의 눈물도 아픔도 모조리 제 것이어야 했다. 굳게 마음을 다진 준성은 움찔거리며 도망치려는 여자의 허리를 휘어 감고 몰캉한 살점을 짓뭉개며 거대한 살 기둥을 욱여넣었다.

"아흐읏!"

예상한 것보다 더 무시무시한 격통에 그녀의 신음이 날카롭게 치솟았다. 간신히 반쯤 담가 놓았는데도 끊어질 것처럼 남근을 물어 오는 감각이 예사롭지 않았다. 모든 감각이 성기를 통해 쭉 빨려 나가는 듯해 정신이 다 혼미해질 지경이었다. 파고드는 자신이 이런데, 이렇게나 작은 몸으로 저를 받아들이는 그녀는 얼마나 아플지.

하지만 여기서 멈추면 서로 고통스럽기만 하고 끝나는 거다. 어떻게든 그녀가 온전히 저를 품게 하고 싶었다. 억지로라도 제 모든 것을 그녀에게 안겨 주고 싶었다.

"아아!"

버둥거리는 몸을 짓누른 채로 뿌리 끝까지 파묻은 순간, 그녀에게선 새된 비명이 터져 나왔다. 동시에 그 역시 가슴속 깊은 곳에서 우러나오는 듯한 신음을 토해 냈다. 그녀의 안은 지나치게 좁고 뜨거웠다. 내벽 전체가 꿀렁이며 감겨드는 느낌에 머리가 터질 것처럼 아찔했다.

"하아, 수진아."

준성은 숨조차 쉬지 못하고 바들바들 떠는 여자를 조심스럽게 끌어안았다. 질 주름까지 느껴질 정도로 빠듯하게 조여 오는 통에 조금만 움직여도 사정해 버릴 것 같다. 그녀는 물론, 저 자신을 위해서라도 지금은 잠시 기다릴 때였다.

"너무 아파…… 흐윽."

가엾게도 여자는 눈물을 뚝뚝 흘리며 그의 어깨를 힘없이 토닥거리려 댔다. 차마 빼라는 말도 못 하고 소심하게 불만을 토하는 그녀가 너무 귀엽고 사랑스러운데, 차마 웃을 수가 없다.

"어쩌지. 내가 아직 요령이 없어서, 오늘은 네가 참아야 할 거 같아."

"아흑, 정말……."

"미안. 천천히 할 테니까…… 조금만 참자."

땀이 배어 나온 여자의 이마에 입을 맞추며 전혀 미안하지 않은 사과를 했다. 다시 그녀의 입술에 길게 키스한 준성이 물기로 촉촉한 눈가를 핥으며 달콤하게 속삭였다.

"하아, 근데 지금 너무 좋아서, 내가 정신을 차릴 수 있을지 모르겠다."

"그건 무슨, 아! 잠깐……!"

이젠 한계다 싶을 정도로 그녀가 안정되길 기다리던 그의 허리가 저절로 움직이기 시작한 건 그때였다. 그녀가 허겁지겁 숨을 삼키며 그를 붙잡았다. 훅, 하고 깊은숨을 뱉어 낸 그가 뒤늦게 덧붙였다.

"움직일게, 이제."

다정하게 속삭이며 콧등에 입을 맞춘 그가 허리를 살짝 빼내었다가 그대로 꾸욱, 짓누르듯 하체를 붙여 왔다. 느리지만 착실하게 질벽을 밀고 올라온 성기는 순식간에 가장 깊은 안쪽에 닿았다가 빠져나가고, 다시 불쑥 진입하며 제 존재감을 드러냈다.

수진은 이를 악물며 비명을 참았다. 굵직한 성기가 좁은 길을 뚫어

내는 고통은 그야말로 무시무시했다. 그가 허리를 움직일 때마다 불덩이를 쑤셔 박는 듯한 고통에 절로 온몸이 뒤틀렸다. 빠듯하게 내벽을 훑고 들어온 것이 안쪽 깊은 곳을 푹, 찌르자 그녀의 입에서는 억눌린 신음이 샜다.

아프다. 엄청 아파.

그런데 못 참을 정돈 아니라는 느낌이었다. 처음 겪어 보는 격통임에도 이것이 이 남자를 받아들이기 위한 것이라 하니 아주 나쁘지만은 않았다.

"후우, 괜찮아?"

"어, 으, 응. 참을 만한 거 같기도 하고……."

고통에도 익숙해지는 건지, 아니면 너무 아프다 보니 감각이 둔해지는 건지.

정작 그의 것을 다 머금고 나니 막 죽을 것처럼 아프진 않은 것 같기도 했다. 아무래도 이건 고통에 질려 버린 뇌가 행복 회로를 돌리고 있음이 분명했지만.

"어차피 남들도, 웃. 하, 하는 거잖아."

아득해지려는 정신을 붙들며 대꾸한 수진이 남자를 바라봤다. 반듯한 그의 어깨 위로 보이는 불빛이 흐릿하다. 뭔가를 참는 듯 찌푸린 얼굴이 눈앞에서 흔들린다. 흘러내린 땀으로 조각 같은 몸의 외곽이 희미하게 빛나고 있었다.

"그래서 앞으론 나랑 계속하겠다고?"

"아니! 아, 아니……. 안 하겠다는 게 아니라 하긴 할 건데, 아니, 그게 아니고……."

대체 이걸 어떻게 대답해야 해.

그렇다 하기엔 너무 밝히는 느낌이고, 아니라 하기엔 그를 거절하는 뉘앙스라는 걸 대답을 하고서야 깨달았다. 수습을 할수록 '아니'만 쌓여 가는 통에 더 당황해 버린 그녀의 얼굴이 하얗게 질렸다. 그런 여자를 내려다보는 남자의 미간이 슬쩍 모여들었다.

"지금 내 걸 이렇게 씹어 대면서 아니라니. 설마 먹고 튈 생각은 아니지?"

"무슨 말도 안 되는 소릴, 아, 잠깐만!"

"그런 게 아니면, 앞으로 계속하겠다는 뜻으로 들으면 되나?"

"흐윽! 아, 알았어. 할게, 할 테니까 좀 천천히……!"

그제야 만족스러운 미소를 지어 보인 준성이 그녀의 이마에 입술을 눌렀다. 동그랗게 예쁜 이마는 이미 송골송골 땀이 맺혀 보는 사람이 딱할 정도다. 그러면서도 차마 그를 밀어 내진 못하고 애잔하게 입술만 깨물며 견디는 모습을 보자니 묘하게 웃음이 났다.

장난처럼 그녀를 닦달하며 들은 대답이 아니라도, 이미 그녀는 이 끔찍한 고통을 견디면서까지 저를 받아들이는 쪽을 선택했다. 그게 얼마나 큰 결심인지 알기에 가슴이 벅차도록 행복했다. 그 입술을 부드럽게 핥으며 준성은 최대한 느릿하게 허리를 움직였다.

"으, 으음…… 으……."

그 나름대로는 엄청 자제한 움직임일 텐데, 워낙에 물건이 길고 두껍다 보니 조금만 움직여도 내벽 전체가 요동을 쳤다. 단번에 가장 깊은 곳까지 뚫고 들어온 것에 푹푹 찔릴 때마다 제 입에선 낯선 소리가 제멋대로 튀어 나갔다.

붉게 물들어 가는 눈가를 지그시 바라보던 그가 입술을 마주 물어 왔다. 녹아내릴 듯 세심하게 입안의 여린 살점을 핥아 올리다 이내 달콤하게 입술을 빨아들였다. 비좁은 내벽을 둔탁하게 치대는 하체와는 달리, 놀랍도록 부드럽고 다정한 입맞춤에 정신을 뺏긴 채 허겁지겁 매달렸다.

그리고 어느 순간부터 흐릿해진 고통 대신에 제 아래가 뭔가를 물고 조이는 느낌이 더욱 생생해졌다. 부득부득 핏발이 선 페니스가 꽉 다물린 안쪽을 마구 쑤셔 댈 때마다 맞물린 자리에서 질척거리며 애액이 새어 나왔다. 한결 미끈해진 내벽을 꽉꽉 메우며 파고드는 느낌이 나쁘지만은 않아 묘했다.

"하아, 아…… 준성아. 나……."

조금은 미묘한 쾌감이 잔잔하게 들끓는 것을 느끼며 수진은 그를 불렀다. 멋대로 감기려는 눈을 억지로 뜨며 남자를 바라봤다. 살짝 움직임을 늦춘 그가 무슨 일이냐 묻는 듯 지그시 그녀를 바라본다. 열기로 짙게 물든 시선이 한없는 열렬함을 품고서 그녀의 얼굴을 향해 있다. 마치, 이 순간 그녀가 그의 세상 전부라도 되는 듯이.

왠지 그 눈빛이 너무 좋았다.

평범하기 그지없는 자신의 삶을 특별하게 만들어 주는 것 같아서.

정말로 사랑받는 느낌이라서.

"아니, 그냥 좀 실감이 안 나서……."

"이걸 넣고도 실감이 안 나면 뭘 더 어떻게 해 줘야 하나."

"읙! 그런 뜻이 아니잖아."

복숭아처럼 발그레하던 얼굴이 숫제 새빨갛게 익어 버렸다. 그의 가슴팍을 툭툭 때려 대며 불만을 토하는 여자를 꼭 끌어안은 그가 나직하게 웃음을 터뜨렸다.

어쩌면 이렇게 사랑스러울까.

어쩌면 이렇게 사람을 미치게 만드는 걸까.

너무도 소중해서, 평생 함부로 할 수 없었던 여자였다. 그렇게나 지켜 주고, 아껴 주고 싶었던 여자였다. 그런 여자를 제 손으로 헤치고 있다는 사실이 믿기지 않았다. 지금도 눈가에 고인 눈물을 보면 가슴이 찢어질 것 같은데, 그 눈물의 원인은 도무지 멈출 기미가 없었다.

도리어 안을 파고들수록 쾌락에 자극당한 인내심이 흐릿해졌다. 들썩이는 허리의 움직임이 점차 빨라지자, 성기에 닿는 마찰의 강도도 높아졌다. 통제를 벗어난 허리는 어느 순간 멋대로 흔들리며 거침없이 그녀의 몸에 부딪치기 시작했다.

"흐앗! 앗, 잠깐, 아……."

거세진 움직임에 당황한 그녀의 손이 허공을 허우적대다 그에게 붙들려 시트 위에 짓눌렸다. 그대로 그녀의 몸을 덮어 누른 그가 과감하게 허리를 놀리며 두툼한 기둥을 파묻어 댔다.

퍽, 푸욱, 푹!

귀두 끝까지 빠져나갔다가 단숨에 뿌리 끝까지 밀어 넣는 움직임에 그녀의 허리가 붕 떠올랐다. 연거푸 박혀 들어올 때마다 그녀의 입에서는 정돈되지 않은 신음이 마구 터져 나왔다.

"으, 흑, 잠깐만, 아아…… 아읏!"

"괜찮아. 소리 질러도 되니까. 참지 말고."

배려하듯 조심스러웠던 움직임은 이미 흔적도 없었다. 지금 그는 오로지 그녀의 안에 자신을 밀어 넣고 흔들어 대려는 행위에만 집중하고 있었다. 더욱 몸을 낮춘 준성이 탐스러운 엉덩이를 움켜쥐었다. 떡처럼 말랑말랑한 감촉이 그의 힘에 형체를 잃고 뭉개졌다. 움켜쥐는 대로, 입술이 닿는 대로 붉게 물들어 가는 하얀 살갗을 실컷 물고 빨며 정신없이 허리를 쳐올릴 때마다 그녀는 자지러지며 울부짖었다.

"으흑, 읏…… 잠깐, 이건 너무 세…… 아앙, 앗!"

절로 엉덩이가 들리고 배 속이 확 조여들었다. 고통도 고통이지만, 뭉툭한 끄트머리가 막다른 벽을 쿵쿵 때릴 때마다 배 속 깊은 곳으로 묵직하게 퍼지는 감각이 버거워 견딜 수가 없었다. 아릿한 고통 사이로 어렴풋이 뭔가 다른 감각이 감지되기 시작한 건 그때였다.

"아, 나, 나 잠깐만……."

혼란스러워진 그녀가 저도 모르게 몸을 뒤틀며 그의 침입을 저지하려 했지만, 그 움직임은 허리를 감아 당기는 손짓 한 번에 제압되었다. 동시에 몸을 일으킨 준성이 그녀의 양다리를 위로 접어 벌렸다. 그대로 덮치듯 그녀의 몸을 접어 누르며 시트를 짚자 자연스럽게 엉덩이가 위로 뜨고 음부가 활짝 벌어졌다.

"흐읏!"

바뀐 자세가 부끄럽다고 생각할 새도 없었다. 그가 세차게 허리를 내리꽂자 더욱 질펀해진 소음이 바로 뇌리에 꽂혀 들었다. 흠뻑 젖어 번들거리는 음모 사이로 터무니없이 굵고 기다란 기둥이 모습을 드러냈다가 밑동까지 푹푹 박혀 든다. 내리꽂는 힘에 작은 침대가 삐걱거리며 비명을 질렀다.

'잠깐, 이게 뭐야. 이게 뭐지? 지금 이게 뭐냐고.'

연이어 외쳐 댄 의문이 머릿속에서 깜빡댔다. 어느 순간 눈에 별이 튀고, 제 목구멍에선 간드러진 신음이 새어 나오고 있었다. 무서운 속도로 박아 대는 곳에서 찐득하니 뭔가를 실컷 빨아들이는 듯한 소리가 났다. 이것이 탐욕스럽게 페니스를 흡입해 대는 제 밑에서 들리는 소리라는 사실을 믿고 싶지 않았다. 밀려드는 수치심에 절망하며 수진은 미친 듯이 고개를 저어 댔다.

"아아, 싫어, 읏! 아흑! 그만, 이런 거 그만…… 아!"

"후우, 괜찮아. 괜찮으니까 그냥 있어도 돼."

몸부림치는 여자를 달래듯 속삭인 그가 좀 더 힘을 줘 짓눌렀다. 깊숙이 처넣었다가 슬쩍 빼낼 때마다 물컹한 내벽이 빠듯하게 감겨 오는 느낌이 소름 끼치도록 좋다. 여전히 제 것을 터뜨려 버릴 것처럼 조여 대는 안쪽을 향해 엉덩이가 움푹 파이도록 힘을 주며 맹렬하게 허리를 찍어 내렸다.

한층 격렬해진 진퇴에 그녀는 정신없이 흔들렸다. 묵직한 성기가 깊숙이 파묻힐 때마다 충혈된 클리토리스가 그의 아랫배에 가차 없이 비벼졌다.

동시에 잔뜩 흥분한 내벽이 마음껏 안을 분탕질하는 단단한 기둥에 휘감겼다. 쫀득하게 감겨 오는 힘이 강해지자 그의 호흡도 한층 격해졌다. 퍽퍽, 받쳐 올 때마다 빈틈없이 맞물린 곳에서 새어 나온 물기가 그의 성기에 치덕치덕 들러붙는 게 느껴졌다.

"앗, 아흐읏, 응, 하앙…… 아아앙! 그만, 그만 제발……!"

낯은 뜨겁고 자극은 너무 강해서 도저히 견딜 수가 없는데, 남자는 돌처럼 단단히 그 자리에 버틴 채 우직하게 박혀 올 뿐이었다. 차라리 정신을 놓아 버렸으면 싶은데 몸을 덮치는 감각은 너무도 선명해서 미칠 것 같았다.

강인한 허벅지에 밀린 그녀의 가느다란 다리가 맥없이 허공을 휘젓고, 절로 곱아든 발가락은 멋대로 경련한다. 갈 곳을 몰라 이리저리 헤매던 손이 베개를 움켜쥐었다. 잔뜩 고개를 꺾어 베개에 얼굴을 반쯤 묻은 채 신음하는 그녀의 눈가는 이미 흘러내린 눈물로 범벅이었다.

"아, 아아…… 아아, 제발, 아으흑!"

이 순간이 견딜 수 없는 한편, 기묘한 희열이 차올랐다.

저 단정하고 금욕적이던 얼굴에 뚜렷하게 번진 음욕이. 여전히 차분한 태도로 내비치는 난잡함이. 다정하게 아껴 주면서도 멋대로 휘두르고 난폭하게 탐하는 모습이 지독히도 섹시해서, 더 휘둘러 줬으면 싶었다. 움츠러드는 저를 짓누르며 더 질펀하게 본색을 드러냈으면 싶었다.

이런 자신이 미친 것 같았다. 신열이 오른 몸은 제 몸 같지 않게 들끓어 대고, 이 마음은 이게 좋은지 싫은지도 모르겠다. 그저 당황스럽기만 한 이 상황에 흐느끼며 울어 버렸다.

"……흐윽. 흑!"

그제야 그녀의 두 다리를 놓아 준 남자가 다정하게 그녀의 몸을 끌어안았다. 나른하게 웃으며 그녀의 얼굴을 제 쪽으로 돌려놓고는 달래듯 촉촉한 눈가에 입을 맞춰 댔다.

"힘들게 왜 자꾸 울어. 응?"

관자놀이까지 흘러내린 눈물방울을 입술로 훔치면서도 방만한 아랫도리는 연신 들썩이며 그녀의 몸을 파고든다. 은밀한 내부를 넓히듯 허리를 돌려 가며 그녀의 반응을 이끌어 내려는 그의 집요함에 수진은 벅찬 신음을 토해 냈다.

"이제 다 돼 가니까, 조금만."

"으, 으응. 흑……."

"후, 키스해 줘, 수진아."

잔뜩 흘러내린 땀으로 더욱 야릇해 보이는 남자의 목에 팔을 감고서 갈급하게 그의 입술을 빨았다. 더욱 빠르게 자신을 묻어 오는 남자의 아래에서 목 놓아 흐느꼈다.

한층 절박해진 추삽질에 그녀는 끝도 없이 흔들렸다. 사납게 허리를 치대는 남자의 팽팽히 당겨진 턱선과 여유를 잃은 듯 격렬하게 파고드는 몸짓에서 절정을 직감한 그녀의 안이 긴장하며 멋대로 수축했다.

"흣!"

마침내 그가 그녀를 꽉 끌어안은 채로 움직임을 멈췄다. 외마디 신음성과 함께 몸 안 깊숙이 파고들어 뜨겁게 파정했다. 몇 번이나 허리를 털며 마지막 한 방울까지 토해 낸 그가 길게 숨을 뱉으며 그녀의 위로 무너졌다.

나른한 숨이 어깨에 닿은 순간, 그녀는 눈을 감아 버렸다. 감은 눈가에서 또로록, 굵은 눈물이 흘러내렸다.

"수진아."

그제야 다정함을 되찾은 목소리가 저를 불렀다. 간신히 떨리는 눈꺼풀을 들어 올리자, 코끝이 스치나 싶더니 부드러운 키스가 되돌아왔다. 아직도 뜨거운 혀로, 그 어느 때보다 달큼한 맛이 가득한 입안을 다정히 어루만지고 빠져나갔다.

그러다 말캉한 입술을 괜히 한번 앙, 물어 보고는 다시 그녀의 콧등에다 코를 비비며 키득거린다. 얼굴 여기저기에 입을 맞추며 젖은 머리카락을 정리해 주는 행동에는 어딘지 '고생했어, 잘 견뎠네.' 하고 기특해하는 느낌마저 묻어나 기막혔다.

"이제 다 울었네."

어르듯 달래는 말투에 더 왈칵 눈물이 쏟아졌다.

"이게 다 너 때문이잖아."

볼멘 목소리로 투정하듯 내뱉고서 다시 입술을 깨물었다. 절대 그를 탓할 일이 아니란 것쯤은 알고 있었다. 애초에 그를 끌어들인 건 자신이었고, 그는 이런 자신을 안아 준 것뿐이니까. 후회를 한다거나, 누굴 원망하는 마음은 절대 아니었는데…….

"그렇게 많이 아팠어?"

"……."

"미안. 처음 해 보는 거라 조절이 안 됐어."

그럼에도 그는 장단을 맞춰 준다. 훌쩍이며 눈을 흘기는 그녀를 그저 사랑스럽다는 눈으로 바라보며 입을 맞추고 달래려 한다. 누구에게도 약한 모습을 보이지 않던 그녀가 처음으로 제게 어리광 부리는 걸 기꺼이 받아 주며 즐거워했다.

"근데 표정은 별로 아픈 거 같진 않은데. 엄살인가?"

"아니야, 진짜 아팠단 말이야."

"그런 거치곤 반응도 많이 뜨거웠고. 아, 설마 좋아서 운 거였나?"

"어우, 정말!"

"뭘 그렇게 부끄러워해? 어차피 아래로 엄청 울었으면서. 시트까지 다 적시고."

"뭐, 뭐라는 거야, 진짜!"

눈물까지 쏙 들어가게 만드는 짓궂음에 심장이 터질 것 같다. 황급히 손을 뻗어 그 입을 틀어막자 웃음을 터뜨린 그가 그 손을 가볍게 잡아떼고는 지그시 그녀를 바라봤다. 조금은 집요하게, 꽤나 긴 순간 동안 머무르며 그녀를 응시하는 남자의 눈빛이 조금 미묘한 느낌이었다.

왜 그런 눈으로 보는 걸까.

의미를 알 수 없어 멀뚱히 마주 바라보는데, 먼저 시선을 돌린 그가 크게 숨을 들이켜며 몸을 일으켰다. 동시에 몸을 가득 메우고 있던 것이 쑥 빠져나가자 안을 슥 긁어내리는 듯한 느낌에 절로 신음이 났다. 그렇게나 쏟아 냈음에도 그의 것은 각도만 조금 수그러들었을 뿐, 여전히 무시무시한 크기를 유지 중이었다.

"가만히 있어."

슬그머니 따라 일어나려는 그녀를 단호한 말로 묶어 둔 그가 어디선가 티슈를 챙겨 왔다. 빠르게 콘돔을 정리하고 난 그가 다시 그녀의 다리 사이에 자리를 잡았다. 그러고는 아직도 무슨 상황인지 이해를 못 한 듯 눈을 끔뻑이는 그녀의 머리맡으로 손을 뻗었다. 절로 따라간 시선이 정확히 베개 밑을 향하는 그의 손을 발견했다.

가만…… 거기에 뭐가 있었더라?

"이상해. 너 우는 거 처음 봤을 때는 심장이 떨어져 나가는 것 같아서 아무것도 못 했었는데."

……그런데요?

저도 모르게 마른침을 삼킨 수진이 저를 굽어보는 남자에게로 눈을 돌렸다. 난데없이 이어지는 말이 몹시 불길한 건 기분 탓인가?

"지금 보니까 왜 이렇게 예쁘지? 더 울리고 싶게."

동시에 그가 꺼내 든 물건을 발견한 그녀의 눈이 휘둥그레졌다. 콘돔이 거기서 왜 또 나오는 건데!

"설마…… 또?"

"또라니. 지금까진 연습이었고 이제 본게임이지."

느긋하게 대꾸한 그가 특유의 매혹적인 웃음과 함께 잇새로 콘돔

73

의 포장을 찢었다. 그 모습이 쓸데없이 섹시해서 절로 탄식이 샌다.

"잠깐만, 잠깐만 기다려 봐. 아무리 생각해도 이건 좀 아니지 않아? 우리 다시 한번 신중하게 생각해 보자, 응?"

"이미 틀렸어. 지금은 백번 생각해도 또 하고 싶다는 결론밖에 안 날 거 같아."

"어우, 야아! 너 미쳤지? 지금 미친 거지?"

"응. 잘 아네. 너한테 미쳐 있잖아, 나."

이건 또 뭔……!

경악하는 사이, 순식간에 콘돔을 끼운 그가 비비적거리며 침대 머리맡으로 물러나는 그녀의 가느다란 발목을 낚아챘다. 휙 하니 도로 끌려 내려간 그녀가 힉, 하고 비명을 삼켰다. 이젠 그 맛을 알기에 더욱 집요해진 맹수의 시선이 그녀의 다리 사이로 향했다. 여유롭게 미소가 걸린 입술 사이로 붉은 혀가 잠시간 모습을 드러냈다가 사라졌다.

"걱정 마. 이젠 잘할 수 있을 거 같으니까."

아니, 잘하고 자시고 그 전에 내가 죽겠어!

그러나 차마 외치지 못한 말은 목구멍에 툭 하니 걸려 버렸다. 그렇게 얼어붙은 그녀의 얼굴 위로 커다란 그림자가 드리워졌다. 이 남자의 밤은 이제야 시작이었다.

13. 우리의 순간이 행복하길

기절하듯 잠이 들었다가, 간신히 눈을 떴을 때는 이미 주변이 환했다.

천천히 눈을 뜬 수진은 멍하니 눈앞의 풍경을 바라봤다. 익숙한 식탁. 익숙한 주방이 보이는 아주 익숙한 제 방임이 분명한데, 지나치게 밝은 햇살이 낯설어 절로 한숨이 나왔다.

"아…… 큰일 났네."

완벽하게 지각이로구나.

평생 겪어 본 적도 없는 상황이 발생하니 살짝 당황스러웠다. 벌써 9시가 훌쩍 넘어 버린 시각이라 서둘러도 의미가 없었다. 애초에 빨리 움직일 자신도 없었지만.

길게 한숨을 내쉰 수진이 자연스럽게 제 몸에 감겨 있는 남자의 팔을 풀었다. 끙, 하는 신음을 내며 반쯤 몸을 일으키자마자 우드득, 하고 소리가 들린 것 같아 헛웃음이 났다. 온 삭신이 쑤시고 물에 젖은 솜처럼 팔다리가 묵직한 게 어디서 교통사고를 당했다고 기억 조작을 해도 믿을 판이다.

와, 어쩌면 하룻밤 사이에 사람을 이렇게 만들 수가 있지?

간신히 침대에 걸터앉으며 옆을 돌아보자, 간밤을 어떻게 버틴 건지 모를 조그만 제 침대 위에 아주 위화감 돌도록 아름다운 생명체가 누워 있었다. 기막힌 심정과는 달리 도저히 눈이 안 갈 수가 없는 비주얼에 입가엔 어느새 흐뭇한 미소가 떠올랐다.

반듯하게 각진 넓고 굵은 어깨와 방금까지 제 몸을 끌어안고 있었던 강인한 팔뚝이며, 유난히 깊은 쇄골과 굴곡이 뚜렷한 가슴팍. 거기다 군살 한 점 없는 늘씬한 허리와 그 아래……까지는 아직 대놓고 감상할 자신이 없고.

"흠, 흠."

몰래 헛기침을 하며 시선을 돌린 수진이 허리춤에 걸려 있던 이불을 슬쩍 끌어 올려 덮어 줬다. 이 큰 몸에 들어갈 만한 옷이 없었기에, 그는 아주 당연하게도 속옷만 걸친 나체였다. 머릿속을 어지럽히려는 삿된 그림을 잽싸게 털어 낸 수진이 이번엔 그의 얼굴로 눈을 돌렸다.

"……얼굴을 갈아 끼우기라도 하나."

그토록 야한 표정을 짓고, 섹시하게 웃던 남자는 그새 어디로 가 버린 건지.

눈앞에 곤히 잠들어 있는 남자는 방금까지 그 몸을 보며 야릇한 상상을 했다는 게 미안할 정도로 맑고 해사한 얼굴이었다.

이마를 가린 부드러운 머리카락과 길게 그늘을 만든 속눈썹. 비쳐 드는 햇살 아래서도 모공 하나 없이 빛나는 하얀 피부며, 붉게 핏기가 어린 입술이 청순하다 못해 어린아이처럼 순수해 보일 지경이라 절로 한탄이 새었다.

아니, 이상하게 억울했다.

사람을 이 지경으로 만들어 버린 건 이 남자인데, 멀뚱히 저 얼굴을 감상하는 내가 왜 죄책감이 들어야 하는 건데? 이 남자가 밤새 나한테 한 짓을 생각해 보라고!

순간 어렴풋이 떠올린 간밤의 기억이라니.

"흐으······."

하나같이 눈 뜨고는 못 볼 꼴이라 수진은 작게 신음하며 손바닥으로 눈가를 짚었다. 제가 질러 댄 비명이 생생히 머릿속을 울려 대는 게 수치스러워서 딱 죽고 싶을 지경이다. 그냥 이대로 도로 잠들어 평생 눈을 못 떠 버렸으면 좋겠다.

"내가 미쳤지."

그래. 크게 인심 써서 처음은 내가 꼬드기고 도발해 놓은 덕분에 이 남자가 그렇게 미친놈처럼 날뛰었······. 아니, 좀 격렬했다 치자. 연이어 두 번을 덮친 게 조금은 아니지만 어쨌든.

문제는 그다음부터였다.

한바탕 질펀하게 뒹굴고 나선 배가 고프다며 이것저것 배달시켜 먹는 도중에 갑자기 발동이 걸린 그에게 붙들려 한 번.

완전히 기진해서 기절하듯 잠이 들었다가 깨어난 새벽에 느닷없이 덮쳐 또 한 번.

그리고 땀과 체액으로 범벅이 되어 어쩔 수 없이 씻으러 들어갔던 욕실에서 또다시 벌떡 일어난 것을 디밀어 왔을 땐······ 진심으로 이게 사람이냐, 싶었다.

아무리 남자가 25년이 넘도록 동정이면 마법사가 된다지만, 아무리 그래도 그렇지. 진짜로 마법을 쓰는 게 아닌 다음에야 이럴 순 없는 거다. 제가 직접 겪었으니 세상에 이런 일이 있다는 것도 알았지, 어디서 들었더라면 믿지도 않았을 것이다.

심지어 남자의 물건은 생각지도 못한 성능을 가지고 있었다. 그 엄청난 양의 정액을 쏟아 내고도 그 형태를 유지하는 기적을 부린 것이었다.

아니, 그의 해명대로라면 한풀 꺾였다가 그녀의 안에서 다시 생각지도 못한 속도로 부풀어 버린 거라는데, 솔직히 어느 쪽이 더 경악스러운 건지도 모르겠다.

그냥, 말 그대로 너무 엄청나서 도무지 감당이 되질 않는 수준이었다. 그 무시무시한 크기도. 그 엄청난 강직도와 회복력도.

절레절레 고개를 내저은 수진이 힘겹게 손을 뻗어 휴대폰을 집어 들었다. 나 과장에게서 메시지가 도착해 있었다.

[오전 반차 낸 거로 처리해 뒀으니까. 점심 먹고 들어 와.]

그렇지 않아도 반차를 내러 연락하려던 참이었는데, 이미 처리가 되었다니 내심 반가웠다. 평소 그녀의 행실을 눈여겨봐 온 나 과장이라면 뭔가 사정이 있을 거라 충분히 짐작하고도 남았을 터.

'그나저나 무슨 일이냐고 물으면 뭐라고 해야 하지?'

눈치 100단 내공의 소유자인 나 과장의 레이더망을 벗어나기란 낙타가 바늘구멍 빠져나가는 것만큼이나 어려운 일이었다.

솔직히 준성의 일도 일단은 아무 사이도 아니라 우기고는 있지만,

그 말을 믿어 주는 건지 아니면 믿어 주는 척하는 것뿐인지 보통 사람인 저로서는 알 길이 없었다. 아무래도 후자의 확률이 높긴 한데, 굳이 그걸 확인해서 긁어 부스럼을 만들고 싶진 않으니 그녀도 시치미를 뗄 뿐이다.

어쨌거나 오늘은 모처럼 병자 콘셉트의 화장이 필요할 것 같다. 아니, 그딴 거 안 해도 이미 눈 밑으로 다크서클이 좍 꼈을 것 같기도 하고…….

"뭐 해?"

나른하게 들려온 목소리에 돌아볼 새도 없었다. 어느새 그녀의 허리를 끌어안은 남자가 기분 좋은 호랑이처럼 낮게 그르렁대며 그녀의 목덜미에 얼굴을 묻었다. 등골을 적시는 듯한 뜨거운 숨결에 여지없이 가슴이 꾹 조여든다.

"그건 뭐야?"

낮게 잠긴 목소리가 지나치게 섹시해서 살짝 정신이 아찔했지만, 수진은 아무렇지 않은 척 간신히 목소리를 밀어냈다.

"어, 이거. 너무 늦게 일어나는 바람에 연락해 드리려. 웃……."

아무래도 저 역시 이 남자 못지않게 욕정의 화신이 되어 버린 모양이다. 다시 목덜미에 닿는 입술을 느낀 순간 훅, 치솟는 열기에 얼굴까지 화끈했다. 순식간에 온몸의 감각이 바짝 들고 일어선다.

마음만 먹으면 언제든 저를 열고 들어올 수 있는 남자다. 다분히 의도가 담긴 행동임을 알아서 더더욱 등골이 빳빳하게 긴장했다. 허벅지 사이에 힘이 들어가는 걸 애써 모르는 척하며 다시 입을 열었다.

"어쩌지? 내가 잠결에 알람을 꺼 버렸나 봐. 너까지 늦게 해서 미

안. 저기, 너도 일단 비서님한테라도 미리 연락해 놔야 하지…… 않을까?'

말끝이 점차로 흐려졌다. 어째 반응이 없다 싶더니만, 남자는 어느 순간부터 자연스럽게 그녀의 어깨에 턱을 걸친 채 그녀의 휴대폰 화면을 바라보고 있었다. 반쯤 내려뜬 눈꺼풀과 초점이 불분명한 짙은 눈동자의 조화가 섹시하다 못해 질척하게 느껴질 만큼 퇴폐적이다. 그녀를 탐하며 짙은 쾌락에 젖어 있을 때의 표정과 비슷해서 더 그런 느낌이었다.

'뭔 생각을 하는 거야.'

느닷없이 머릿속을 스친 감상을 지워 내듯 고개를 털었을 때였다.

"늦어도 된다는 뜻이네."

"어, 뭐…… 그렇긴 한데."

이렇게 간단히 말해도 되는 건가? 싶은 순간, 천천히 고개를 돌린 준성이 그녀를 바라봤다. 조금만 고개를 돌려도 입술이 닿을 거리에서 그녀를 바라보던 남자의 입술이 그린 듯 근사한 미소를 지어 올렸다.

불길한 예감에 움찔할 새도 없이 단단한 팔뚝이 그녀의 허리를 훅 당겨 안았다. 주변이 휙, 도는 바람에 아찔한 눈을 감았다 떴을 때는 이미 시트 위에 고이 누워 있었다. 심지어 날렵하게 몸을 타고 올라 그녀의 다리 사이에 자리를 잡은 남자의 잇새에 물려 있는 물건을 보자 절로 입이 떡 벌어졌다.

"서, 설마……."

언제나 그렇듯이 설마가 사람을 잡는 법이다. 속옷을 벗고 콘돔을 끼우는 데까지 0.1초도 걸리지 않는 것 같은 남자의 익숙함에 경악할 새도 없었다.

"윽!"

이 자리부터 모면해야지, 하는 생각에 황급히 움직이다 또다시 온몸을 덮쳐 오는 통증에 멈칫한 순간, 그대로 묵직한 체중이 겹쳐졌다. 기겁한 그녀의 눈이 휘둥그레 커졌다. 그 잠깐 사이에 잔뜩 발기해 버린 남성이 가랑이 안쪽을 스치듯 긁어내리며 존재감을 드러냈다.

"안 돼, 나 힘들어. 더는 안 된다고!"

"진짜 힘들어?"

나지막한 웃음과 함께 티셔츠를 젖히며 들어온 손이 말랑말랑한 가슴을 움켜쥐었다. 부드러운 유방을 감싸듯 주물거리고 꼿꼿해진 유두를 살살 긁어내리자 가파르게 숨이 치솟는다. 너무도 빠른 반응에 저 자신이 놀랄 정도였다.

"흡, 아, 잠깐……. 지금 이럴 때가 아니잖아. 너도 지각인데!"

나름대로는 빠르게 약점을 짚어 낸 것 같은데 그 말을 듣는 남자의 얼굴은 어디서 개가 짖나 하고 있다. 하긴, 이 치밀한 남자라면 진즉에 조치를 취하고도 남았겠지. 지금 누가 누굴 걱정하나. 나부터 살아야지!

"나 정말 힘들다니까? 응?"

죽는소리를 하며 사정해 봤지만, 이미 그의 품 안이었다. 도리질을 치며 입술을 피하는 여자의 귓바퀴를 물고 핥던 입술이 야릇한 소음과 함께 귓속으로 파고든다. 느긋하게 다리 사이로 자리 잡은 짓궂은 손가락이 팬티 위로 도드라진 둔덕을 살살 문질렀다. 애태우듯 부드럽고 느릿한 손길에 절로 신음이 나올 것 같아 수진은 허벅지를 맞붙이며 허리를 뒤틀었다.

"으, 그만. 나 그만할래. 제발 그만……."

"응. 넌 아무것도 안 해도 돼. 나만 할 테니까, 가만히 누워 있기만 해."

그게 말이 되냐고!

얄밉기 그지없는 소리와 함께 귓불을 잘근잘근 물고 빨며 괴롭히던 입술이 점차 그녀의 목을 타고 내려왔다. 혀끝으로 선을 그리듯 핥아 내리다 부드러운 살갗을 슬쩍 빨아 본다. 그새 속옷 틈으로 파고든 손으로는 바스락거리는 음모를 헤치며 자연스럽게 드러난 돌기를 문질러 댄다.

속절없이 신음이 터져 나왔다. 그나마 남아 있던 기운까지 모조리 빨려 나간 기분에 수진은 괴로운 숨을 삼키며 입술을 깨물었다.

집요한 애무로 그녀의 신음을 뽑아내던 그가 이윽고 크게 들썩이는 가슴 위로 입술을 눌렀다. 급히 들이켠 숨을 내뱉기도 전에 세차게 그의 입안으로 빨려 들어간 유두가 짓씹히고 짜릿한 통증이 밀려든다.

"으음, 읏! 아파아."

나른한 웃음이 가슴 위에 흩뿌려지더니 축축한 혀가 색이 연한 유륜과 유두를 한 번에 누르며 핥았다. 이어 단단히 뭉친 꼭지를 입술로 문 채 혀를 굴리자 절로 허리가 움찔거렸다.

"하아, 하……."

어쩐지 머리가 멍했다. 밀려드는 쾌감에 허덕이며 신음하던 그녀가 흐릿한 눈으로 남자를 바라봤다. 열중한 듯 살짝 찌푸린 미간이 눈에 띄자 새삼스럽게 또 낯설었다.

이렇게나 서슴없이 야한 짓을 하고, 난폭하게 감정을 들쑤시고, 제

멋대로 사람을 휘둘러 대는 남자일 거라 누가 상상이나 했을까.

무심코 손을 뻗은 수진이 제 가슴팍에 얼굴을 묻고 있는 남자의 머리카락 사이로 손가락을 밀어 넣었다. 결이 고운 머리카락을 바스락바스락 매만지자 그녀의 가슴 위로 짙게 가라앉은 신음성이 내려앉았다.

"더 쓰다듬어 봐. 기분 좋다."

"……뭐가 이쁘다고."

괜히 얄미워서 손가락에 걸리는 머리카락을 슬쩍 움켜쥔 순간, 기다렸다는 듯이 아래를 헤집던 손가락이 움찔거리는 입구로 쑥 파고들었다. 커다란 손바닥으로 음부 전체를 압박하듯 강하게 움켜쥐며 자극하자 허리가 파드득 튀어 올랐다.

"아흐읏!"

폭풍처럼 몰아붙이는 그의 공세에 이성의 끈이 점차 가늘어지는 게 느껴진다. 산발적으로 덮쳐 오는 감각에 도무지 정신을 차릴 수가 없다. 안간힘을 쓰며 버텨 보지만, 이미 결과는 너무도 뻔했다. 어느 순간 진하게 입을 맞춰 온 그가 팬티의 아랫부분만을 젖히고는 단단히 일어선 남성을 그 틈으로 밀어 넣었다. 두툼한 귀두가 그새 녹녹해진 질구를 비집고 들어왔다.

내벽 전체를 긁으며 들어선 것이 깊숙한 곳에 자리 잡는 느낌이 새삼스럽도록 지독하다. 나직하게 신음을 토해 낸 수진이 긴 숨을 내쉬었다. 대체 언제쯤 이 버거움에도 익숙해지는 걸까.

"하아, 이게 뭐야 아침부터……."

"아침 인사."

느른한 웃음과 함께 대꾸한 남자가 허리를 쳐올리기 시작했다.

"누가 아침 인사를 이렇게, 아…… 하앙, 앗! 정말 대체 몇 번이나, 으흣!"

"그래서 싫어?"

여유롭게 들려온 되물음에 수진은 대답 대신 눈을 흘겼다. 그래도 싫다는 말은 하지 않는 그녀가 사랑스럽다는 듯 웃음을 터뜨린 그가 그녀의 이마와 눈가에 토독토독 입을 맞추다 다시 입술을 베어 물고 강하게 빨아들였다. 뜨겁게 열이 오른 입안으로 깊숙이 파고든 혀가 격렬하게 안을 휘저으며 달콤한 타액을 퍼 올렸다.

아, 어떡해. 도저히 거절을 못 하겠어.

너무 좋아, 이 순간이.

분명 무리인 걸 알면서도. 충분히 곤란한 상황인데도, 그의 품에 안겨 있는 지금이 너무 좋아서 못 이기는 척 넘어가고야 말았다. 안타깝게도 그녀는 이렇게 멋대로 저를 휘둘러 대는 남자가 취향이었다. 정말 빼도 박도 못할 변태가 따로 없다는 걸 밤새 너무도 잘 알아 버렸다.

그리고 그 역시 이런 자신을 제대로 파악하고 있음이 분명했다.

"아, 응……. 이제 그만."

"이렇게 들러붙고 조여 대면서 뭘 그만해."

"아, 으흣!"

"엄청 젖고 있어. 하아, 빨려 들어가는 거 같아."

그의 말대로 살짝 빠져나간 페니스가 깊숙이 박혀 올 때마다 이미 쾌감을 알아 버린 몸이 미친 듯이 달아오르며 환호하는 게 느껴진다. 다리 사이로 고여 드는 진득한 감각을 놓치지 않으려는 듯 더욱 조여 드는 안이 탐욕스럽게 액을 흘려 댔다.

절로 힘이 들어간 허리가 그의 움직임에 맞춰 움찔거리기 시작했다. 흠뻑 젖은 기둥이 빠르게 안으로 박혀 들 때마다 그녀는 안달하며 재촉하듯 그의 허리에 허벅지를 비볐다.

맞물린 채 실컷 비벼지는 아래에서 불길이 치솟는 것만 같다. 빠르게 출렁이기 시작한 그의 허리 짓에 핏줄이 도드라지도록 단단히 발기한 성기가 물이 흥건한 구멍을 짓쑤셔 댄다. 여실히 느껴지는 남자의 흥분에 살짝 겁이 날 정도였다. 이 순간이 언제 끝이 날지 알 수가 없었다.

"후우, 제길."

크게 숨을 내쉰 그가 잠시 움직임을 멈추더니 그녀의 허리를 잡아끌어 그의 허벅지에 올려놓았다. 하체만 그의 허벅지에 앉은 것처럼 허리가 휘고, 자연스럽게 공중에 뜨게 된 아래가 더욱 벌어지며 난잡하게 얽힌 부위가 고스란히 그의 눈앞에 드러났다.

"윽! 잠깐 뭐 하는……!"

그대로 상체를 세운 그가 그녀의 허리를 강하게 움켜잡은 채로 퍽퍽 받아 왔다. 젖은 살갗이 쩍쩍거리며 맞부딪치는 소리가 한층 요란해졌다.

"아아앗, 아읏! 흑!"

제 몸을 움직일 의지조차 뺏겨 버린 기분이었다. 허공에 뜬 하체는 그가 휘두르는 대로 흔들렸다. 멋대로 힘이 들어간 발끝이 허공을 휘적댔다. 퍽퍽, 소리가 나도록 깊고 강하게 처박혀 올 때마다 온몸이 퍼들거리며 경련한다. 뭔가 사정하고 싶어 벌어진 입술은 신음을 내놓기만도 벅찼다.

"아흑!"

연이어 박혀 오는 힘에 죽죽 밀려 나가던 몸이 기어이 침대 모서리에 걸렸다. 한쪽 어깨가 훅 떨어지는 걸 느낀 그녀가 황급히 상체에 힘을 주며 허우적거리자 낮게 웃음을 터뜨린 그가 그 손을 붙잡고는 훌쩍 안아 올렸다.

앗, 하는 사이에 그의 허벅지에 걸터앉게 된 수진이 급히 숨을 들이켰다. 제 무게에 더욱 깊이 박혀 든 것이 생각지도 못한 부분까지 푹 찔러 오는 통에 명치가 턱 막히는 기분이었다.

"읏, 잠깐 이거 아프잖……."

"사랑해."

원망을 실어 그의 어깨를 툭 내리치던 그대로 굳어 버렸다. 잘못 들은 건가, 생각했을 때는 이미 열기로 짙게 물든 남자의 시선과 눈이 마주쳤다. 언뜻 광기마저 느껴지는 검은 눈동자는 조금의 흔들림도 없이 그녀를 직시하고 있었다.

"지금 무슨……."

"처음부터 계속 같은 마음이었어. 이게 사랑인 걸 깨달은 건 최근이지만."

덧붙여 제가 이렇게나 충동적인 사람이란 것도 지금 알았다.

제 밑에서 흔들리고 있는 여자가 너무도 사랑스러워서. 도저히 말을 하지 않고는 견딜 수 없었다.

"다른 건 몰라도 이건 약속할게. 난 절대 변할 일 없을 거라고."

아니, 어쩌면 가장 최적의 타이밍이었다. 이 순간, 고스란히 감정을 드러내 버린 그녀의 표정이 이렇게나 짜릿할 줄이야.

"아니, 이젠 네 마음이 변한대도 내가 못 놔."

단호하게 선언한 그가 그녀의 머리카락을 휘감아 당겼다. 훌쩍, 그의 품 안에 끌려 들어온 그녀의 눈동자가 잘게 흔들렸다. 그렇게 아무런 대꾸도 하지 못하고 그에게 못 박혀 있던 여자의 눈에 이내 물기가 차올랐다.

"또 울려 버렸네."

나른하게 웃으며 그녀의 턱을 붙들어 올린 그가 입을 맞췄다.

끝내 사랑한다는 말도 해 주지 않는 여자지만, 뭐 어떠랴.

가장 은밀한 순간을 함께했고, 이젠 제 마음까지 쥐어 줬다. 절대 거절하지 못할 순간에 뻔뻔히 내뱉은 진심이 그녀를 옭아맬 족쇄가 되길 바랐다.

그렇게라도 그녀가 저를 놓지 않기를.

몸정이든, 단순한 호감이든, 순간의 방심이든 뭐든 좋으니 그녀가 좀 더 제게 목을 매는 날이 오기를.

준성은 나긋하게 휘어지는 여자의 허리를 끌어당기며 빠듯하게 조여 드는 안으로 깊숙이 자신을 파묻었다. 더욱 깊이 자신이 새겨지길 바라며 강하게 허리를 쳐올리고 출렁이는 가슴팍에 얼굴을 묻었다. 나른한 신음과 함께 흔들리던 여자가 이내 가녀린 팔로 그를 끌어안고 매달렸다.

뜨거운 아침 인사가 끝나기까진 조금 더 시간이 걸릴 예정이었다.

"수진이, 우리 잠깐 커피 한잔할까?"

점심시간이 끝날 무렵, 저를 부르는 목소리가 들려왔다. 수진은 침착하게 뒤를 돌아봤다. 목소리의 주인공은 너무나 당연하게도 나 과장이었다.

"네, 과장님. 한 잔 내려 드려요?"

"응. 좀 찐하게 마시고 싶네."

각오는 했지만, 막상 그 순간이 닥쳐오니 긴장으로 손발이 뻣뻣했다. 작게 한숨을 내쉰 수진은 앞장서는 나 과장을 따라 탕비실로 들어섰다.

당연하다는 듯 머신 앞에 서는 그녀를 나 과장이 조금 미묘한 눈으로 훑어봤다. 최대한 아무렇지 않게 행동은 하고 있었지만, 목덜미 언저리가 따끔거리는 것까진 어쩔 도리가 없었다.

"나한테 무슨 할 말 없니?"

드디어 시작이구나.

커피를 건네자마자 들려오는 말에 수진은 침착하게 미리 준비해 둔 대답을 꺼냈다.

"죄송해요. 제가 오늘 이상하게 컨디션이 안 좋았었거든요. 조금만 더 눈 좀 붙인다는 게 그대로 또 잠이 들어 버렸나 봐요. 꼼짝없이 지각이었는데 잘 처리해 주셔서 고맙습니다."

"아니, 뭐 고마워할 거까진 없고."

예상했다는 듯 표정 변화도 없이 대꾸한 나 과장이 호로록 커피를 머금고는 시큰둥하게 말을 이었다.

"일단 썰부터 확실하게 풀어 봐."

"썰……이라뇨?"

"그래, 우리 별님 입술은 어떻든?"

"……!"

"거 두께가 좀 있는 게 엄청 보드라울 거 같긴 하던데. 가슴에 그런 열정을 품고 사시는 분인데 뜨겁기는 또 얼마나 뜨거웠을꼬. 그분 온기만 남아 있는 자리에서도 그렇게 향기가 좋은데 그 품 안에서 직방으로 맡으면 아이고……. 내 심장이 다 터지겠네, 정말.”

푸념 섞인 나 과장의 말이 이어지는 동안 수진은 뒤로 넘어갈 뻔한 걸 간신히 버텨 냈다. 아니, 이분이 귀신을 삶아 드셨나. 어떻게 알았지?

“저, 무슨 오해가 있으신 거 같은데요, 과장님.”

“자기야. 우리 자기는 다 좋은데, 가끔 거짓말을 너무 못하더라.”

쯧쯧, 혀를 차며 안타깝다는 듯이 중얼거리던 나 과장이 재킷 주머니를 주섬주섬 뒤지더니 작은 손거울을 꺼내 내밀었다.

“그리고 아무리 바빠도 말이야. 거사 치른 다음 날엔 거울을 제대로 확인해야 하는 거야.”

“네?”

얼결에 거울을 받아 든 수진이 얼떨한 표정으로 되묻자 나 과장은 다시 커피를 머금으며 귀밑 언저리를 톡톡 두드렸다. 설마…….

“헉!”

기겁한 수진이 손으로 제 목을 감쌌다.

정확히 귀밑 턱이 시작되는 아래 움푹 들어간 자리에 새끼손톱만 한 생채기가 있었다. 하필 딱 그늘의 경계가 닿는 자리라선지 언뜻 봐선 눈에 잘 띄지도 않았다. 그렇지 않아도 혹시나 흔적이 남았을까 봐 반 이상 목을 덮는 니트를 입고 머리까지 풀고 왔는데 여기가 함정이었네!

설마 일부러 그 자리를 노린 거야?

이 영악한 남자 같으니라고!

경악하는 수진을 보며 나 과장이 껄껄 웃음을 터뜨렸다.

"아이고, 재밌다. 재밌어 죽겠네, 정말. 크큭……"

"웃으실 때가 아니에요, 과장님. 호, 혹시 컨실러 있으세요?"

"내 서랍에 하나 처박아 둔 게 있긴 있을 거다만. 그나저나 대체 어떻게 된 거야? 설마 진짜 상무님 작품이야?"

차마 그렇다고는 말하지 못하고 그저 어색하게 미소만 지어 보였다. 이미 왕창 꼬리가 밟힌 상태긴 했지만, 막상 제 입으로 수긍하려니 여간 민망한 게 아니었다.

"……어떻게 아신 거예요?"

"어떻게 알긴. 아주 널 바라보는 눈빛에 기승전결 서사가 쫙 펼쳐 있는데 어떻게 몰라. 더군다나 평소엔 안 그러던 애가 그 사람만 보면 꼭 어디 나사라도 하나 빠진 것처럼 굴잖아. 보나 마나 뭔가 있네, 싶었지."

너무도 정확히 저를 꿰뚫는 지적에 소름이 다 돋았다.

"그리고 어제 오후쯤에 너랑 상무님이랑 같이 차 타고 어디 나가 더라는 소식이 들어왔거든. 다른 사람이면 모를까, 하필 이 두 사람이 한꺼번에 사라져선 그 후로 또 소식이 없네? 그럼 답은 하나밖에 없지."

그러니까 이미 의심을 하고 있는 상황이다 보니 패턴이 너무 뻔히 보였다는 뜻이었다. 거기다 지금껏 연애 한번 못 한 여자가 미묘한 곳에 도장까지 쾅쾅 찍어 왔으니 확인 사살이나 다름없었고.

"뭐, 이미 그 전에 회식 때 너 취한 거 보는 눈이 영락없이 애인 단속하는 남자 눈이네, 싶더라."

그렇게 눈에 띄게 이상한 짓을 했으니 그럴 수밖에. 왠지 눈앞이 깜깜해진다. 대체 몇 명이나 더 알고 있는 걸까.

"아 참, 걱정은 말고. 아직은 나 말고 눈치챈 사람 없는 거 같으니까. 실은 지난번 점심때 상무님이 친구 보고 싶어서 자주 온 거라는 식으로 수습해 주셨거든. 다행히 다들 별 의심 없이 믿는 눈치야. 솔직히 워낙 별세계 사람이니 설마 엮이겠나 싶은 마음도 있을 거고."

혹시 그런 게 아닐까, 생각은 했지만 점잖게 유리의 호들갑을 누르던 말투는 역시나 저를 보호해 주기 위해서였던 모양이다. 새삼 깨달은 나 과장의 마음이 고마워서 절로 멋쩍은 미소가 떠올랐다. 지그시 그녀의 얼굴을 살피며 호로록, 커피를 들이켜는 나 과장의 눈가에도 흐뭇한 웃음기가 떠올랐다.

"근데 연애 시작한 사람치고 어째 표정이 영 밝지가 않네. 왜, 회장님 때문에?"

바로 그 이름이 나온다는 건, 누가 봐도 그게 가장 큰 장애가 될 거란 뜻이겠지.

"괜찮아요. 다 알고 시작한 거니까."

그럼에도 대답은 의외로 덤덤히 튀어나왔다. 이미 마음은 굳게 먹은 상태였지만, 직접 입 밖으로 꺼낸 건 처음이라 그녀 스스로도 좀 놀랐다.

"실은 대학 다닐 때부터 쭉 좋아했었거든요. 유학 떠나기 전에 진짜 마지막으로 고백이라도 해 보자, 마음먹고 되게 진지하게 불러냈다가 결국 딴소리만 해서 얘를 화나게 한 적도 있고요."

생각해 보면 그때 그 반응을 보고도 왜 그 마음을 몰랐나 싶다. 그렇게나 뚜렷하게 전해지던 실망감과 배신감이 무슨 의미였는지. 그렇게 굳어 가던 얼굴을 눈 뜨고 보면서도 전혀 깨닫지 못했다는 게 새삼 미안할 만큼.

"이미 충분히 신호를 보내고 있었거든요. 그런데 저는 그렇게나 가까이서 쭉 함께 있었는데도 그 사람이 뭘 원하는지, 어떤 생각을 하고 있는지. 진심으로 들여다보려는 노력조차 안 했어요."

더는 누구에게도 상처받고 싶지 않다는 이유만으로 그런 자신을 정당화했었다. 그런 생각으로 아무렇지 않게 타인의 마음을 무시해 왔다는 걸, 어제 제 앞에서 상처받은 얼굴로 돌아서는 그를 보고서야 깨달았다.

"그 사람이 아니었다면, 아마 전 끝까지 깨닫지 못했을 거예요. 평생 좋아한다는 말도 못 했을 거고요."

그리고 지금의 이 행복조차 몰랐을 테지.

"그래서 다른 건 생각 안 하기로 했어요. 지금은 그냥 그 사람이 행복했으면 좋겠어요. 아니, 행복하게 해 주고 싶어요."

다짐하듯 내놓은 말은 저 자신을 향해 하는 말에 가까웠다. 올곧은 시선을 마주 보던 나 과장의 입가에 흐뭇한 웃음이 떠올랐다.

"우리 수진이 많이 단단해졌네."

상사로서 지켜본 수진은 늘 타인을 먼저 배려하고 양보하는 사람이었다. 그게 단지 수더분한 성격에서 비롯된 게 아니란 것쯤은 일찌감치 꿰뚫어 봤다.

그건 이미 인간관계에서 한번 상처를 받아 봤고, 그 아픔을 두려워하기에 자연스럽게 드러나는 태도였다. 강박에 가까울 정도로 타인과의 트러블을 피하는 모습이 딱해서 괜히 한 번 더 신경 쓰게 되고, 더 마음이 가기도 했었다.

"사랑이란 게 참 좋아. 그렇지? 그 좋은 나이에 그 좋은 감정이 찾아왔는데, 그거 하나 제대로 못 누려 볼 거면 살 이유가 없지. 그러니 기회가 왔을 때 실컷 좋아하고, 많이 사랑해. 그게 남는 거야."

그런 수진이 처음으로 제 욕심을 드러내는 순간이었다. 한 회장의 존재를 의식하고 두려워하면서도 그 감정을 외면하지 않겠다는 그 말에 왜 제가 더 기쁜지 모르겠다.

"축하해. 첫 연애, 맞지?"

은근히 물으며 눈을 찡긋해 보이는 나 과장의 얼굴에는 뜻 모를 음흉함이 가득했다. 연애를 시작한 저보다 더 들뜬 것처럼 보여 절로 웃음이 났다.

"고맙습니다."

"고맙긴, 뭘. 나 재밌으라고 하는 건데. 그럼 일단 그 흔적부터 좀 해결하자. 따라와."

잽싸게 자리에서 일어난 나 과장이 커피 잔을 든 채 탕비실을 나섰다. 목적을 달성한 나 과장의 걸음이 그 어느 때보다 가볍다. 잔뜩 들뜬 나 과장을 바라보는 그녀의 입가에도 모처럼 즐거운 웃음이 떠올랐다.

내일도 오늘처럼만 행복했으면 좋겠다.

그 끝이 언제가 될지 알 수 없지만, 그렇기에 그와 함께하는 순간이 모두 행복하길 바랄 뿐이었다.

너무 큰 욕심일까?

오후 일정을 위해 수진은 본관으로 걸음을 옮겼다. 한 해가 저물어

갈수록 일은 더 바빠지고 호텔로 걸음을 할 일도 많아졌다. 영진그룹 건으로 본관 지하 사무실에서 연회팀과 만나 몇 가지 일을 논의하곤 다음 일정으로 신규 고객과의 룸쇼가 예정되어 있어 다시 로비로 들어섰을 때였다.

"어, 수진 씨. 일은 잘 해결됐어요?"

컨시어지 데스크 앞을 지나가는데 윤 매니저가 알은척 말을 건네 왔다. 수진은 반가운 얼굴로 다가섰다.

"네, 정말 덕분에 살았어요. 진짜 예약 다 받아 놓고 갑자기 그렇게 캔슬을 해 버리면 어쩌자는 건지. 며칠 내내 속 끓인 거 생각하면 정말, 으으……."

"이맘때 그런 곳 많아요. 굳이 예약 안 받아도 오는 손님으로 다 채울 수 있다, 이거죠, 뭐."

"그런데 그러고도 남을 거 같아서 더 화나요. 어쨌든 저라도 앞으로 거긴 다시 상종 안 하려고요."

행사를 위해 단체로 방문한 거래사 직원을 케어하다 보면 종종 벌어지는 일이었다. 평소라면 어렵지 않은 일인데, 조건에 맞는 장소가 없거나, 시기가 시기이다 보니 있어도 예약을 받질 않았다.

그러다 우연히 찾은 컨시어지 데스크에서 예약을 받지 않던 식당 중 한 곳이 윤 매니저와 친분이 있단 사실을 알고 도움을 받게 된 것이다.

그녀의 도움이 없었다면, 50여 명분의 차비가 제 주머니에서 빠져 나갈 뻔했지.

생각만 해도 아찔해 절레절레 고개를 내젓던 수진이 문득 휴대폰을 꺼내 들었다. 약속 시간이 10분 정도 남았지만, 호텔에서의 만남이라면 조금이라도 일찍 나가 있는 쪽이 나았다.

"연말연시 지나고 언제 같이 식사라도 할까요? 신세도 갚을 겸, 제가 대접할게요. 우리 맛있는 거 먹으러 가요."

"어우, 저야 좋죠. 수진 씨 리스트 기대되는데요?"

"흐흐, 저 그럼 오늘은 약속이 있어서 이만……."

재빨리 대화를 마무리하고 정문으로 나가 있으려던 참이었다. 갑자기 주변이 어수선해진 것 같아 저도 모르게 말을 멈추고 고개를 돌렸다. 언제 나타난 건지 총지배인과 팀장급 직원 몇이 우르르 정문으로 향하는 게 눈에 띄었다.

무슨 일인가, 얼떨떨해 있는 두 여자에게 급히 컨시어지 데스크로 들어선 박 지배인이 소식을 전했다.

"회장님 오셨어, 회장님."

"아."

윤 매니저가 자리에서 벌떡 일어났다. 수진 역시 덩달아 그 자리에 굳었다. 원래도 종종 호텔을 찾기에 새삼스러운 일은 아니었다. 더군다나 저 같은 일개 직원과 마주칠 만한 상황이 벌어질 리도 없기에 지레 긴장할 필요도 없었다.

다만, 사무직군으로 이동하며 접할 일이 확 줄어든 탓인지, 면역력도 줄어든 기분이라 해야 하나.

아니, 꼭 그 이유만은 아닐지도 모르겠지만.

그사이 정문을 통해 들어선 한 회장이 로비를 가로질렀다. 경외감 어린 시선이 절로 그녀를 향했다. 위풍당당한 걸음걸이에서는 강인하고 냉정한 한 회장의 성품이 고스란히 묻어나는 듯했다.

그런데 우르르 뒤따르는 임원들을 향해 뭔가 지시를 내리는 듯 말을 건네며 주변을 둘러보던 한 회장의 시선이 문득 이쪽을 향했다. 그렇게 찰나의 순간, 차갑기 그지없는 눈빛이 똑바로 그녀의 시선을 뚫고 들어왔다가 자연스럽게 비껴갔다.

기분 탓인가?

우연히 시선이 닿는 자리에 있었다고 생각하기엔 너무도 정확히 제 얼굴을 봤는데.

"……방금 회장님이랑 눈 마주치지 않았어요?"

착각만은 아니었던지 윤 매니저가 고개를 갸웃거렸다.

"설마요. 어쩌다 그냥 보신 거겠죠."

애써 웃어 보인 수진이 이만 가 보겠다며 자리를 빠져나왔다. 아직도 심장이 두근거리고 등골이 서늘했지만, 더 길게 생각하고 싶진 않았다. 적어도 지금은 제 정신 건강을 위해서라도 그래야 할 것 같다.

한 회장이 머무는 스위트룸의 응접실은 차디찬 침묵만이 가득했다. 회의용 테이블 앞엔 대여섯 명의 임원들과 그 수행원들이 있었지만, 그들은 숨소리조차 내지 않고 상석에 앉은 사람의 동향을 살피고 있었다. 이따금씩 서류를 넘기는 소리가 들려올 때마다 그들은 눈에 띄게 긴장한 얼굴로 마른침을 삼켰다.

"그러니까, 현재 우리 리조트 내 식음료 사업권을 따내서 운영 중인 업체가 알고 보니 한준우와 채연화가 최대 주주로 있는 곳이고, 거기서 지금까지 3년 동안 두 사람에게 다달이 급여까지 지급해 왔다,

이 말입니까?"

한 회장이 들고 있던 서류를 탕, 소리가 나도록 테이블에 던져 놓았다.

"굴지의 건설사 사장이 이제 대학생인 아들에 얌전히 내조하는 와이프까지 동원해 가며 그런 쥐새끼 같은 짓을 해? 하……."

노여움 가득한 음성에 윤 이사를 포함한 임원들이 움찔 어깨를 접었다. 누구도 선뜻 움직이지 못하는 가운데 저만치 서서 창밖을 바라보고 있던 남자만이 덤덤한 얼굴로 테이블로 다가오더니 한 회장이 내던진 서류를 집어 들었다.

"애초에 비자금 건이 터졌을 때부터 관련 비리가 한두 건이 아닐 거란 것쯤은 예상하지 않으셨습니까?"

목소리마저 수려한 남자의 말에 엄하게 굳어 있던 한 회장이 더욱 미간을 찌푸렸다.

"하도급 업체에서 뒷돈을 받아 챙기고, 재개발 구역 조합원들을 매수하고, 구청 공무원에게 뇌물 상납까지. 비자금 수사 이후로 한 달 사이에 밝혀진 건만 이 정도인데 뭐가 더 나온들 새삼스럽지도 않지요."

능청스럽게 덧붙인 준성이 싱긋 웃음을 머금었다. 이상하리만큼 마음이 약해지는 미소에 잔뜩 찌푸려 있던 한 회장의 미간도 슬며시 풀어진다. 이내 조용히 손을 들어 주변을 물린 한 회장이 준성을 가까이 불러들였다.

"일이 이렇게 된 이상 한 사장은 절대 혐의를 벗지 못할 테니 나로서는 충분히 밀어낼 명분이 서. 문제는 이 건이 지금 네가 맡은 일과 엮여 있다는 점이지. 분명 발표 전 프레젠테이션 때도 다들 이 건으로만 물고 늘어질 테고."

"어차피 한 사장님은 면세 사업과는 전혀 무관하고, 수사 과정에서 본인 일가족과 건설사 쪽 임직원만 연루되어 있다는 건 밝혀진 상태니 최대한 팩트로만 대응하면 됩니다. 다만, 한번 박혀 버린 인식을 완전히 바꾸기까진 시간이 모자라서 지금의 부정적인 이미지는 당분간 어쩔 수 없이 지고 가야겠죠. 그것을 상쇄시킬 만한 대책 또한 구상 중입니다."

"그래. 어련히 잘하고 있으리라 생각은 했다만."

한 회장의 눈빛에 착잡함이 어렸다. 심사 발표일이 다가올수록 점점 더 강해지는 음해성 공작을 방어하느라 준성은 밤이고 새벽이고 가리지 않고 전달되는 소식에 온 신경을 곤두세우고 있었다. 새벽 일찍부터 시작된 일과는 종종 밤을 잃고 다음 날까지 이어지기 일쑤였다.

그런 아들이 혹여 건강을 해칠까 염려되는 와중에도 한편으론 보란 듯이 무언가 해내길 바라고 기대하게 된다. 이것이 누구보다 훌륭하게 성장한 아들의 능력을 자랑하고 싶은 부모로서의 욕심인지, 아니면 믿을 만한 후계자를 원하는 기업인으로서의 욕심인지는 모르겠다.

확실한 건, 무엇보다 자신의 삶이 소중했던 그녀가 점점 제 후계에 연연하고 있다는 점이었다.

몸에 이어 이젠 마음마저 늙어 간다는 증거겠지.

"어쨌거나 한 사장을 완전히 몰아내야 근본적인 문제가 해결되는 거니."

다시 냉정해진 말투로 상황을 정리한 한 회장이 테이블 한쪽에 곱게 놓여 있던 서류를 집어 그의 앞에 내놓았다.

"실은 그것 때문에 널 부른 것도 있구나."

"이게 뭡니까?"

"도움이 될 만한 조건으로 골라 봤다. 조만간 시간 좀 내 보거라."

무심코 그것을 집어 들려던 준성이 그대로 멈칫했다. 내내 잔잔한 미소를 머금고 있던 얼굴이 다시 한 회장을 향하며 눈에 띄게 굳었다.

"전 이미 마음에 두고 있는 사람이 있는데요."

"그래. 그건 기억하고 있다. 하지만 결혼 문제는 다르잖니."

바늘 하나 들어갈 것 같지 않은 아들의 태도에도 한 회장은 대수롭지 않다는 태도였다.

"네 안사람이 된다는 건, 언젠가 우리 그룹의 안주인이 된다는 뜻이기도 해. 네가 마음에 두고 있다는 그 아이가 과연 그 짐을 짊어질수 있을 거라 생각하니?"

냉정하게 묻는 한 회장의 머릿속으로 방금 전, 호텔 로비에서 발견한 여자의 모습이 떠올랐다. 그런 발칙한 꿈을 품고 있는 것치고는 꽤참한 외양을 하고 있었다. 다른 이에겐 꽤나 호감상일 테지만, 제게는그 고운 얼굴마저 음흉해 보여 영 탐탁지가 않았다.

분명 제 얼굴만 믿고 온갖 이득을 누리면서 살아왔을 테지.

그런 영악한 아이에게 막중한 책임이 필요한 이 자리를 어떻게 맡길 수 있을까.

"사람은 자기 분수에 맞는 삶을 살아야 행복한 법이다. 네가 진정그 아이를 생각한다면 어떤 선택을 해야 할지, 잘 판단할 거라 믿는다."

더 이상의 말은 들을 필요도 없다는 듯 다른 서류로 눈을 돌리는 한 회장을 잠시 바라보던 준성이 차분히 입을 열었다.

"어떤 말씀을 하신대도 제 생각은 변함없습니다."

멈칫한 한 회장의 시선이 다시 준성의 얼굴로 향했다.

"회장님께서는 늘 사람이 가진 힘을 중히 여기셨죠. 어떤 출신이나 배경보다 그 사람이 이뤄 온 성과와 노력을 가지고 평가해 주시곤 했죠. 전 그런 회장님을 보며 자랐습니다. 그 어떤 스승보다 회장님을 깊이 존경하고, 닮기 위해 노력해 왔고요."

"……."

"그런 제 눈에 보인 사람이에요."

고저가 느껴지지 않는 차분한 목소리엔 신뢰가 가득했고, 똑바로 자신을 바라보는 눈동자는 투명하리만큼 맑은 빛을 내고 있었다. 일부러 꾸며 내려 하는 소리가 아니라, 정말로 그렇게 믿고 확신해 온 것을 막힘없이 꺼내 놓는 투였다.

그래서 더욱 떨떠름해진 감정을 내색하지 않으려 애쓰며 남은 말을 밀어냈다.

"그래. 어떤 장점을 가진 아이기에 네가 그렇게까지 말을 하는 건지 궁금해지긴 한다만, 나로서는 온전히 그 말을 신뢰할 수만은 없구나. 네 눈이 틀렸다는 건 아니다. 때론 감정이라는 게 사람의 판단력을 흐릴 때가 있으니 하는 말이지."

"네. 알고 있습니다. 그러니 회장님께 직접 증명해 보일 기회를 주셨으면 합니다."

"……."

마치 이런 제 반응을 예상했다는 듯 아무렇지 않게 이어진 대꾸에 한 회장의 미간이 다시 모여들었다.

"물론 당장은 아닙니다. 지금은 맡은 일에 좀 더 집중해야 할 때니까요. 무엇보다 면세점 건은 처음으로 맡게 된 제 프로젝트니 오로지 제힘으로만 마무리해 보고 싶습니다."

이렇게까지 말하는데 더 이상 무슨 말을 해야 할까.

"그래. 알았다. 이만 가 보거라."

일단은 한 걸음 물러나는 수밖에.

룸을 나선 준성은 곧장 엘리베이터를 향해 걸음을 옮겼다. 내내 룸입구 근처를 서성이며 대기하던 김 비서가 재빨리 따라붙었다. 금세도착한 엘리베이터에 오르자마자 김 비서는 습관처럼 주차장이 있는지하층을 먼저 누르고는 뒤이어 물었다.

"바로 집무실로 가시겠습니까?"

"기획실 회의는 오후 5시로 미뤘다고 했었죠?"

"네. 세 시간 정도 여유가 있습니다."

"그럼 피트니스라도 들러 보죠."

"알겠습니다."

김 비서는 다시 10층을 누르고는 먼저 눌렀던 지하층을 취소했다. 바쁜 와중에도 틈틈이 수영과 웨이트 트레이닝으로 자기 관리를 해온 사람이니 여유 시간에 피트니스를 찾는 건 이상한 일이 아니었다. 뭔가 복잡한 듯 굳은 얼굴로 생각에 잠긴 모습이긴 했지만, 그 역시한창 일이 꼬이는 와중이니 평소 보이는 모습에서 크게 벗어난 건 아니라 생각했다.

정상의 범주 안에 있었던 존재가 조금 이상해진 건, 운동복을 갈아 입고 즐비한 운동 기구 사이로 들어섰을 때였다.

"잠깐만."

창가의 러닝 머신으로 향하던 준성이 어느 순간 멈칫하며 그 자리 에 섰다.

곱게 묶은 긴 머리카락과 단정히 갖춰 입은 정장 차림. 작고 가녀 린 여자의 옆모습이 이상하도록 눈에 박혀 들었다.

"무엇보다 저희 호텔에서는 운동복부터 원하시면 운동화까지 대여 가 되거든요. 짐 부담 없이 몸만 와도 된다는 게 장점이에요. 특히 출 장으로 오신 분들은 더더욱 그런 것들을 챙겨 다니기 쉽지 않으니까 요."

사근사근한 말씨로 설명을 마친 여자가 미소를 짓는다. 그의 입가 에도 의식하지 못한 미소가 떠올랐다. 그렇게나 보고 싶었던 여자를 뜻밖의 장소에서 발견한 기분은 뭐라 설명할 수 없을 만큼 그를 들뜨 게 했다.

아직도 저를 발견하지 못한 여자를 향해 홀린 듯이 걸음을 떼려 했 을 때였다.

"그거 참 마음에 드네요. 실은 저도 몸만 와 줄 여자 친구 구하고 있는 중이거든요. 왠지 저랑 잘 통하는 것 같은데요, 하하."

갑자기 운동 기구 틈에서 툭 튀어나온 남자가 그녀의 앞에 마주 섰 다. 동시에 준성의 얼굴에서 미소가 싹 사라졌다. 곱게 호선을 그리던 입술이 직선으로 다물린 순간 그 옆에서 괜히 몸이 달은 김 비서가 얼 른 덧붙었다.

"객실판촉팀 김수진 지배인이네요. 고객과 룸쇼 중인 모양입니다."

"……그런 거 같군요."

14. 사내 연애의 맛

　피트니스를 돌며 목이 칼칼하도록 설명을 늘어놓고 난 수진은 자연스럽게 1층의 로비 라운지로 걸음을 이끌었다.

　"기구들 관리도 잘되어 있고, 트레이너가 상주한다는 점도 마음에 들긴 하는데, 뭐 사실 호텔 시설이야 다 거기서 거기라서 크게 감흥은 없네요. 그러다 보니 보통은 사람을 보고 결정하게 되는 거 같더라고요."

　"맞습니다. 이러니저러니 해도 역시 제일 중요한 건 서비스니까요. 역시 오래 담당하신 분이다 보니 판단하시는 눈도 탁월하시네요."

　"그렇게 되는 건가요? 이거, 얼마나 더 괜찮은 서비스가 준비되어 있는 건지 기대해 봐도 될까요?"

　"기대해 주신다니 저야말로 감사한데요. 그럼 마지막으로 보신 룸 타입을 기준으로 연간 숙박 일수 200일에 설명드렸던 할인율을 적용하면……."

차 한 잔을 두고 마주 앉아 마지막까지 친절하게 설명을 마친 수진이 슬쩍 객실 특판 계약서를 꺼내 들었다. 이젠 이 일도 제법 능숙해져서인지, 대화를 하다 보면 바로 계약을 하고 돌아갈 고객인지 아닌지가 확실히 구별이 되는 편이었다.

지금의 남자도 다소 찝쩍거리는 듯한 언행만 아니라면 그리 상대하기 어렵지는 않았다. 자연스럽게 흘려 넘기며 계약을 유도하자 남자는 이내 흔쾌히 사인을 마치고는 다음의 만남을 기약하며 자리를 나섰다.

"자, 그럼……."

문밖까지 나가 정중히 고객을 배웅하고 난 수진이 짧게 숨을 뱉고는 사무실 쪽으로 몸을 돌렸을 때였다. 손에 쥐고 있던 휴대폰이 드르륵, 떨리더니 메시지 하나가 도착했다.

[끝났으면 잠깐 나 좀 보죠. 본관 2203호.]

내용을 확인하자마자 심장이 쿵 떨어졌다. 저도 모르게 휴대폰을 가슴팍으로 당기며 주변을 둘러봤다가 간신히 숨을 고르고는 다시 화면을 열었다. 절로 웃음기가 묻어나려는 아랫입술을 깨물며 표정을 가다듬었다.

오매불망 기다렸던 남자가 보내온 메시지인데, 내용이 심상치 않다. 이미 선을 넘어 버린 마음은 아무렇지 않게 객실로 저를 호출해 대는 남자의 대범함에 또다시 이어질지도 모를 야릇한 순간을 상상해 버렸다.

"아니, 아니. 무슨 생각을 하는 거야."

설마하니 이 남자가 업무 시간에 저를 불러 이런저런 짓을 할까. 그것도 본인이 버젓이 근무 중인 호텔의 객실에서.

물론 객실 층을 돌아다니다 아는 얼굴을 마주칠 일이 극히 드물긴 하다. 복도에 CCTV가 설치되어 있다지만 특별한 경우가 아닌 다음에야 굳이 그걸 확인하려 들 사람도 없을 테고.

게다가 그 격렬한 밤을 보낸 날로부터 대략 일주일 정도 지났으니 슬슬 쌓일 시기가 되기도 했지. 아니, 이미 쌓일 대로 쌓여 폭발할 지경이 된 건가?

"아니, 그거 아니야. 아니니까 정신 차리자."

아무래도 음란마귀가 제대로 씌어 버린 건 이쪽인 것 같다. 재빨리 고개를 저어 생각을 날려 보낸 수진이 주섬주섬 휴대폰을 집어넣고는 다시 호텔의 로비로 들어섰다. 하늘 같은 상무님이 호출을 하신 이상, 일단은 응해 드리는 게 인지상정이다.

근데 이 남자가 방금 내가 한 일을 어떻게 알았지? 혹시 사방에 첩자를 깔아 놨나?

뒤늦게 그런 생각이 떠올랐을 때는 이미 2203호 앞에 도착해 있었다. 괜히 제 옷차림을 한 번 돌아보고 짧게 심호흡까지 하고 나서야 긴장한 손끝으로 초인종을 눌렀다. 이상하게 졸아붙어 있던 심장은 이윽고 문 너머로 인기척이 가까워지자 묘한 기대감과 설렘으로 쿵쿵, 세찬 박동을 이어 갔다.

달칵.

마침내 문이 열리고 훤칠한 실루엣을 발견하자마자 슬며시 떠올랐던 입가의 미소는 이내 마주친 남자의 표정을 확인하자마자 스르륵 가라앉았다.

차분하고 정중한 태도지만, 눈빛엔 감정이 없었다. 유난히 가라앉은 분위기를 읽어 내는 것도 어렵지 않았다.

뭐지?

의아한 눈을 깜빡이는 사이 준성은 검지로 제 입술을 가로지르더니 좀 더 문을 열어젖히며 뒤로 물러났다. 바로 들어오라는 뜻을 읽어 낸 수진이 꾸벅 고개를 숙이며 안으로 들어서자 등 뒤로 쿵, 하고 스산하게 문이 닫히는 소리가 났다.

뭔가…… 생각한 것과는 전혀 다른 분위기인데.

"저, 무슨 일로 부르신 건지……."

그 순간 휭하니 그녀를 가로질러 들어선 남자가 창가로 걸음을 옮겼다. 수려한 뒷모습을 보며 잠시 말문이 막힌 사이, 역광을 받으며 돌아선 그가 앞에 놓인 소파를 가리켰다.

"일단 앉아요."

"아, 네."

툭하니 튀어나온 말은 존대였다. 단둘인데도 굳이 존대를 쓰는 이유가 뭔지, 생각할 새도 없이 먼저 몸이 움직였다. 따갑도록 쏟아지는 시선을 받으며 2인용 자리에 앉은 수진이 들고 온 서류철을 옆에 내려놓고는 몰래 마른침을 삼켰다. 평소엔 꽤 널찍하다 생각해 온 그랜드 디럭스룸인데, 지금은 숨이 막히도록 좁게 느껴진다.

"계약은 잘 마쳤습니까?"

"아, 네. 염려해 주신 덕분에 잘 진행하고 왔습니다."

역시 일 관련인 모양이었다. 무슨 말이 더 떨어질지 몰라 절로 공손해진 양손이 허벅지 위로 모여들었다.

"염려해 주신 덕분이라……. 지금 뭐가 문제인지 알고 하는 말입

107

니까?"

그런데 이어지는 말이라니.

한층 심각해진 투에 순간 머릿속이 복잡해졌다. 눈동자를 굴려 가며 빠르게 이전의 일과를 짚어 보지만, 도무지 문제 될 거리라곤 잡히지 않아 더더욱 당황스러웠다. 특별히 어떤 트러블이 생길 만한 건수는 전혀 없었는데.

"저, 무엇을 말씀하시는 건지 잘 모르겠습니다. 좀 더 정확히 말씀해 주시면 제가……."

"하, 뭔지 모른다? 안 되겠네, 이거."

설핏 헛웃음과 함께 흘러나온 말에 수진은 다시 긴장하며 입을 다물었다. 그사이 창가에서 몸을 뗀 남자가 성큼성큼 걸어와 눈앞에 섰다. 순식간에 높아진 눈높이를 감당 못 한 수진이 엉거주춤 일어나며 그를 마주 봤다.

"김수진 씨. 아까 피트니스에서 고객에게 했던 설명 기억납니까? 그대로 내 앞에서 다시 한번 해 볼래요?"

아, 그 장면을 본 거구나.

그렇다 해도 지금의 태도가 이해 가지 않는 건 마찬가지지만, 어쩌랴. 일단은 시키는 대로 해 보는 수밖에. 잠시 머뭇거리던 수진은 곧 침착하게 기억을 떠올려 가며 최대한 기억나는 대로 읊어 봤다.

"아니. 아까랑 다른데요. 다시 해 봐요."

그런데 돌아오는 대꾸라니.

매번 똑같이 하는 말이기에 오늘이라고 특별히 다른 내용을 입에 올릴 일은 없었다. 더군다나 시설에 관한 설명은 더 말할 것도 없고. 대체 뭐가 문제지? 영문도 모르고 아까 했던 말을 반복하려니 초조한 마음에 점점 더 표정만 굳어 갔다.

"다시."

……이거 싸우자는 건가?

순간 울컥 치솟은 감정을 억누르듯 지그시 눈을 감았다가 떴다. 다른 건 몰라도 일로 문제를 일으켜 본 적은 없었다. 100% 똑같은 워딩은 아니겠지만, 했던 말을 입에 올려 보니 점점 기억이 또렷해지며 잘못된 내용이 없다는 확신이 섰다. 무슨 꿍꿍이인 줄은 모르겠지만 아무리 생각해도 이건 생트집을 잡는 거였다.

'한 번만 더 해, 진짜. 확 들이받아 버릴까 보다.'

공과 사를 구별해야 할 장소인 건 알지만, 너무 억울해서 눈물이 핑 돌 지경이 되니 이젠 상무님이고 뭐고, 얄미워서 등짝부터 후려치고 싶은 생각만 굴뚝같았다. 저도 모르게 눈에 힘을 주며 남자의 얼굴을 빤히 바라봤다. 벌써부터 떨려 나오려는 목소리를 애써 가다듬으며 다시 입을 열려 했을 때였다.

갑자기 뭔가 얼굴 옆을 휙, 하고 스쳐 갔다. 움찔한 순간, 그대로 뒷덜미가 붙들렸다. 이게 뭔 일이니? 생각할 새도 없이 훌쩍 가까워진 남자의 입술이 그녀의 입술을 슬쩍 눌러 왔다.

"표정이 틀렸잖아."

입술을 댄 채 속삭인 그가 벌어진 입술 사이로 느른하게 혀를 밀어넣었다. 부드럽게 입안의 여린 살점을 훑으며 깊이 파고들었다가 천천히 빠져나가며 그녀의 도톰한 아랫입술을 길게 빨아들였다.

그때까지도 멍하니 눈을 뜬 채 굳어 있던 수진은 뒤늦게 제 아랫입술을 매만지며 웃고 있는 남자의 얼굴에 초점을 맞췄다. 근사하게 휘어진 입매를 바라보는데 이상하게 머리가 띵하다.

설마.

"아까 그 남자 앞에선 잘도 웃더니만. 나한테는 왜 그런 얼굴인데?"

"……너 진짜!"

그제야 이 남자의 짓궂은 장난이었음을 깨달은 수진이 그의 가슴팍을 퍽! 소리가 나도록 주먹으로 세게 내질렀다. 슬쩍 미간을 찌푸린 그가 맞은 자리에 손을 올리더니 고개를 갸웃했다.

"아, 생각보다 아픈데, 이거?"

"그럼 아프라고 때렸지! 예쁘다고 안마해 줬겠니, 지금? 난 진짜 뭐 잘못한 줄 알고 심장 터지는 줄 알았는데 무슨 이런 장난을 쳐!"

"아, 화 많이 났구나. 우리 김수진 씨가."

"너 지금 그걸 말이라고 해?"

사람을 놀리는 것도 아니고.

그렇게 세게 힘을 줘 내질렀는데도 아프다 시늉만 하지 전혀 아파 보이지 않는 것도 얄미운데, 가슴팍은 또 어찌나 단단한지 때린 제 손만 욱신거렸다. 게다가 눈앞의 남자는 뻔뻔하게도 예쁜 미소를 지어 보이더니 당당히 양팔까지 벌려 보이며 말했다.

"어쩔 수 없지. 그럼 화 풀릴 때까지 때려. 맞아 줄게."

와, 정말!

더욱 울컥한 수진이 양 주먹을 불끈 쥐어 올렸지만, 그 주먹은 끝내 허공에서만 부들거렸다. 마음 같아선 더 때려 주고 싶은데, 저 잘난 용안을 마주하고 있으려니 도저히 손이 움직이질 않는다.

"안 때릴 건가?"

아, 정말 얄밉다.

"그럼 이제 안아도 돼?"

이런 남자에게 약한 저 자신도 밉다.

차마 하지 말라고는 못 하고 말없이 노려보고만 있자, 나직하게 웃음을 터뜨린 그가 당당히 손을 뻗어 그녀의 허리를 끌어당겼다. 못 이긴 척 훌쩍 끌려 들어간 몸이 너른 품 안에 푹 잠겨 들었다.

정말 한숨이 나도록 쉽게 녹아내리고 마는 자신이 못마땅해 괜히 몸을 뒤채자 그녀의 머리 위로 턱을 올리며 더욱 세게 끌어안은 준성이 퉁명스레 말을 이어 갔다.

"너무 늦어, 김수진."

"뭐가?"

"아직도 나만 널 너무 좋아한다고. 난 다른 놈이 너랑 마주 보고 있는 꼴만 봐도 눈이 뒤집히는데, 넌 별로 내 생각도 안 하는 거 같아. 그런 마른 멸치 같은 놈 수작질에도 그렇게 예쁘게 웃어 주질 않나. 같은 회사에 애인이 있는데, 어디서 어떻게 마주칠 줄 알고 그러고 있냐."

한층 낮아진 목소리에 깊은 울림이 스며들었다. 그렇게나 얄밉더니만, 정작 이렇게 온기를 나누며 투정을 듣고 있으려니 가슴속이 몽글몽글해지는 것 같아 절로 입꼬리가 뺨을 타고 올랐다.

그러고 보면 이 남자. 생각보다 귀엽게 질투를 한다.

그렇게 안달하며 제게 매달리는 모습이 사실 나쁘지만은 않았다. 제 것이라도 챙기듯 끌어당길 땐 가슴이 터질 것처럼 들뜨고, 한껏 예민해진 눈으로 경계심을 내보일 때면 머릿속이 아득하도록 설레었다.

하지만 그건 그거고.

슬쩍 남자의 품을 밀어 낸 수진이 다시 눈을 흘기며 따져 물었다.

"그렇다고 그런 장난을 해? 못됐어, 정말."

"네가 날 애태우는 건 생각 안 하고?"

"그게 아니라, 난 일하는 시간이니까 당연히 일에 집중한 거뿐이거든요? 하여간 이상한 데서 질투하기는. 그렇게 질투 많은 남자 매력 없는데."

부러 그를 외면한 채로 툭하니 내뱉고는 몰래 웃음을 머금었다. 매번 저를 쥐고 흔드는 이 남자에게 소심하게나마 반격해 보고 싶은 마음이었다.

그러나 도발하듯 떠올랐던 미소는 또 미묘한 분위기를 읽어 내며 눈 녹듯 가라앉았다. 묵묵히 그녀를 바라보는 남자의 짙은 눈동자와 시선이 부딪친 순간, 주변의 온도가 5도쯤 낮아진 것처럼 한기가 밀려들었다.

"진짜 화나는데…… 예뻐서 화도 못 내겠고."

낮게 울리는 목소리로 툭하니 내놓는 말이 묘하게 짜릿하다.

아, 아무래도 나 변태 맞나 봐.

마른침을 꼴깍 삼키고는 괜히 한 번 더 중얼거려 봤다.

"화내면 누가 무섭기나 하데?"

"무슨 여자가 남자랑 단둘이 호텔방에 있으면서 긴장도 안 해."

"……."

"확 덮쳐 버리고 싶게."

여전히 그녀에게 시선을 고정한 채 으르렁거리듯 경고하는 남자의 태도에 숨이 막힐 것처럼 긴장감이 밀려든다. 팽팽하게 당겨진 감각이 그의 시선을 따라 올올이 곤두선다.

굳이 내색은 하지 않았지만, 저 역시도 틈만 나면 이 남자와의 뜨거운 밤을 되뇌곤 했었다. 강하게 저를 휘어잡던 그 손길이 매 순간 그리웠다. 가만히 그를 마주 보던 수진이 유혹하듯 눈을 치뜨며 물었다.

"그래서 내가 어떻게 해 줬으면 좋겠는데?"

사르르 접히는 눈매를 발견한 남자의 목울대가 크게 움직였다. 당장에라도 훅 덮쳐 와 저기 보이는 침대에 저를 짓누른대도 이상하지 않을 눈이었다.

이거 너무 도발했나.

바짝 긴장한 채로 말라붙은 아랫입술을 말아 물었을 때였다.

픽 웃음을 머금은 그가 그녀의 허리에서 손을 풀더니 침대로 다가가 걸터앉았다. 그러고는 보란 듯 제 허벅지를 툭툭 두드렸다.

"여기로 올라와 봐."

"뭐?"

생각지도 못한 말에 절로 입이 벌어졌다.

"왜, 내가 원하는 대로 해 주려고 물어본 거 아니었어?"

그새 또 여유를 찾아 버린 남자가 빙그레 미소를 머금으며 그녀를 바라봤다. 숫제 고양이라도 불러들이듯 다시 허벅지를 두드리고는 고개를 까닥이는데, 어처구니가 없어 헛웃음이 날 지경이다. 분명 또 당황하는 제 꼴을 보며 즐기고 싶은 거겠지.

원하는 대로 반응해 줄까 보냐.

오기가 생긴 수진이 대뜸 그의 앞으로 다가갔다. 치마를 살짝 걷어 올리곤 대담하게 다리를 벌려 그의 허벅지에 올라앉았다. 빤히 제 얼굴을 바라보는 남자와 시선을 마주하며 양손을 그의 목에 감고는 천천히 고개를 기울였다.

"자, 올라왔어."

그러고는 짐짓 도도하게 턱을 치켜들며 살짝 삐뚜름한 표정으로 그를 내려다봤다.

"이제 어떡할 건데?"

마치 네 엉큼한 속내 따윈 다 꿰뚫어 봤다는 듯 새초롬하게 묻는 말이었다.

당당한 척 내려다보지만 저를 붙잡은 손길에선 잔잔한 떨림이 느껴진다. 살짝 붉어진 뺨은 지금의 익숙하지 않은 상황을 견디기 버거워하는 그녀의 속내를 여실히 드러내고 있다. 지고 싶지 않아 저질러 놓고 그런 자신을 감당하지 못해 몰래 두근거리고 있을 그녀가 귀여워서 미칠 것 같다.

그 어설픔이 어쩌면 이렇게도 사랑스러운 건지.

여자에 미쳐 나라를 말아먹었다는 옛이야기 속 왕들이 이런 기분이었을까.

그녀가 원한다면 정말 무엇이든 할 수 있을 것 같았다. 작정하고 저를 휘둘러 댄대도 저는 그 손아귀를 벗어나지 못하고 꼼짝없이 휘둘릴 테지. 저 하늘이든, 깊은 바닷속이든 기꺼이 저 자신을 던져 넣고 말 것이다.

하지만 안타깝게도 그녀에게선 절대 기대할 수 없는 일이었다.

애초에 그녀는 제게 무엇도 바라지 않는 사람이었다. 바라는 게 없기에 도리어 순수하게 저 자신만을 봐 줄 수 있는 여자였다. 한 회장의 아들이자, HJ그룹의 후계자인 송준성을 원하지 않는 유일한 사람이었다.

그게 제게 어떤 의미인지, 아마 그 누구도 이해하지 못할 것이다.

정작 그녀 자신조차도.

"……왜 그렇게 빤히 보고만 있어?"

"보고 싶어서."

"이미 보고 있잖아."

"보고 있는데도 보고 싶어."

"뭐래, 정말."

그거 노래 가사잖아. 투덜거리면서도 싫지는 않은지 배시시 웃음을 머금는다. 투명하도록 천진한 미소에 가슴이 아릿하도록 벅차올랐다.

"좋아한다고 해 줘."

"어우, 아까부터 쑥스럽게 왜 그러는 거야. 갑자기……."

타박하는 목소리가 점점 기어들었다. 가뜩이나 야릇한 포즈로 그의 허벅지에 걸터앉아 있는 것도 민망해 죽겠는데, 자꾸 저런 소리만 해 대니 얼굴이 달아오르다 못해 터져 나갈 것 같다. 괜히 오기 한번 부렸다가 꼼짝없이 그의 페이스에 말려들고 있다.

"그래서 안 해 줄 건가?"

어우, 어우. 내가 미쳐. 중얼거리며 민망해 죽겠다는 듯 몸을 꼬고 입술을 깨물고. 그렇게 얼굴을 새빨갛게 물들이고서 한참을 꼼지락거리던 수진이 쭈뼛거리며 그를 바라봤다. 마주 보는 눈빛에 쑥스러움이 가득하다.

"……좋아해."

처음엔 작게 내뱉은 말이었다. 그러다 이내 눈을 내리깐 채 푸스스 웃고는 다시 그를 바라봤다.

"네가 생각하는 것보다 나…… 너 정말 많이 좋아한다고."

그러니 안심하라고. 이 마음이 진짜임을 알아 달라고.

살짝 떨리는 말끝에 그녀의 진심이 선명히 묻어났다. 진짜 연애를 시작한 연인의 설렘 가득한 웃음이 너무도 사랑스러웠다. 으스러지도록 껴안고 통째로 삼켜 버렸으면. 아니, 저 자신만 아는 곳에 영원히 가둬 버릴 수만 있다면.

마음만 먹으면 가능한 일이었다. 제가 가진 힘은 충분히 그 충동을 현실로 이루고도 남았다. 그렇게 자신이 만든 새장 속에 가둬 둔 채로 평생 그녀를 탐하는 상상을 하자 단전으로부터 훅, 하니 열기가 차올랐다. 그런 위험한 계획을 떠올리고서도 죄책감 하나 들지 않는 제 욕심에 절로 긴 한숨이 튀어나왔다.

"하아…… 큰일이다."

"뭐가?"

"점점 예뻐져서. 이젠 진짜 감당을 못 하겠어."

벌써부터 넘쳐흐르는 내 욕심을. 널 향한 내 감정을.

그로 인한 초조함에 미칠 것 같은데, 정작 그녀는 실없는 농담으로만 받아들인 모양이었다.

"그렇게 예뻐? 에휴, 콩깍지가 제대로 씌어 버렸네. 어떡하니."

장난기 가득한 얼굴로 고개를 젓고는 진심으로 측은한 눈빛을 보내왔다.

"그러게. 내 눈에만 예뻤으면 좋겠는데…… 그게 아니라 문제지. 그걸 일일이 단속할 수도 없고."

잠시 말을 멈춘 남자의 눈동자가 한층 진지하게 가라앉았다. 미묘한 뉘앙스에 수진은 미심쩍은 얼굴로 한쪽 눈썹을 치켜올렸다. 이 남자가 또 뭔 소리를 하려고 이러시나.

"그냥 내 여자라고 소문 좀 내면 안 될까?"

"뭐어? 아니, 아니 그건 아직!"

기겁한 수진이 손을 내저었다.

"진짜 안 돼?"

조금 시무룩해진 투에 살짝 맘이 흔들렸지만, 그렇다고 이걸 그냥 들어주면 내 인생이 꼬일 건 자명했다. 절대로 안 돼.

"부탁인데, 난 지금처럼 평화로운 직장 생활을 유지하고 싶거든? 협조 좀 해 주시죠."

"뭐가 문제인데? 한창때 남녀가 만나 예쁘게 연애하는 게 죄도 아니고 왜 평화가 깨질 거라고 생각해?"

정말 몰라서 묻는 건가? 정말로? 대체 어디서부터 설명을 해야 이 남자가 그걸 알아들을까 생각하니 눈앞이 캄캄해 입이 안 떨어진다.

"혹시 알아? 상무님 여친이라고 소문나면 회사 생활도 더 편해질지."

"허……."

그 와중에 한다는 소리라니.

어처구니가 없어 빤히 바라보자 준성이 키득거리며 웃어 댔다. 빤히 다 알면서 장난을 친 기색이 역력한 표정에 그녀도 절로 헛웃음이 났다.

"참 속 편한 소리만 하시네요, 상무님."

"글쎄. 과연 내 속이 편할까?"

툭하니 말을 받는 남자의 입가로 삐뚜름한 웃음이 떠올랐다.

"지금도 너 때문에 눈 돌아서 이런 짓이나 벌이는 거 보라고."

그러고 보니 이 남자. 지금은 업무 시간일 텐데 왜 여기에 있는 걸까. 단순한 장난이 아니라, 진짜로 저 때문에 일이 손에 잡히지 않아

이런 짓까지 벌이고 있는 건가 싶어 마음이 착잡해졌다. 어떤 상황이 와도 그를 사랑하는 이 마음은 변하지 않을 텐데, 그걸 눈앞에 꺼내 보여 줄 수가 없다는 게 안타까울 따름이다.

"그렇다고 이러고 있으면 어떡해."

이미 연애를 시작했고, 이젠 가장 은밀한 순간까지 함께하지 않았던가. 그럼에도 안절부절못하는 그가 안쓰러우면서도, 선뜻 그의 말대로 따를 수 없는 현실이 답답했다. 그에게 확신을 주지 못하는 제 처지가 참 무거웠다.

하지만 지금의 자신에게 이 남자와의 공개 연애는 너무도 큰 모험이었다. 아직은 그로 인해 변하게 될 자신의 삶도, 닥쳐올 리스크도 감당할 자신이 없었다.

"꼭 공개 연애가 아니라도 우린 계속 함께할 거잖아. 둘이 있을 때 많이 표현하는 걸로는 안 되는 거야?"

당장 들어줄 수 없는 그의 요구를 묵살하는 대신, 그의 기분이라도 어루만져 주고 싶었다.

"그럼, 대신에 약속 하나만 해 줘."

"약속? 알았어. 뭐든 들어줄 테니까 말만 해. 뭔데?"

눈을 빛내며 되묻자 마주 바라보던 그의 입술 끝이 삐죽 치솟는다.

"내년 중에 나랑 결혼하겠다고."

"……어?"

순간 당황한 나머지 대답이 조금 늦었다.

그 단어가 여기서 왜 나와? 더군다나 이렇게 갑자기요?

"뭐든 들어준다고 했지, 방금?"

"아니, 자, 잠깐만. 이건 아니지! 우리 사귄 지 얼마나 됐다고 벌써 결혼 이야기를……!"

"사귄 기간이 중요한가? 이미 서로 좋아한 것만 10년인데. 그리고 우리 나이엔 진지하게 상대 고를 때라며. 그건 결혼까지 염두에 두고 시작하라는 소리 아니었어?"

절로 입이 떡 벌어졌다. 제 남자가 아닐 때야 상관없는 소리였지만, 정작 그와 연애를 시작해 버리니 저 말보다 더한 수렁이 없었다.

도무지 수습할 말이 없어 붕어처럼 입술만 뻐끔거리자, 픽 웃어 버린 그가 보란 듯 그녀의 허리를 휘감아 끌어당겼다. 그와 맞붙으며 더욱 벌어진 다리 사이로 부피감이 느껴진다. 옷을 사이에 둔 채로도 맞닿은 자리에서 선명하게 느껴지는 열기가 짜릿해 저도 모르게 숨을 들이켰을 때였다.

"난 평생 너 하나만 안을 각오로 이 관계 시작한 거야."

금방이라도 제 얼굴에 닿을 만큼 가까워진 그의 입술이 나지막하게 속삭였다.

"애초에 날 이렇게 만드는 사람도 너뿐이었고."

한결 낮아진 목소리에 은밀함이 깃들었다. 그 밤의 열기를 기억하는 몸이 그의 목소리에 반응하며 움찔댔다. 얼굴 전체로 홧홧하게 열이 오르다 못해 귓불까지 새빨갛게 물들어 버렸다.

"그런데 네가 나랑 결혼할 맘이 없다 하면 난 평생 독수공방하는 수밖에 없잖아."

"무슨, 그런……."

"설마 진짜 그렇게 둘 생각이었어?"

제가 이 남자에게 유독 약한 건지. 아니면 이 남자의 몰아가는 재주가 쓸데없이 남다른 건지.

가슴이 벌렁거려 정신을 못 차리겠다. 무슨 대답을 해야 할지 막막해 바짝 말라붙은 입술만 꾹꾹 감쳐물며 시선을 내리깔아 보지만, 방정맞게 뛰어 대는 심장은 도무지 진정이 되질 않았다.

　"아, 혹시…… 나 침대에서 별로였나? 그래서 고민하는 거야?"

　"그, 그런 얘기가 갑자기 왜 나오는 건데!"

　두 번만 별로였다간 사람 골로 가겠다!

　도저히 가볍게 듣고 넘길 수 없는 말에 결국 버럭 해 버린 그녀가 기어이 키득거리며 웃기 시작한 그의 어깨를 힘껏 내리쳤다.

　"사람 곤란하게 이상한 소리만 골라 하고. 왜 이리 짓궂어진 거야, 정말."

　"그러게. 나 되게 신사적인 남자인데, 왜 너한테만 이러지? 너 때문에 하도 마음고생을 해서 내 무의식이 자꾸 삐뚤어지나?"

　천연덕스럽게 웃어 보인 준성이 다시 그녀의 허리를 감싸 안고 남은 한 손으로 그녀의 턱을 어루만지며 가만히 그 얼굴을 바라봤다. 길게 쌍꺼풀진 눈매와 모난 곳 없이 고운 콧날. 보란 듯 삐죽거리는 통통한 입술을 천천히 눈에 담던 준성이 문득 미소를 머금었다.

　"입술. 처음 보는 색인데."

　"이런 것도 알아보는 거야?"

　"네가 했던 건 다 기억하니까."

　이건 정말 무섭다고 해야 할지, 감동스럽다고 해야 할지.

　"예쁘네. 잘 어울리고."

　다시 이어진 말에 그녀의 입가에 어쩔 수 없는 미소가 떠올랐다.

　"이거 그때 네가 사 줬던 거야."

　그가 막무가내로 안겨 줬던 그 비싼 화장품들은 결국 그녀의 화장대 위에 고이 자리를 잡았다. 그냥 받을 수 없다고, 굳이 받는다면 립스틱만 받겠다고 말해 봤지만, 이미 같은 물건을 똑같이 사들여 놨다는 청천벽력 같은 대답만 들었다. 그렇게 돈지랄 앞에 무력한 제 현실을 깨달은 그녀는 얌전히 제게 쥐어진 사치를 만끽하는 중이었다.

"이제 곧 없어질 거 같은데. 괜찮나?"

나른한 목소리로 내뱉는 말이 뭘 뜻하는지 모르지 않아 절로 얼굴이 붉어졌다. 보일 듯 말 듯 고개를 끄덕이자 그의 입매가 보기 좋게 휘어졌다.

"그럼 키스해 봐."

그렇게 말하는 남자는 당장 그녀의 입술을 물어뜯고 싶은 눈을 하고 있었다. 그럼에도 그녀가 먼저 시도하기 전엔 움직이지 않겠다는 굳은 의지를 내비쳤다.

이건 또 무슨 꿍꿍이인 건지 알 수가 있나.

전혀 속을 알 수 없는 남자의 얼굴을 멀뚱히 바라보고만 있자, 그는 재촉하듯 고갯짓을 하더니 눈까지 감아 버렸다. 어지간히 고집이 느껴지는 태도에 결국 웃음을 터뜨린 수진이 그의 얼굴을 붙잡으며 입술을 가져다 댔다. 얌전히 기다리는 입가를 가만가만 건드리다 이내 폭신하니 감촉이 좋은 입술을 머금고 살짝 빨아들였다.

심장까지 간지러워질 것 같은 감촉에 절로 몸이 꼬여 들었다. 덮치고 있는 건 분명 저 자신인데, 왜 제가 더 긴장이 되는 건지 모르겠다. 그럼에도 기왕 시작한 일, 여기서 물러나고 싶진 않았다.

떨려 나오려는 숨을 삼키며 그의 도톰한 입술 틈으로 혀를 밀어 넣었다. 열기가 느껴지는 입 안쪽의 여린 살갗을 살며시 핥았다가 그의 혀를 건드려 가며 질척하게 감겨드는 타액을 휘저었다. 나른하게 새어 나오는 그의 숨소리가 아찔하다. 머릿속을 헝클여 대는 감각에 취한 것처럼 정신이 몽롱해졌다.

어쩐지 묘한 기분이었다.

항상 그가 먼저 시작하고, 그가 이끌어 가는 대로 끌려가기만 했던 스킨십을 제가 주도한다는 게 나쁘지만은 않았다. 그보다 우위를 선점하고 그의 흥분을 유도해 내는 이 행위가 제 안의 야릇한 욕망을 일깨우는 것만 같았다.

좀 더 이 기분을 만끽하고 싶은 충동에 수진은 더욱 깊이 혀를 밀어 넣으며 그의 목을 끌어안았다. 코끝에 닿는 그의 체향과 혀끝에 감기는 그의 맛이 지나치게 황홀했다. 정신없이 그와 혀를 섞으며 무릎으로 일어나 그를 향해 덮쳐누르듯 몸을 기울인 순간,

툭.

"윽!"

"흐읍!"

그대로 뒤로 넘어간 남자와 함께 겹쳐진 채 침대로 풀썩 쓰러졌다.

무게가 쏠리며 어긋난 입술이 덮치듯 그의 얼굴 언저리를 꾹 눌렀다. 그 서슬에 잘못 부딪친 콧등이 찌릿해 절로 신음이 났다.

"웃, 미, 미안……"

황급히 상체를 일으키며 그의 얼굴을 살피던 수진이 눈을 휘둥그렇게 떴다. 조금 놀란 눈을 한 채 입술을 가린 남자가 그녀를 빤히 바라보고 있었다.

뭔데, 이거.

완전 내가 덮쳐 버린 것 같은 느낌이잖아.

"되게 야하게 키스하네, 김수진."

거기다 들려온 말이라니!

지독히도 무심해 보이는 남자의 표정을 마주하자 얼굴이 확 달아올랐다. 완전히 저만 달아올랐던 거구나 생각하니 딱 죽고만 싶었다. 이 남자, 오늘 저를 수치사 시키기로 작정을 했나 보다!

"진짜 귀여워."

당황해서 입만 벙긋거리는 그녀를 실컷 놀리던 그가 결국 웃음을 터뜨렸다. 그러고는 그녀의 허리춤을 붙들며 몸을 뒤집었다.

"헉!"

일순 세상이 획 뒤집히고 그가 위로 덮쳐 왔다. 곧바로 입술을 눌러 오는 폭신한 감촉에 기다렸다는 것처럼 가슴속이 꾹 조여든다. 발작하듯 뛰어 대던 심장이 이 순간 길게 움직임을 멈췄다.

"입 벌려."

나직한 속삭임에 홀린 것처럼 열린 입술 사이로 그의 맛이 밀려들어 왔다. 뜨겁게 맞물린 입술 사이로 부드럽게 밀려든 혀가 여린 살점을 훑는 사이, 커다란 손이 천천히 그녀의 몸을 타고 내렸다. 뚜렷한 욕망이 깃든 손길은 서슴없이 재킷 안으로 파고들어 가쁘게 오르내리는 가슴을 감싸듯 움켜쥐었다.

"흐읏."

작게 토해 낸 신음성이 다시 그의 입안으로 빨려들었다. 얼굴과 귓가를 매만지다 이내 머리카락 틈새로 파고드는 섬세한 손길이. 부드럽게 입술을 머금고 훑다가도, 금세 깊숙이 입안을 파고들어 아프도록 혀를 빨아들이는 집요함이. 진득하게 새어 나온 타액으로 촉촉이 젖어 가는 입술이 너무도 짜릿하다. 도무지 멈출 수가 없었다.

아니, 멈추지 않으면 좋겠다. 묵직하게 저를 눌러 오는 남자의 품에서 벗어나고 싶지가 않았다. 저도 모르게 손을 뻗어 남자의 재킷을 붙들었다. 첨예하게 맞부딪치는 이성과 욕망 가운데서 아슬아슬하게 중심을 맞추던 저울이 순식간에 욕망을 향해 기울어 간 순간,

"하아, 안 되겠다. 이러다 너 못 내보낼 거 같아."

후, 짧게 한숨을 내쉰 남자가 힘겹게 입술을 떼며 몸을 일으켰다. 지그시 그녀를 주시하는 눈동자는 그녀 못지않게 들끓는 욕망으로 짙게 가라앉아 있었다. 잠시간 멀뚱히 서로를 마주하던 두 사람의 입가에서 동시에 나직한 웃음이 새어 나왔다.

"뭐야, 정말. 네가 시켜 놓고."

"그러게. 이거 장난 아니야. 진짜 정신 놓는 줄 알았어."

이미 후끈하게 달아올라 버린 상태지만, 아쉽게도 지금은 업무 중이었다. 저 자신이라면 모를까, 이런 일로 그녀의 일정을 망가뜨릴 순 없었다. 아직도 열기가 남아 발그레한 여자의 얼굴을 지그시 바라보던 준성은 이내 아쉬움이 그득한 손길로 립스틱이 번진 그녀의 입가를 문질렀다.

"크리스마스이브엔 꼭 시간 비워 둬. 무슨 일이 있어도 그날은 꼭 널 만나러 갈 테니까."

느릿하게 움직인 입술에서 나른한 선언이 이어졌다.

"다음 날까지, 전부 내 거야."

뚜렷하게 의도가 묻어나는 말에 심장이 쿵 떨어졌다.

오전 회의가 끝나자마자 자리로 돌아온 수진은 곧장 휴대폰을 꺼

내 들었다. 회의 도중 연회팀으로부터 도착한 메시지를 다시 확인하던 그녀가 문득 한숨을 내쉬었다. 그게 심각해 보였는지 사무실로 들어서던 나 과장이 슬쩍 다가와 말을 걸어왔다.

"표정이 왜 그래? 피아노 대여 건이 잘 안 됐대?"

"아, 아니요. 다행히 그건 해결했어요. 피아니스트 최선 씨랑 어떻게 연이 닿았는데 그분께서 이번에 도와주시기로 했어요."

영진그룹의 행사가 이제 일주일도 채 남지 않은 시점이었다. 지난 며칠은 영진그룹 행사의 마지막을 장식할 가수의 공연 건으로 꽤나 골머리를 썩었다. 섭외 가수의 개인적인 사정 때문이었다.

피아니스트 겸 가수인 그는 특정 브랜드의 피아노만을 고집했다. 평소엔 자신이 소유하고 있는 피아노로 공연을 해 왔는데, 현재 그 피아노는 줄곧 그가 머물러 살던 미국 땅에 있었다. 그곳에서 당장 피아노를 배송시킨다 해도 배를 타고 들어오는 시간만 한 달은 걸리는 통에 공연 당일 날까지 들여놓을 수가 없었다.

결국 같은 브랜드의 피아노를 구하는 수밖에 없었는데, 그게 또 하필 국내에 몇 대 들여놓지 않는 기종이라는 점이 문제였다. 설령 있대도 고작 열흘 안에 그 비싼 피아노를 선뜻 빌려줄 만한 사람을 찾는다는 게 쉽지 않았다. 호텔이 소유한 피아노를 잘 조율해 사용해 주십사 부탁해 봤지만, 가수의 태도 또한 완강해 이러다 자칫 공연이 무산될지도 모르는 상황이었다.

'그거 내가 잘 아는 피아니스트분이 소장하고 있을 텐데.'

그런데 뜻밖에 준성이 그 해결책을 찾아 줬다. 그의 형과 둘도 없는 친구 사이라는 공연 기획사의 대표와 피아니스트인 와이프가 마침 그 피아노를 소유하고 있었고, 사정을 전해 들은 그들이 흔쾌히 대여를 허락해 준 것이 바로 어제의 일이었다.

"오, 그래? 잘됐네. 잘 풀려서 다행인데 왜 표정은 계속 안 좋을까?"

의아해하는 나 과장의 물음에 수진이 작게 한숨을 내쉬었다.

"실은 담당자 때문이에요."

"아아, 그 초딩 동창이라던?"

수진은 대답 대신 고개를 끄덕였다. 나 과장에게는 이미 영진그룹 담당자와의 악연을 이야기한 후였다. 문제를 야기할 수도 있는 사안이기에 팀의 책임자인 나 과장에겐 당연히 알려야 할 일이기도 했다.

미연과는 자주 만나서 좋을 게 없는 사이라는 걸 다시 만난 첫날에 깨달았다. 굳이 스트레스를 받아 가며 관계를 회복하고 싶은 마음도 없으니 그냥 다 묻어 두고, 적당히 비즈니스로만 상대해 줄 생각이었다. 묘하게 제게 악감정이 느껴진다든가, 호텔에서 처음 대면했을 때 아무렇지 않게 제 트리거를 들춰내던 모습 따위도 굳이 의식하고 싶지 않았다.

그런데 미연은 계속해서 미묘한 태도로 수진의 신경을 긁어 댔다.

얼마 전엔 고객사의 담당자라는 위치를 내세워 제 조카 돌잔치를 위한 연회장을 잡아 줄 수 있냐는 둥, 직원 할인으로 숙박할 룸을 구해 달라는 둥의 요구를 늘어놓으며 사람을 곤란하게 하더니, 바로 어제는 퇴근길에 뜬금없이 전화를 걸어 와선 할 말이 있다며 만나자고 청해 왔다.

개인 시간을 들여 가면서까지 만나고 싶은 마음은 진혀 없었지만,

이번 행사 건으로 상의할 일이 있다는 말에 어쩔 수 없이 약속 장소인 강남의 한 레스토랑을 찾았다. 거기서 그녀는 아주 뜻밖의 인물들과 조우했다.

'어머, 김수진? 너 수진이 맞지?'
'헐, 가연이가 너 만났다기에 농담인 줄로만 알았는데. 어머, 웬일이니.'

어린 시절 자신을 철저히 고립시키고 괴롭혀 온 아이들의 얼굴이 눈앞의 여자들에게서 겹쳐 보였다. 부반장이었던 인경과 늘 그 곁에 붙어 다니던 정은. 그리고 당시엔 별로 눈에 띄지 않았던 친구 영주까지.

'우리 진짜 얼마 만에 보는 거야? 한 17년? 18년쯤 됐나?'
'와, 벌써 세월이 그렇게 됐어? 대박이다.'
'일단 앉아, 수진아. 우리 앉아서 이야기하자.'

잊으려야 잊을 수 없는 얼굴들을 기억해 낸 수진의 표정이 딱딱하게 굳었지만, 그녀들은 그 시절의 일 따윈 기억에도 없다는 듯 깔깔대며 떠들어 댔다. 심지어 진심으로 반갑다는 얼굴로 그녀의 팔을 붙잡고 자리에 앉히려 들었다.

'아니, 됐어. 별로 그러고 싶지 않아.'

그런 태도조차 너무도 불쾌했다. 저를 잡아끄는 인경의 손을 뿌리

친 수진이 싸늘한 눈으로 그녀들을 바라봤다.

'애초에 우리가 이렇게 웃으면서 인사할 사이도 아니잖아. 그리고 정인경, 넌 나한테 그런 짓까지 저지른 장본인이면서 반갑다는 말이 나오니?'

마치 기다렸던 것처럼 가슴속을 막고 있던 말이 막힘없이 튀어나왔다. 미연을 만난 이후, 언젠가는 이런 날이 또 올 걸 예상하고는 있었다. 아니, 어쩌면 이 순간이 오기만을 기다렸던 건지도 모르겠다.

'무, 무슨 말을 하는지 모르겠네. 내가 언제 그런······.'
'현성이인 척 전화했던 사람이 너희들이라며. 미연이가 그러더라. 그날 너랑 같이 나한테 전화했었다고.'

순간 인경은 눈에 띄게 당황했다. 제가 그 일을 직접적으로 언급할 거란 생각은 전혀 하지 못한 얼굴이었다. 슬그머니 주변을 둘러보며 다른 친구들과 눈짓을 주고받던 인경이 잠시 머뭇거리더니 조심스럽게 입을 열었다.

'그래. 그때 우리가 너 따돌리고 그랬던 거, 그건 입이 열 개라도 할 말은 없어. 근데 방금 네가 한 말, 그건 진짜 아니야.'
'그 목소리 주인공이 네 오빠라던데. 아니야?'
'그, 그건 맞는데, 전화 걸자고 한 건 나 아니었다고. 너랑 놀지 말라고 한 것도 미연이었고. 그치, 영주야?'
'어, 맞아. 그래서 전학 가기 전에 너한테 사과하고 지금은 화해했다고 들었

는데.'

영주라는 이름의 친구가 얼른 동조하며 끼어들었다. 별말을 더하진 않았지만, 정은 역시 군이 부정을 하지 않는 게 거짓말은 아닌 것 같았다.

'그래. 알았어. 그럼 이만 간다.'

더는 그 자리에 머물 이유가 없어 그대로 자리를 빠져나와 버렸다. 뒤도 돌아보지 않고 나가 버리는 저를 차마 붙잡지 못한 그녀들이 '금방 가연이가 올 텐데.' 라며 중얼거렸지만, 신경 쓸 일은 아니었다.

생각지도 못한 사실을 알아 버렸는데, 그다지 놀랍지 않아 놀라웠다. 도리어 지금껏 이해할 수 없었던 일이 앞뒤가 딱딱 맞아떨어지는 게 신기할 정도였다.

그 시절에도 이미 모두에게 고립당한 저를 외면했었고, 전학 가는 순간에도 군이 저를 찾아와 사과랍시고 또 가슴에 못을 박았다. 그러고는 기껏 사회에서 만나 내내 비협조적인 태도를 보이고, 결국엔 제 상처까지 헤집어 냈지.

이걸 친구라 생각하는 게 더 이상하지 않나.

"친구는 무슨 개뿔. 걔는 처음부터 너한테 열폭 했던 거야. 좋을 때만 친한 척 실컷 이용해 먹다가 남자애 하나 때문에 삐뚤어져서 그렇게까지 괴롭히는 게 어디 정상인이 할 짓이야? 그래서. 그러고 나서 또 연락은 안 오고?"

"네. 그래서 더 황당해요. 아직도 걔가 무슨 목적으로 절 거기까지

불러낸 건지 모르겠어요. 화해나 하자고 불러들인 것 같진 않았거든
요."

"그치. 그건 멕이려고 불러낸 거지. 하여간 어딜 가나 이상하게 꼬
인 사람이 하나씩 있긴 한데, 하필 그게 일로 엮인 사람이니 참 골치
네."

"어쩔 수 없죠. 일단은 행사 때만이라도 별일 없길 바라야죠."

아마 어제 저를 불러낸 것 역시 같은 선상에서 벌어진 일일 것이
다. 호텔 레스토랑에서 굳어 있던 제 모습을 보고 그것을 약점이라 생
각했을 테지. 그래서 또다시 그 시절의 가해자를 만나게 해 더 상처
주려 했던 걸까.

정말 그런 거라면 의도대로 풀리지 않았으니 속이 더 꼬여 들었을
텐데.

사실 좀 걱정이지만, 크게 별일이 없기만을 바랄 뿐이었다.

"그래, 까짓것. 어쩌겠어. 뭔 개소리를 하든 말든 우리야 한 귀로
들어 흘리고, 나중에 달달한 거나 먹으면서 스트레스 푸는 수밖에. 말
나온 김에 오늘 퇴근하고 한잔할까? 어때?"

"아, 저 오늘은 선약이 있어서요."

"그래애? 무슨 좋은 일이라도 있어?"

그 순간 수진이 슬쩍 뺨을 붉히며 웃었다.

"아 참참, 오늘 크리스마스이브구나! 내가 이런 날엔 영 관심이 없
어서 깜빡 잊고 있었네."

남들 놀 때 일하는 직업을 가진 이들에겐 이런 특별한 날이 크게
와닿지 않는 경우가 많다. 긴 세월을 호텔리어로 살아온 나 과장 역시
마찬가지였다. 그나마 일반 직장인과 사이클이 같은 백 오피스 쪽은

좀 덜하다지만, 한번 그런 인식이 박혀서인지 감흥이 없는 건 여전한 듯했다.

"그래서 오늘 내님 만나기로 한 거야?"

"쉿, 쉿, 과장님!"

기겁한 수진이 검지를 입술 위로 세우며 주변을 살폈다. 그런 수진의 반응에 나 과장이 껄껄, 웃음을 터뜨렸다.

"뭘 그렇게 놀라? 어차피 상대가 누군지도 모를 텐데."

로맨스 드라마라도 보듯 그녀의 연애를 열혈 시청자 모드로 관람 중인 나 과장이었다. 그런 관심이 살짝 부담스럽긴 하지만 싫진 않았다. 이것저것 캐물어 대며 호기심을 충족하고 싶은 욕구가 느껴지는 한편으론, 너무 거창한 상대와 연애를 시작해 버린 그녀가 상처 입을까 걱정스러워하는 마음도 강하게 와닿는 탓이었다.

그래서인지 요즘은 나 과장과 마주 앉아 소소하게 수다를 떠는 시간이 즐거웠다. 키득거리며 연애에 대한 상담도 하고, 이런저런 충고도 듣다 보면 든든한 사촌 언니라도 생긴 듯한 기분이었다.

"그래도 혹시 모르니 조심은 해야죠."

"하긴, 요즘 주변 사정도 꽤 복잡하신 거 같던데, 괜히 거기다 한술 보탤 거까지야 없겠지. 당장 너부터도 공개하고 자시고 할 여건도 안 되는 판국인데."

현재 그룹 내의 사정이 어떻게 돌아가는 건지, 소식 빠른 나 과장이라면 충분히 알고도 남았다. 한 회장과 한 사장이라는 거대한 공룡들의 싸움에서 준성이 맡게 될 역할에 대해서도 어느 정도 짐작하고 있을 것이다. 게다가 같은 직장인의 입장에서, 쉽사리 연애를 공개할 수 없는 그녀의 사정 또한 이해하기에 내놓는 말이 조심스러웠다.

"이래저래 복잡하겠지만, 혹시 이상한 이야기 들어도 그냥 흘려 넘겨. 본인이 하는 말 아닌 이상 어차피 다 뜬소문이니까. 그리고 뭔가 의문점이 생기면 괜히 혼자 끙끙 앓지 말고 본인한테 직접 묻고 확인하고. 내 말 무슨 뜻인지 알지?"

최대한 현실적인 조언을 해 주려 노력하는 말투에 수진은 웃으며 고개를 끄덕였다.

"네. 그렇게 할게요."

"그래, 그래. 그럼 빨리 남은 일 정리하자. 이런 날 늦으면 안 되니까."

음흉한 웃음과 함께 어깨를 톡톡 두드리는 나 과장의 손길이 그 어느 때보다 친근했다.

15. 사랑한다고요, 내가

"그럼 저 이만 퇴근할게요, 과장님."

"어, 수고 많았어. 조심히 들어가고. 크리스마스 잘 보내고."

정확히 6시가 되자마자 수진은 자리를 박차고 일어났다. 하루를 어떻게 보낸 건지 모르겠다. 약속 시간이 가까워질수록 심장이 두근거려 평정심을 유지하는 것만도 큰일이었다. 좀처럼 일이 손에 잡히지 않는 것도 모자라 오후 4시 이후로는 정말 5분에 한 번씩 시계를 확인하고 있었다. 그 무렵부터 어찌나 시간이 느리게 흐르는지. 1분이 10분 같고, 10분이 한 시간 같은 기분이었다.

[20분 정도 늦을 거야. 커피숍 안에 들어가 있어. 금방 갈게.]

약속 장소는 호텔 본관 맞은편에 위치한 커피숍이었다. 잠시 그 앞에 선 채 휴대폰 메시지를 확인해 보는 그녀의 입가로 설핏 미소가 떠올랐다. 늦는다는 연락을 받았는데도, 전혀 아쉽거나 섭섭하지가 않았다.

"와, 이게 뭐라고 이렇게 설레."

바쁜 와중에도 짬짬이 만나 함께 식사를 한다거나, 서로의 집을 오가며 은밀한 시간을 보낸 적은 꽤 있었지만, 이렇게 정식으로 약속을 잡고 밖에서 만나기로 한 건 처음이었다. 굳이 따지자면 오늘이 진정한 첫 데이트란 뜻이다.

이러니 설레지 않을 수가 없잖아.

픽 웃어 버린 수진이 화려한 불빛으로 가득한 거리를 둘러봤을 때였다. 갑자기 손에 들고 있던 휴대폰이 드르륵, 떨린다 싶더니 검게 변한 화면 위로 수혁의 이름이 두둥실 떠올랐다. 잠시 의아한 표정으로 고개를 갸웃거린 수진이 전화를 받았다.

"어, 수혁아. 이 시간에 웬일이야?"

— 웬일은. 너 보고 싶어서 연락했지.

"왜, 또 뭐 시킬 거라도 있어? 아니면 나 모르게 나한테 뭔 엄청난 죄라도 지었나?"

— 어허, 이 오라버니의 속 깊은 정도 몰라보고 그게 무슨 망발이냐?

"정은 초코파이에서나 찾아보시고요. 바쁘다고 먼저 선언할 땐 언제고 왜 갑자기 뜬금없이 전화해서 이상한 소린데? 지금 일하는 시간 아니야?"

해마다 이맘때만 되면 뭐 맡겨 둔 사람처럼 저를 찾아 대던 친구였다. 그게 연말만 되면 우울해하는 저를 혼자 두지 않으려는 마음이라는 걸 모르지 않았다.

그런 수혁이 올해는 연말 내내 바쁠 거라며 미리 연락을 해 왔었다. 평소엔 한없이 가벼워 보이지만, 보기보다 속이 깊고 진중한 면도 있는 이 친구께서 이젠 준성이 있으니 굳이 제가 챙기지 않아도 되겠구나, 생각했을 거라고. 그렇게 혼자 짐작하던 중이었다.

— 벌써 퇴근한 거야? 어딘데? 설마 집에 가는 길이야?

"아니거든? 준성이랑 데이트하기로 했거든?"

— 헐, 무려 데이트를 하신다고? 그럼 지금 준성이랑 같이 있는 거야?

"아니. 그렇지 않아도 준성이가 좀 늦는대서 호텔 근처 커피숍에라도 들어가 있으려던 참이었어."

— 오, 그거 잘됐네. 그럼 잠깐 얼굴 좀 보자. 줄 게 있어.

"음? 네가 나한테 줄 게 있다고?"

— 기대돼지? 궁금하지? 빨리 보고 싶지?

기대되는 것보다, 뭔 꿍꿍이가 있다는 쪽에 좀 더 강하게 촉이 왔지만, 굳이 입 아프게 말로 꺼낼 필요는 없었다. 10초도 되지 않는 침묵에 묻어나는 떨떠름함은 충분히 전해지고도 남았다. 10년이라는 긴 세월을 함께하며 쌓아 온 빅 데이터의 위엄이었다.

— ……아무튼 5분 내로 튀어 가마.

통화를 마치고 나서 정확히 5분도 되지 않아 지독하게 눈에 띄는 노란색 람보르기니 한 대가 길가에 멈춰 섰다. 절로 구겨지는 얼굴을 펴 보려 애쓰며 바라보는 사이, 역시나 지나치게 눈에 띄는 남자가 운전석에서 내리더니 그녀를 향해 손을 들어 보였다. 대번에 주변의 시선이 몰려드는 게 느껴진다.

땅굴을 파고 숨어 버리고 싶은 심정으로 외면하는 동안, 뻔뻔하게 웃으며 다가온 수혁이 그녀의 앞에 커다란 상자 하나를 내밀었다.

"이게 뭐야?"

"뭐긴, 선물이지. 그것도 무려 커플 선물. 이 오라버니께서 오늘을 위해 특별히 준비하지 않았겠니? 이제 슬슬 너희들에게 필요할 때도 된 거 같고."

의기양양하게 내놓는 소리에 찝찝함이 더욱 커졌다. 제게만 주는 게 아니라 준성에게까지 같이 주는 거라니, 더더욱 찝찝한 건 그냥 기분 탓인가. 아니면 빅 데이터의 경고일까.

"그래. 뭔지는 모르겠지만, 암튼 고마워. 열어 봐도 되지?"

일단 선물이라니 눈앞에서 풀어 보는 정성이라도 보여야 했다. 현란하게 묶인 리본을 풀어 헤치고 위로 열리는 뚜껑을 붙잡은 순간, 수혁이 제 앞에 손바닥을 턱 하니 들이댔다.

"잠깐. 그거 지금 열면 좀 후회할 텐데."

상자를 반쯤 열어 가던 손이 멈칫했다. 가뜩이나 찝찝한 인간이 저렇게 말하니 찝찝함 지수가 열 배 쯤 훅 치솟았다.

"왜? 여기서 보면 안 되는 거야? 대체 뭔데?"

"그냥 나중에 열어 봐. 되도록 준성이랑 단둘이 있을 때. 난 미리 경고했어."

그렇게 말하니 더 필히 확인을 해 봐야 할 것 같다. 수진은 더 주저하지 않고 상자를 열어 봤다. 그리고 그 안에 다소곳이 놓인 야릇한 디자인의 커플 속옷 세트와 알록달록한 입욕제 꾸러미를 확인하고 조용히 뚜껑을 닫았다.

어쩌면 이렇게 한 치의 예상도 벗어나지 않는 거냐.

"어때? 맘에 들어? 딱 지금 필요할 때 된 거 같아서 특별히 준비헤

봤다. 참고로 네가 민망해할까 봐 특별히 아는 누님께 괜찮은 걸로 골라서 잘 포장해 달라고 부탁한 거야. 난 어떻게 생긴 건지도 모르는 물건이니까 걱정하지 말고 잘 써라."

진지하게 설명을 마친 수혁이 이상하게 뿌듯해 보이는 미소를 지어 보였다. 물끄러미 그 모습을 바라보던 수진이 고개를 끄덕이고는 다시 수혁을 향해 상자를 내밀었다.

"그래, 고맙다. 무지 고마운데, 나 지금 좀 할 게 있어서. 잠깐만 들고 있어 줄래?"

"어, 뭐. 그 정도야."

흔쾌히 웃으며 상자를 받아 든 수혁이 의기양양한 얼굴로 그녀를 바라봤다. 그 얼굴을 마주 보며 씨익, 입가를 늘여 웃어 준 수진이 그대로 한 걸음 다가가 그의 등짝을 후려쳤다.

"아야! 아, 왜 때리는데?"

"어디서 이런 걸 선물이라고 가져와? 죽을래?"

"아니, 이게 어때서? 친한 친구 커플한테 속옷 좀 선물한 게 뭐가 문제…… 아! 아야, 아파! 아프다고!"

"너 지금 이거 성추행이거든? 확 고소해 버릴까 보다!"

퍽퍽, 후려쳐 대는 손길을 피하며 몸을 비틀던 수혁이 억울하다는 듯 눈을 부릅떴다.

"아니이! 성추…… 와, 진짜. 얘가 진짜 무슨 그런 험한 소릴! 야, 너도 나 여친 있을 때 조언이랍시고 어? 이상한 소리 막 하고 그랬잖아. 나 그거 녹음본도 있거든? 들려주랴?"

"시끄러워! 니가 사람이니? 사람이야?"

"아, 아파. 잠깐만. 야, 진짜 아프다. 너 손 엄청 매워."

결국 킥킥거리며 웃음을 터뜨린 수혁이 한 손으로 상자를 옮겨 잡고는 다른 손으로 열심히 그녀의 공격을 막아 냈다. 장난기로 가득한 태도에 더 열이 오른 수진이 맹렬하게 주먹을 뻗었다.

"널 어떻게 죽여야 잘 죽였다고 소문이 날까? 어?"

"야, 야. 고작 이런 걸로 둘도 없는 친구 하나 죽이려고? 기껏 좋은 시간 보내라고 분위기 잡기 좋은 아이템까지 선물했는데 칭찬은 못할망정."

완전히 본색을 드러낸 수혁은 재미있어 죽겠다는 얼굴이었다. 그런 수혁이 얄미워 더욱 기를 쓰며 덤벼든 순간, 휙 하니 피한 수혁이 그녀의 손목을 움켜쥐었다.

"칭찬은 무슨 개뿔이 칭찬 같은 소리! 야, 안 놔? 이거 안 놔?"

"어, 안 놔. 아니 못 놔. 길거리에서 객사하긴 싫다. 맞아 죽는 건 더 싫고."

"너 이, 씨……!"

"뭐 하는 거야?"

그 순간, 음침하도록 낮은 남자의 목소리가 끼어들었다. 한껏 힘겨루기를 하던 두 사람이 동시에 멈칫했다. 스르륵 그녀의 손을 놓은 수혁이 멀뚱한 얼굴로 그녀의 등 너머를 바라봤다. 그런 수혁을 바라보는 수진의 동공이 흔들렸다.

참으로 오랜만이었다.

절대로 있어선 안 되는 무언가가 등 뒤에 선 이 느낌이.

"오, 준성. 일찍 왔네?"

친절하게도 그 정체를 딱 짚으며 인사를 해 주는 수혁을 원망스럽다는 듯이 노려봐 준 수진이 쭈뼛거리며 돌아섰다. 두어 걸음 떨어진 곳에 너무도 익숙한 실루엣의 남자가 쏟아지는 시선 속에 우뚝 서 있다. 그 뒤로 시커먼 안개 같은 게 뿜어져 나오는 것만 같은 착각에 수진은 저도 모르게 눈을 질끈 감았다가 떴다.

"어, 언제 왔어?"

"방금. 뭐 재밌는 일이라도 있나 보네?"

태연히 묻는 그의 입가로 근사한 미소가 떠올랐다. 그런데 웃는 건 입뿐이다. 전혀 재미가 없다는 걸 확실하게 보여 주는 듯 차갑게 경직된 눈이 섬뜩하기 그지없다.

심장까지 서늘해진 기분에 어색하게 입술 끝만 끌어 올려 웃어 보이는데, 슬그머니 옆으로 다가온 수혁이 보란 듯 그녀에게 상자를 건넸다. 얼결에 그것을 받아 들자 수혁은 준성을 향해 한 손을 올려 보이더니 씩 웃었다.

"햐, 타이밍 예술이네. 그럼 이건 꼭 둘이서 같이 열어 봐라. 난 줄 거 줬으니 이만 가 보마. 수고."

마치 연습이라도 한 것처럼 자연스럽게 말을 마친 수혁이 후다닥 자리를 벗어났다.

아니, 이 양반이! 분위기를 이 지경으로 만들어 놓고 튀면 어떡해!

경악하며 붙잡으려 했지만, 이미 수혁은 저만치 세워 놓은 차를 향해 쪼르르 사라져 버린 후였다. 어처구니가 없어 잠시 굳어 있던 수진이 뒤늦게 고개를 돌려 어느새 제 옆에 다가와 선 준성을 바라봤다.

바짝 긴장해 얼어붙은 그녀를 물끄러미 내려다보던 그가 픽 웃음을 머금었다.

"길 한복판에서 대체 뭘 하고 있는 거야?"

"뭐, 뭘 하긴. 줄 거 있다고 잠깐 보자기에 만났다가 괜히…… 말려들었지, 뭐."

"그래서 받은 게 그 상자고?"

"어, 뭐. 근데 생각보다 빨리 왔네? 배고프지? 우리도 이제 그만 움직일까?"

"방금 수혁이가 같이 열어 보라고 하지 않았나?"

"그, 그건 맞는데, 진짜 별건 아니라서. 그냥 나중에……."

"그건 내가 직접 보고 판단할게."

딱 잘라 말한 준성이 당장 내놓으라는 듯 손을 내밀자, 그녀가 와그작 표정을 일그러뜨렸다. 스치듯이 보고 덮어 버리긴 했지만, 한눈에도 엄청나게 야릇한 속옷이었다. 평생 입을 일도 그럴 마음도 없었다. 선물이니 차마 버리진 못하더라도 다신 눈에 띄지 않는 곳에 처박아 버릴 생각이었었는데…….

"꼭 지금 확인해 봐야겠어? 별로 좋은 생각 같지 않……."

"……."

"……지만 어쨌든 너한테도 준 거라 했으니 그럴 권리 있지. 어."

어떻게든 만류하려 했지만, 열흘 삶은 무에 이도 안 들어갈 표정을 하고 있다. 스스로 포기한 수진은 얌전히 상자를 내밀었다. 친절하게 설명도 덧붙였다.

"수혁이 말로는 본인은 어떻게 생긴지도 모르는 물건이니 찝찝하게 생각하지 말고 잘 쓰래. 그렇다 해도 절대 쓸 마음이 안 생길 거 알아. 나도 그러니까. 미리 말하지만 정상적인 물건 아니니까 각오하라고."

될 대로 되라 싶은 마음으로 실토하는 동안, 그는 무덤덤한 얼굴로 상자를 열어 보더니 슬쩍 미간을 찌푸리고는 그대로 덮어 버렸다. 그럴 거 같아서 말렸던 건데.

"늦겠다. 그만 출발하자. 앞에 차 세워 뒀어."

웃는 얼굴을 봤다고 해서 안심할 단계는 아니었다. 떡하니 내민 손을 붙잡는데 심장이 떨어질 것처럼 뛰어 댔다. 이게 불안감 탓인지 기대감 탓인지 좀처럼 구별이 되질 않았다. 그의 손에 이끌려 조수석에 오른 후에도 이상하게 경직된 표정을 풀지 못하고 눈치만 보고 있자, 곧장 운전석으로 올라탄 준성이 흘깃 보더니 또 웃음을 머금었다.

"왜 그렇게 긴장했어?"

"저기, 아까 기분 나빴던 거 아니었어?"

"내가? 왜 기분이 나빠야 하는 건데?"

빙글거리며 되묻는 말에 헛웃음이 났다. 분명 처음 등장 신에서부터 막 등 뒤로 어둠의 오라가 뿜뿜 하는 걸 봤는데. 눈빛에 살기가 그득했었다고. 게다가 친구랑 가까운 것도 질투하고, 손님한테 친절한 것도 질투하시는 분이 오늘은 그 친구에게 손목을 붙들리고 이상야릇한 선물까지 받았는데 아무렇지 않단다.

그걸 누구더러 믿으라고?

미심쩍은 눈으로 바라보자, 태연히 그 시선을 마주한 준성이 당연하다는 듯 덧붙였다.

"모처럼 내 맘에 쏙 드는 선물이 들어왔는데 잘 써야지."

"뭐? 설마 저 상자 속 물건 말하는 건 아니지?"

"맞는데?"

능청스러운 대꾸에 절로 입이 떡 벌어졌다.

"미쳤……. 야, 나 그거 절대 못 입어. 아니, 안 입어!"

"걱정 마. 내가 입혀 줄 테니까."

"아니! 잠깐 무슨 그런……!"

기함하는 수진을 외면한 준성이 꿋꿋하게 차를 출발시켰다.

다분히 도발의 의미가 가득한 선물이라는 것쯤이야 알고도 남았다. 수진을 향한 수혁의 감정은 친구 이상, 연인 이하를 아슬아슬하게 오가고 있었다. 반쯤은 장난인 것처럼 가볍게 접근해 온 탓에 수진은 그 마음이 진심임을 알아주지 않았지만, 그럼으로써 누구보다 가까운 거리를 유지해 왔다.

만약 제가 없었더라면, 스며들듯이 그녀의 인생에 끼어들고, 끝내 마음을 얻어 냈을지도 모른다. 그리고 수혁은 지금도 그 자신에게 다시 기회가 오기를 기다리고 있었다.

그럼에도 수혁이 이 관계에 끼어드는 일은 없으리란 걸 알고 있다. 아이러니하게도 그녀에게 진심인 만큼, 그녀의 행복을 바라는 마음 또한 너무도 진심이기 때문이었다. 그녀의 불행을 원하지 않는 수혁으로서는 감정을 드러내며 저와 불편한 사이가 되는 것도, 그녀와의 우정을 박살 내는 것도 꼭 피하고 싶은 선택지일 것이다.

그래서 웃어넘겼다. 이렇게 작은 심술로나마 긴 짝사랑에 지친 속풀이를 하고 싶었을 그 마음을 모르지 않기에.

게다가 조금 당황스럽긴 했지만, 선물이 의외로 마음에 든 것도 지금의 관대함에 한몫했고.

놀랍게도 진심으로 그녀에게 입혀 보고 싶은 디자인이었다. 하늘하늘한 망사 레이스로 가득한 순백의 속옷에 은밀한 부분만을 가린 그녀가 얌전히 제 침대에 누워 저를 기다리고 있는 모습을 상상하자 운전대를 쥔 손에 힘이 들어갔다. 아주 짧게 상상만 해 본 것뿐인데 허리 아래로 열기가 확 몰려들고 바지의 앞부분이 부풀어 올랐다.

그러나 일단은 참아야 했다. 빨리 시간이 흘러 마지막 코스로 넘어갔으면 하는 생각이 굴뚝같았지만, 안타깝게도 지금은 달리는 차 안이었다.

어느덧 한강 다리를 건넌 차량은 복잡한 도심지의 도로를 가로질렀다. 날이 날이니만큼 정체가 심했지만 차를 가지고 나온 걸 후회할 만한 정도는 아니었다.

아니, 그녀와 함께 있어 지루함을 느끼지 못하는 건가?

"일단 식사부터 하러 가자."

"그럴까? 그런데 어디로 가려는 거야? 오늘 같은 날엔 자리 잡기도 힘들 것 같은데."

눈을 빛내며 대답하던 수진이 문득 걱정스럽다는 얼굴로 차창 밖을 바라봤다. 수혁의 짓궂은 장난 탓에 바짝 얼어붙어 있던 그녀는 자연스럽게 하루의 일과를 묻고 답하며 웃어 대는 동안 평소의 모습을 되찾아 가고 있었다.

"정 없으면 그냥 길거리 떡볶이라도 먹자. 괜히 길도 복잡한데 힘들게 돌아다니지 말고. 나 쌀쌀해지면 한 번씩 그런 거 당겨서 잘 먹거든."

"그것도 좋지만, 그건 다음 기회에. 오늘은 갈 데가 있어."

"갈 곳이 있다고? 아니, 대체 어딜 가기에 그렇게 비밀스럽지? 나 막 심장 뛰기 시작하는데 기대해도 돼?"

상기된 얼굴로 재잘재잘 말이 많아진 그녀가 귀여운지 흘깃 바라보는 준성의 입가로 웃음기가 떠올랐다.

목적한 장소가 가까워지자 준성은 근방의 주차장에 차를 세우고 그녀를 이끌었다. 그렇게 도착한 곳은 그녀도 익히 아는 유명 셰프가

운영하는 프렌치 레스토랑이었다. 직원의 정중한 안내를 받으며 자리에 앉자마자 수진은 눈을 휘둥그레 뜨며 속삭였다.

"와, 여길 어떻게 예약했어? 나 여기 진짜 한번 와 보고 싶어서 만날 벼르기만 했던 곳인데. 최소 2개월은 예약 꽉 차 있대서 포기했었거든."

"그래? 김 비서님은 바로 잡아 오던데."

"대애박. 대체 무슨 치트키를 쓴 거야?"

"글쎄. 돈인가?"

너무도 당연하다는 듯 내놓는 말인데 전혀 재수 없게 들리지 않는 것도 재주다. 픽 웃어 버린 수진이 엄지를 척 치켜세웠다.

"이야, 돈 많은 남자 친구 있으니까 이게 좋구나."

"좋지? 네 애인이 부자라."

"어. 처음으로 뿌듯했다, 진짜."

진심을 가득 담아 내놓는 대꾸에 두 사람은 동시에 웃음을 터뜨렸다.

곧 서빙이 시작되고 준성은 여느 때보다 즐거운 얼굴로 음식을 권했다. 요리 하나하나를 입에 넣을 때마다 일일이 감탄하며 행복해하는 그녀를 보는 것만으로도 어렵게 자리를 마련한 보람이 있었다.

그동안 바쁜 와중에도 짬짬이 만나 데이트를 즐겨 오긴 했지만, 오늘만큼은 좀 더 특별하게 보내고 싶었다.

[주말엔 데이트도 하고. 이번 크리스마스도 너랑 같이 지내면 좋겠어.]

처음으로 저와 함께 뭔가를 하고 싶다며 꺼낸 말이었다. 비록, 실수로 보낸 메시지 속에 있던 말이지만, 그렇다 해서 허투루 넘길 마음은 추호도 없었다. 무방비하게 내놓은 말이었기에 그것은 그녀의 진심이었고, 그렇기에 무슨 일이 있어도 오늘만큼은 반드시 그녀와 함께해야만 했다.

그렇게 결심한 후, 태어나 처음으로 데이트 계획이란 걸 세워 보았다. 김 비서의 도움을 받아 가며 그녀를 위한 선물을 준비하고, 식사부터 공연, 특별한 하룻밤까지.

갖은 인맥을 동원해 모든 준비를 완료하고서 그녀를 만나러 온 참이었다. 누구보다 완벽한 하루를 만들어 줄 생각이었다.

그런데 정작 식사를 마치고 난 그녀는 뜻밖의 제안을 꺼내어 그를 당황하게 했다.

"그냥 걷고 싶다고?"

"응. 나 이런 날 길거리에서 데이트하는 거 꼭 해 보고 싶었거든. 괜찮지?"

이미 공연 표를 준비해 두긴 했지만, 생각해 보면 그녀를 곁에 두고 눈에도 들어오지 않을 무대만 멍하니 보고 있느니 그녀가 원하는 대로 움직이며 대화를 나누는 쪽이 나을 것 같기도 했다.

흔쾌히 계획을 변경한 준성은 그녀가 이끄는 대로 거리에 나섰다. 휘황찬란한 빛으로 가득한 상가의 쇼윈도와 길 한복판에 즐비한 노점을 구경하며 걷는 것만으로도 그녀는 아주 즐거운 얼굴이었다.

그의 손을 이끌고 나선 수진은 이리저리 기웃거리며 아이처럼 눈을 빛냈다. 날이 꽤 추운지 빨개진 코끝이 사랑스러워 절로 웃음이 났다. 저와는 평생 상관없을 거라고만 생각해 온 거리의 풍경 속 일부가 되어 있는 기분이 나쁘지만은 않았다.

"어우, 추워. 안 되겠다. 우리 이거 하나 사자."

대뜸 어디론가 걸음을 옮긴 그녀가 도착한 곳은 귀여운 털모자와 목도리 등 방한용품으로 가득한 매대였다. 그중에 그녀가 덥석 집어 든 것은 토끼 귀가 달린 모자였다. 배시시 웃으며 저를 바라보는 걸 보니 어지간히 마음에 든 모양이다. 준성은 흔쾌히 지갑을 꺼내 들었다.

"사고 싶으면 사."

"아니, 그게 아니라."

절레절레 고개를 내저은 그녀가 다시 그를 바라본다. 묘하게 눈을 빛내는 게 몹시 수상쩍다. 설마.

"싫어."

"아잉, 한 번만. 응? 딱 한 번만 써 보자, 제발."

모 여자 아이돌이 TV에 쓰고 나와 한창 유행을 했고, 최근 인기 절정의 남자 아이돌이 착용해 또 화제가 되었다는 TMI 따윈 알고 싶지도 않았다.

"너무 잘 어울려, 어떡해. 와, 진짜. 걔들이 쓴 것보다 네가 훨씬 나아, 대박. 나 기념샷 하나만. 응?"

저는 멀쩡한 귀마개를 하고, 그의 머리 위엔 기어이 하얀 털 덩어리를 올려 둔 그녀가 한 손으로 입을 가린 채 감격에 겨운 얼굴로 그를 향해 휴대폰을 들이민다. 제 사회적 체면을 생각해서라도 그만두라 해야 할 텐데, 저렇게 행복해하는 얼굴을 보니 입이 떨어지지 않는다. 안타깝게도 그는 그녀에 한해서만은 지나치게 마음이 물렀다.

"이제 벗어도 돼?"

"아니, 기껏 샀는데 아깝잖아. 머리도 춥고 하니까 오늘만 쓰자, 오늘만."

이건 또 무슨 신종 고문인 건지.

이 와중에도 훤칠한 남자가 토끼 귀 모자를 쓰고 있으려니 그림이 남다르긴 한 건지 주변의 시선이 따갑다. 연예인인가? 뭔 촬영이라도 하나? 수군거리는 목소리가 들려와 슬그머니 모자를 끌어 내리려는데 냅다 그의 손을 붙든 수진이 또 어디론가 걸음을 옮겼다. 발 디딜 틈도 없는 인파 속을 잘도 뚫고 돌아다녔다.

"조심."

그러다 한 떼의 남자들이 와하하, 웃으며 덮쳐 오자 준성은 황급히 수진의 몸을 끌어다 반대편으로 옮겨 세웠다. 비틀거리며 그의 품에 반쯤 끌려 들어온 그녀가 이내 몸을 가누더니 그를 빤히 바라봤다. 휘둥그레진 눈엔 또 뭔가 하고 싶은 말이 가득 담겨 있다.

"왜 그런 눈으로 보는데?"

"와, 나 이렇게 보호받는 거 되게 오랜만이야. 방금 겁나 설 어."

"오랜만이라…… . 나 없는 사이에 또 어떤 놈한테 그렇게 설레셨을까?"

"그러게. 누구였을까?"

그 순간 저도 모르게 표정이 굳었나 보다. 흘깃 제 얼굴을 보던 그녀가 파하핫 하고 웃더니 손을 뻗어 그의 미간을 꾹꾹 눌렀다.

"어우, 인상 쓰는 거 봐. 내가 정말 못 살아. 누구긴 누구겠어, 바로 너지. 우리 대학 때 같이 걸으면 매번 네가 나 이렇게 잡아 주고, 챙겨 주고 그랬잖아. 기억 안 나?"

"아…… ."

너무 오래전 일이라 다 잊었을 줄 알았다. 그녀의 곁에서 행동으로

나마 관심을 보이려 애쓰던 때였다. 진심으로 보호해 주고 싶은 마음이 반쯤. 조금이라도 그녀에게 닿고 싶은 엉큼한 마음도 반쯤은 섞여있었던 제 행동을 그녀도 의식하고 있었던 걸까.

"원래 다정한 사람이라 나한테도 잘해 줬구나, 싶었는데. 지금에 와서 보면 그렇게 막 다정한 사람은 아니었던 거 같아, 너. 사심이 있어서 그랬구나, 싶고."

"당연하지. 그때도 난 사심도 없는 여자한테까지 친절할 만큼 한가하지 않았거든."

"와, 대박. 이젠 숨기지도 않네."

키득거리며 대꾸한 그녀가 자연스럽게 그의 팔짱을 꼈다. 그러고는 근방의 액세서리 노점으로 그를 이끌었다. 별생각 없이 그녀의 시선을 좇던 준성은 이어 그녀가 집어 드는 물건을 보며 눈에 띄게 흠칫했다.

"와, 이거 예쁘다. 저기, 한번 껴 봐도 되죠?"

"네, 껴 보세요."

하필 그녀가 집어 든 건 반지였다. 순간 준성은 안주머니에 숨겨 둔 조그만 상자 하나를 떠올리며 낮게 탄식했다.

"어때?"

"글쎄. 잘 모르겠는데."

"그래? 그럼 이건? ……이것도 별로야?"

길고 가느다란 손가락에는 어떤 링을 끼워 넣어도 썩 잘 어울렸지만, 준성은 굳은 마음으로 고개만 저었다. 마음에도 없는 소리를 하는게 이렇게 힘들 줄은 꿈에도 몰랐다. 고개를 저을 때마다 시무룩해지는 그녀의 얼굴을 보고 있자니 당장에라도 제 주머니의 상자를 꺼내 쥐여 주고 싶은 마음이 굴뚝같았지만, 지금은 순서가 아니었다.

"다른 것도 한번 봐 보자. 굳이 반지 말고도 예쁜 거 많으니까."

"음, 그럴까?"

어색하기 짝이 없는 말투였지만 다행히 그녀는 크게 의심하지 않는 눈치였다. 또 뭔가를 발견하고 호기심을 내비치는 그녀를 따라 자연스럽게 이 자리를 벗어난 그는 몰래 안도의 한숨을 내쉬었다.

이후에도 그녀는 실컷 그를 끌고 다니며 이 순간을 알차게 즐겼다.

인형 뽑기 방에 들어가서는 경쟁하듯 천 원짜리를 털어 넣다 결국 돈만 잃고 잔뜩 골이 났다가, 근방의 사진 자판기를 발견하곤 또 장난기 가득한 얼굴로 그를 끌어들였다. 이어 괴상한 표정만 잔뜩 찍힌 사진을 빼 들고는 목젖이 뒤집어지도록 웃어 댔다.

그리고 다시 그의 차를 세워 둔 주차장을 향해 걷는 길. 그녀의 손에는 작은 꾸러미 하나가 들려 있었다.

"방금 밥 먹었으면서 또 먹게?"

"무슨 소리야. 이건 간식이잖아, 간식. 원래 간식 배는 따로 있는 거야."

해맑게 대꾸한 수진이 따끈한 와플을 한입 깨물고는 다시 그에게 내밀었다.

"먹어 봐. 맛있어, 이거."

크게 내키진 않지만 그녀가 권하니 거절은 이미 불가능했다. 그녀의 입술이 닿았던 자리를 한입 깨물자 바삭한 와플 사이로 달큰한 사과잼과 땅콩크림의 맛이 느껴졌다.

"어때? 괜찮지?"

"어. 맛은 있는데, 배불러서 더는 안 먹어도 될 거 같아."

완곡히 돌려 거절하는 말에 그녀가 까르르 웃더니 그를 향해 손짓했다. 몸을 숙여 달라는 뉘앙스에 슬쩍 허리를 굽혀 주자 그의 입가에 묻은 부스러기를 손끝으로 닦아 낸 그녀가 쪽, 하고 입을 맞추더니 쑥스럽다는 듯 시선을 내리깔았다.

그 순간 기다렸다는 듯이 그의 입술이 다시 그녀의 입술을 삼켰다. 달콤한 맛이 오가는 입맞춤이 끝나고 이마를 마주 댄 두 사람에게서 동시에 키득거리는 웃음이 새어 나왔다.

"그런데 이젠 어디로 가는 거야?"

다시 차에 오르고 조금 한산해진 도로를 달릴 무렵이었다. 준성은 어딘가 행선지가 있는 양 차를 몰아갔지만, 꽤 시간이 늦었기에 달리 갈 만한 곳은 떠오르지 않았다. 설마 이대로 집으로 보내 주려는 건 아닐 테고.

"선물 확인하러."

"선물? ……아!"

내내 잊고 있었던 물건 하나가 머릿속에 불쑥 떠올랐다.

"설마 아직도 미련 못 버렸어? 그냥 좀 잊어 주면 안 될까?"

"이런 기회를 어떻게 놓쳐. 섭섭하게."

다시 한번 느끼지만, 집요함만큼은 타의 추종을 불허하는 남자다. 잠시간 할 말을 잃은 채 단정하기 그지없는 남자의 옆얼굴을 물끄러미 바라보던 수진이 문득 차량이 진입하는 길목을 확인하고는 고개를 갸웃거렸다.

"어? 여긴……."

기억이 잘못된 게 아니라면 이곳은 그의 집이 있는 주상 복합 건물이었다. 지하 주차장으로 들어선 차량이 멈춰 서자 수진은 눈을 가늘게 뜨며 그를 바라봤다.

"뭐지? 나 지금 좀 수렁에 빠지는 느낌인데?"

"응. 아깐 내가 양보했으니까, 마지막은 내 마음대로 하려고."

당연하다는 듯 돌아온 말에 그녀의 눈이 더욱 가늘어졌다.

"설마 나 여기 갇혀서 못 나가고 그러는 건 아니지?"

"걱정 마. 모레 아침엔 꼭 출근시켜 줄 테니까."

과연 출근이 가능할지 의심스럽지 말입니다.

운전석에서 내린 그가 보닛을 돌아오는 동안, 그 행적을 물끄러미 좇는 그녀의 눈에 뚜렷한 의구심이 새겨졌다. 저 말을 믿어야 하나, 말아야 하나. 아무리 생각해도 고양이에게 생선을 통째로 맡긴 기분인데.

그사이 조수석의 문을 열어 주고, 뒷좌석에 놓아 둔 상자까지 굳이 꺼내어 안겨 준 그가 손을 내밀었다. 나란히 손을 붙잡은 채로 오른 엘리베이터는 순식간에 최상층인 30층에 도착했다. 문이 열리자마자 보이는 광경이 낯설어서인지 심장이 술렁였다. 그러고 보면 나간 기억만 있지 들어온 기억은 없는 곳이었다.

"참, 나 처음 여기 왔을 때 말이야. 대체 어떻게 데리고 온 거였어?"

그를 따라 현관으로 들어서며 문득 떠오른 의문을 입에 올렸을 때였다. 조금 앞장서 있던 남자가 흘깃 뒤를 돌아봤다.

"궁금해?"

"어, 뭐. 조금?"

짐짝처럼 떠메고 온 건지, 아니면 공주님처럼 소중히 안고 온 건지. 후자였으면 기분이 참 좋을 것 같긴 한데, 그 중요한 순간에 넋을 놓고 잠들어 있었다는 점이 좀 아쉽다고나 할까.

괜히 떠올린 생각이 낯간지러워 피식 웃음을 머금었을 때였다. 커다란 그림자가 훌쩍 덮쳐 와 흠칫한 순간, 강한 힘에 끌리듯 뒤로 확 기울어진 몸이 공중으로 붕 떠올랐다. 급히 들이켠 숨을 간신히 내뱉었을 때는 이미 공주님처럼 푹 안긴 채 그를 올려다보고 있는 상태였다.

"이렇게 안고 왔는데."

"······!"

"이제 궁금증 해결됐어?"

너무도 달콤하게 속삭이는 말에 정신이 다 아득해졌다. 한 사람의 무게를 온전히 두 팔로만 지탱하고 있는데도 그 목소리는 평온하기 그지없었다. 숨소리 하나 거칠어지지 않았다.

그것도 모자라 강인한 턱선과 뚜렷하게 튀어나온 울대가 눈앞에 아른거렸다. 어떻게 사람이 이럴 수가 있지? 이런 각도에서 보고 있는데도 굴욕이라곤 없다. 전혀 무너지지 않는 그의 미모가 새삼 가슴에 콕 박혀 들었다.

정말 두 번만 궁금했다간 심장 터지겠다.

"어, 어. 해결됐으니까 이제 그만 내려 줘. 무겁잖아."

"전혀 안 무거운데? 깃털 같다."

"허, 헐! 너무 오버야, 그거!"

기함하며 발버둥 치는 그녀가 그저 귀엽다는 듯 나직하게 웃어 버린 그가 그대로 걸음을 옮겼다. 복도를 지나 가장 안쪽에 위치한 너른 거실까지 그대로 옮겨지는 내내 그녀는 턱 끝까지 벅차오르는 숨을 제대로 내쉬지도 못했다. 부끄럽고 설레는 한편 손발이 오그라드는 느낌을 견딜 수가 없어 눈만 질끈 감아 버렸다.

"자, 도착했으니까 이제 눈 떠 봐."

다소곳이 소파에 놓인 그녀가 긴장하며 눈을 떴다. 그러자 눈앞에 생각지도 못한 광경이 펼쳐져 있었다.

"이런 건 언제……."

대체 무슨 마법을 부린 걸까.

자신이 앉아 있는 자리를 중심으로 주변은 새빨간 장미 꽃잎과 꽃다발로 가득이었다. 그의 품 안에서 제대로 숨조차 쉬지 못하는 와중에도 미묘하게 감지된 장미 향의 정체가 이것이었던가.

눈을 돌리는 곳마다 조도를 낮춘 조명과 어우러지도록 반짝거리는 전구로 장식된 화려한 소품이 크리스마스의 분위기를 한껏 고조시키고 있었다. 이어 와인병이 담긴 아이스버킷을 중심으로 요리까지 완벽하게 세팅이 끝난 테이블을 확인하고 난 그녀가 놀란 눈을 깜빡였다.

방금 전까지 저와 함께 바깥에 있던 사람이 대체 무슨 수로 이런 걸 준비한 건지.

설마 여기 누군가 다른 사람이 있는 건가?

저도 모르게 주변을 둘러보자 웃음을 터뜨린 준성이 그녀의 앞에 한쪽 무릎을 꿇으며 앉았다.

"아무도 없어. 우리 둘뿐이고, 특별히 시간 맞춰 준비만 시켰을 뿐이야."

"아……."

"더 근사한 곳으로 데려가고 싶었는데, 당장 멀리 갈 처지는 안 되고, 서울 내 호텔은 우리 호텔보다 좋은 곳이 없고, 또 그쪽으로는 내가 너보다 더 잘 알지도 못하고, 내 여자 기준에 맞춰 보려니 상당히 까다롭더라."

이 순간을 위해 고민하고 또 고민해 왔다는 그의 말에 저절로 입술 끝이 치켜 올랐다. 평범한 연인처럼 특별한 날의 풍경 속에 함께하고 싶었던 제 바람을 내치지 않고 묵묵히 따라 준 것만도 고마운 사람이었다. 저를 위해 이런 걸 준비하며 홀로 즐거워하고 있었을 그가 너무도 사랑스러워서 힘껏 끌어안으려 했을 때였다.

"이런 거로 감동받긴 아직 이른데."

슬쩍 몸을 뒤로 뺀 그가 안주머니에서 뭔가를 꺼내 들었다. 그의 어깨까지 뻗어 나간 손이 그대로 멈춘 사이, 그는 그녀의 눈앞에서 붉은빛이 도는 상자를 열어 보였다.

그 정체가 뚜렷한 상자를 본 순간부터 이미 무섭도록 심장이 떨리고 있었다. 이어 작은 보석이 하나 박힌 반지의 자태를 확인한 그녀의 눈동자가 크게 흔들렸다.

"결혼하자고는 했었지만, 이건 프러포즈 반지는 아니야. 그건 더 근사하게 준비할게."

변명이라도 하듯이 설명한 그가 조심스럽게 반지를 꺼내 들었다. 그리고 어느덧 허벅지 위로 돌아가 있던 그녀의 손목을 잡아 올렸다.

"그때까지만 끼고 있어."

작은 다이아가 박힌 심플한 백금 링이 서서히 그녀의 손가락을 타고 올랐다. 그녀의 목울대가 천천히 일렁였다. 무슨 말을 해야 할지 몰라 뜨겁게 열이 오르기 시작한 눈에 힘을 주며 하염없이 반지를 바라봤다.

"제대로 프러포즈할 때까지 그냥 두려니 내가 불안해서 안 되겠더라. 그러니 그동안 임자 있는 여자라고 티는 내 줘. 절대 **빼놓지 말고**."

너무도 진지하게 본심을 드러내는 말에 피식 웃음이 새어 나왔다. 결국 저를 곁에 묶어 두기 위한 수작임을 어쩌면 이렇게 아무렇지 않게 말하는 걸까.

그 목적이야 무엇이든, 기뻤다.

연인에게 이런 선물을 받는 건 드라마나 소설 속에서나 보는 일이라 생각했는데, 제게도 벌어질 수 있는 일이라는 게 너무도 신기했다.

이 남자와의 재회도. 이끌리듯 시작해 버린 연애도. 모두 다 현실감이 없는데, 무엇도 지금 이 순간만큼 비현실적이진 않았다. 한없이 벅차오르는 심장을 누르듯 심호흡을 한 그녀가 문득 뭔가 생각난 듯 풋, 하고 웃었다.

"아까 내가 반지 산다고 했을 때 당황했겠네."

"말도 마. 이미 내가 사 뒀다고 말도 못 하고."

"푸흣……."

"웃을 일 아니라니까."

생각만 해도 진저리가 난다는 듯 그가 고개를 절레절레 저었다. 그러고는 반지가 잘 보이도록 그녀의 손을 잡아 올렸다. 그의 손에 걸쳐진 채 살짝 접힌 그녀의 손끝을 입술에 대고 싱긋 웃으며 그녀를 바라봤다.

"사실 그거 다 잘 어울리더라. 하긴. 네가 뭘들 안 어울리겠냐만."

저런 진지한 얼굴로 잘도 낯간지러운 소리를 내놓는 남자였다. 내내 그게 마음에 걸려 있었던 건지, 솔직한 말을 내놓고 난 입가에 맴도는 웃음이 한결 편안해 보인다.

"그래도 앞으론 내가 준 것만 껴 줘."

그 일이 뭐 어려운 거라고 이렇게나 간절하게 부탁하는 건지.

참 거짓말도 못하고, 참는 법도 모르는 남자다. 그의 입술이 닿아 있는 손끝을 꼼지락거리며 어쩔 수 없다는 듯 웃어 버린 수진이 고개를 끄덕였다.

"절대 안 뺄게."

"……."

"고마워."

불쑥 내뱉어 놓고, 잠시 멈칫했다. 무슨 말을 할지 생각할 새도 없이 그저 부지불식간에 튀어나온 말이었다. 그러나 이내 수진은 곰곰이 제 마음을 돌아보고 미소를 머금었다. 천천히 열린 입술 사이로 그녀의 진심이 새어 나왔다.

"누군가에게 소중한 사람이 된다는 거. 그거 상상했던 거 이상으로 기쁘고 행복한 일이더라."

제집에서야 누구나 귀한 딸, 귀한 자식이지만 세상 속에서 그런 존재가 되긴 쉽지 않은 법이었다. 나에겐 누구보다 소중한 사람인데, 그 사람에겐 내가 그다지 소중하지 않을 수도 있다는 것 또한 살다 보면 쉽게 깨닫는 진리다.

그래서 더 뚜렷하게 느껴지는 것이었다. 이 고마움은.

"당사자 앞에서 말하긴 좀 웃기지만, 나도 길게 짝사랑을 했었잖아. 그땐 그렇게 엇갈리고 멀어지고 가슴앓이만 하는 게 당연한 거라고 생각했었거든. 만약 정말 너와 사귈 날이 온다면 그건 정말 기적 같은 일이라 생각했었고."

내가 사랑하는 사람이 날 사랑하는 것도. 그리고 함께 그 마음을 나누는 것도.

그녀에겐 그저 기적과도 같은 일이었다. 그리고 그 기적 같은 일을 현실로 만들어 준 건 오로지 그의 힘이었다.

그저 직진밖에 모르는 이 남자가.

긴 세월 동안 가슴이 타들어 가도록 뜨거운 열정을 품고 기다려 온 이 남자가 끝끝내 모든 기회를 붙잡아 주었기에.

"그런 나한테 이런 순간을 선물해 줘서. 지금껏 날 소중히 생각해 주고, 좋아해 줘서 고맙다고. 그냥…… 나도 모르게 튀어나온 말이었는데 꼭 해 주고 싶었나 봐, 내가. 이제 끝. 어우, 민망하니까 그만봐."

빨갛게 달아올라 버린 얼굴을 숨길 곳이 없어 슬쩍 그의 눈을 가려 버렸을 때였다. 턱 하니 그 손을 붙잡아 내린 남자가 가만히 그녀의 얼굴을 응시했다. 말을 잃은 그녀의 시선도 그대로 그의 시야에 사로잡혔다.

"나 더는 못 참겠는데."

태연히 박혀 드는 시선과는 달리 낮게 가라앉은 목소리에선 열감이 느껴졌다. 삽시간에 일렁이기 시작한 주변의 공기. 압박하듯 숨통을 조여 오는 긴장감에 내놓는 숨은 금세 혼탁한 열기로 물들어 갔다. 잡힌 손목은 물론, 그의 시선이 닿는 곳곳 솜털까지 전율한 순간이었다.

"지금 안아도 되지?"

가볍게 건배를 나누며 그녀와의 첫 크리스마스를 축하하고, 적당히 취기에 올라 달콤한 순간을 보내려던 계획은 그렇게 그녀의 고백한 번에 와르르 무너져 버렸다.

잡은 손을 그대로 끌어당기자 소파에 앉아 있던 그녀가 바닥으로 스르륵 미끄러져 내려와 마주 보고 앉은 그의 품으로 쑥 빨려들었다. 가녀린 몸을 힘껏 끌어안으며 고개를 기울였다. 살짝 벌어진 잇새로 깊숙이 파고든 혀가 그녀의 작은 입안에 가득 담기고, 기다란 손가락이 그녀의 머리카락 틈새로 스며들었다.

"흡."

맞닿은 숨이 뜨겁다. 내내 말라붙어 있던 입술이 그의 타액에 부드럽게 젖어 들었다. 벌어진 입술 사이로 스며든 뜨거운 살덩이가 진득하게 타액을 휘저으며 열기를 불어 넣는 동안, 그녀는 거칠어진 숨을 내쉬며 그의 옷자락을 붙잡았다.

"나도."

살짝 어긋난 입술 사이로 달뜬 숨이 새어 나왔다. 흥분으로 떨리는 목소리에는 열기가 가득했다.

"안고 싶어, 지금."

기다렸다는 듯이 거센 힘이 제 몸을 와락 덮쳐눌렀다. 딱딱한 대리석 바닥에 짓눌린 채 갈급히 서로를 찾던 입술이 다시 진하게 맞물렸다.

할딱이듯 신음하는 그녀의 손안에서 새하얀 시트 자락이 구겨졌다. 새하얀 브래지어에 감싸인 가슴이 새처럼 빠르게 들썩이고, 시트를 짚고 있던 자그마한 발은 제가 있어야 할 자리를 찾지 못하고 연신 꼼지락거렸다. 침대 위에 널브러진 채로 숨만 몰아쉬는 그녀의 몸은 이미 여기저기 발긋한 열꽃으로 엉망이었다.

"하, 웃, 이제 그만. 그만……."

"겨우 한 번밖에 안 했는데 벌써 그만하자고?"

느긋한 대꾸는 그녀의 아래쪽에서 들려왔다. 양 무릎을 세워 붙잡은 채로 느긋하게 다리 사이를 감상하던 남자의 입에서 나온 말이었다.

순간 억울해서 비명을 지를 뻔했다.

그가 주장하는 한 번이란 정확히 그가 사정을 한 횟수에 불과했다. 소파에서부터 시작해 욕실을 지나 이 침대 위까지, 목을 놓아 신음하다 까무러친 기억만 세 번인 그녀로서는 그걸 한 번이라 말하는 이 남자의 행태가 기막힐 따름이었다.

"여긴 그럴 생각 없어 보이는데."

"훗!"

그것도 모자라 그는 기어이 그 야릇한 속옷까지 손수 가져다 입혀 놓고서 집요하게 그녀의 온몸을 탐하며 감상하던 중이었다. 나직하게 웃음을 터뜨린 그가 갈라진 모양 그대로 움푹 들어간 곳을 손가락으로 슬쩍 긁어내렸다. 그녀의 허리가 움찔하며 튀어 오른 순간, 허벅지 안쪽에 입을 맞추며 반응을 살피던 입술이 점차 가랑이 쪽으로 이동하다 지그시 속옷 위를 짓눌렀다.

"으, 아…… 잠깐만, 훗!"

도톰한 둔덕 전체를 크게 베어 물다가 춥, 소리가 나도록 빨아들인 그가 다시 팬티의 선을 따라 혀를 굴리며 쓸어 올렸다. 살이 접힌 부분을 정성스럽게 핥으며 이동하는 내내 그녀의 보드라운 허벅지 살이 막 꺼내 놓은 푸딩처럼 바르르 떨렸다. 묘하게 식욕이 당기는 모양 새에 저도 모르게 이를 드러내며 살짝 깨물자 그녀가 다리를 움츠리며 칭얼댔다.

"윽, 아파!"

"그러게 누가 이렇게 유혹하래."

"무슨 소릴 하는 거야, 내가 어, 언제……!"

"지금 너한테서 엄청 맛있는 냄새 나는 거 알아? 아주 야한 냄새."

"그런 말 하지 말라니까…… 아흑!"

건드리는 대로 파드득거리며 반응하는 그녀가 귀여워서 미칠 것 같다. 그녀가 발끈하며 방심한 사이, 속옷의 아랫부분을 입술로 물어 젖히자 머리 위에서 꺅, 하고 소스라치는 비명이 들려온다.

모르는 척 이와 혀를 이용해 마저 속옷을 젖혀 냈다. 찔걱, 야릇한 소음과 함께 선홍색으로 물든 음부가 드러났다. 그새 얼마나 흘려 댄 건지 꽉 다물린 입구 주변이며 음모까지 번들거리는 애액으로 흥건했다.

잠시 입맛을 다시던 그가 물로 흥건한 질구 주변을 손끝으로 쓸어 내리자 맑고 끈끈한 액체가 주욱 늘어졌다. 벌을 유혹하는 달콤한 꿀처럼 그의 앞에 짙은 향내를 풍겨 댔다.

더 참지 못한 준성이 그대로 입술을 파묻고서 여린 살결을 쭉 빨아 들였다. 쫀득한 살점을 입에 머금고 혀를 움직이자 그녀가 허리를 들썩이며 경련했다. 어쩔 줄 몰라 하는 두 다리를 팔에 감고서 탐욕스럽게 쏟아지는 액을 빨아 삼키는 소리가 적나라하다.

"흐, 아앗!"

수진은 정신없이 시트를 움켜쥔 채 신음했다. 가뜩이나 헝클어져 있던 머릿속은 완전히 엉망이 되어 버렸다. 숨이 턱 끝까지 차오르고 자꾸만 눈앞이 흐려진다. 아득하게 멀어져 가는 이성 대신에 진한 쾌감이 온몸을 마비시키는 것만 같았다.

한번 시작하면 끝장을 볼 때까지 저를 몰아붙이는 남자였다. 제대로 발동이 걸린 남자의 태도에 긴장인지 흥분인지 모를 떨림이 멈추질 않았다. 배 속이 확 조여들고, 엉덩이가 멋대로 들썩여 댔다. 미친 듯이 움찔거리며 군침을 흘려 대는 질구는 당장 뭔가를 물고 싶어 안달이 났다.

"하아, 제발."

"제발, 뭐. 말해. 어떻게 해 줄까?"

그런 그녀의 반응이 만족스럽다는 듯 미소를 머금은 그가 그녀의 두 다리를 더욱 넓게 벌리며 허벅지 안쪽을 길게 핥아 올렸다. 군데군데 붉게 물든 살갗도. 반쯤 밀려난 속옷 아래 도톰하게 불거진 살점이며 보드랍게 돋아난 음모까지. 무엇 하나 예쁘지 않은 곳이 없다.

"말로 안 하면 내가 뭘 해 줘야 할지 알 수가 없잖아. 응?"

그저 그녀를 물고 빤 것뿐인데도 한껏 자극당한 페니스가 당장에라도 저를 그 안에 처박아 달라 불끈거리며 음란한 액을 질질 뱉어 대는 게 느껴진다.

"구멍이 움찔거리는 걸 보면 넣어 달라는 뜻인 거 같기도 하고, 더 빨아 달라는 것 같기도 한데. 정확히 어느 쪽이야?"

"윽! 그런 말은 좀……!"

짓궂기 그지없는 질문을 참다못한 그녀가 그의 어깨를 찰싹 때리자 웃음을 터뜨린 그가 훌쩍 몸을 일으켰다. 그러고는 그녀의 몸을 타고 오르며 커다란 손으로 봉긋하게 솟은 가슴을 부드럽게 움켜쥐었다.

"그것도 아니면, 여기부터 시작하라는 뜻인가?"

황홀하다는 듯 속삭이는 남자의 목소리가 낮게 갈라졌다. 푸르스름한 혈관이 살짝 비쳐 보일 만큼 말간 피부를 하늘거리는 흰색 레이스가 반쯤 가리고 있는 광경은 기대한 것 이상으로 그의 눈을 만족시켰다.

동시에 여기서 더 그녀를 자극해 울리고 싶은 삐뚤어진 욕망이 삐죽이 고개를 들었다.

"그나저나, 네 사이즈는 어떻게 알고 이렇게 딱 맞는 걸 줬을까? 이렇게 물고 빠는 나도 아직 사이즈는 감이 안 잡히는데."

툭하니 내놓은 말에 기함한 건지, 가뜩이나 큰 눈이 더욱 휘둥그레 커졌다. 놀란 토끼처럼 당황한 그녀의 얼굴을 빤히 바라보며 준성은 한층 음험해진 미소를 떠올렸다.

"굳이 이런 선물을 준 의도가 빤해서 불쾌한데…… 묘하게 흥분되네. 열받고, 짜증 나는데 더 불타오르는 것 같다고 해야 하나."

"대체 무, 무슨 소릴……!"

잇새로 짓씹듯이 내놓는 말에 경악한 듯 높아졌던 목소리가 뚝 끊어졌다. 제 영역을 침범당한 맹수처럼 신경질적인 눈빛이 가슴에 박혀 와 더는 말을 이을 수가 없었다. 도무지 종잡을 수 없는 남자의 반응에 등골까지 선득했다. 냉탕과 온탕을 오가는 듯한 그의 태도에 벌써 열두 번은 천국과 지옥을 왕복한 기분이었다.

"놀리는 건 여기까지 하고."

그러나 곧 그는 언제 그런 일이 있었냐는 듯 다시 열기로 가득한 눈을 한 채 웃어 보였다. 거추장스러워진 브래지어가 풀려 나가고, 봉긋하게 모여 있던 가슴은 자연스럽게 그의 손아귀로 옮겨 갔다. 그의 커다란 손으로도 다 쥐기 힘들 만큼 풍만한 젖가슴을 조심스럽게 주무르며 번갈아 입을 맞추던 그가 단단하게 여문 유두를 입에 물었다.

"아!"

젖꼭지를 잇새에 끼운 채로 혀를 굴리다, 이내 세차게 쭉쭉 빨아들이자 가슴 전체로 짜르르하게 덮쳐 오는 감각에 숨이 턱 막혔다. 쾌감과 동시에 느껴지는 아릿한 통증에 절로 등이 굽었다.

"흐웃, 준성……아."

그의 입술이 닿고, 손길이 스치는 곳마다 피부 속으로 불길이 이는 것만 같다. 가슴 위로 뜨거운 숨을 흩뿌리던 그가 이윽고 몸을 일으키고는 거친 손길로 그녀의 엉덩이를 가린 천을 휙 잡아챘다. 얇은 레이스 팬티가 여린 소음과 함께 그대로 쭉 찢겨 나갔다. 넝마가 된 레이스 사이로 음모까지 흠뻑 젖어 버린 음부가 드러나자 그의 눈동자가 더욱 짙게 물들었다.

"아무래도 여기가 제일 급해 보이네."

먹잇감을 앞에 둔 포식자처럼 만족스럽게 중얼거리던 그가 내내 몸부림치느라 위로 밀려 올라갔던 여자의 몸을 붙잡아 쭉 끌어 내렸다. 다리가 좀 더 벌어지며 위풍당당하게 서 있던 그의 성기가 그녀의 사타구니에 맞닿았다. 뭉툭한 끄트머리가 갈라진 틈을 스윽 훑고 올라가는 느낌이 지나치게 자극적이라 절로 허리가 움찔했다.

"바로 넣을 거야. 그렇게 보채지 않아도 돼."

여유롭게 대꾸한 그가 물로 흥건한 입구를 눈으로 훑으며 빠르게 콘돔을 씌웠다. 이어 빳빳하게 일어난 성기를 잡아 내리며 각도를 맞추고는 맞닿은 질구로 뭉툭한 선단을 밀어 넣었다.

"아으으……."

두툼한 귀두가 축축한 밀부를 짓뭉개며 파고들었다. 좁은 길을 뚫어 내듯 거대한 덩어리를 꾹꾹 밀어 넣자 내벽이 미어지듯 벌어진다. 복부를 빠듯하게 메우는 느낌에 훗, 하고 숨을 들이켠 수진이 그의 가슴팍을 짚었다.

"잠깐만 천천히……!"

"후, 조금만 힘 빼 봐."

"으, 응."

한 번에 넣진 못하고 두어 번 허리를 크게 추어올리고서야 간신히 밑동까지 머금은 그녀의 안이 숨 막히게 그를 조여 왔다. 빈틈없이 맞닿은 부위를 지그시 누르며 비비자 물컹한 내부가 단단하게 곤두선 페니스를 우물거리는 게 느껴진다. 뜨겁게 빨려 들어가는 느낌이 심상치 않다. 이렇게 그냥 물려 놓는 것만으로도 곧 사정해 버릴 것 같았다. 그는 지체하지 않고 허리를 살짝 빼내었다가 깊이 파묻듯 세게 쳐올렸다.

"흡!"

젖은 음모가 엉기고 축 늘어진 고환이 그녀의 회음을 때렸다. 남자의 허리가 유연하게 출렁일 때마다 커다란 페니스가 그녀의 안을 들쑤셔 댔다. 빠듯하게 맞물린 자리가 순식간에 흥건해졌다. 찰박찰박. 젖은 음부를 사정없이 짓이기며 차진 소음을 유발하자 그녀는 어쩔 줄을 몰라 하며 고개를 젖혔다.

이미 전초전을 치른 후임에도 그녀는 이 일을 처음 겪어 보는 것처럼 반응했다. 힘에 겨운 얼굴로 진땀을 흘리며 끙끙 앓는다. 조금만 강하게 밀어붙여도 곧 눈물을 쏟으며 앙앙 울어 버릴 것처럼 눈시울을 붉혔다.

그러면서도 그녀는 어떻게든 그를 받아들이려 애를 쓰곤 했다. 잔뜩 힘이 들어간 몸으로 엉덩이를 들어 각도를 맞추고, 그가 더 깊이 들어갈 수 있도록 기꺼이 두 다리를 벌렸다. 한껏 벌어진 안쪽으로 쿵쿵 소리가 나도록 박아 넣으면 숨이 넘어갈 것처럼 헐떡이며 매달렸다.

그런 태도가 얼마나 자극적인지 알기나 하는 걸까.

부드럽게 열기가 오른 몸도. 흥건하게 제 물건을 적시며 감겨 오는 그녀의 쫀득한 내벽도. 하나같이 그에겐 마약과도 같은 것이었다. 이미 맛본 이상 다시는 벗어날 수 없었다. 그러고 싶지도 않았다. 깊이 몸을 숙인 그가 빨갛게 열이 올라 있는 귓바퀴를 살짝 깨물며 속삭였다.

"아프진 않지?"

"아, 으, 읏, 아파."

"이렇게 젖어서는 설득력이 없어, 그런 말."

등골이 오싹해지는 감각에 수진은 몸서리를 치며 신음했다. 지치지 않는 건 제 성욕도 마찬가지인가 보다. 집요한 남자의 손길에 반응하느라 진즉에 지쳐 나가떨어졌던 몸인데, 그의 것을 받아들인 것만으로 온몸의 감각이 미친 듯이 곤두섰다.

분명 힘들어 죽을 것 같은데. 너무 지쳐서 더는 쾌감도 못 느낄 것만 같았는데, 한계를 모르고 밀려 들어온 것이 안을 푹푹 뚫어 댈 때마다 허리 아래에서 뭉근히 피어오르는 감각에 머리카락까지 쭈뼛거렸다. 안쪽 깊숙한 곳에서부터 시작된 쾌감에 숨이 넘어갈 것 같았다. 물컹한 점액질 벽이 제멋대로 움직이며 파고든 성기를 꽉 물었다.

순간 짧게 신음한 그가 수진의 한쪽 허벅지를 거세게 잡아 올렸다. 골반이 틀어지며 더욱 벌어진 아래로 세차게 허리를 내려 찧자 맞부딪친 아래가 찌릿하게 울렸다.

"들려? 여기서 엄청 야한 소리 나."

짓궂게 속삭인 그가 더욱 크게 소리가 나도록 허리를 돌려 댔다. 우락부락한 페니스가 쫀득하게 들러붙는 내벽을 쑤셔 댈 때마다 요란하게 액을 휘저어 대는 소리가 났다. 흠뻑 젖어 버린 질이 맹렬하게 그의 성기를 빨아들이는 소리였다.

"아무래도 넌 내 걸 좋아하는 거 같아. 이렇게 젖은 거 보면."

"아, 아니 그런…… 아흑!"

"엄청 축축해. 혹시 너도 싼 거 아니야?"

"무슨 소릴 하는 거야!"

경악한 수진이 버럭 소리를 질렀다. 수치심으로 얼굴이 확 달아올랐다.

정말 왜 이렇게 사람이 짓궂어진 건지.

그에게 꿰뚫린 채 도망가지도 못하고 듣는 소리에 기함한 심장이 터져 버릴 것처럼 뛰어 댔다. '나 안 할 거야. 그만할 거야.' 칭얼대며 바르작대는 여자의 하체를 실컷 짓이겨 대는 남자의 얼굴엔 잔인할 정도로 즐거운 기색이 가득했다. 그런 그가 야속하고 얄미워서 온몸이 부들부들 떨릴 지경이었다.

"하…… 으, 내가 정말."

그럼에도 그와 함께하는 이 순간이 싫지 않았다.

가장 은밀한 곳을 내보이고, 누구에게도 허락한 적 없는 곳까지 그를 받아들였다. 틈 없이 맞물린 채 서로를 탐하는 이 순간만큼의 그는 온전히 제 것이었다. 그의 것을 몸 안 가득히 품고 있는 지금은 그 무엇도 중요하지 않았다. 그 어떤 두려움도, 불안함도 제 마음을 파고들지 못했다.

철썩, 푹, 찌걱.

한층 격렬해진 추삽질에 수진은 어금니를 악물며 신음을 참았다. 집요하게 저를 응시하는 남자의 수려한 얼굴로 가만히 손을 올리자 슬쩍 고개를 튼 그가 그녀의 손바닥에 입을 맞췄다. 폭신하게 눌러 오는 감촉이 간지러워 절로 손이 곱아들었다. 곱아든 손가락 사이로 깃드는 그의 웃음소리가 한결 나른하다.

"왜, 나랑 하는 게 그렇게 좋아? 예뻐 죽겠어?"

"……뭐, 뭐라는 거야, 누가. 훗……."

능숙하게 제 몸을 헤집어 대면서도, 흥분을 감추지 않고 한껏 거칠어진 숨소리를 내놓는 이 남자가 너무 좋았다. 거세게 제 몸을 끌어안는 힘도. 제 몸을 짓누르는 무게감도 더할 나위 없이 만족스러웠다. 짓궂은 투로 놀리는 말이 얄밉고 곤란한데도, 그런 그가 밉지 않고 사랑스러워 보이는 걸 보면 콩깍지가 제대로 씐 게 틀림없었다.

허탈하게 웃어 버린 수진이 그의 목덜미로 손을 올렸다. 땀에 젖은 그의 머리카락 사이로 손가락을 밀어 넣으며 슬그머니 엉덩이를 추켜올렸다. 힘이 들어간 아래가 빠듯하게 밀고 들어오는 그의 것을 꽉 조이자 그의 잇새로 거친 숨이 터졌다.

"제길!"

얇은 레이스 틈으로 커다란 손을 마구 욱여넣은 그가 말랑말랑한 엉덩이를 힘껏 움켜쥐어 당겼다. 덧없이 찢겨 나간 천 조각은 원래의 형태가 뭔지도 알 수 없을 만큼 처참한 흔적만을 남긴 상태였다. 기다랗게 찢어진 천에 살짝 가려진 채 두꺼운 성기를 음탕하게 삼켜 대는 아랫도리의 사정이 그를 더욱 흥분시켰음에 분명했다.

"너 때문에 돌아 버리겠다, 수진아. 하……."

그의 잇새로 욕설 비슷한 단어가 툭 튀어나온 것 같았다. 세상 어떤 이보다 곧고 반듯한 남자가 제 말 한마디, 손짓 한 번에 거침없이 숨겨진 야성을 드러내며 포효했다. 누구에게도 보여 준 적 없는 눈빛을 하고서, 마치 내일이 없는 사람처럼 절박하고 간절하게 그녀를 끌어안고 파고들었다. 연거푸 제 이름을 불러 대는 목소리에서 점차 커져만 가는 그의 마음이 선명하게 느껴져 가슴이 먹먹해졌다. 그 마음을 고이 받아 보답하고 싶은데, 그만큼 돌려줄 자신이 없어 눈물이 났다. 후끈하게 열이 오르는 눈을 꼭 감아 버린 수진은 달달 떨리는 손으로 그의 등을 꼭 끌어안았다.

"하아…… 준성아. 훗……."

"후, 좋아? 어떻게 해 줄까? 말해 봐."

다정하게 속삭인 남자가 그녀의 뺨과 목선에 입을 맞추고 목덜미를 길게 빨아들이자 그녀의 신음성이 더욱 짙어졌다. 열락에 깃든 숨결에서 달큼한 향이 풍겨 난다.

"눈 뜨고 나 봐, 수진아."

붉게 물들어 가는 눈가를 핥으며 다시 속삭였다. 사랑스러운 그 눈이 저를 보지 않는 게 싫었다. 재촉하듯 허리를 추어올리며 다시 보라고. 나 좀 보라고 연거푸 속삭이자 이윽고 눈을 뜬 그녀가 초점 없는 눈으로 그를 바라봤다. 다른 세상을 보듯 멍하니 쾌락에 들뜬 눈동자가 하염없이 그를 응시했다. 흘러내린 땀으로 촉촉하게 젖은 긴 머리카락이 시트 위에서 마구 헝클어졌다. 허리에 힘을 줘 쳐올릴 때마다 맥없이 흔들리는 얼굴이 지나치게 예뻐서 심장이 터질 것 같다.

발갛게 열이 올라 붉어진 얼굴도. 습기를 머금어 도톰하게 부풀어 오른 입술도, 실컷 물어뜯어 버리고 싶을 만큼 먹음직스러웠다. 신음과 섞여 나오는 뜨거운 숨이 미치도록 달아서 이 여자를 구성하는 성분이 뭔지를 고민하게 된다.

"하으응, 으읏, 흐응……."

어린 고양이처럼 가르릉거리며 앓던 그녀의 눈가가 문득 사르르 경련했다. 붉게 부푼 입술 사이로 달콤한 숨과 함께 귓가가 녹아내릴 것처럼 사랑스러운 목소리가 흘러나왔다.

"흐응, 읏, 준성아. 좋아. 읏…… 나, 너무 좋아. 더……."

"하아, 젠장."

그 순간 남자에게서 거센 탄식이 새어 나왔다. 몸을 일으킨 그가 성기를 쑥 빼내고는 그녀의 허벅지 아래를 위로 감아 눌렀다. 단단한 팔뚝이 그녀의 두 다리를 휘감으며 그대로 시트에 짓누르자 무릎이 어깨에 닿고 아래가 적나라하게 벌어졌다.

방금 전까지 그의 성기를 품고 있던 입구 주변은 두 사람이 뱉어 댄 음액으로 엉망이었다. 한껏 부피를 늘린 클리토리스와 흠뻑 젖어 흐트러진 음모를 먹음직스럽다는 듯이 바라보던 그가 검붉게 젖은 성기를 다시 쑤셔 넣고는 살이 부딪치는 소리가 나도록 세차게 허리를 찍어 눌렀다.

"아응, 앗! 아흐윽!"

철퍽, 푹, 찌걱, 쯔읍!

두툼한 성기를 깊숙이 박아 넣었다가 슬쩍 빼낼 때마다 비좁은 내벽이 제 것을 뽑아내기라도 할 것처럼 휘감아 왔다. 쫀득한 살점이 물로 흥건한 기둥에 마찰하며 내는 소리가 몹시도 야릇했다. 아득하게 깊은 곳으로 빨려드는 감각이 지나치게 황홀해서 이대로 죽어 버려도 억울하지 않을 것 같았다.

더욱 흥분한 그가 그녀의 목덜미에 이를 박았다. 비명을 지르며 허우적거리는 여자의 몸을 무게를 실어 짓눌러 댔다. 질펀하게 젖어 가는 소리가 커지자 그녀는 눈도 뜨지 못하고 울부짖었다. 난폭하다 싶을 만큼 거친 침입에 공중에 뜬 그녀의 다리가 멋대로 흔들렸다.

"아윽, 읏! 이건 너무 세……! 아아앗, 아, 그만, 제발……."

결국 비명을 지르고 애원을 하게 만들었다. 온몸의 감각이 몸 한곳으로 집중되었다가 퍼져 나가는 느낌에 그녀는 전율하며 몸부림쳤다. 어느새 몸을 세운 그가 그녀의 두 다리를 붙든 채로 미친 듯이 허리를 쳐 댔다. 가랑이 사이에서 피어오르는 열기가 버거워서 숨을 쉴 수가 없었다.

"흡, 어, 엄마, 앗!"

새된 비명을 지르던 그녀가 흐느끼듯 울먹이며 베개에 얼굴을 묻었다. 견디기 힘들어 보였지만 준성은 멈출 수가 없었다. 자그마한 발이 제 어깨에 걸린 채 애처롭게 헤매며 허공을 긁어 댄다. 잔뜩 힘이 들어간 남자의 팔뚝에 불뚝거리며 핏줄이 솟았다. 조금만 힘을 줘도 부러질 것 같은 발목을 힘껏 붙잡은 그가 더욱 강하게 허리를 쳐올렸다.

"아, 아아앙, 아흑!"

절정의 끝으로 접어드는 여자의 비명이 높아졌다. 한결 광폭하고 난잡해진 치받음에 흠뻑 젖은 살이 맞부딪치는 소리가 빨라졌다. 너무 강한 자극을 견디지 못한 그녀가 기어이 울음을 터뜨렸다.

"하, 미치겠네."

흘러내린 눈물을 발견한 남자가 움켜쥔 발목을 놓았다. 연신 출렁이는 여자의 젖가슴 위로 단단한 몸을 겹치며 힘껏 그녀를 끌어안았다. 그 눈가를 핥으며 달래듯 움직임을 늦추고는 지그시 허리를 돌리자 그녀의 신음이 달콤하게 녹아들었다.

"힘들었어? 조금 천천히 할까?"

"으, 으응, 하……."

한결 부드러워진 태도지만 몸 안의 것이 워낙 큰 탓인지 자극은 여전했다. 거센 파도처럼 밀려들던 감각이 살짝 느슨해지자 힘이 들어간 발끝이 절로 곱아들었다. 잔뜩 들끓은 몸은 제 안에 박힌 것을 더욱 탐하려 멋대로 들썩이며 안달이 났다.

"뭔가 부족해 보이는데. 그냥 하던 대로 해 주는 게 좋은 건가?"

"흑, 그게 아니라."

"아니긴 뭐가. 여긴 빨리 박아 달라고 조이고 재촉하고 난리 났는데."

"그, 그런 말 하지…… 하악!"

그녀의 엉덩이를 움켜쥔 그가 길게 빼낸 성기를 뿌리 끝까지 쑤셔 박은 순간 그녀의 허리가 톡 튀어 올랐다. 거기서 멈추지 않고 남자는 그녀의 나긋한 허리를 휘어잡으며 퍽, 퍽 소리가 나도록 강하게 쑤셔 박았다.

동시에 그의 입술이 그녀의 입술 위로 내려앉았다. 두툼한 혀로 젖은 입술을 파고들어 달콤한 타액을 샅샅이 핥고 빨아들였다. 게걸스럽게 서로의 타액이 오가고 열락에 젖은 신음성이 섞여 들었다. 교성을 잔뜩 머금은 숨소리까지 남김없이 그의 입안으로 빨려 들었다.

우락부락한 성기가 끈끈한 액으로 가득한 구멍을 쉴 새 없이 오갔다. 흥건하게 고인 물기를 남김없이 퍼내려는 듯 굵직한 귀두로 내벽을 연신 긁고 문질러 댔다. 이미 절정을 경험한 몸은 곧이어 들이닥칠 쾌감을 기대하며 달달 떨기 시작했다. 잔뜩 힘이 들어간 허벅지가 연신 그의 허리를 조이며 그 순간을 재촉했다.

"아으응, 준성, 준성아……."

수진은 그와 박자를 맞추며 허겁지겁 그의 목에 매달렸다. 농락하듯 제 몸을 달궈 대는 성기의 움직임에 미칠 것 같았다. 뭉툭한 끄트머리가 안쪽을 푹푹 찔러 대는 게 너무도 좋았다.

"빨리, 아…… 흑!"

너무나 뜨겁게 달아 버린 몸을 저로서는 도저히 감당할 수가 없었다. 빨리 이 몸을 어떻게 해 줬으면 좋겠다. 제 안에 고인 이 열기를 사정없이 터뜨려 버렸으면 좋겠다.

땀에 젖어 흐트러진 머리카락 아래로 한껏 날이 선 시선이 집요하게 그녀의 얼굴을 훑었다. 이마를 반쯤 가린 것만으로도 마치 오래전 그 시절의 모습처럼 풋풋해지는 남자였다.

이상하리만큼 저를 설레게 했던 그때처럼.

왠지 그 시절의 그와 몸을 나누는 듯한 착각에 대한 흥분이 일었다. 동시에 탐욕스럽게 그를 빨던 그녀의 속살이 흠뻑 젖은 안으로 힘차게 파고드는 울퉁불퉁한 페니스를 꽉 물었다.

"하흐윽!"

길게 빠져나갔던 성기가 단번에 가장 깊은 안쪽을 꿰뚫은 순간, 눈앞이 하얗게 바래지고 더 이상 신음조차 낼 수 없는 쾌감이 온몸으로 퍼져 나갔다. 바르르 떨리는 질 안쪽에서 왈칵, 쏟아져 나온 물이 허벅지를 적셨다. 쥐어짜듯 조여드는 내벽을 기어이 훑으며 파고들던 그 역시 이내 굳은 얼굴로 멈칫하더니 묵직한 신음을 토해 냈다.

"하아."

그제야 서로를 놓아준 입술 사이에서 열기를 가득 품은 숨이 새어 나왔다. 그녀의 흐릿한 시야 안에 살짝 미간을 찌푸린 남자의 얼굴이 가득히 떠올랐다.

가늘게 떨리는 여자의 몸을 쓰다듬고 입 맞추는 남자에게선 아직도 거친 숨소리가 들려왔다. 여전히 열기가 가시지 않은 남자의 눈을 바라보며 하염없이 헛숨만 들이켜던 그녀의 입가로 엷은 미소가 떠올랐다.

"……사랑해."

놀란 듯 잠시 굳어 있던 준성이 곧 환하게 웃는다. 정말로 원하던 장난감을 얻은 아이처럼 천연한 웃음에 가슴이 뭉클했다. 이렇게나 행복해하는 남자인데 왜 한 번도 그 말을 해 주지 않았을까, 생각했다.

고작 그 말 한마디 해 주는 게 뭐가 어려워서.

"저기, 내가 제대로 못 들은 것 같은데 방금 뭐라고……."

"바보. 못 들었으면 말고."

"들었어. 들었는데 다시 말해 보라는 거야. 응? 말해 봐. 분명히 들었다니까."

다 큰 남자가 이렇게 귀여워도 되는 걸까.

좀 더 애태우고 싶은 마음에 키득거리며 눈을 돌리자, 황급히 손을 뻗은 그가 그녀의 얼굴을 붙잡으며 눈을 빛냈다. 기대감을 가득 품은 눈웃음이 쓸데없이 반짝거려 눈이 부신다. 이런 미소를 계속 볼 수 있다면 허튼 수작질에 모르는 척 넘어가 주는 것도 나쁘지 않을 것 같았다.

다시 웃어 버린 수진이 그를 마주 봤다. 그녀의 입술이 수줍게 열렸다.

"사랑한다고요, 내가. 송준성 씨를."

"하, 미치겠네."

심장 터지는 줄 알았잖아.

나지막하게 속삭인 그가 입을 맞춰 왔다. 부드럽게 그녀를 끌어안으며 톡톡 도장을 찍듯 보이는 곳마다 키스를 퍼부어 대는 통에 그녀가 간지러운 듯 웃음을 터뜨렸다.

"고백 한번 들은 걸로 심장까지 터지면 어떡해?"

"그러게. 아무래도 좀 익숙해져야 할 거 같으니까 한 번만 더 해 봐. 응?"

"아, 뭐야아."

"빨리해 봐. 이래도 안 할 거야? 이래도?"

"아하핫! 아, 하지 마, 간지러워."

어쩌면 이렇게 좋을 수 있을까.

누군가를 사랑하고, 사랑받는다는 게 너무 좋았다. 온몸을 관통하는 희열도, 피가 끓어오르듯 작열하는 쾌감도 좋았지만, 이토록 달콤하게 여운을 나누며 온몸을 맞댄 채 서로의 심장 소리를 듣는 지금 이 순간보다 좋을 수는 없을 것이다.

"사랑해, 준성아."

진심을 가득 담아 속삭인 수진이 그를 꼭 끌어안았다. 다시 서로의 입술을 찾으며 키득거리던 두 사람의 숨소리가 깊어졌다. 그가 예고했던 대로 끝나지 않는 크리스마스의 밤이 무르익고 있었다.

16. 믿음이 주는 용기

"어, 수혁아. 여기!"

화사한 분위기의 레스토랑 안에서 마지막으로 작성한 계약서를 정리하던 수진이 문득 저만치 익숙한 실루엣의 남자를 발견하고 손을 들어 보였다. 외근을 나와 고객사와의 미팅을 마치고 점심 약속을 위해 옮겨 온 자리였다.

주변을 두리번거리다 그녀를 발견한 수혁이 오만상을 찌푸리곤 성큼성큼 다가왔다. 잔뜩 굳은 얼굴엔 뭔가 맘에 들지 않는다는 듯 못마땅한 기색이 역력했다.

"네가 오라고 해서 오긴 했다만, 굳이 나까지 같이 있을 필요가 있나?"

"당연하지. 너도 친구면서 무슨 그런 소리야. 정 없게."

투덜거리며 다가오는 수혁의 팔뚝을 철썩 때리며 붙잡아 앉혔다. 오늘은 드디어 귀국한 연희를 만나 함께 점심 식사를 하기로 한 날이었다.

이틀 전, 귀국한 연희는 그녀만큼이나 바쁜 하루를 보내고 있었다. 그러다 보니 따로 날을 뺄 수가 없어 간신히 점심이라도 한 끼 하는 것으로 아쉬움을 달래려던 참이었다.

자리에 앉은 수혁이 권태로움 가득한 얼굴로 삐딱하게 의자 등받이에 몸을 기대더니 한숨을 푹 내쉬었다.

"하아, 내 좋은 시절은 이제 다 갔구나. 이연희 이 진상을 또 내가 어떻게 받아 주고 살아야 하나. 대체 왜 돌아와 버리는 건데? 이 좁은 땅에 뭐 볼 게 있다고. 넓은 미국 땅에서 글로벌하게 살 것이지 왜 굳이. 하, 정말 내가 전생에 무슨 죄를 지어서……."

"기껏 같은 하늘 아래 있는데도 얼굴 보기조차 힘든 친구인데, 좀 기분 좋게 만나면 어디가 덧나?"

"응. 덧나. 걘 내 인생의 피딱지 같은 존재거든. 걔만 붙어 있으면 난 계속 부르튼 상태야. 긁히는 순간 바로 유혈 사태라는 게 핵심이지."

"그래. 자꾸 그렇게 삐딱하게 굴면 네 앞날이 계속 유혈 사태긴 할 거야."

말은 그리해도 수혁과 연희는 꽤 죽이 잘 맞는 사이였다. 두루두루 어울리는 사람도 많고 성격도, 취향도 비슷해서인지 언제 어느 때 만나도 위화감 없이 어울리곤 했다.

그런데도 수혁이 이런 반응인 건, 유독 성격이 강한 연희에게 질질 끌려다닌 역사가 깊은 탓이었다. 이건 수진과 준성에게 유하게 구는 것과는 결이 달랐다. 벌써부터 오랜 과거사가 주마등처럼 떠오르는 기분에 수혁은 진저리를 치며 이마를 짚었다.

"네가 몰라서 그런 반응이지, 걔가 얼마나 사람을…… 하아, 말을 말자. 아무튼 준성이라도 같이 있어야 덜할 텐데 애는 또 어딜 간 거래?"

"갑자기 여기서 그 이름이 왜 나와? 그리고 너 그렇게 사람 곤란하게 해 놓고 지금 누굴 찾는 거야?"

"곤란하다니. 엄청 좋아하지 않았어? 남자라면 싫어할 수가 없는 건데, 그거."

"연희한테 죽기 전에 나한테 먼저 한 번 죽고 시작할까?"

보란 듯 주먹을 쥐어 보이자 수혁이 낄낄거리며 손을 내저었다. 그런 수혁을 향해 두어 번 주먹을 날려 준 수진이 한숨을 푹 내쉬고는 테이블 위로 양 팔꿈치를 짚으며 턱을 괴었다.

"그렇지 않아도 오늘 시간 되냐고 물어보긴 했었는데 힘들대서. 어쩔 수 없지 뭐. 며칠 후면 결과 발표잖아. 그래선지 요즘은 거의 하루 종일 회의만 하느라 정신없더라고."

꿈같은 크리스마스를 보낸 것도 벌써 나흘 전의 이야기였다. 하루 종일 그의 집 안에서 한 발자국도 나가지 않고 서로의 얼굴을 마주 보며 행복한 순간을 만끽했었는데, 바쁜 일상에 시달리다 보니 그 기억을 곱씹기도 전에 시간이 벌써 이렇게 지나 버렸다.

"시간 참 빠르다, 빨라. 벌써 내일이면 올해의 마지막 날이고."

생각하니 괜히 시무룩해졌다. 준성과 만나서 밥이라도 한 끼 같이 먹고 싶었는데 지금으로선 그조차 여의치가 않다는 게 힘이 빠진다.

흘깃 그녀의 눈치를 보던 수혁이 큼, 하고 헛기침을 했다.

"아마 너랑 나랑 단둘이 점심 먹는다고 했으면 바로 튀어나왔을 걸? 아니다. 그랬으면 지금쯤 우리 사이에 앉아 있었을 거야. 장담해."

"뭐래. 우리 준성이는 그 정도로 이상한 사람 아니거든? 이상한 프레임은 자제해 주시죠."

"아…… 방금 나 속에서 뭔가 울컥 올라왔는데. 지금 몹시 짜증 나는 나, 정상 맞지요?"

한껏 인상을 구기며 투덜대는 수혁을 향해 픽, 웃어 준 수진이 휴대폰으로 눈을 돌렸다. 이제 곧 연희가 도착할 시간이었다. 시차 적응이 힘든지 조금 늦잠을 자는 바람에 원래 정해진 약속 시간보다 10분 정도 늦을 예정이었다.

연희에게서 귀국 날짜가 잡혔다는 연락이 온 건 일주일 전이었다. 수화기 너머로 잔뜩 들뜬 목소리가 들려와 그녀도 함께 흥분한 채 한참을 떠들었었다.

'아 참, 그리고 나 너 오면 꼭 해 주고 싶은 말 있어. 네가 놀랄 만한 소식이야.'

— 어? 뭔데? 뭔데? 지금 말해 주면 안 되는 거야?

'응, 안 돼. 이건 네 얼굴 보고 말해 줘야 하는 거라서.'

— 에이, 그래. 알았어. 기대하고 있으마. 대신에 나도 엄청 좋은 소식 하나 가져갈 거니까 기대해. 너도 이 소식 들으면 진짜 엄청 깜짝 놀랄걸?

장난스럽게 받아치는 연희의 대꾸를 끝으로 통화는 끝이 났다. 예고도 없이 불쑥 터뜨리느니 살짝 언질이라도 해 둬야 좀 덜 놀라지 않을까 하는 판단에 꺼낸 말이었다.

아니, 이건 연희를 위해서라기보다, 저 자신이 마음의 준비를 해 두기 위함인지도 모르겠지만.

"왜, 막상 말하려니 긴장돼?"

생각이 길어지며 복잡해진 감정이 표정에 드러났던 모양이다. 불쑥 끼어드는 말에 수진은 아무렇지 않은 척 어깨를 으쓱해 보였다.

"긴장은 무슨. 우리 사이에 그럴 게 있나, 뭐."

"그래. 너희 우정이 얼마나 고래 심줄같이 끈질긴 우정인데. 그건 옆에서 본 내가 보장하지. 걔가 성격은 좀 드러워도, 이해심은 아주 태평양이잖아. 이런 거 미리 말 안 해 줬다고 뭐, 그렇게 배신감 느끼고 삐치고 그럴 애 절대 아니다. 완전 상남자라니까. 그나저나 잠깐만. 너 손가락에 이건 뭐냐?"

나름 긴장을 풀어 주려 했던 건지 주절주절 주워섬기던 수혁이 뒤늦게 그녀의 손가락에서 반지를 발견하곤 오, 하고 눈을 빛냈다.

"이야, 이거 봐라. 남친이 재벌 3세인 티가 팍팍 날 정도는 아닌데, 약간 뭐랄까. 눈썰미 좀 있는 놈이면 좀 센 골키퍼가 딱, 지키고 있는 게 눈에 보이는 정도라 해야 하나? 이것만 보여 주고 다녀도 웬만한 날파리 정도는 그냥 나가떨어지겠는데? 우리 송 상무님께서 제법 심혈을 기울여서 고르셨나 봅니다?"

"이야기 짜내는 수준이 무슨 찌라시급이네. 어디 '데스패치' 같은 데서 투잡 뛰다 왔어?"

이런 쓸데없이 예리한 남자 같으니라고.

그렇지 않아도 이미 크리스마스 다음 날, 출근하자마자 한바탕 난리 법석을 겪었다.

'어머, 어머머. 웬 반지예요? 이거 설마 커플링이에요? 헉, 대박! 다들 여기 좀 보

자리에 앉기 무섭게 인사를 건네러 고개를 삐죽이 빼던 유리가 그녀의 손가락을 장식하고 있던 반지를 발견한 것이 시작이었다. 이렇다, 저렇다 설명할 새도 없이 우르르 몰려든 여자들은 하나같이 먼저 반지의 디자인을 살피고는, 곧 브랜드부터 가격대까지 유추해 내더니 언제부터 얼마나 사귄 건지, 어디서 만난 건지, 관계가 어디까지 진행이 된 건지 따위의 질문을 쏟아 냈다.

적당히 대답을 얼버무렸지만, 연인이 생겼다는 사실만큼은 굳이 부정하지 않았다. 그것만으로도 그녀들은 저보다 더 들떠서 환호해 댔다. 조만간 소개를 해 달라는 둥, 애인의 친구는 없냐는 둥 실컷 떠들어 대고서야 그녀들은 간신히 진정하고 자리로 돌아갔다.

그냥 연애를 시작했다는 걸 시인한 것만으로도 이 지경인데, 그 상대가 상무님이라는 걸 알면 과연 어떤 반응일지.

상상만으로도 머리가 다 아찔했다. 심지어 한바탕 화제가 흘러간 후에야 슬그머니 다가온 나 과장은 더욱 의미심장한 말을 속삭였다.

'이야, 이거 제대로 고르셨네. 디자인이며 활용성이며, 이 이상 완벽할 수가 없어. 완전 최 대리 퇴치용 토템 아니냐? 알지? 조만간 너한테 고백한다고, 곧 사길 거라고 엄청 떠들고 다니는 거.'

굳이 입에 올린 적은 없지만, 제 승진설에 불쾌해하는 것과는 별개로 은근슬쩍 결혼 적령기니, 수준이 맞아야 행복하니, 하는 식으로 엮으려 드는 최 대리의 행태가 점점 부담이 되던 때였다. 그래서 반지를 보며 깍깍거리는 여직원들에 둘러싸여 있는 동안, 저 멀리 굳어 있던 최 대리를 발견하고 내심 잘됐구나, 싶기도 했다.

참 의도치 않게 완벽한 타이밍이라 해야 하나.

"하여간 사람 생각하는 건 다 거기서 거기인가 봐."

"뭔 소리냐, 그건?"

"있다, 그런 게."

놀랍도록 비슷한 의견을 내놓은 나 과장과 수혁의 말을 곱씹던 수진이 픽 웃음을 머금었을 때였다.

"수진아!"

내내 기다리던 여자의 목소리가 들려와 눈이 번쩍 뜨였다.

"연희야!"

"꺄악! 야, 나 너 진짜 너무 보고 싶었어!"

"나도, 나도! 대체 이게 얼마 만이야, 우리!"

황급히 자리에서 일어난 순간 후다닥 달려온 연희가 그녀를 꼭 껴안고서 방방 뛰어 댔다. 그동안 잘 지냈는지, 더 예뻐졌네, 살이 쪘네, 빠졌네, 떠들어 가며 꺄르르 웃어 대는 두 여자의 법석에 수혁이 벌써부터 피곤하다는 듯 절레절레 고개를 저었다.

"야야, 남의 영업장에서 그렇게 떠드는 거 아니다. 그만들 하고 앉아."

"아 참, 그렇지. 일단 앉자, 연희야."

"어, 그래. 기다리느라 배고팠겠다. 일단 뭐부터 좀 시킬까?"

먼저 정신을 차린 수진이 연희를 다독이며 자리에 앉혔다. 여전히 잔뜩 들뜬 얼굴로 자리에 앉아 웨이터를 호출한 연희가 그제야 수혁을 보며 알은척을 했다.

"이야, 근데 수혁이 너 못 본 사이에 되게 잘생겨졌다? 인물이 확 폈는데?"

"내 잘생김은 예나 지금이나 변함없거든? 그나저나 갑자기 왜 돌아오게 된 거냐? 무슨 바람이 불어서?"

"훗. 궁금해?"

"그래, 궁금하다. 대체 무슨 일이야? 이제 말해 줘도 되잖아."

당연하다는 듯 말을 받은 수진이 연희의 옆구리를 쿡 찔렀다.

대학을 졸업하고 미술과 패션을 공부하기 위해 곧장 유학을 떠난 연희였다. 뉴욕과 파리를 오가며 원하는 학위를 딴 그녀는 이후 한 패션 전문 브랜드에 취업해 3년 가까이 일을 해 왔다.

그런데 올해 4월경, 느닷없이 일을 정리하고 있다는 소식을 전해 왔다. 연말쯤 완전히 귀국할 거라는 말과 함께.

타국에서의 적응도 빨랐고, 본인의 일에도 충분히 만족하던 그녀가 왜 갑자기 모든 걸 접고 귀국하기로 마음먹게 된 건지. 어련히 생각이 있어 결정했겠지만, 그 커리어를 버리고 왔다는 게 꼭 제 일처럼 아깝고 아쉽기만 하던 차였다.

같은 마음인지 수혁이 툭하니 물었다.

"설마 그 좋은 직장 버리고 취집이라도 선택한 거냐?"

"와, 너 귀신이다. 어떻게 알았어?"

"뭐? 진짜?"

"뭐라고?"

두 사람의 입에서 동시에 의문사가 터져 나왔다. 1차로 충격을 받은 두 사람이 잠시 할 말을 잃고 서로를 마주 보자 그 광경을 보던 연희가 피식 웃음을 머금었다.

"아니, 왜들 그렇게 놀라? 내가 결혼한다는 게 그렇게 이상해?"

"이, 이상하다기보다 너무 갑작스러우니까 하는 말이지."

"내 말이. 무슨 번갯불에 콩 볶아 먹는 것도 유분수지. 대체 언제부터 우리 모르게 연애질을 하고 있었냐? 같은 직장에서 만난 사람이야? 아니면 뭐 선이라도 봤어? 무슨 이야기가 도입부도 없이 바로 결말로 직행이냐."

기막히다는 듯 이어지는 수혁의 말에 연희는 더욱 재미있다는 얼굴로 두 사람을 번갈아 바라보더니 운을 뗐다.

"미안. 사실 한국에 돌아오기로 했을 때부터 나온 이야긴데 그땐 확정된 건이 아니라 미리 말을 못 했어. 그런데 이제 곧 약혼할 거고, 기자들 통해서 제대로 보도도 나갈 거라서 이야기해 주는 거야."

"허, 스케일 봐라. 보도씩이나? 대체 상대가 누군데 그렇게 거창해?"

"좋은 질문이야. 실은 그쪽이 진짜 하이라이트거든."

수혁을 향해 눈을 찡긋해 보인 연희가 활짝 웃음을 머금었다.

"나 실은 준성이랑 약혼하기로 했어."

"……뭐?"

한순간, 테이블 위로 정적이 흘렀다. 그러나 곧 빠르게 사태를 파악한 수혁이 수진을 흘깃 바라봤다. 동시에 수진의 왼손은 자연스럽게 테이블 밑으로 사라졌다. 더욱 당황한 수혁이 과장된 투로 말을 받았다.

"주, 준성이라면 설마 송준성? 진짜야? 이야, 놀랍네."

"그치? 놀랍지? 나도 첨엔 황당했다니까? 진짜 인연은 인연인가 봐. 어떻게 친구끼리 이렇게 연결이 되니? 아무튼 나도 갑자기 결정된 일이라 첨엔……."

쾌활하게 설명하는 연희의 목소리가 점점 아득해졌다. 당황하며 눈짓을 보내는 수혁을 향해 애써 웃어 보인 수진이 살짝 고개를 저었다.

어쩐지 멍한 머릿속엔 점차 커져 가는 제 심장 소리만 가득히 울려 댔다.

오후 일정을 마쳐 갈 때쯤, 준성은 한 회장의 호출을 받았다. 모처럼 함께 저녁 식사라도 하자는 제안이었다.

바쁘다는 핑계를 대기엔 이미 수진을 위해 하루를 통째로 비운 전적이 있었기에 차마 그 한 시간조차 내기 힘들다는 말을 할 수가 없었다. 더군다나 본의 아니게 약속을 깬 적이 있었던지라 더더욱 거절을 하기 힘든 자리기도 했다.

그런데 정작 차를 몰아 도착한 곳은 연인들의 특별한 날에나 찾을 법한 원 테이블 레스토랑이었다. 왜 굳이 이런 자리로 저를 불러내셨나 싶어 의아했지만, 설마 했다. 그것도 기다리고 있던 직원의 안내를 받으며 자리로 들어서기 전까지였지만.

"송준성!"

"……이연희?"

처음엔 이 상황을 전혀 이해하지 못했다. 반가워하며 손을 들어 올리는 연희를 발견하고 그저 어안이 벙벙했을 뿐이었다. 테이블로 다가간 준성이 저도 모르게 주변을 살피며 또 다른 자리가 있는지를 찾았다. 그때만 해도 우연히 약속 장소가 겹친 거라고밖에 생각할 수가 없었다.

"여긴 어쩐 일이야?"

"어쩐 일이긴. 우리 만나기로 한 자리니까 있는 거지."

멈칫한 준성이 다시 연희를 바라봤다. 그제야 연희의 옷차림이 눈에 들어왔다. 고급스러운 투피스 정장에 잘 정돈된 헤어스타일이며 차분한 메이크업까지. 그가 기억하던 세련되고 화려한 모습이 아니었다. 누가 봐도 선 자리에서나 볼 법한 꾸밈새였다.

"설마……."

"응. 맞아. 선보는 자리. 우리 곧 약혼할 거거든."

"허."

순간 헛웃음이 나왔다.

"미안한데, 난 너랑 그럴 생각 전혀 없다."

더 생각할 것도 없다는 듯 딱 잘라 내는 말이었다.

"아니, 이건 너 말고 다른 여자들도 마찬가지야. 이런 자리인 줄 알았으면 절대 안 나왔어. 그럼 난 바빠서 이만 가 볼게."

그대로 몸을 돌려 나가려는 순간, 연희가 자리에서 일어났다. 그런 반응은 이미 예상했다는 듯 그녀의 입가로 피식, 웃음기가 떠올랐다.

"그냥 나가 버리면 상황이 좀 곤란해질 텐데, 괜찮겠어?"

멈칫한 그가 다시 뒤를 돌아보자 어깨를 으쓱해 보인 연희가 태연히 테이블을 돌아 나와 그의 앞으로 다가섰다.

"이미 집안끼리 결정이 끝난 건이거든. 진짜 약혼식이랑 발표만 남았다고. 오늘은 그냥 오랜만에 서로 인사나 하라는 거지, 네게 결정하라는 자리가 아니야. 착각하지 말았으면 좋겠어."

그러고는 자연스럽게 그의 팔을 붙잡으며 미소를 지어 보였다.

"마음 편히 생각해. 어차피 너나 나나 정략으로 결혼해야 하는 운명인 건 마찬가지잖아. 그럴 거면 서로 잘 아는 사이끼리 결혼하는 것도 좋지 않아? 진짜 친구끼리 결혼해서, 흔한 쇼윈도 부부가 아니라 친구처럼 편하게 지내는 부부가 되는 거지."

꽤 오래전부터 생각해 온 것처럼 말에 막힘이 없었다. 대체 언제부터 일이 진행되고 있었던 건지. 이것이 이미 결정되어 있던 일이라면, 언젠가 제게 시간을 내 보라며 내밀었던 서류 속 인물은 또 누구였던 건지.

'하, 결국 이렇게 되는 건가.'

분명 시간을 달라 말했었다. 저 자신의 능력을. 그녀의 자질을 증명할 기회를 주십사 부탁까지 드린 후였다.

그런데 설마 이런 식으로 나오실 줄이야.

새삼 제 처지에 환멸이 났다. 조건으로 재고 따져 가며 팔려가듯 결혼을 이야기하는 현실이 끔찍했다. 비록 속아서 온 자리라지만, 제 연인을 두고 이런 자리에 서 있다는 것 자체로 제 도덕심에 흠집이 나는 기분이었다.

더군다나 하필 그 상대가 연희라니. 그 누구도 아닌 수진의 가장 친한 친구이자, 그녀가 유일하게 믿고 의지하는 존재가 아니었던가.

'설마 알고 그러신 걸까?'

그동안 애써 의식하지 않으려 했지만, 한 회장이라면 이미 수진에 대해 많은 걸 알고 있을 거라 생각은 해 왔다. 당장 저부터도 어지간한 임원들에 대한 정보를 알아내려 마음만 먹으면 순식간에 캐낼 수 있지 않았던가.

그러나 곧 준성은 고개를 저었다. 고작 한 사람을 상처 주기 위해 벌일 만한 일이 아니었다. 그저 이 순간 한 회장에게 가장 필요한 부품이 연희였고, 그게 일거양득의 효과를 노릴 만한 건수가 된 것뿐일 거다. 지금으로서는 이 기막힌 우연을 탓할 수밖에 없는 상황이었다.

표정을 굳힌 준성이 조심스럽게 연희의 팔을 떼어 냈다. 그 순간 연희가 슬쩍 미간을 좁혔지만, 준성은 조금도 개의치 않았다. 어떤 감정도 없는 차가운 시선이 연희의 얼굴을 향했다.

"아까 말 정정할게. 나 결혼하고 싶은 사람 있어."

한순간 미소를 지웠던 연희가 곧 경련하듯 입가를 늘여 보였다.

"그래? 되게 의외다. 너한테 그런 사람이 다 있다고? 누구야? 혹시 내가 알 만한 사람?"

"그것까지 너에게 말해 줄 이유는 없는 것 같다."

끼어들 여지조차 없이 냉정하게 잘라 냈다. 무너지듯 일그러지는 여자의 얼굴 따윈 눈에 보이지도 않았다. 그의 머릿속엔 한 가지 생각뿐이었다. 오늘의 일을 어떻게 수진에게 알려야 할까. 어떤 말로 이 상황을 전해야 그녀가 상처를 덜 받을까.

하지만 아무리 생각해도 답은 없었다. 잠시 시선을 내리고서 치미는 한숨을 삼킨 준성이 잔뜩 가라앉은 목소리로 말했다.

"그 사람이 아니라면 난 평생 결혼할 마음 없어. 그러니 이 약혼 이야기는 없던 일로 해 줬으면 좋겠다. 최대한 수습해 볼 테니까 너도 그렇게 전해 드려."

단칼에 거절당한 여자를 배려해 줄 마음조차 없는지, 제 할 말만 내뱉은 남자는 형식적인 인사말도 없이 돌아서 버렸다. 그런 준성의 뒷모습을 바라보며 연희는 지그시 입술을 깨물었다.

친구, 혹은 동기라는 자리를 지키고 있을 때는 신사적이고 배려 깊은 면모를 보이지만, 그 선을 넘는 순간 무섭도록 냉정해진다. 이미 대학 시절부터 이런 남자의 태도는 유명했다.

의례적인 친절에 혹시나 하고 덤벼들었다가 차갑다 못해 살벌하기까지 한 반응에 마음의 상처를 입은 여학생들이 수도 없었고, 그 소문은 빠르게 퍼져 나갔다. 당시 그에게 관심이 있었으면서도 굳이 더 다가서지 않았던 건, 그렇게 차인 여자들 중의 한 명이 되고 싶지 않아서였다. 애초에 제게 먼저 관심을 보이지 않는 남자는 처음이라 더 조심스럽기도 했고.

하지만 이젠 그럴 이유가 없었다.

"아니. 나 그렇겐 못 하겠는데?"

저만치 멀어진 남자가 흘깃 뒤를 돌아봤다. 감정 없이 굳은 얼굴조차 참으로 매력적이었다. 외국에 나가 더 넓은 세상을 경험했음에도 눈앞의 이 남자만큼 탐나는 존재는 없었다. 늘 최고를 원해 온 그녀에게 이 남자는 가장 완벽한 트로피였다.

그녀로서는 이 기회를 놓칠 이유도, 그럴 마음도 없었다.

"그래. 그 여자가 누군지 물은 건 내가 실수했어. 그건 네 사생활일 테니까. 그런 것까지 내가 참견할 일은 아니지. 아직까지는."

"……."

"우린 어차피 원하는 사람이랑 결혼 못 해. 그 여자가 너랑 결혼이 가능할 정도의 조건이었다면 애초에 내게 이런 제안도 안 왔겠지. 그 말은 곧 회장님을 만족시킬 만한 존재가 못 된다는 뜻이고. 그렇지?"

감정 없이 메말라 있던 시선에 일순 안광이 일었다. 제대로 정곡을 찔렀음을 확신한 연희가 느긋하게 입꼬리를 끌어 올렸다.

"우리가 싫다고 하면 여기서 중단하는 거야 가능하겠지. 그런데 그러면 뭐 해? 집안과 상대만 바뀔 뿐 또 같은 일이 반복될 텐데."

"······."

"괜한 헛수고 하지 말았으면 해서 하는 말이야."

"그건 내가 알아서 해. 협조할 마음 없으면 그냥 신경 꺼 줘."

짧게 대꾸한 준성이 다시 몸을 돌렸다. 그렇게 남자가 눈앞을 완전히 벗어날 때까지, 연희는 팔짱을 낀 채 묵묵히 그 자리에 서 있었다.

처음 그 말을 들었을 때는 아무 생각도 나지 않았다.

왼손의 반지를 숨긴 것도 어떤 생각이 있어서라기보단 그냥 본능 같은 거였다.

상황을 파악하고 가장 먼저 떠올린 건 당장 뭐라도 터뜨릴 것처럼 심각한 얼굴로 저를 바라보는 수혁에게 고개를 저어 보이는 것이었다.

지금은 아니라고.

부탁이니 가만히 있어 달라고.

꼭 말해야 할 일이고, 숨기면 안 된다는 것도 알고 있었지만, 도저히 입이 떨어지질 않았다. 그와의 약혼을 이야기하며 환하게 웃는 친구의 앞에서 사실 그 남자가 내 남자라고. 이미 깊은 사이가 되었다는 설명을 제정신으로 해낼 자신이 없었다.

그저 최대한 어색하지 않게 웃으며 재잘거리는 연희의 말을 듣고만 있었다. 실은 무슨 말이 오간 건지, 식사는 어떻게 한 건지 반쯤은 기억이 희미했다.

들뜬 감정에 취한 연희가 제 어색한 태도를 눈치채지 못해서. 꼭 해 주고 싶은 말이 뭐였는지 묻지 않아 줘서. 함께 있는 순간이 길지 않아서 다행이라는 생각뿐이었다.

하지만 그 순간을 넘겼다 해서 끝날 일은 아니었다.

— *어떡할래? 네가 힘들면 나라도 대신 말해 줘?*

그날 저녁. 느닷없이 전화를 걸어 온 수혁이 무슨 전쟁터라도 나가는 사람처럼 비장하게 꺼낸 말이었다. 연희와 헤어지고 사무실로 돌아가는 길에도 할 말이 많은 얼굴로 붙잡는 걸 나중에 이야기하자며 잘라 냈었다. 그땐 두말없이 물러나 주더니 정작 헤어져서 생각해 보니 이건 아니다 싶었나 보다.

'네가 그걸 왜? 말하려면 내가 해야 맞지.'
— *그렇기야 하지, 하······ 참나, 일이 꼬여도 어쩜 이렇게 엿같이 꼬이냐.*

그저 웃을 수밖에 없었다. 너무도 정확히 제 심정을 짚는 말이 순수하게 우스웠다. 잘도 웃음이 나오느냐고 타박하던 수혁은 잠시 후에 또다시 툭 던지듯 물었다.

— *준성이는 뭐래? 이야기는 해 봤어?*

'아니, 아직. 어차피 지금은 그런 걸 이야기할 타이밍도 아니잖아.'

그 누구보다 그녀 자신이 가장 묻고 싶은 이야기였지만, 중요한 결과 발표를 앞두고 있는 사람을 붙잡고 할 이야기는 아니라 생각했다. 그래서 안부를 묻는 메시지만 주고받은 것이 끝이었다.

— *그래도 준성이한테는 아닐걸. 그놈한테 너랑 연애하는 것보다 중요한 일이 있을 거라 생각해?*

싱거운 소리라 웃어넘기고 전화를 끊었다. 적어도 그가 제게 일부러 이 건을 숨기고 있지는 않았을 거란 뉘앙스였다. 그 점에 대해선 그녀도 같은 생각이었다. 다만, 수혁의 말대로 상황이 너무 꼬여 있는 게 문제일 것이다.

설령 그가 이 약혼 건에 대해 진즉부터 알고 숨기고 있었다 해도 충분히 이해할 수 있을 것 같았다. 다른 이도 아니고 연희와 약혼이라니. 그녀의 가장 소중한 친구가 그 상대라니.

그런 말을 어떻게 한단 말인가.

'나 같아도 절대 말 못 하지.'

그렇게 침묵하는 사이, 시간은 착실히 흐르고 어김없이 날은 밝았다.

이틀을 거의 뜬눈으로 밤을 지새우다시피 하고 드디어 한 해의 마지막 날이 되었다. 각성제라도 잔뜩 들이마신 것처럼 시큰한 눈을 부릅뜨며 출근했다. 종일 멍한 머리로 일을 하는 짬짬이 휴대폰을 만지작거리며 그에게 전화를 걸지 말지를 고민하다 내려놓기를 몇 번.

"후우. 종일 이게 뭐 하는 짓이냐."

결국 길게 한숨을 내쉬며 의자에 깊숙이 기대앉았을 때였다.

"주임님, 주임님. 소식 들으셨어요?"

"어? 왜, 무슨 일인데?"

갑자기 유리가 호들갑스럽게 저를 부르며 사무실로 들어섰다. 일이 있어 본관에 다녀올 거라며 나섰던 그녀였다. 그렇지 않아도 오늘을 마지막으로 영진그룹의 행사가 마무리될 예정이라 내심 잘 진행되고 있는지 궁금하던 참이었다.

"오늘 디너쇼에 오를 가수분이 공연 못 하겠다고 하는 바람에 지금 연회팀 난리도 아니에요. 리허설 준비도 다 마쳤는데 대기실에 박혀서 나오질 않는대요."

그런데 들려온 말은 그다지 좋은 소식이 아니었다. 어쩌다 일이 그렇게 된 건지, 되물을 새도 없이 급히 본관 연회장으로 향하는 그녀의 표정이 딱딱하게 굳었다.

한창 행사 준비로 많은 사람이 분주히 오가는 리셉션 홀에 도착한 수진은 곧 익숙한 얼굴의 연회팀 막내 직원을 발견했다.

"주현 씨, 무슨 일이에요? 왜 리허설 진행이 안 되고 있는 거예요? 공연을 못 하신다니, 그게 무슨 말이에요?"

"아, 주임님. 그게요."

가수를 섭외하는 과정에서 그의 매니저를 통해 공연 전엔 해산물이 든 음식을 피한다는 사실을 전달받았지만, 연회팀에서는 단순한 기호 정도로 받아들였다. 그러나 그것이 공연 전의 징크스와 관련된 것임을 알아낸 수진은 다시 연회팀을 찾아 꼭 신경 써 달라며 신신당부를 해 뒀다.

이후 연회팀에서는 영진그룹 담당자에게 연락을 취해 가수의 식사를 특별히 준비하겠다는 의견을 피력했으나, 돌아온 답은 알아서 할 일에 과한 간섭은 사양하겠다는 내용뿐이었다. 강경한 반응에 연회팀에서는 어련히 잘하겠거니 믿고 넘어가는 수밖에 없었다.

그런데 정작 그 담당자는 호텔 내 레스토랑을 통해 어떤 주의 사항도 전달하지 않은 평범한 식사를 주문해 왔다는 게 짧게 이어진 설명의 요지였다.

"그래서요? 설마 확인 없이 그대로 식사가 나간 거예요?"

"네. 설마 그럴 줄은 상상도 못 했죠. 가수분께서도 의심 없이 드시다가 도중에 새우 살로 추정되는 조각을 발견하셨대요. 호텔 측에서 요구 사항을 전혀 들어주지 않은 거라 생각하시고 엄청 노하셨어요."

"영진그룹 쪽에서는 사과도 없고요?"

"잘못도 인정 안 하는데 사과를 하겠어요? 어쨌거나 음식을 내간 건 호텔 쪽이 아니냐면서 덮어씌우기까지 하는데 답도 없더라고요."

뒤통수를 얻어맞은 듯 머리가 얼얼했다. 그녀가 아는 미연은 이런 일을 깜빡 잊고 누락시킬 사람이 아니었다. 일 처리가 확실한 연회팀에서 말을 전달하는 과정에 착오가 있었을 리도 없다. 일부러 의견을 무시했다는 결론밖에 나질 않았다.

"영진그룹 담당자, 지금 연회장 안에 있어요?"

"아뇨, 점심 드시고 오신다고 잠시 자리를 비우셨는데……. 아, 저기 오시네요."

직원이 그녀의 어깨 너머를 가리켜 보였다. 뒤를 돌아보자 때마침 홀로 들어서는 서너 명의 여자 중 한 명이 제 얼굴을 발견하고 피식 웃음을 머금는 게 보인다.

"잠깐 저랑 이야기 좀 하시죠, 김가연 씨."

수진이 가까이 다가서며 팔뚝을 붙잡자, 미연은 불쾌한 듯 그 팔을 뿌리쳤다.

"할 말 없다니까? 여기 직원들은 왜 이렇게 뻔뻔하고 끈질겨? 이미 그쪽 실수로 결론 난 일을 왜 자꾸 이야기하자는 건데?"

"지금 그 말 책임지실 수 있으세요? 통화 내역 까면 다 밝혀질 일을 지금 그렇게 우기실 거예요?"

"허, 야. 판촉이나 하는 네가 뭘 안다고 끼어들어? 뭐? 통화 내역을 까? 너야말로 지금 나한테 그런 말 한 거 책임질 수 있어?"

"그러니까 이야기하자고요. 제대로 책임져 줄 테니까."

단호하게 내뱉은 수진이 다시 미연의 팔을 붙잡았을 때였다. 대기실이 있는 방향에서 튀어나온 연회팀 남직원 하나가 황급히 홀을 가로질러 왔다. 얼른 그를 손짓해 부른 주현이 무슨 일이냐 묻자 그는 심각한 얼굴로 대꾸했다.

"아무래도 일이 커지겠는데요. 지금 짐 챙겨 들고 나오시는 걸 한 지배인님이랑 박 매니저님이 간신히 사정사정하면서 붙잡고 계시는데……."

어떻게 돌아가는 상황인지 더 들을 것도 없었다. 무섭도록 차가운 눈으로 미연을 쏘아본 수진이 그녀를 붙잡은 손에 더욱 힘을 줬다.

"따라와요. 그렇게 손 놓고 있지 말고, 지금 당장 나랑 같이 가서 사과부터 드려요."

"아! 아프잖아! 뭐야 진짜? 내가 왜? 잘못한 게 없는데 왜 사과를……! 잠깐, 아, 야! 무슨 계집애가 힘이 이렇게 세! 놔, 이거 놓으라고!"

얼결에 대기실 근처까지 질질 끌려온 미연은 뒤늦게 저를 흘깃거리는 사람들을 발견하고서 황급히 손을 뿌리쳤다.

"너 뭐야? 미쳤어? 이게 뭐 하는 짓인데?"

주변 시선을 의식한 듯 살짝 목소리를 낮춘 미연이 눈을 부릅떴다.

"그쪽 회사 일이고, 우리 행사에 초대되신 분이에요. 어느 쪽이 실수를 했든지, 일단은 담당자로서 신경 쓰지 못한 부분에 대해 미안한 마음이라도 느껴야 하지 않아요?"

"왜 그렇게까지 해야 하는데? 그리고 말이야 바른말이지, 그깟 식사 메뉴 좀 맘에 안 들었다고 공연이고 뭐고 때려치우겠다는 사람은 어디 정상이고?"

"아니요, 그건 정당한 요구였죠. 처음부터 제대로만 신경 썼으면 아무 문제 없었을 일이고요. 그리고 설령 우리 쪽에서 실수가 있었다 해도, 일단은 그쪽에서 섭외한 가수분이세요. 그럼 적어도 담당자인 김가연 씨는 마지막까지 신경 쓰고 체크했었어야 하는 부분 아닌가요?"

"허! 기가 막혀서 진짜. 야, 나도 바쁜 사람이야. 그럴 시간 없다고. 급도 안 되는 가수 데려다가 이런 무대 기획한 것도 이해가 안 가는 마당에 내가 그런 투정까지 다 맞춰 줘야 해? 막말로 저 사람이 누군데 그렇게까지……!"

"야. 김미연. 작작 좀 해."

파르르 떨어 가며 오만한 소리를 지껄여 대던 미연이 순간 벙찐 듯 입을 벌렸다.

"뭐? 너 지금 나한테 그런 거야?"

"어. 너 들으라고 하는 말이니까 잘 들어. 자꾸 그딴 식으로 사람한테 잣대 들이대는데, 할 거면 똑바로 하라고. 네가 함부로 깎아내린 사람이 어떤 사람일 줄 알고 그래? 타인을 깎아내리면 깎아내릴수록 결국 그 가치를 몰라보는 너만 더 우습게 보인다는 걸 왜 모르는 건데!"

"알 게 뭐야? 내가 그런 거까지 알아야 해?"

"당연히 알아야지. 사회생활 처음 해? 책임지는 법을 모르겠으면 처음부터 알아서 해결해 주겠다는 사람에게 다 맡기든가. 상황 파악이 그렇게 안 되니? 넌 나한테서 이런 말까지 듣는 게 부끄럽지도 않아?"

"허, 허허…… 와 너, 너 지금……. 하, 어이가 없어서 진짜. 너야말로 지금 거래사 직원한테 그딴 식으로 말해도 돼?"

"뭐. 반말이 문제야? 네가 너무 자연스럽게 말 놓길래 친구 모드로 편하게 얘기하자는 줄 알고 나도 말 좀 놓았는데 문제 있어?"

"이게 진짜 얻다 대고……! 너 내가 계약 끊어 버릴 거야! 너희 호텔이랑 거래 안 한다고!"

너무도 속이 빤한 대응에 수진은 피식 웃음을 머금었다.

"좋을 대로 해. 단, 그것도 너희 회사 내에서 절차 밟아야 하는 건 알고 있지? 꼭 바꿔야 할 이유가 뭔지 제대로 보고 못 하면 타 업체와의 리베이트 건으로 조사당할 수 있다는 것도."

차분히 내놓은 말에 미연이 멈칫 입을 다물었다.

"그러고 보니 너 K 호텔 숙박권이랑 레스토랑 식사권 나오는 거 참 열심히도 썼더라. 이틀 전엔 부산 지점에도 다녀오고. 아, 강원도 어디 리조트에도 다녀오셨던가?"

"너, 너 뭐야? 지금 사람 뒷조사까지 했어?"

"네 개인 정보를 지키고 싶었으면 SNS를 하질 말았어야지. 인스타 알림으로 다 뜨는데. 보기엔 좋더라. 사진도 잘 찍었고. 네가 우리랑 거래를 끊자고 했을 때도 과연 너희 회사에서 그걸 문제없다고 판단해 줄지는 모르겠다만."

"이……!"

"경고하는데 내가 을이라고 해서 네가 저지른 부당한 짓까지 다 받아 줄 거라 생각하지 마. 애초에 너랑 나는 업무적 협력 관계에 있는 거지, 상하 수직 관계가 아니야. 착각하지 말라고."

조목조목 집어 내는 말에 미연은 분해 죽겠다는 얼굴로 이를 갈았다. 그러면서도 더 할 말은 찾지 못한 듯 입만 벙긋거렸다. 이렇게 말을 해 봤자 반성할 사람도 아니지만, 연회팀의 수고를 짓밟은 것에 대한 소심한 분풀이 정도는 될 것이다.

그런데 정작 눈에 보이는 사람들의 표정이 굳어 있었다. 기묘한 분위기에 뭔가 잘못되었구나 싶어 저도 모르게 뒤를 돌아봤을 때였다.

"아……."

언제부터 나와 있었던 건지. 한 지배인과 박 매니저의 뒤로 이제 노년에 접어드는 듯 희끗한 머리의 남자와 그의 매니저로 보이는 중년 남자가 그녀를 바라보고 있었다. 당황한 수진이 고개를 꾸벅 숙이자 지그시 그녀를 굽어보던 흰머리의 남자가 차분히 말했다.

"용건 끝나셨으면, 잠시 저랑 이야기 좀 하실까요?"

두 남자와 함께 들어선 대기실은 어둡고 조용했다. 프리지아 향이 은은하게 풍기는 룸의 안쪽엔 폭신한 소파 세트가 놓여 있었고, 커다란 가방이며 작은 행거 외엔 짐이 없어 꽤 휑한 느낌이었다. 그나마 그런 느낌을 중화하는 건 창가에 놓인 커다란 프리지아 꽃바구니였다.

앞장선 매니저가 남자를 소파로 이끄는 사이 꽃바구니에 잠시 시선을 던지고 있던 수진은 이윽고 남자가 자리에 앉자 그 앞으로 다가가 다시 고개를 꾸벅 숙였다.

"처음 뵙겠습니다. 영업부 소속 판촉팀에서 영진그룹을 담당하고 있는 김수진 지배인이라고 합니다."

"아, 기억나네요. 몇 번 메일을 통해 이야기했었죠. 내가 그 이현규입니다. 그러고 보니 그때도 내가 어지간히 속을 썩이게 했던 것 같은데."

피아노 건을 해결할 때의 이야기였다. 차마 그렇다는 내색은 못 하니 '아닙니다.'라고만 대꾸하고 입을 다물고 있자 남자는 흥미롭다는 눈으로 수진을 바라봤다.

"무슨 일인지. 밖에서 하는 이야기가 다 들리더군요."

"죄송합니다. 제 불찰입니다. 무례한 소리를 듣게 만들어서 정말 죄송합니다."

"아니에요. 사실 틀린 이야기도 아니고. 이제 이 나라에선 내 존재조차 모르는 사람이 대부분이니 당연한 반응이겠죠. 사과를 받자고 한 말이 아니라, 그냥 궁금해지더군요. 이렇게 큰 목소리로 잘잘못을 따져 대는 이가 있는데 왜 그런 실수가 나온 건지."

"……."

"게다가 영진그룹 쪽과 호텔 쪽의 이야기가 다르던데. 한쪽은 책임은커녕 남 탓만 하고 있고, 한쪽은 모든 책임을 지겠다고 나서는 것도 좀 의아하던 참이었어요."

"당연히 저희가 맡아 책임질 일입니다. 이 일에 대해 어떻게 보상을 해 드려야 할지……."

"보상을 바라는 게 아니에요. 그저 마음이 무거울 뿐이죠. 안타깝지만, 이대로는 무대에 설 수가 없는 상황이라서."

"알고 있습니다. 오늘이 선생님께 아주 중요한 날이라는 것도요."

"알고 있다고요?"

의아한 듯 되묻는 남자의 앞에서 잠시 망설이던 수진이 곧 입을 열었다.

"오늘 공연을 마지막으로 은퇴를 하신다고 들었습니다."

현규의 얼굴에 놀라움이 스쳤다. 이내 심각해지려는 표정을 읽어 낸 수진이 얼른 손을 내저었다.

"아, 어쩌다 보니 알게 되었지만 외부에 알리고 싶어 하지 않으신 듯해서 저만 알고 있었습니다."

"……그렇군요. 어쨌거나 맞아요. 내 오랜 친구 앞에서 마지막 무대를 보여 주고 조용히 은퇴할 생각이었죠. 결과는 이 모양이 되었지만."

회한 어린 목소리가 낮게 깔렸다.

60년대 초, 미8군 클럽에서 활동하다 가수로 데뷔한 이후 지금까지, 무려 60년 가까이 음악과 함께한 삶이었다. 인기는 찰나였지만, 긴 시간 원 없이 하고 싶은 노래를 할 수 있었다는 것으로 충분히 만족스러웠다. 더는 무대에 서는 것조차 버거운 나이라서 마지막 기운이 남아 있을 때 최고의 공연을 선보이려 했는데, 엉뚱한 이유로 그 기회를 놓아야 한다는 게 그저 아쉬울 뿐이었다.

"저, 선생님. 이번 공연은 예정대로 진행해 주시면 안 될까요?"

조심스럽게 이어진 말에 현규의 무뚝뚝한 시선이 수진의 얼굴을 향했다.

"무책임한 말인 거 압니다. 하지만 이렇게 공연을 중단하신다면 후에 더욱 후회가 크시리라 생각합니다. 시도조차 해 보지 않고 포기하기엔 너무 아쉽잖아요. 전, 선생님께서 충분히 극복하실 수 있을 거라 믿습니다."

"나도 날 못 믿어서 이런 징크스에 묶여 살았는데, 김수진 지배인이 나의 뭘 보고 믿겠다는 말입니까?"

살짝 날이 선 물음에 수진은 잠시 입을 다물었다가 곧 진지한 눈으로 현규를 바라봤다.

"지금껏 음악을 해 오신 세월이요. 긴 세월 소중히 해 오신 음악이 선생님의 소중한 순간을 배신할 것 같진 않아서입니다."

현규는 잠시간 말이 없었다. 묵묵히 뭔가를 생각하던 그가 이내 제 옆에 선 남자를 흘깃 바라봤다. 고민의 기색이 역력한 얼굴에 살짝 희망을 품었을 때였다.

갑자기 대기실의 문이 열리더니 검은 정장 차림의 남자들이 우르르 밀려 들어왔다. 어쩐지 등골이 오싹해지는 게 대략 좋지 않은 예감이다 생각한 순간,

"현규야, 이놈아."

불쑥 그 틈으로 나타난 나이 지긋한 남자가 대뜸 내놓는 소리에 수진은 경악하며 눈을 크게 떴다. 심지어 싱긋 웃음을 머금은 현규가 자리에서 일어나 한 말은 더욱 가관이었다.

"아니, 회장님께서 이 누추한 곳까진 어인 행차십니까?"

"어쩐 일이긴. 현규 네놈이 그깟 문어 쪼가리 하나 입에 넣었다고

노래를 안 불러 주겠다는데 내가 가만히 앉아 있으리?"

"문어가 아니라 새우였어요."

"뭐든 간에! 오랜만에 네놈 노래나 한 자락 들어 보자 했더니만 사내놈이 되어선 그런 일로 도망을 가?"

"아직 안 갔소. 하여간 회장님은 그 나이에도 참 여전하시구려."

너무 뜻밖의 인물이 등장하는 바람에 수진은 진심으로 당황해 버렸다. 설마 그 친구라는 분이 영진그룹 회장이었나. 생각만으로도 등골에 소름이 돋았다. 이런 날 기업의 중요한 행사에 초청을 받은 가수기에 제가 모르는 사연이 있을지도 모른다고는 생각했지만, 그게 그룹 회장과의 인연이라니.

일단 입구 근처로 물러나긴 했지만, 인사말을 건네기도, 그냥 빠져나가기도 애매한 상황이었다. 어쩌나 고민하며 잠시 그 자리에 굳은 사이, 또다시 누군가가 불쑥 대기실로 들어섰다. 저도 모르게 고개를 돌려 확인하려다 차가운 눈으로 저를 내려다보는 한 회장을 발견한 순간 수진은 그대로 얼어붙어 버렸다.

냉정한 목소리가 물었다.

"누구?"

"아, 판촉팀 김수진 주임입니다."

"영업부 직원이 왜 여기에 있는 거죠? 김수진 씨가 있을 자리는 아닌 것 같은데."

"저희 쪽 실수가 확인된 게 있어 사과드리러 왔습니다."

"그건 연회팀에서 해결할 일이지, 김수진 씨가 할 일은 아닙니다. 주제넘게 나서지 말고 본인 자리나 지키세요."

"죄송합니다."

누구의 안전이라고 감히 맞설 수 있을까. 칼날처럼 내리박히는 한 회장의 말에 수진은 뭔가 더 설명하는 대신 깍듯한 사과만 남기고는 서둘러 입구로 걸음을 옮겼다. 그런 수진을 휙 하니 지나친 한 회장이 현규에게 정중히 말을 건넸다.

"소식이 늦어 이제야 도착했습니다. 큰일을 앞두고 저희 실수로 이런 일이 벌어지게 되어 송구합니다. 정 회장님께도 심려를 끼쳐 드렸네요."

"아닙니다. 일은 이렇게 되었지만, 이미 충분히 사과받았고……."

대형 고래 사이에 낀 새우의 기분이 이런 걸까.

자연스럽게 오가는 대화를 등 뒤로 흘려 넘긴 수진은 서둘러 그 자리를 물러 나왔다. 더 이상은 제가 낄 자리가 아닌 듯했다.

"마음에 드네요, 저 직원분."

대기실의 문이 닫히자 입구를 흘낏 바라본 현규가 툭하니 말문을 텄다. 순간 한 회장의 미간이 슬쩍 모여들었지만, 때마침 자리에 앉던 정 회장이 발끈하는 통에 다른 이의 눈에는 띄지 않았다.

"에끼, 정신 나간 놈 같으니라고. 네 나이가 몇인데 저런 고운 처자한테 눈독을 들이나?"

"그런 뜻이 아니라요."

얼토당토않은 오해를 받은 현규가 너털웃음을 지었다.

"오늘의 일이 난처한 것과는 별개로 참 재밌는 경험을 한 거 같습니다."

공연을 취소하고 대기실을 나서는 순간까지도 끈질긴 호텔 직원들에게 붙들려 한참을 설득당하고 있었다. 끝내 물리치고 문을 여는데 바깥이 소란스러워 무슨 일인가 했다. 하필 딱 그 순간 들려온 게 '급도 안 되는 가수'라는 말이었다.

이 나이에도 그런 말에 상처를 입는구나, 싶었다. 노년에 완고함만 늘어 더더욱 비뚤어진 마음에 그대로 호텔을 나가 버리려던 참이었다.

'자꾸 그딴 식으로 사람한테 잣대 들이대는데, 할 거면 똑바로 하라고. 네가 함부로 깎아내린 사람이 어떤 사람일 줄 알고 그래? 타인을 깎아내리면 깎아내릴수록 결국 그 가치를 몰라보는 너만 더 우습게 보인다는 걸 왜 모르는 건데!'

그런데 들려오는 말이 걸음을 붙잡았다. 가만히 서서 더 듣다 보니, 그 말을 한 건 아쉬운 게 많은 쪽이었다. 약자임이 분명한데, 원칙과 논리로 무장해 기어이 할 말을 다 내놓고 결국 작게나마 승리를 거머쥐는 광경을 보고 나니 속이 다 후련했을 정도였다.

'잠시 저랑 이야기 좀 하실까요?'

이미 호텔 측과 영진그룹 측의 이야기를 들으며 대략적인 그림은 그려 본 상태였으나, 잘잘못을 가린다 해서 결과가 달라질 건 없을 거라 생각했기에 입을 다물고 있던 터였다. 이런 상황에서 그 직원을 데리고 들어온 건 꽤나 즉흥적인 생각이었다. 왠지 치열하게 다투고 있던 이 여자라면 뭔가 더 중요한 사실을 알고 있을 것 같았다.

결과는 예상대로였고, 생각 이상으로 놀라웠다. 그녀는 그의 징크스는 물론, 오늘 은퇴를 마음먹었다는 것까지 알고 있었다. 그것도 모자라 대뜸 공연을 해 주십사 부탁을 하며 그의 길었던 음악가로서의 인생까지 언급해 마음을 흔들어 놓았다.

"그 말을 듣는데, 노래만 해도 행복했던 때가 생각나더군요. 무작정 가수가 되어 보겠다고 기타 하나 들고 상경해서 겁도 없이 미군 부대 근처를 얼쩡거리던 시절이요."

"허허, 그랬지. 고작 열다섯밖에 안 된 놈이 그 험악한 군인들 앞에서도 기 한번 안 죽고 할 짓을 다 하더라니까. 내가 그걸 보고 아, 요 놈이 물건이구나, 싶어서 건져 냈지."

"네. 그때 회장님이 제게 베풀어 주신 은혜는 정말 평생 못 잊을 겁니다. 그래서 더 완벽한 공연을 해 보이고 싶었던 건데……."

씁쓸한 얼굴로 말을 줄이는 현규에게 한 회장이 다시 고개를 숙여 보였다.

"중요한 일을 앞두고 이런 일이 벌어진 것에 책임을 통감합니다. 다시 한번 사과드립니다."

"아닙니다. 이미 사과도 충분히 받았고, 그 부분에 대해선 더 마음 쓰지 않으셔도 됩니다."

"한 회장님. 내가 보기엔 이 친구, 아까 그 직원이랑 이야기하면서 이미 마음 돌아왔어요. 너무 염려 말아요."

정 회장이 낄낄거리며 덧붙였다. 그 말을 부정하진 않겠다는 듯 노신사의 입가로 조용한 웃음이 떠올랐다.

"아까 그 직원이 그러더군요. 긴 세월 동안 소중히 해 온 음악이 내 소중한 순간을 배신하지 않을 거라고. 이상하게 그 말이 참 듣기 좋았어요. 교과서처럼 너무 뻔한 말을 하는데, 가끔은 그런 뻔한 말이 듣고 싶을 때가 있거든요."

차분히 운을 뗀 현규가 문득 생각났다는 듯 창가에 놓인 프리지아 꽃바구니로 눈을 돌렸다.

"그러고 보니 아침 일찍 대기실로 저 꽃바구니가 배달되어 왔어요. 사무실 쪽에서 보냈다는데, 정확히 누가 보낸 줄은 몰라서 그냥 그러려니 했었죠. 그런데 이제 보니 누가 보낸 건지 알 것 같네요."

영원한 우정과 새 출발을 응원한다는 의미를 담은 꽃말과 더불어 특유의 짙고 달콤한 향이 마음에 들어 개인적으로 즐겨 찾는 꽃이었다. 그러나 80년도 후반에 미국으로 건너가며 거의 잊힌 존재가 되어버린 자신의 이런 취향을 누군가 알아줄 거라곤 생각지도 못했다.

그의 기호를 제대로 파악하고, 그에 대한 조사까지 철저히 해 준 한 사람 외엔.

"제가 다시 무대에 서 보기로 마음먹은 건 김수진 씨 덕분입니다."

단호하게 말을 마친 현규의 입가로 만족스러운 웃음이 떠올랐다.

"그리고 이런 사소한 것까지 챙길 줄 아는 사람이 있는 곳에서 그런 실수가 나왔을 거라 생각하지 않습니다. 그러니 이번 일은 어느 쪽의 실수인지 자명하겠지요."

묵묵히 그 말을 듣는 한 회장의 얼굴은 여전히 굳은 채였다.

오후 3시부터 시작된 회의는 퇴근 때가 조금 지난 후에야 간신히 마무리되었다. 집무실로 돌아온 준성은 팔에 걸치고 온 재킷을 내려놓으며 넥타이를 반쯤 풀어 헤쳤다. 쉽사리 결론이 나지 않는 안건으로 치열한 토론이 오간 다음이라선지 먼지라도 낀 듯 목이 칼칼하고 눈은 물기 하나 없이 뻑뻑했다. 이어 종일 식사라고는 점심때 먹은 작은 샌드위치가 전부였다는 게 뒤늦게 떠올랐다.

"수고 많았어요. 프레젠테이션 자료 들어올 때까지는 더 할 일이 없을 것 같으니 일단 가서 식사부터 하고 오세요. 난 별로 생각이 없으니 신경 쓰지 마시고요."

"아, 네. 식사야 뭐. 저도 크게 생각은 없어서⋯⋯."

뒤따라 들어와 잔뜩 들고 온 서류를 내려놓던 김 비서가 말꼬리를 흐리며 그를 바라봤다. 무언가 하고 싶은 말이 있는 듯한 표정에 준성이 의아한 눈을 하자, 김 비서는 잠시 주저하더니 조심스럽게 입을 열었다.

"오늘 호텔 연회팀에서 문제가 있었는데, 회장님께서 그 자리에 나타나셔서 수습을 끝내셨다고 합니다."

"총지배인님이 아니라 회장님께서요? 대체 무슨 일이기에⋯⋯."

"그랜드볼룸에서 진행될 디너쇼 건이었는데, 가수 측에서 요구한 사항을 제대로 맞춰 주지 못했답니다. 그래서 공연을 못 하시겠다고, 이대로 취소하겠다고 나오시는 걸 간신히 붙잡아 놓은 현장에 회장님이 내려오신 거죠. 다행히도 지금은 잘 해결되어 무사히 공연을 진행하고 있다고 합니다."

이어지는 말을 들으며 무심히 서류를 들추던 준성이 문득 멈칫했다. 왠지 이야기가 굉장히 낯익은 느낌이었다.

"혹시 영진그룹 건입니까?"

"네. 현장에 김수진 지배인도 함께 있었고요. 지금도 공연 현장에 함께 계시는 거로 압니다."

역시나, 김 비서가 진짜로 하고 싶었던 말은 이쪽이었나 보다.

바로 재킷을 집어 든 준성이 휴대폰을 꺼내 들었다.

"잠시 본관에 좀 다녀오겠습니다. 그동안 비서님은 잠깐 쉬고 계시든지, 식사라도 하고 오세요."

"네, 상무님. 천천히 오셔도 됩니다."

싱긋 웃어 보인 김 비서가 태연히 그를 배웅했다.

한바탕 태풍이 휩쓸고 지나간 현장을 맨몸으로 버틴 기분이 이럴까.

연회장 한쪽에 우두커니 선 채 무대를 바라보던 수진이 깊은숨을 내쉬었다. 유려한 피아노 연주와 함께 가슴을 적시는 열창이 이어지는 내내 현장엔 놀람 가득한 탄성과 진심 어린 감탄사가 터져 나왔다.

그 징한 우여곡절을 겪고 몸도 마음도 완전히 너덜너덜해진 상태였지만, 그런 그녀의 눈과 귀로도 쉽게 접하기 힘든 수준의 훌륭한 무대라는 것쯤은 알 수 있었다. 감성적이고 아름다운 멜로디. 잔잔하지만 지루하지 않은 재즈풍 연주가 귓속으로 감겨들수록 곤두섰던 신경이 가라앉고 마음이 안정되는 게 느껴졌다. 누구 하나 이런 제 고생을 알아주는 이가 없는 것 같아 살짝 우울했었는데, 여기서 이렇게나마 위로를 받는 기분에 헛웃음이 났다.

'괜히 회장님 픽이 아니셨네.'

뒤늦게 밝혀진 현규와 정 회장의 인연을 떠올린 수진이 새삼 소름이 끼친다는 듯 부르르 몸을 떨었다.

대기실을 빠져나왔을 때, 이미 바깥세상은 충격과 혼돈 속에 휩싸여 있었다. 문을 열자마자 앞을 지키고 있는 경호원들의 틈을 비집고 나오니 저만치 떨어진 곳에 우글우글 모인 사람들이 보였다. 한창 수군거리며 대화를 나누던 직원들은 수진이 나오자 호기심 가득한 눈을 하고서 우르르 몰려들어 한마디씩 뱉어 댔다.

　　'뭐예요? 이게 어떻게 된 일이에요?'
　　'대체 저분이 뭐 하는 분이시래요? 왜 회장님들이 이렇게 나서시는 거냐고요.'
　　'우리 회장님이야 호텔 일을 전부 알고 계시니 그렇다 쳐도 영진그룹 회장님은 또 어떻게 알고 달려오신 건지…….'

　　일선에서 해결하지 못하는 일이 생기면 보통은 총지배인이 나서기 마련이다. 노신사의 완고함을 꺾지 못한 직원들은 결국 총지배인에게 연락을 했었다.
　　그런데 정작 등장한 건 총지배인이 아니라 한 회장이었다. 그것도 모자라 영진그룹의 정 회장까지 부랴부랴 달려왔으니 당연히 기함할 수밖에.

　　'글쎄요, 저도 잘…….'

　　대기실에서의 모습을 봤을 때, 현규와 정 회장이 꽤나 친분 깊은 사이라는 건 충분히 알고도 남았지만, 일단은 말을 아낄 수밖에 없었다. 무엇보다 한 회장이 등장한 이상, 이 건은 곱게 넘어가긴 틀린 일이 되어 버렸다. 앞으로 어떤 폭풍이 몰아치게 될지, 생각만으로도 눈앞이 깜깜해서 더 이상 추리를 할 기운도 없었다.

확실히 모든 게 밝혀진 건 그로부터 이십여 분 후였다.

공연을 하기로 마음먹었다면서 리허설을 준비하겠다는 현규의 선언에 환호했던 것도 잠시.

'감히 내가 키운 내 가수한테 그딴 식으로 소홀하게 굴어? 그것도 우리 회사에서 일한다는 놈들이 그런 짓을 해? 니들은 돈값도 못 하는 버러지들이야! 뭘 잘했다고 고개 빳빳이 쳐들고 있어!'

분기탱천한 정 회장이 언성을 높이며 등장하는 바람에 현장은 다시 폭풍 속으로 휘말렸다.

어떻게 진상을 파악한 건지, 행사를 준비한 영진그룹 측 담당자들을 몽땅 소집해 놓고 옥상에 거꾸로 매달아 버리겠다는 둥, 사옥 정문에 깔아 놓고 발닦개로 써 버리겠다는 둥, 온갖 악담을 퍼부어 대는데 옆에서 듣는 것만으로도 기가 질릴 정도였다.

그나마 다행인 건 간혹 시사란을 장식하는 모 기업 회장님들처럼 주먹이나 발길질이 오가진 않았다는 것 정도일까.

어쨌거나 완전히 뚜껑이 열려 버린 회장님의 화가 식을 때까지는 꽤나 시간이 걸렸다. 그 버라이어티한 욕설을 듣고 있는 사람들 중엔 아주 당연하게도 사색이 된 채 기절하기 직전인 미연이 끼어 있었다.

그렇게 소란 속에서 시작된 리허설이 무사히 끝나고, 저녁 식사 시간에 맞춰 공연이 시작되기까지, 더 이상의 문제가 생기지 않고 흘러가기를 얼마나 기도했는지 모른다. 제 공연을 앞둔 것처럼 긴장해 있느라 나중엔 근육통까지 생길 지경이었다.

그러나 정작 공연이 시작되고 나니 언제 그렇게 고통스러웠냐는 듯 마음이 평온해졌다.

본고장 스타일의 재즈와 컨트리 팝을 중심으로 다양한 장르의 음악을 하며, 수많은 무대에 서 왔다는 가수는 생각 이상으로 노련한 무대 매너와 공연을 선보이고 있었다. 그런 징크스를 걱정했던 게 무색할 정도로 완벽한 무대였다.

한결 마음이 편해진 수진은 자연스럽게 아름다운 선율에 푹 젖어 들었다. 부드럽게 이어지는 연주와 편안한 중저음이 만들어 내는 하모니에 종일 머릿속을 거칠게 긁어 대던 수많은 생각이 잦아들고, 황량해진 가슴속이 촉촉해지는 기분이었다.

그래선지 문득 이 노래를 혼자 듣고 있다는 게 아깝다는 생각이 들었다.

"······준성이도 이 자리에 같이 있었으면 참 좋았을 텐데."

"그럼 전화를 하지."

순간 느슨해 있던 신경 줄이 바짝 당겨졌다. 너무도 자연스럽게 끼어드는 목소리가 익숙해서 처음엔 헛것을 들은 줄 알았다. 그도 그럴 것이 그녀가 있던 곳은 조명도 닿지 않고 지나는 사람도 없는 아주 외진 자리였다. 보통 사람이라면 여기 서 있는 제 얼굴조차 구별하기 힘들 텐데······.

"종일 전화 한 통 없기에 마음이 식었나 했더니만."

다시 이어지는 말에 이번엔 저도 모르게 뒤를 돌아봤다.

"다행히 그건 아닌가?"

느긋하게 휘어진 입술과 잔잔히 빛을 내는 눈동자. 어둠 속에서도 선명하게 드러나는 남자의 이목구비를 확인한 그녀의 눈이 휘둥그레 졌다.

대체 언제 온 걸까.

아니, 어떻게 날 찾은 걸까.

묻고 싶은 말이 머릿속 가득인데 무슨 말부터 꺼내야 할지 알 수 없었다. 이상하게 가슴이 벅차 멀뚱히 바라보고만 있자 싱긋 웃어 보인 그가 그녀의 손을 잡아끌었다. 그대로 이끌려 연회장을 빠져나가는데 이상하게 웃음이 터져 나왔다.

행여 아는 누군가가 볼까 가슴을 졸이는 와중에도 미친 것처럼 설 다. 꼭 마법이라도 부린 듯 가장 보고 싶은 순간에 제 눈앞에 턱 하니 나타나 준 남자가 신기하기도 하고, 고맙기도 했다. 놀랍고 당황스러운 한편, 기분이 들떴다. 꼭 생각지도 못한 선물을 받은 기분이었다.

그가 이끄는 대로 무작정 엘리베이터에 오른 후에도 황당한 일은 계속되었다. 태연히 카드를 꺼내 든 준성이 이어 33층을 눌렀다.

"어? 33층?"

불이 들어온 숫자를 확인한 수진이 의아한 눈으로 그를 돌아봤다. 동시에 훅 덮쳐 온 그가 그녀의 입술을 단숨에 집어삼켰다. 미처 피할 새도 없이 꽉 맞물린 입술 사이로 그의 뜨거운 숨이 파고들었다. 놀란 심장이 펄떡거리며 피를 뿜어 댄다. 농밀하면서도 달콤한 키스에 순간 아득했던 머릿속에 반짝, 정신이 돌아왔다.

"으, 흣, 잠깐……!"

소스라치게 놀란 수진이 후다닥 그의 가슴팍을 밀며 뒤로 물러 나왔다. 그러고는 습관처럼 주변을 살피고는 기함한 얼굴로 그를 바라봤다.

"뭐 하는 거야! 누가 보면 어쩌려고."

"보면 어때서."

"미쳤나 봐, 정말. 여기 CCTV도 있는데! 소문나면 어쩌려고!"

"알 게 뭐야. 애초에 여기서 키스하는 커플이 한둘도 아닐 텐데."

"어우! 정말."

남의 속도 모르고 짓궂기만 한 반응에 저도 모르게 뻗어 나간 손이 툭하니 그의 팔을 쳤다. 가슴이 미친 듯이 두근거렸다. 타이머가 고장 난 시한폭탄처럼 언제 어디서 어떤 방식으로 터져 버릴지 모르는 남자다.

행여 도중에 아는 얼굴이 올라탈까 봐. 또다시 그가 막무가내로 입을 맞출까 봐. 잔뜩 경계하는 사이 엘리베이터는 무사히 33층에 안착했고, 준성은 아무렇지 않게 그녀의 손을 잡아끌었다. 그러고는 여간해선 걸음을 할 일이 없는 방향으로 이동하더니 태연히 룸의 문을 열고 그녀를 안으로 이끌었다.

"여긴 대체 왜……."

불안해진 목소리가 저도 모르게 떨려 나왔다. 1년의 반 이상은 비어 있는 최고급 스위트룸 중의 하나였다. 하룻밤 숙박비만 최소 천만 원. 이천을 넘나드는 로열 스위트를 제외하면 가장 비싼 룸이라 그녀도 지금껏 딱 한 번, 구경밖에 못 해 봤다.

어안이 벙벙한 그녀를 응접실의 소파에 앉힌 그가 눈높이를 맞춰 몸을 낮추며 싱긋 웃어 보였다.

"저녁 안 먹었지?"

"어? 어. 그러고 보니 아직."

종일 입맛이 없어 아침은 걸렀고, 점심은 작은 빵 한 조각과 커피가 끝이었다. 그러다 일이 터지는 바람에 바로 본관으로 뛰쳐나와 모든 사건이 해결된 지금까지, 물 한 모금 마시지 못하고 전전긍긍했다. 그런데도 배가 고픈 줄도 몰랐다.

슬그머니 배를 쓸며 고개를 갸웃거리자 그가 금세 두 눈에 근심을 가득 담고서 저를 바라본다. 마치 그걸 다 꿰뚫어 본 것처럼 묻는 남자였다. 호텔 내의 웬만한 소식은 순식간에 들어가는 자리니 영진그룹 건 때문에 저를 찾아왔음이 분명했다.

그런데 묻는 뉘앙스가 딱히 그것 때문만은 아닌 것처럼 느껴지는 건 기분 탓일까.

"그럴 줄 알았어. 일단 여기서 나랑 밥부터 먹자. 룸서비스도 주문해 뒀어."

제 끼니 챙겨 주는 사람이 제일 반가운 법이라지만, 이런 룸에서 룸서비스라니. 제 머리가 수용 가능한 수준을 넘어선다.

"저기…… 내가 지금 이해가 잘 안 가서 하는 말인데……."

"그리고 오늘은 여기서 자."

"……."

"내가 주는 새해 선물이야."

절로 입이 떡 벌어졌다. 아니, 이 무슨 돈지랄도 정도껏이어야지. 제가 알기로 이 방에서 숙박을 했던 사람이라곤 해외에서 초대된 국빈급 귀빈이거나, 재벌가 인사, 고위 공무원 이외 넓게 잡아 봐야 아주 유명한 연예인 몇몇 외엔 없었는데…… 미친 거 아닌가?

"너 이 방이 얼마짜린 줄……! 아니, 잠깐만. 설마 무단 침입 이런 건 아니지? 넌 마스터키 있잖아."

"그럴 리가. 정당하게 구매한 거야. 물론 VIP용 할인은 좀 받았지만."

얼마나 받았는지는 모르겠지만, 엄지와 검지를 아주 조금 벌려 보이는 걸 보니 굉장히 의미 없는 수치임엔 분명했다.

"와, 세상에. 이 남자 부담스러워서 어떻게 사귀니."

진심이 가득 실린 중얼거림에 픽 웃어 버린 그가 그녀의 뺨과 입가를 매만졌다.

"아쉽지만, 난 너 밥만 먹이고 다시 가 봐야 해. 그러니 내일까지 여기서 편히 쉬어. 체크아웃은 김 비서가 할 테니까 걱정 말고."

정말로 아쉬운 기색이 가득한 눈을 마주한 순간 설핏 피어올랐던 웃음은 이윽고 미묘한 분위기를 감지하며 가라앉았다.

"······왜?"

묵묵히 저를 바라보는 남자의 눈빛이 깊다. 괜히 목덜미가 후끈해지고 가슴이 찌릿했다.

그저 바라보는 것만으로도 사람을 안달하게 만드는 남자였다. 거침없이 직선으로 꽂혀 드는 시선은 늘 그녀를 안절부절못하게 만들곤 했다. 아무렇지 않은 척 표정을 가다듬는 것만도 큰일이었다.

"나 실은 너한테 할 말 있어."

그런 눈을 한 채 남자는 진지하게 말문을 열었다. 눈빛과는 달리 무겁게 가라앉은 목소리에 수진은 가만히 손을 뻗어 그를 제지했다.

"내가 먼저 말하고 싶은데, 괜찮아?"

확신은 할 수 없지만, 왠지 저와 같은 이야기를 하려는 것 같았다. 줄곧 가슴에 걸려 있던 말을. 어쩌면 같은 고민으로 밤을 지새우고 또 힘든 하루를 보내야 했을 남자의 곧은 시선을 마주하며 툭하니 물

215

었다.

"네 약혼. 내가 파투 내도 돼?"

당돌한 물음이 떨어지자 준성은 잠시 멍한 표정을 지었다. 그러다 곧 나직하게 웃음을 터뜨렸다.

"하, 미치겠네."

정말로 예상이라곤 할 수가 없는 여자였다. 왠지 알고 있을 거라 생각은 했지만, 이런 식으로 반격을 해 올 줄이야.

누굴 만난 거냐고. 왜 그런 일을 숨긴 거냐고, 충분히 따지고 화를 내며 실망할 수도 있는 일인데, 그런 것 따윈 전혀 궁금하지 않다는 듯 결론부터 내놓는다. 심지어 어떻게 할 거냐 묻지도 않고 그녀 자신이 해결해 주겠단다.

이 여자를 정말 어떻게 해야 할까.

대놓고 저를 향한 소유욕을 내보이는 여자가 너무도 사랑스럽다. 이 당돌한 여자가 너무도 욕심난다. 저를 이토록 무력한 존재로 만들어 버리는 여자가 든든하기까지 해서 자꾸만 웃음이 터졌다.

한 손으로 입가를 가린 채 한참을 웃는 동안 수진은 미묘한 표정으로 그를 흘겨보고 있었다. 그 표정까지 예뻐서 미칠 것 같은데 정말 어떻게 해야 하나.

"내 약혼을 깨시겠다? 그로 인한 손해 배상은 뭐로 할래?"

이윽고 웃음기를 거둔 그가 짐짓 여유를 부리며 물었다. 얄밉도록 근사한 미소가 걸린 입가를 심각한 눈으로 바라보던 수진이 더욱 단호하게 대꾸했다.

"이 일로 혹시 네 인생이 꼬이면, 내가 책임질게."

"꼬인다고 해 봤자, 집안에서 쫓겨나는 정도긴 한데…… 갈 곳이 없어지면 네가 데리고 살아야 해. 괜찮겠어?"

농담처럼 한다는 말에 저도 모르게 픽 웃어 버린 수진이 이어 짐짓 고민하는 척 팔짱을 끼며 심각한 표정을 지어 보였다.

"흠, 어떡하지? 돈 많은 남자에 익숙해져서 그런지 빈털터리 남자가 감당이 될지 모르겠는데……. 뭐, 부자는 망해도 3대는 간다잖아. 설마 진짜 빈손으로 나오진 않을 거지?"

"우리 회장님 얄짤없으신데. 팬티 바람 아닌 게 다행일걸."

"웬일이야. 그럼 뭐, 좁은 곳도 괜찮으면 내 집에서 잠은 재워 줄게. 대신에 살림은 나눠서 하는 거로. 아! 방세도 받을 거야. 딱 절반 잘라서."

"그거 좋은데? 눈만 돌리면 네 얼굴 보이는 곳이잖아. 괜찮네, 그거."

농담으로 받아쳤더니 정말로 진지하게 고민해 보는 남자다. 이러다 당장에라도 짐 싸 들고 쳐들어올 기세다.

"어우, 어우 정말. 거기서 진짜 솔깃하면 어떡해."

남자는 어린애랑 수준이 똑같다더니만. 정말 애 앞에선 물도 함부로 못 마신다는 걸 여기서 실감하고 있다. 정색하며 손을 내젓자 그는 아쉽다는 듯 입맛을 다시며 웃는다. 그런 남자를 보며 수진은 장난기를 지운 진지한 얼굴로 말을 이었다.

"너한테는 더 중요하고 큰 문제라는 거 알아. 아마 이게 정말로 널 곤란하게 만들 수도 있어. 어쩌면 아무것도 해결되지 않을 수도 있고, 일만 더 크게 만들어 버릴 수도 있겠지. 아니, 아마 그럴 확률이 더 클 거야. 그래도…… 내가 먼저 말해 보고 싶어. 이건 연희하고 나의 문제기도 하니까."

"괜찮겠어?"

준성이 기억하는 연희는 늘 자신만만한 사람이었다. 아버지 쪽 집안은 대대로 거대한 사학 재단을 운영해 왔고, 어머니 쪽 집안은 대대로 정치권에 몸을 담아 왔다. 뼛속까지 상류층으로 그녀의 아버지가 HJ건설의 대주주 중 한 명이었다.

풍족한 환경에서 구김 없이 자란 그녀는 자연스럽게 세상의 주인공이 되었다. 가지고 싶은 건 뭐든 가질 수 있었고, 철저히 자기중심적인 사고로 무장한 채 살아왔다. 평소엔 구김 없이 밝은 성격으로, 누구보다 관대하고 여유롭기도 했다.

그런 그녀가 평생을 살며 '안 돼.'라는 말을 몇 번이나 들어 봤을까.

단 한 번도 '결핍'을 경험하지 못한 연희가 과연 그녀 자신이 가질 수 없는 게 있다는 현실을 제대로 받아들일 수 있을까.

'아니, 나 그렇겐 못 하겠는데?'

그는 이미 그 질문의 답을 눈앞에서 봤다. 조금의 악의도 없이 순수하기까지 한 이기심에 이질감이 느껴질 정도였다.

수진은 그런 연희와 아주 가까운 사이였지만, 그건 거슬리는 게 없었을 때의 일이었다. 필연적으로 갈등이 따를 수밖에 없는 이 상황에도 과연 그 우정이 지켜질까.

이것이 지난 며칠간 그의 머릿속을 메우고 있던 생각이었다. 선뜻 수진에게 사실을 말하지 못한 이유였다. 저도 모르게 걱정스러운 물음을 꺼내 버린 것도 그 때문이었고.

그런데 수진은 아무렇지 않은 얼굴로 어깨를 으쓱해 보였다.

"뭐, 이야기가 잘 안 된대도 어쩔 수 없지. 그렇다고 마냥 피할 수만은 없잖아. 그건 내 우정에 대한 예의가 아닌데. 적어도 내 연애는 내가 먼저 말해 주는 게 옳아. 진짜 친구라면."

그녀라고 겁이 나지 않는 건 아니었다. 눈에 보이지 않는 타인의 생각이 얼마나 무서운 건지. 소중한 사람에게서 받는 상처가 얼마나 아픈 건지. 누구보다 잘 알고 있으니까.

그럼에도 이런 말을 할 수 있는 건, 이 남자의 마음을 믿기 때문이었다. 제가 무슨 짓을 해도 놓지 않을 거라는 믿음이 그녀의 정신과 마음을 단단히 받쳐 주고, 어떤 상황에서도 굴하지 않는 용기를 주었다.

지금의 자신은 깊게 상처를 줬던 옛 친구들과의 만남에서 전혀 주눅 들지 않았고, 미연의 패악질 앞에서도 꿋꿋하게 할 말을 다 해냈다. 이미 그 시절의 상처는 제게 어떤 영향도 미치지 못했다.

"누구 덕분에 하도 시달렸더니. 이제 어지간한 일로는 끄떡도 안 하더라고."

부러 얄궂게 웃으며 덧붙이고는 그를 바라봤다. 변함없이 저만을 바라보는 그의 눈빛이 좋다. 세상 무엇도 필요 없다는 듯 열렬하게 시선을 보내는 남자와 마주하고 있으면 이렇게나 사랑받고 있다는 게 실감이 나 행복했다.

그 전에 이 남자의 얼굴을 감상하는 것만으로도 이미 천국에 온 기분이긴 하지만.

"……진짜 아쉽다. 여기서 너랑 그냥 식사만 해야 한다는 게."

허기진 듯 살짝 날 선 시선이 그녀의 얼굴에 꽂혀 들었다. 그 시선을 피하지 않는 것으로 무언의 동의를 표한 그녀는 이윽고 능숙하게 겹쳐 오는 입술을 받아들였다.

그녀의 얼굴을 양손으로 감싸며 자연스럽게 소파로 올라탄 그가 부드럽게 입술을 머금고 비벼 가며 틈을 연다. 버드 키스보다는 짙고, 프렌치 키스보다는 얕은, 서로의 입술과 입안의 여린 살갗만을 간질이는 달콤한 입맞춤 사이로 나직한 웃음이 새었다.

"웃, 그럼 어떡해. 룸서비스도 주문했다며. 슬슬 올 시간 되지 않았어?"

"지금 전화하면 좀 늦출 수 있을 거 같은데."

"그래서 설마, 으, 흠…… 으 잠깐, 여기서 하자고?"

다시 제 입술에 포개지려는 남자의 입술을 피하며 묻자, 목적지를 놓친 입술이 집요하게 따라붙으며 대꾸한다.

"이 방은 뭐가 다른가? 아, 혹시 소파에서 할 건지 묻는 거였어? 당연히 침대로 가야지. 소파는 생각보다 움직임이 불편하던데."

"그, 그게 무슨……. 아, 흐, 그게 아니라! 너 저녁 먹으러 잠깐 나온 거 아니었어? 곧 돌아가야 하는데 밥도 먹고 하려면 시간이……."

"왜. 잠깐으론 모자랄 거 같아?"

"뭐라는 거야, 정말!"

요게 누굴 음란마귀로 보나.

기어이 뻗어 나간 손이 그의 가슴팍을 퍽, 내질렀다. 뭐가 그리 재밌는지 크게 웃음을 터뜨린 그가 다시 자리에 앉으며 그녀의 몸을 끌어당겼다.

"지난번에도 말했지만, 난 우리 사이 공개했으면 좋겠어."

삐뚜름하던 시선이 천천히 제자리로 돌아왔다.

"물론 네가 먼저 연희와 이야기하고 난 후의 일이 되겠지. 그리고 우리 진지하게 만나고 있다는 거 제대로 공표하고 싶어."

"……."

"결혼하자는 말, 치기로 꺼내 본 말 아니야. 한순간 감정에 젖어서 쉽게 내린 결정도 절대 아니고. 그러니 너도 좀 더 긍정적인 방향으로 생각해 줘."

그녀라고 생각해 보지 않은 건 아니었다. 사랑하는 사람과 함께하는 미래를 꿈꾸지 않는 여자가 어디 있을까. 그와 나란히 버진 로드를 걷고, 같은 침대에서 눈을 뜨고, 그를 닮은 아이를 품에 안는 상상을 그녀도 수없이 해 봤다.

하지만 상상만 해 보는 것과 그것을 현실에 반영하는 건 너무도 달랐다. 연희와의 꼬여 버린 인연을 다 정리해 놓는다 해도 더 큰 문제가 버젓이 기다리고 있다는 것 또한 잘 안다.

"좀 더 많이 고민해 보자. 결혼이라는 게 우리만 좋다고 되는 일이 아니잖아. 당장 부모님들께 이야기드리는 것부터도 그렇고……. 지금으로서는 어떻게 생각하실지 모르는 상황이니까. 사실 결혼에서 부모님 의견을 배제해 버린다는 게 쉬운 일만은 아니잖아. 인연을 끊을 게 아닌 다음에야."

그건 가장 먼저 넘어야 할 산이자, 가장 높은 벽이었다. 그 말을 꺼낸 순간부터 시작될 혼돈의 카오스가 눈앞에 선명하게 그려지는 것만 같다.

"솔직히 말하자면…… 회장님께서 날 며느릿감으로 생각해 주실 거 같진 않거든."

"직접 확인하기 전까진 단정 짓지 마. 그리고 아직 제대로 널 보여 드린 적도 없잖아."

"……."

"사람 보는 눈은 확실한 분이셔. 분명 널 마음에 들어 하실 거야. 그 점은 아들인 내가 보장해."

추호의 의심도 없이 진심만을 담아 하는 말이었다. 진심이 가득한 눈을 보고 있자면 정말 그럴까 싶어 순간 혹할 정도였다.

그러나 그녀는 주제 파악이 확실한 사람이었다. 한 회장이 누군지 모르는 상태라면 모를까. 이미 코앞에서 마주한 경험이 있기에 더더욱 상상이 가질 않았다.

"날 대단하게 봐 주는 건 참 고마운데…… 그건 아닐걸."

불과 몇 시간 전에 마주했던 눈빛을 떠올리자 가슴속으로 살얼음이 낀 것처럼 한기가 몰려들었다. 제 이름을 물었던 거로 봐선 아직 제 존재에 대해 모르고 있음이 분명했다. 그런 상태로도 간담이 서늘하도록 냉정한 태도였는데, 만약 준성의 약혼까지 깨 버린 후에 마주한다면 과연 어떤 반응을 보이실까.

상상하는 것만으로도 숨이 턱 막히는 기분이었다. 사실은 너무 큰 격차가 두려웠다. 그를 억지로 놓게 될 일이 생기면 어떡하나 무서워서 잠을 이루지 못하는 밤도 늘어만 갔다.

그를 행복하게 해 주고 싶었다. 그럴 자신도 있었다.

하지만 제가 이 남자에게 정말 도움이 되는 존재인지는 모르겠다. 아니, 현재로서는 명백하게 그의 앞길에 걸림돌만 되고 있음이 분명했다.

이런 자신이 그 반대를 무릅써 가면서까지 버틸 수 있을까.

그런 반대에 부딪치는 남자는…… 과연 제게 준 마음을 끝까지 유지할 수 있을까.

"알아. 네가 뭘 걱정하고 불안해하는 건지. 이런 내가 부담스럽다는 것도 알고."

"준성아."

"내가 마음이 놓이질 않아서 그래. 나 자신이 이런 식으로 상품처럼 오르내리는 것도 싫고. 너도 내가 약혼이니 뭐니 하는 일에 엮이는 거 싫지 않아?"

당연히 싫었다. 그럼에도 그런 내색을 전혀 하지 않았던 건, 그 일에 끌려다녀야 할 당사자의 심정은 오죽할까 싶어서였다. 예상했던 대로 그 역시 저 못지않게 마음고생을 하고 있었나 보다.

"그렇다고 바로 불지옥에 뛰어들 수는 없잖아. 너희 부모님뿐만 아니라, 사실 우리 부모님도 문제거든. 아마 쉽게 받아들여 주시지 않을 거야. 솔직히 나도 마음 같아선 그냥 너 데리고 확 도망이라도 가고 싶은데, 그럴 순 없잖아."

그의 집안이라는 벽이 너무도 높아서 간과하기 쉽지만, 제 부모님을 설득하는 것도 만만치 않을 것이다. 만약 환영받지 못할 결혼을 염두에 두고 있다는 걸 안다면 당장에라도 저를 고향 집에 끌고 가실 분들이셨다.

"너나 나나. 그런 짓 못 할 거야. 알고 있지?"

말로는 그가 쫓겨난다면 받아 주마 농담처럼 이야기했었지만, 정말로 그런 일이 벌어지는 것까진 원하지 않았다.

"그래서 좀 미안해, 너한테. 너무 내 마음대로만 하는 거 같아서."

그럼에도 불구하고 일단은 그의 약혼을 저지하려 마음을 먹었다. 제가 생각해도 앞뒤가 맞지 않아 헛웃음이 날 정도다. 이런 이율배반적인 태도가 어디 있을까.

"네 말대로 먼저 연희부터 만나 보고, 그다음에 생각해 보는 게 좋을 거 같아. 나한테는 지금 그게 제일 큰 숙제라서 다른 생각은 더 못하겠어."

싱긋 웃어 보인 수진이 화제를 돌렸다. 이런 고민은 저 혼자 하는 것으로 충분했다. 아무 일도 없었다는 듯 몸을 일으키며 식사는 언제 오는 건지, 언제까지 여기 있을 건지 따위를 물으며 분위기를 환기하려 했을 때였다.

"그래. 지금은 아무것도 생각하지 마."

돌아서는 그녀의 뒤로 다가선 그가 그녀의 허리를 감아 당기며 목덜미에 입술을 묻었다.

"다만, 이것만 기억해. 네가 날 놓지 않는 한, 난 절대 널 놔줄 생각 없다는 거."

"……."

"그러니 무슨 일이 있어도 날 놓지만 말아 줘."

길 잃은 어린아이처럼 간절함이 묻어나는 투였다. 대답 대신 뒤를 돌아본 수진이 다시 그를 끌어안았다. 단단한 그의 가슴팍에 뺨을 댄채 한참 동안 안고, 안겨 있었다.

정말 내가 어쩌다 이렇게까지 이 남자에게 빠져들어 버린 걸까.

날이 갈수록 무럭무럭 커 가는 행복의 크기만큼, 불안이란 이름의 그림자도 무럭무럭 자라났다. 왠지 그와 함께할 수 있는 날이 얼마 남지 않은 것 같은 예감이 들었다.

사랑의 유효 기간은 2년이라는 말이 다시금 머릿속을 맴돌았다. 그때는 그 짧은 기간 머물렀다 사라질 감정 따위에 어떻게 모든 걸 던질 수 있을까 싶었는데, 지금은 그 2년만이라도 채울 수 있기를 바라고 있다.

그런 고민 할 시간에 좀 더 이 남자와 함께 있을 걸 그랬지.

그와 만날지 말지를 고민하며 보낸 세월마저도 아쉽고 안타까워서 한숨이 났다. 얼마 남지 않은 시간이라도 함께하고 싶어서 발버둥을 치는 자신이 참으로 측은해지는 밤이었다.

17. 모래톱 위의 사상누각

1월 둘째 주 수요일.

서울 시내 면세점 대기업군 사업자 발표가 있는 오늘, 준성은 최종 프레젠테이션 심사 진행을 위해 관세국경관리연수원이 있는 천안에 도착해 있었다. 면세사업부의 수장인 이주환 대표와 제 직속상관인 강창원 전무가 함께하는 자리였다.

오후 8시부터 시작될 심사에 앞서 간단하게 저녁 식사를 하며 최종 브리핑까지 마쳤지만, 내부의 분위기는 그다지 낙관적이지 않았다. 한 사장의 배임 횡령 건에 대한 최종 판결이 또다시 세상을 떠들썩하게 만든 탓이었다.

수많은 혐의가 사실로 밝혀지고 그것이 만천하에 공개되었지만, 판결은 고작 징역 2년에 집행 유예 3년. 충분히 7년 이상의 형량이 떨어질 요건들을 두루 갖췄으나, 안타깝게도 법은 공정하게 칼끝을 들이밀지 못했다.

거대 로펌의 힘과 판사 출신 변호사를 향한 전관예우. 그리고 전 국민의 비웃음을 산 휠체어 쇼까지.

그렇게 온갖 편법을 동원해 받아 낸 집행 유예는 오늘 발표를 위해 단상에 올라야 하는 이주환 대표에게 화살이 되어 쏟아질 예정이었다.

"그럼 잠시 통화 좀 하고 오겠네."

"네. 다녀오십시오."

침통한 얼굴로 회의장에 도착한 이주환 대표가 본사의 연락을 받고 잠시 통화를 하러 자리를 비운 사이, 가까운 휴게실을 찾은 준성은 휴대폰을 꺼내 들었다.

"퇴근했으면 메시지라도 남겨 둘 것이지."

어젯밤 이후로 새로운 내용이 없는 메시지 창을 보며 괜히 섭섭함을 담아 중얼거렸다. 오늘 아침, 천안으로 출발하기 직전 통화를 했던 그녀는 퇴근하고 연희를 만날 거라 소식을 전해 왔다.

그러니 지금쯤은 연희를 만나 이야기를 하고 있을 시간이긴 한데…….

"……괜찮겠지."

벌써 수 번이 넘게 입안으로 굴려 댄 말이었다. 일에 집중을 못 할 만큼 공과 사를 구별 못 하는 성격은 아닌지라 일정엔 크게 지장을 주지 않았지만, 이렇게 틈이 나면 머릿속은 순식간에 서울 어딘가에 있을 그녀의 행적을 좇고 있었다. 정말 괜찮을지. 이대로 둬도 되는 건지. 답 없는 고민에 저도 모르는 한숨이 새었다.

그녀가 스스로 일을 해결할 능력이 없다고 생각하는 건 절대 아니었다.

다만 어떤 식으로든 상처받게 될 그녀의 마음이 걱정됐을 뿐이다.

마음 같아선 당장에라도 달려가 그녀의 곁에 함께 있어 주고 싶은데 그럴 수 없는 현실이 답답했다. 어쩌면 이런 저를 알기에 그녀는 과감히 오늘을 선택한 건지도 모르겠다. 같은 서울 하늘 아래였다면 분명 저는 어디든 뒤쫓았을 테니.

"아, 여기 계셨네요, 상무님. 강 전무님께서 찾으십니다."

"아, 네. 잠시만요."

수행원의 목소리에 깊은 상념에서 깨어난 준성이 다시 휴대폰으로 눈을 돌렸다. 잠시 머뭇거리며 뭔가를 고민하다 이내 어디론가 전화를 걸었다. 익숙한 목소리가 들려왔다. 무겁게 운을 떼는 그의 목소리가 가라앉았다.

"어, 나야. 부탁 하나만 하자."

같은 시각.

약속 장소에 먼저 도착해 있던 수진은 초조한 얼굴로 찬물을 들이켰다.

연희에게 모든 걸 털어놓으려 결심하고서 최대한 빨리 행동에 옮기려 했지만, 이래저래 사정이 여의치가 않았다. 연말연시는 한창 바쁜 시기였고, 연희 역시 귀국한 지 얼마 되지 않아 할 일이 많은 탓이었다. 결국 서로의 시간을 조율해 저녁 식사라도 함께하자는 약속을 잡은 건 그 청천벽력 같은 소식을 들은 날로부터 꼬박 일주일이나 지난 다음이었다.

"오래 기다렸지? 차가 좀 막혀서 늦었어, 미안."

"아니야. 나도 온 지 얼마 안 됐어."

반가이 웃으며 다가오는 연희를 맞이하며 수진은 긴장으로 굳은 입가에 미소를 지어 보였다. 천진할 정도로 환한 웃음을 마주 대하려니 묘하게 가슴팍이 따끔거렸다.

메뉴판을 들고 온 직원에게 수진은 입맛이 없다며 허브티 한 잔만을 주문했고, 연희 역시 자신도 늦잠을 자 마지막 식사를 한 지 얼마 되지 않았다며 커피를 주문했다. 앞으로 해야 할 이야기는 편히 식사를 하며 나눌 내용이 아니라 차라리 다행이었다.

"그나저나 수진이 넌 요즘 뭐 하고 지냈어? 본가엔 못 다녀간 거지?"

"그렇지 뭐. 구정 연휴 때나 시간이 나려나. 너야말로 엄청 바빴을 거 같은데."

"어우, 말도 마. 얼굴 한번 보자는 사람이 한둘이어야지. 몇 개월 치 약속을 한 번에 해치우려니까 사람 할 짓이 아니야."

연희는 질렸다는 듯이 고개를 저으며 키득거렸다. 두루두루 넓게 사람을 만나는 연희를 잘 아는지라 절로 싱거운 웃음이 새었다. 만나기 전까진 제 불편한 마음이 겉으로 묻어날까 봐 신경이 쓰였는데, 막상 얼굴을 마주하니 언제 그런 걱정을 했었나 싶을 만큼 아무렇지 않게 대화가 이어지고 있었다.

그렇게 서로의 안부를 묻는 것을 시작으로 두 사람은 쌓인 이야기를 실컷 풀어놓았다. 재잘재잘 이어진 수다는 온갖 주제를 맴돌고서 자연스럽게 과거로 향했다. 주문한 차가 나온 건 한창 대학 시절의 이야기에 열을 올리고 있을 때였다.

"그치, 그치? 아, 진짜 그때로 다시 돌아갔으면 좋겠다. 요즘 자꾸 그때가 그리워지는 게 이제 나도 나이 들었나 보다 싶어. 왜, 그런 말 있잖아. 나이 들면 미래보단 추억에 매달려 산다고."

"에이, 우리가 아직 그럴 나이는 아니지. 100세 시대면 앞으로 살 날이 얼마나 많이 남았는데 벌써 그러냐. 인생은 60부터라는 말이 현실이야, 이젠."

싱거운 말을 웃으며 잘라 내자, 연희는 왠지 시무룩한 얼굴로 입술을 삐죽이더니 테이블에 양 팔꿈치를 올리며 턱을 괴었다.

"그런가? 그런데 난 요즘 왜 이렇게 옛날이 그립나 모르겠어. 겨울 타나?"

"응. 겨울 타는 거야. 너 매년 딱 낙엽 떨어질 때만 되면 옆구리 시리다고, 연애해야겠다고 그랬었잖아."

"그랬지. 그래 놓고 한 달이 뭐야. 일주일도 안 가서 때려치웠고."

연애를 했다고 하기에도 민망한 경험담이 툭 튀어나와 두 사람은 동시에 웃음을 터뜨렸다. 그리고 미묘한 정적이 찾아왔다. 아마도 이 순간, 같은 화제를 떠올렸을 걸 짐작한 수진이 먼저 입을 열었다.

"실은 나, 오늘 너한테 진짜로 해야 할 말이 있어서 연락했어."

차분히 꺼낸 말에 연희가 의아한 표정을 지어 보였다.

"좀 갑작스럽겠지만…… 네 약혼이랑 관련된 이야기야."

준성과 함께했던 한 해의 마지막 날. 이미 두 사람이 한차례 만남을 가졌었고, 거기서 그가 약혼 건을 딱 잘라 거부하고 왔다는 이야기를 전해 듣고 온 다음이었다.

"그때 너한테 전화로 이야기했었지? 네가 놀랄 만한 소식이 있다고. 꼭 네 얼굴 보고 해야 할 이야기라고."

단호히 잘라 내 준 준성의 마음은 고마웠지만, 한편으론 면전에서 냉정히 거절당해야 했을 연희의 마음도 좋진 않았을 거란 생각이 들었다. 그래서 더 말을 꺼내기가 조심스러웠다. 말을 멈춘 채 잠시간 생각을 가다듬고 난 수진은 이어 차분히 그 말을 꺼냈다.

"나, 지금 준성이랑 사귀고 있어."

"……"

"미리 말하지 못해서 미안해, 연희야."

말을 마친 수진이 연희를 바라봤다. 어느덧 웃음기가 사라져 버린 얼굴엔 표정이 없었다. 가만히 저를 바라보는 여자의 눈빛에서 생생한 감정이 느껴졌다.

그러나 예상했던 놀라움이나 배신감 따위는 아니었다. 미묘하게 웃어 보이는 그녀의 표정에서 읽어 낸 건 깊은 실망감 내지는 체념에 가까운 감정이었다.

"꼭 그렇게 그 말을 해야 했니."

"뭐?"

이어 나지막이 튀어나온 질문을 언뜻 이해하지 못한 수진이 저도 모르게 되물었다. 물끄러미 수진을 바라보며 묘하게 씁쓸한 웃음을 짓던 연희가 이윽고 앞에 놓인 커피 잔을 집어 들었다.

"그날 무슨 일 있었는지도 다 듣고 온 것 같네. 걔가 내 앞에서 결혼하고 싶은 여자가 있다고 한 것도."

"……"

"실은 이미 그때 눈치챘었어. 아, 이거 수진이구나. 얘네 연애하고 있었구나. 걔 되게 옛날부터 일편단심이었잖아. 다른 여자라곤 돌멩이로 아는 애가 결혼까지 하고 싶다는데, 내가 어떻게 몰라."

역시나 무슨 말을 들은 건지 잘 이해가 가지 않았다. 아니, 이해한 뜻이 맞는지 선뜻 믿기지 않았다. 잠시 혼란스러운 얼굴로 연희를 바라보던 수진이 뒤늦게 다시 물었다.

"그건 무슨 뜻이야? 꼭 네가…… 준성이 마음을 알고 있었다는 것처럼 들리는데. 맞아?"

"그렇게 눈에 띄게 너만 챙기고, 너만 찾고, 그런 걸 매일 봤는데 모르는 게 더 이상하지 않을까? 넌 몰랐겠지만 그때 나 말고 다른 여자애들도 대부분 눈치챘었어. 그걸 군이 입 밖으로 꺼내면 기정사실화될까 봐 말을 아낀 것뿐이지."

그 순간 뜬금없이 저를 찾아와 무슨 과의 잘나가는 여신이 그에게 고백했다는 둥, 또 어떤 예쁜 선배와 사이가 좋아 보이더라는 둥 낭설을 주워섬기던 동기들이 떠올랐다. 그땐 감히 그걸 확인해 볼 처지가 아니라 생각해서 속으로만 씁쓸해하고 넘어갔었는데…….

"맞아. 그때 걔들이 이상한 소문 엄청 물어다 줬잖아. 그거 다 너 견제하느라 그런 거고. 유치하게 뭐 하러 그런 짓까지 하는 건지."

그녀들과 사이가 그다지 좋지 않았던 연희의 입가로 슬쩍 비웃음이 떠올랐다.

"그냥 나처럼 솔직히 말하면 바로 해결될 일을."

"……."

"그래서 더 아쉬워. 이번에도 그냥 모르는 척하고 기다리고 있으면, 너 스스로 물러날 줄 알았거든. 그때처럼."

천천히 남은 말을 마저 꺼내 놓은 연희가 아무렇지 않게 커피 잔을 입술에 가져다 댔다. 음미하듯 커피를 마시는 표정엔 조금의 흔들림도 없었다. 그녀가 그런 얼굴로 싱긋 미소를 지으며 말했다.

"내가 준성이한테 관심 있다는 말에 네가 그랬었잖아. 걘 내 취향 아니야, 라고."

"······알고 있었어?"

물끄러미 연희를 바라보는 수진의 얼굴은 이미 차게 굳어 있었다. 그런 수진을 바라보는 연희의 입가로 다시 피식거리는 웃음기가 떠올랐다. 지금껏 흔히 봐 왔던 그녀 특유의 환한 웃음과는 결이 다른 감정이 묻어나는 웃음이었다.

"어. 알고 있었어. 네가 준성이 쭉 좋아했던 거."

이 말을 어떻게 받아들여야 하는 걸까.

"알고 있었다고? 알면서 그럼 그때······ 나한테 그걸 물은 거야?"

조금의 악의도 없이 무구하기만 한 눈동자와 시선이 닿은 순간, 굳이 대답은 듣지 않아도 알 것 같았다. 하는 말의 의미는 충분히 알고도 남았지만, 제 머릿속은 마치 그 말을 믿고 싶지 않은 것처럼 반응하고 있었다.

혹시 제가 미처 생각하지 못한 깊은 뜻이 있었던 건 아닐까. 아니면 제가 뭔가를 잘못 들은 건 아니었을까, 하고.

"너무 나쁘게 생각하진 마. 나로서는 그게 최선이었거든. 그리고 실제로 그렇게 해서 우리 사이가 더 돈독해진 것도 사실이잖아."

기막힌 궤변에 절로 헛웃음이 났다. 언뜻 들어선 그 말이 틀린 것처럼 느껴지지 않아 더 어처구니가 없었다.

한때는 어린 시절의 상처를 연희에게 털어놓고 위안받으며 많이 치유되었다고 생각했었는데. 진심으로 믿고 의지할 친구가 생겼다고만 생각했었는데······. 연희는 그 모든 것을 알고도 아무렇지 않게 제 위축되는 마음을 이용했다. 제가 어떤 대응을 할지. 그 순간 누구를 선택할지 이미 다 알고 말을 꺼낸 거였다.

"내가 이걸 도대체 어떻게 받아들여야 되니?"

정말로 알 수가 없어 물었다. 연희는 왜 굳이 이 시점에 그런 말을 꺼낸 걸까. 분명 제가 상처 입으리란 걸 알고도 남을 텐데, 왜 말하지 않았으면 몰랐을 사실까지 굳이 입에 올려 가며 제게 이런 충격을 주는 걸까.

답은 하나뿐인데 인정하고 싶지 않았나 보다. 허탈하게 웃어 버린 순간, 그녀를 태연히 바라보고만 있던 연희가 짧게 한숨을 내쉬더니 차분히 입을 열었다.

"난 네가 참 좋아, 수진아. 살면서 내가 유일하게 진짜 친구라고 생각해 본 사람은 너뿐이었어."

"……."

"그래서 참 안타깝다. 이 상황이."

철저히 제 마음을 이용하고 기만해 왔다는 걸 아무렇지 않게 이야기하고서 그건 어쩔 수 없는 일일 뿐이었고, 그저 이런 식으로 깨진 우정이 안타깝다고만 한다. 이런 연희를 난 대체 어떻게 이해해야 하는 걸까.

"어차피 이 약혼은 하게 될 거야. 물론 나 역시 굳이 이 약혼을 깰 마음은 없어. 그러니까 괜히 더 상처받지 말고 여기서 네가 물러나. 이건 친구로서. 진심으로 네가 걱정돼서 해 주는 말이야."

놀랍게도 연희는 그 모든 게 진심이었다. 친구를 향한 애정도 진심이었고, 이젠 예전 같을 수 없는 지금을 애석해하는 마음 또한 진심이었다.

"지금 걔 주변 상황이 어떤지 알고는 있지? 아마 내가 가진 게 많이 도움이 될 거야. 최종적으로는 아무 문제 없이 걔를 회장 자리에도 올려놓을 수 있을 거고. 하지만 넌 해 줄 수 있는 게 없어. 아니, 오히려 큰 약점이 되겠지."

뼈아픈 현실을 참으로 친절히도 짚어 준다. 전혀 달갑지 않은 친절에 절로 헛웃음이 튀어나왔다. 이미 그걸 누구보다 잘 알아서 문제였다.

"물론, 이 결혼이 준성이한테 꼭 필요한 건 아니야. 도움이 될 뿐이지, 하지 않는다고 해서 문제가 커지진 않거든. 그래서 준성이도 그런 반응을 보인 거고. 그런데 너와의 결혼은 다를 거야. 그런 집안의 남자가 굳이 아무 배경도 없는 평범한 상대와 결혼하는 건 스스로 입지를 낮추는 일이나 다름없거든. 문제는 준성인 너랑 함께할 수만 있다면 추락이라도 불사할 거란 점이지."

이 역시 익히 알고 있는 이야기였다. 공개적으로 적대감을 드러낸 한 사장뿐만이 아니라도 그룹 후계자의 자리를 노리는 이들이 과연 한둘일까. 만약 그가 저와의 인연을 놓지 않고 버티다 끝내 한 회장의 눈 밖에 난다면 그들은 절대 그 기회를 놓치지 않을 것이다. 그리고 피라냐 떼처럼 몰려들어 물어뜯어 댈 테지.

"걔가 생각하는 수준의 추락은 네가 알고 있는 그런 밑바닥을 뜻하는 게 아니야. 걔도 결국은 재벌가 사람이거든. 뼛속까지 풍족해서 진정한 의미의 바닥은 몰라. 평생을 그룹 후계자로 살아온 애가 너를 위해서 모든 걸 버리고 나올 수 있을까? 아니. 걔는 절대 못 해. 결국 너만 버림받고 상처 입는 거라고."

"알고 있어, 나도."

가만히 듣고만 있던 수진이 딱 잘라 내듯 말했다.

그 모든 걸 알고 있어서 계속 고민했었다. 계속 밀어내고 상처를 줬었다. 그렇게 버티고 버티다 힘들어하는 그를 더는 볼 수 없어 그의 마음을 받아들였다. 언젠가는 끝이 온다는 걸 알면서도, 그 짧은 순간이나마 함께하고 싶은 욕심이 컸기에 그의 곁에 있기로 결심했었다.

"알고 있지만, 그런 이유로 아무것도 안 하는 건 너무 무책임하잖아."

짧게 덧붙인 수진이 이윽고 가만히 한숨을 내쉬었다.

"그렇게 아무것도 안 하고 피하기만 하는 건, 날 좋아해 준 사람에 대한 예의가 아니라는 걸 알았거든. 뻔히 그 마음을 아는데 외면하는 거. 그거 상대한테 엄청 상처 주는 일이더라. 정말 해선 안 되는 짓이고."

"……."

"오늘 너를 만난 것도, 피하고 싶지 않아서였는데……. 이게 정말 잘한 행동인지는 아직 잘 모르겠어. 판단이 안 서네."

솔직한 감상을 내놓으며 어깨를 으쓱해 보인 수진이 다시 연희를 바라봤다. 연희가 저질렀던 일도. 지금 제 앞에서 보이는 태도도. 전부 이해할 수 없었지만, 한편으론 그녀가 뭘 바라고 그런 행동을 했던 건지 조금은 알 것도 같았다.

친한 친구도, 호감 가는 남자도 잃고 싶지 않았던 욕심 많은 그녀로서는 정말 그게 최선이었을지도 모르겠다고.

"나도 너 참 많이 좋아해. 그래서 인지 부조화가 오는 거 같아. 아직도 너랑 이런 일로 갈등을 빚고 있다는 게 실감이 잘 안 나. 지금이라도 내가 물러나면 다시 너랑 가장 친한 친구로 지낼 수 있을 거 같고, 그러네."

일말의 가능성을 기대하며 그런 생각을 하고 있다는 게 기막혀서 웃음이 났다.

"그런데 아니잖아. 이젠 그거 힘들게 됐잖아."

관계의 끝을 확정 지은 순간, 커다란 선물 하나를 잃어버린 것처럼 가슴이 휑했다. 그러나 이젠 아무것도 돌이킬 수가 없었다.

"네가 정말 날 친구로 생각했다면, 나에게 미안한 마음이 조금이라도 있다면, 나한테 이러지 말았어야 해."

둘도 없는 인연이라 생각했었다. 그러나 진심이라 믿었던 우정은 모래톱 위의 사상누각이었음을 알아 버렸다. 하지만 그 사실에 굳이 분노하거나 좌절하며 제 감정을 소모하고 싶지도 않았다.

"다른 건 몰라도 너. 한때 내가 걔를 포기하고 널 선택했었다는 거. 그만큼 널 좋아했다는 거는 절대 잊으면 안 돼. 그건 네가 평생 품고 있어야 할 빚이야."

차분히 말을 마친 수진이 물끄러미 연희를 바라봤다. 모든 정리를 끝낸 건조한 시선이 무감한 눈동자에 맞부딪쳤다.

"그러니까 이번엔 네가 물러나 줘."

"……."

"친구로서 하는 마지막 부탁이야."

두 개의 찻잔이 놓인 테이블 앞엔 한 여자가 멍하니 앉아 있었다. 다 식어 버린 차가 담긴 찻잔을 만지작거리며 한참 동안 허공에 시선을 던지고 있는 여자의 곁으로 직원 하나가 조심스럽게 기척을 죽이며 다가섰다.

"저기, 손님. 뭐 필요한 거라도 있으세요?"

"아, 아니에요. 괜찮습니다. 이제 일어나려던 참이었어요."

너무 오래 자리를 차지하고 있었음을 깨달은 수진이 재빨리 일어나며 짐을 챙겨 들었다. 몸을 돌리려다 거리를 가늠하지 못하고 테이블을 건드리자 찻잔이 크게 흔들리며 달그락 소리를 낸다. 흠칫 놀란 직원이 재빨리 그녀를 부축하려는 걸 얼른 고개를 저으며 사양했다.

괜찮다고. 죄송하다고. 연신 사과하며 자리를 빠져나오는데 문득 허탈한 숨이 새어 나왔다. 좋은 결과는 아닐 거라 예상은 했지만, 저 자신조차 가늠 못 할 만큼 충격이 컸던 모양이다. 자꾸만 머리가 멍해지고, 온몸이 물에 푹 잠긴 것처럼 둔했다. 지금은 그냥 빨리 집에 돌아가 눕고 싶다는 생각뿐이었다.

그렇게 레스토랑을 나서고 엘리베이터의 숫자판을 바라보며 또다시 멍해 있는데, 마침 도착한 엘리베이터의 문이 열리더니 누군가 내려섰다. 위로 더 올라가는 중이라는 걸 확인했기에 자리만 살짝 비켜주고는 그대로 또 바뀌어 가는 숫자만 바라봤다.

그러다 문득 아까 내린 사람이 아직도 제 옆에 서 있다는 걸 깨닫고 고개를 돌렸다가 멈칫했다. 생각지도 못한 사람이 저를 내려다보고 있었다.

"……수혁아."

"얼굴이 왜 그 모양이냐?"

"여긴 어떻게 알고……."

난데없는 친구의 등장에 이상하게 울컥해 더 말을 잇지 못했다.

"어떻게 알긴. 준성이가 보내서 왔지."

"……."

"분명 어디선가 이렇게 멍때리고 있을 거라더니 진짜네. 사람이 바로 옆에 있는데도 아주 넋이 나가 가지곤 누군지도 모르고."

"……."

"너 그러고 다니다 누가 잡아갈까 봐 걱정되니까 빨리 가 보라더라."

부러 익살맞은 투로 내놓은 말임에도 이상하게 목이 꽉 잠겼다. 뭔가 대꾸하는 순간 목구멍을 막고 있는 것이 그대로 터져 나올 것 같았다. 그렇게 아무 말도 못 하고 바라보기만 하자 수혁은 그녀가 무슨 말을 하고 싶어 하는지 다 알고 있다는 얼굴로 피식 웃어 보였다.

"몰랐냐? 걔 완전 스토커야. 네가 서울 바닥 어디에 있든 10분 내로 찾아 버릴걸? 독한 놈이 집요하기까지 하니 너도 도망치긴 글렀다."

"……."

"그러니까 그런 표정 하지 말라고. 준성이 놈 가슴 찢어지니까."

눈가로 훅 열기가 몰려들더니 기어이 눈물이 차올랐다. 울지 말라고 하는 말에 더 눈물이 터져 버렸다. 그런 수진을 바라보던 수혁이 한숨을 푹 내쉬더니 그녀의 뒷머리를 당겨 제 어깨에 댔다.

"오늘만 빌려주마. 준성이도 딱 여기까지만 허락했어. 그러니 걱정 말고, 다시없을 기회니까 마음껏 써라."

그런 와중에도 한다는 소리에 웃음이 났다. 그렇게 잠시 웃었다가 다시 뜨겁게 차오르는 눈물을 뚝뚝 흘리며 수진은 수혁의 팔을 붙잡았다. 한참 동안 가슴에 쌓인 설움을 모두 토해 낼 때까지 수혁은 아무 말도 하지 않고 묵묵히 그 자리에 함께 있어 줬다.

◇ ◆ ◇

　집에 돌아가는 길은 혼자였다. 데려다주겠다는 수혁을 괜찮다며 끝내 돌려보내고 돌아선 길이었다. 터덜터덜 걷는 걸음 사이사이, 잔뜩 흐린 밤하늘 언저리가 얼룩덜룩한 빛으로 물들어 있는 광경을 몇 번이나 봤는지 셀 수가 없었다. 그때마다 길게 토해 낸 숨이 하얗게 부서졌다.

　'그럼 이제 우리 더 볼 일은 없는 거네.'

　한동안 아무 말 없이 저를 바라보던 연희가 내놓은 말이었다. 그러고는 주저 없이 자리에서 일어난 연희는 처음 그녀를 봤을 때처럼 싱긋 웃어 보였다.

　'그만 약속 시간 돼서. 먼저 일어날게. 잘 지내.'
　'그래, 너도 잘 살아.'

　끝내 제 말에 대한 답변은 없었지만, 그것만으로도 답은 충분했다. 그렇게 돌아서는 연희의 뒷모습을 바라보다 불쑥 말했다.

　'그동안 고마웠어.'

　내 친구 해 줘서. 의지할 존재가 되어 줘서.

240

다음 말은 그렇게 입안에만 머물렀다. 그 순간 왜 그 말을 하고 싶었던 건지는 저 자신도 알 수 없었다. 조금은 충동적으로 내놓은 말이었지만, 실수라는 생각은 들지 않았다. 잠시 멈칫한 채 반쯤 뒤를 향하던 얼굴이 다시 정면으로 돌아갔다. 그리고 더 이상 대답은 없었다. 그대로 레스토랑을 빠져나가는 연희의 뒷모습을 바라본 것이 마지막이었다.

생각처럼 나쁜 기분은 아니었다. 도리어 실컷 울고 났더니 속이 뻥 뚫린 것처럼 시원하고 잠도 잘 왔다. 집에 돌아오자마자 그대로 자리에 누운 그녀는 다음 날 아침까지 아주 푹 잠을 잤다. 그동안 제대로 자지도 못하고 고민해 온 걸 보상받듯 아주 달콤한 꿀잠이었다.

그리고 익숙한 알람 소리에 눈을 떴을 때는 뭘 그렇게 묻어 버리고 싶었던 건지 세상이 온통 하얀 눈에 뒤덮여 있었다.

"……아 뭐야. 미쳤나 봐. 뭔 눈이 이렇게 왔어."

창밖으로 보이는 풍경에 오늘도 출근해야 하는 직장인의 입에서 긴 탄식이 새었다.

제 삶에 무슨 대격변이 일었든, 세상은 너무도 아무렇지 않게 돌아가고 있었다. 그 사실을 처음 깨달은 건 출근 준비를 모두 마치고 현관으로 향하며 무심코 휴대폰으로 오늘의 뉴스를 확인했을 때였다.

"어?"

떡하니 뉴스란의 메인에 떠 있는 기사를 확인한 그녀의 입가로 환한 미소가 떠올랐다.

호텔 라비타가 시내 면세점 특허권을 따냈다는 소식은 빠르게 온 세상을 휩쓸었다. 눈밭을 헤치며 출근하는 길에 마주친 사람들도, 곧

이어 도착한 사무실의 직원들도 이미 그 이야기를 떠들어 대느라 정신이 없었다.

"어떻게 이 조건을 뒤집은 거지? 왜, 이번엔 정말 힘들 수도 있다고 난리들이었잖아."

"누가 아니래요. 비자금 건으로 그렇게 죽일 듯이 까였는데. 진짜 무슨 수도꼭지도 아니고 뉴스만 틀면 그 소식부터 시작했었잖아요. 덕분에 우리 회사 이미지만 개판 되고. 아, 김 주임님 오셨어요? 우리 면세점 통과한 이야긴 들으셨죠?"

탕비실 앞에 삼삼오오 모여 한창 이야기에 열을 올리고 있는 효은과 민영. 유리를 발견한 수진이 슬쩍 그 옆을 지나치려는데 유리가 재빨리 알은척을 해 왔다. 어쩔 수 없이 싱긋 웃으며 말을 받았다.

"그거야 뭐 뉴스로 봤지. 잘된 일이긴 한데, 우리가 이렇게 좋아할 일은 아니지 않아?"

"헐! 소식 못 들으셨어요? 이거 완전 대박인데요, 우리 회사가 이번에 면세점 따낸 거, 그거 다 상무님 공이래요."

아니, 그것도 굳이 우리랑은 관련 없는 일인 건 똑같다니까.

차마 진실을 내뱉지 못하고 그냥 웃어 보였다. 역시나 그들이 열광하는 이야기의 진짜 주제는 상무님이었다. 면세사업부에 아는 직원이 있어 들은 이야기라며 유리는 무슨 영웅의 서사시라도 읊어 대듯 준성의 행적을 줄줄이 입에 올려 댔다.

여러 가지 악재가 겹치며 꽤나 불리한 상황이었음에도 불구하고 사업 계획서를 충실히 이행하며 점수를 딴 것도 그의 공이고, 그것도 모자라 프레젠테이션 현장에서는 맹공격을 퍼붓는 심사 위원들 앞에서 쩔쩔매는 이 대표를 대신해 모든 공격을 무찌르고 기어이 막판 뒤집기에 성공했다는 게 잔뜩 흥분해 5분 동안 떠들어 댄 이야기의 요지였다.

"다들 당황해서 어쩔 줄 모르는데 거기서 딱 등장하더니 엄청 당당하게 한마디도 빠짐없이 대답을 다 하셨대요. 그러고선 떳떳하게 모든 죗값 다 치르고 앞으로 확실히 재발 방지에 힘쓰겠다는데 누가 더 뭐라 그러겠어요. 그것도 심지어 회장님 아들이, 미래의 회장님이 될지도 모르는 사람이 하는 말인데. 그건 그냥 게임 끝난 거죠. 어우우! 멋있어, 멋있어."

어째 목소리가 서라운드로 들린다 했더니 그새 끼어든 민영이 휴대폰 화면을 들이밀며 함께 '멋있어, 멋있어'를 부르짖어 대는 중이었다.

"주임님, 주임님. 여기 뉴스 좀 보세요. 아니, 세상에 무슨 기사 사진이 이렇게 잘 나와요? 이건 진짜 아이돌 홈마들도 사진 찍다가 현타 올 거 같지 않아요? 무슨 보정이고 뭐고 필요가 없잖아요. 진짜 피부가 무슨 와……."

"난 진짜 상무님 피부 부럽긴 하더라. 나도 한 피부 하는데 보면 나보다 좋아 보이더라고. 어쩜 이렇게 적나라하게 다 찍혔는데도 모공 하나 안 보이나."

불쑥 끼어든 효은이 공감해 주자 민영은 깍깍거리며 좋아했다.

"그쵸, 그쵸? 진짜 볼 때마다 새삼스럽게 잘생기셨어요. 이젠 잘생겼다고 말하기도 지칠 정도예요."

"우리 상무님. 부디 들숨에 잘생김. 날숨에 까리함만 내뱉으시고 오래오래 만수무강해 주세요."

"정말 사랑하고 존경하고 장관이고 절경입니다."

결국 기승전 '주접'으로 끝나는 대화를 뒤로한 채 수진은 자리로 돌아왔다. 그러고는 슬쩍 휴대폰을 꺼내 들었다. 제 기쁜 마음도 그녀들 못지않았지만, 이래저래 바쁜 그와는 바로 연락이 닿지 않을 것임을 알기에 축하의 메시지만을 보내 둔 상태였다.

[축하해. 잘해 낼 줄 알았어.]

기사를 확인하자마자 현관에 선 채로 부랴부랴 메시지를 작성했었다. 이런저런 할 말이 너무도 많아 수없이 긴 말들을 적었다가 지우기를 반복한 끝에 남긴 말은 짤막한 축하 인사뿐이었다. 통화라도 한다면 모를까, 문자로는 이 감정을 제대로 전달하는 게 불가능해 보였다. 차라리 직접 얼굴을 보고 진심을 다해 축하해 줄 생각이었다.

[빨리 보고 싶어. 나 너한테 해 주고 싶은 말이 너무 많아.]

뒤이어 메시지 하나를 더 보내 놓고 서둘러 집을 나섰다. 전철을 타며 이동하는 짬짬이 확인했을 때만 해도 답이 없었는데 사무실에 들어오는 사이 메시지 하나가 도착해 있었다.

[이야기가 길어질 거 같네요. 방부터 잡고 연락 주시죠.]

내용을 확인하자마자 얼굴부터 빨개지고 말았다.
와, 이 적나라한 뉘앙스는 뭐니.
날이 갈수록 짓궂어지다 못해 이젠 사람을 들었다 놨다 하는 게 진정 요물이 따로 없었다. 게다가 요상한 말을 꺼낼 때만 존대를 하는 아주 못된 버릇까지 더해 놓으니 더욱 가관이었다.

"하여간 못 말린다니까."

이런 상황에 굳이 이런 장난스러운 메시지를 보낸 이유가 뭔지. 이 짓궂은 행동의 의미를 모르지 않아서 더욱 웃음만 났다. 아마도 제가 연희를 생각하며 우울해할까 봐 그런 것일 테지. 이미 어떤 결과를 얻게 될지도 다 예상하고 있던 사람이니까.

그 마음이 고마우면서도, 이런 걱정까지 시켰구나 싶어 민망하기도 했다. 혹시라도 걱정하고 있을 그를 위해서라도 지금은 괜찮다는 뜻을 보여 줘야 할 텐데, 대놓고 걱정하지 말라고 하기엔 좀 뜬금없는 느낌이고.

여기서 뭐라고 대답해야 이 남자를 안심시킬 수 있을까.

괜히 눈을 가늘게 뜨며 이런저런 상황을 떠올려 보던 수진이 이내 픽 웃으며 손가락을 움직였다.

[스위트룸까진 어렵겠지만 성의껏 준비해 보겠습니다♡♡]

마지막에 정성스럽게 하트까지 붙여 놓고선 전송 버튼을 꾹 눌렀다. 그러고는 키득거리며 휴대폰을 집어넣었다. 과연 저 답장에 그가 어떤 반응을 보일지 몹시 궁금했지만, 최소 반나절 동안은 확인하지 않을 생각이었다.

"자, 이제 하루 종일 내 생각만 해 보세요."

아침부터 사람 심장을 철렁하게 만든 것에 대한 소심한 복수였다. 나직하게 중얼거린 그녀의 입가로 장난스러운 웃음기가 떠올랐다.

◇ ◆ ◇

퇴근 시간. 사무실을 나서며 본 하늘은 이미 완전히 저물어 버린 채 여전히 짙은 구름에 둘러싸여 있었다. 낮 동안엔 한두 번 눈을 뿌렸다고 했던가. 종일 사무실에 처박혀 온갖 서류들과 씨름을 했던 날이라 확인은 못 했지만, 한눈에도 묵직해 보이는 구름이 심상치 않은 게 당장 눈이 쏟아져도 이상할 것 같지 않은 날씨긴 했다.

"어우, 공기 축축한 거 봐. 또 얼마나 쏟아지려고 이러나? 종일 길도 엉망이었는데 큰일이네."

매섭게 파고드는 추위에 나 과장이 코트 깃을 단단히 여미며 투덜거렸다. 같은 생각인지 나 과장의 옆으로 다가선 효은이 어깨를 떨며 진저리를 쳤다.

"그렇지 않아도 예보 보니까 적설량이 좀 되더라고요. 9시쯤부터 온다는데 밤새 또 왕창 쌓이겠죠? 으으, 지긋지긋해. 내일도 30분은 일찍 나와야겠네요."

"이런 날 회식은 무슨 회식이야, 정말. 하여간 부장님은 날을 잡아도 꼭 이런 날에."

"제 말이요. 하고많은 날 다 두고 왜 굳이 오늘이냐고요. 금요일도 아닌데."

기어이 토해 놓는 불만에 수진은 공감하듯 웃음을 머금었다.

종일 코빼기도 보이지 않던 신 부장이 느닷없이 나타나 회식 이야기를 꺼내 든 건 정확히 퇴근이 30분 남았을 무렵이었다. 사유는 어처구니없게도 면세점 전쟁에서 승리한 기념이라 했던가. 모처럼 야근

없이 칼퇴근이라며 신이 나 있던 직원들이 약속이나 한 듯 표정을 구겼지만, 늘 그렇듯이 신 부장은 그저 해맑은 얼굴로 장소와 시간을 통보할 뿐이었다.

그렇게 해서 오게 된 곳은 호텔에서 멀지 않은 먹자골목 언저리에 위치한 소고기 전문점이었다. 예약된 룸에 들어가 적당히 자리를 나눠 앉는 직원들의 얼굴엔 뒤늦게 설렘이 깃들었다.

어쨌거나 공짜로 먹는 비싼 고기의 앞에선 기분이 나쁘다가도 풀려야 하는 법.

어느덧 불판 위에서 구워지는 고깃덩이와 주거니 받거니 오가는 술잔의 조화만으로도 회식 자리는 흥겹게 물들어 갔다. 점차 무르익어 가는 분위기에 적당히 장단을 맞추던 수진은 직원들이 한창 떠들어 대는 틈을 타 술잔을 내려놓고 소지품을 챙겨 들었다.

"왜? 어디 가게?"

"잠깐 앞에서 바람 좀 쐬려고요."

"오, 애인한테 연락해 주려고? 그래. 얼른 다녀와. 금방 2차로 자리 옮길 거 같으니까."

음흉하게 웃어 보이는 나 과장의 말에 군이 부정은 하지 않고 슬그머니 식당을 빠져나와 휘황찬란한 불빛으로 가득한 주변 길목을 어슬렁거렸다.

"하아, 피곤하네."

꽤나 바쁜 하루였다. 그래서 무사히 보낸 날이었다. 생각이 많아 봤자 좋을 게 없는 이런 날엔 정신없이 밀려드는 일에 치여 허덕이는 게 차라리 나았으니까.

"그나저나 이 시간에도 바쁜가?"

어느 틈에 수진이 휴대폰을 꺼내 들었다. 마음은 오늘 하루 정도 그를 실컷 애태우고 싶었지만, 그게 가능할 리 없다는 건 그녀 자신이 더 잘 알았다. 최소 반나절은 참아 보려 했던 호기심은 결국 한 시간을 버티지 못하고 무너졌다.

[어떡하지. 지금 보고 싶어 죽을 거 같은데.]

그리고 도착해 있던 메시지에 그녀는 소리 없이 웃어 버렸다. 당최 밀고 당기기라고는 할 줄 모르는 그가 안쓰러울 지경이었다. 심지어 그런 면에선 저 역시 다를 것도 없었다. 이래서 천생연분인가, 싶을 정도로.

이후로도 일하는 짬짬이 그에게서 두 건의 메시지가 더 도착했다. 특허권 획득 확정 소식을 듣자마자 천안을 출발해 서울에 도착했고, 이제 곧 회의를 진행할 거란 메시지가 오전 11시쯤. 그리고 본사와 호텔을 오가는 일정을 해치우고 곧 회장님과 늦은 점심을 함께할 거란 내용의 메시지가 도착한 게 오후 3시경이었다.

그리고 회식 장소로 출발하기 전, 그녀가 지금의 회식 건을 보고한 것을 끝으로 두 시간이 지난 지금까지도 더 이상의 메시지는 없었다. 바쁜 일이 있겠거니, 생각은 하고 있지만 이상하게 섭섭해지는 이유는 대체 뭔지.

"메시지라도 한 통 남겨 줄 것이지. 보고 싶다더니 말만 잘하고……."

"아, 김 주임. 여기 있었네?"

난데없이 들려온 남자의 목소리에 흠칫한 수진이 잽싸게 휴대폰을 집어넣으며 뒤를 돌아봤다. 이어 잔뜩 취해 비틀거리며 서 있는 최 대리를 발견한 그녀의 표정이 정색하며 굳었다.

뭐지. 이 쎄한 느낌은?

"대리님? 왜 나오셨어요? 식사 더 하지 않으시고요."

"그게. 저기…… 내가 김 주임한테 꼭 할 말이 있어서. 그러니까 꼭 확인해야 할 게 있어서 하는 말인데."

아니, 그거 하지 마.

평소에 못 한 말이면 술 처먹고도 하지 말란 말이다.

왜 항상 불길한 예감은 틀리지를 않는 걸까. 안타깝게도 세상엔 술만 들이부으면 없던 용기가 솟구치고 찌질함도 동반 상승 하는 부류가 있다. 그리고 최 대리는 정확히 그런 유의 인간이었다.

최 대리가 제게 호감이 있다는 것쯤은 진즉부터 알고 있었지만, 늘 주변을 맴돌며 변죽만 울려 대는 사람이라 별일은 없을 줄 알았다. 그냥 뒀으면 아마 죽기 직전까지도 옆에서 헛소리만 늘어놨을 인간이었다.

그런 그가 변한 건 정확히 그녀가 반지를 끼고 사무실에 들어섰던 날부터였다. 그날 오후부터 갑자기 세상의 온갖 시름을 다 짊어진 양 축 처져서는 툭하면 창밖을 바라보며 한숨을 푹푹 내쉬어 대는 통에 처음엔 다들 집에 우환이라도 들었나 생각했었다. 물론 자신이 그리 매력 없냐는 둥, 세상 믿을 여자 없다는 둥 개소리를 늘어놓기 시작하면서 모두가 단박에 그 이유를 알아 버리긴 했지만.

솔직히 그녀로서는 난감하기 그지없는 일이었다. 차라리 대놓고 치정 싸움을 했으면 했지, 저렇게 혼자 상처받은 척 세상 가련한 얼굴로 시름시름 앓아 대고 있으면 사정을 아는 사람들의 눈엔 이 상황이 얼마나 우스워 보이겠는가.

더군다나 미치겠는 건, 그게 정말로 앓는 게 아니라 그러는 척 연기하며 주변의 관심을 끌려는 티가 팍팍 난다는 점이었다.

'아주 비련의 주인공 납셨네. 정떨어지게 왜 저래, 정말. 쇼를 할 거면 혼자 망가질 것이지 애꿎은 사람까지 웃음거리 만드는 건 뭔 심보야? 왜 저러는 거냐고?'

그 꼴을 지켜보던 나 과장조차 혀를 끌끌 차며 한 소리 거들었을 정도였다. 그나마 사무실 사람들은 돌아가는 사정을 다 꿰고 있으니 망정이지, 자칫하다간 이상한 사람으로 몰리기에 딱 좋은 상황이었다.

그런 와중에 회식 자리에서도 멀쩡한 고기 안주를 두고 깡소주를 들이켜는 생쇼를 벌이고 있는 것이 참으로 꼴값이구나, 싶었는데 아니나 다를까. 이젠 술김에 고백까지 할 기세다. 이쯤 되면 그의 정강이에 사커 킥을 날려 버린대도 당당히 무죄 판결을 받아 낼 수 있을 것 같았다.

"이제 알 거 다 아는 나이니까 딱 까놓고 하는 말인데, 나……."

"아니요. 하지 마세요. 저는 대리님한테 듣고 싶은 말 없어요. 그러니 아무 말 하지 마세요. 안 들어가실 거면 제가 먼저 들어갑니다."

냉정히 그의 말허리를 잘라 낸 수진이 그를 비껴 지나가려 했을 때였다. 황급히 움직인 최 대리가 앞을 가로막는 바람에 수진은 크게 움찔하며 다시 한 걸음 뒤로 물러났다. 하마터면 그의 가슴팍과 정면으로 부딪칠 뻔한지라 더더욱 불쾌감이 치솟았다.

"지금 뭐 하시는 거예요?"

"자, 잠깐만. 잠깐이면 돼. 수진 씨, 정말 애인 생긴 거야? 비싼 반지 좀 받았다고 냉큼 그놈한테 넘어간 거냐고!"

"애인이 생기건 말건 그게 대리님이랑 무슨 상관인데요? 그리고 함부로 말 놓지 마세요. 저 대리님이랑 그렇게 친한 사이 아니고, 회식도 엄연히 업무의 연장이에요. 지금은 업무 시간이나 다름없는 때니 공과 사는 지키셔야죠."

짜증을 가득 담아 내뱉는 말에도 최 대리는 아랑곳하지 않고 제 할 말만 이어 갔다.

"아니, 무슨 말을 그렇게 섭섭하게 해? 우리가 알고 지낸 지가 벌써 몇 년인데. 솔직히 수진 씨도 나한테 호감 있었으면서 그런 식으로 말하는 건 아니지! 설마 내가 빨리 고백 안 해서 그런 거야? 나 신경 쓰라고 이러는 거잖아, 지금!"

"무슨 소리예요! 그런 적 절대 없으니까 이상한 소리 하지 마세요!"

"뭐, 뭐야? 그런 적이 없긴 왜 없어? 만날 나 일하는 거 챙겨 주고, 내가 부탁하는 거 다 들어주고 했던 건 뭔데?"

"그건 대리님이 던져 놓고 나 몰라라 하니 어쩔 수 없이 한 거죠!"

"그런데 그렇게 열심히 챙겨 주고 그러나? 내가 말 안 한 것까지 전부 챙겨 주고 한 건 그건 나한테 여지를 준 거 아니야?"

와, 미치겠다. 순간 뒷골이 띵해 수진은 잠시간 심호흡을 하며 정신을 추스르곤 차분히 말을 이었다.

"뭔가 대단히 오해를 하신 거 같은데, 제가 대리님 일 도와드린 건 다른 이유가 없어요. 대리님이 일을 제대로 못 하면 그게 결국 제 일로 돌아오거나 곤란한 상황으로 이어지니까 그걸 방지하는 차원에서

도운 거뿐이라고요. 그냥 '제가' 곤란해서요. 아시겠어요?"

이걸 이렇게 일일이 설명하고 있어야 하는 상황이 몹시 짜증스럽고 불쾌했다. 어떤 여지조차 준 적 없었는데도 그걸 제 탓이라 몰아붙이는 뻔뻔함에 화가 치밀었다.

"그리고 전 오랫동안 좋아해 온 사람이 있고, 아시다시피 지금은 그 사람이랑 사귀는 중이에요. 죄송하지만 최 대리님을 단 한 번도 이성으로 생각해 본 적이 없을뿐더러 제 취향도 아니세요. 그 사람이 없었다 해도 최 대리님과 사귀거나 하는 일 따윈 절대 없었을 거예요. 그러니 앞으로 이런 식으로 접근하는 거, 사양하겠습니다. 멋대로 제 마음 오해하는 것도 굉장히 불쾌하니 알아서 정리하시고요."

좋게 말해선 들어 줄 사람이 아니었다. 이젠 그의 자존심을 존중해 줄 마음도 없어진 수진이 할 말을 마구 쏟아 내고 돌아서려 했을 때였다. 역한 술 냄새가 훅 풍겨 온다 싶더니 갑자기 돌변한 최 대리가 그녀의 팔을 덥석 움켜쥐었다.

"어딜 가! 사람 이렇게 건드려 놓고 아니라고 발뺌하면 다야?"

"뭐 하는 짓이에요, 지금! 이거 놔요!"

수진은 기겁하며 손을 뿌리치려 했다. 남자치고 마르고 왜소한 데다 술에 취한 사람이라 금방 뿌리칠 수 있을 줄 알았는데 꿈쩍도 않는다.

심지어 억지로 팔을 당기며 끌어안으려 드는 통에 더더욱 기겁한 그녀는 필사적으로 몸부림치며 비명을 질렀다.

"악! 엄마앗!"

"지금 뭐 하는 겁니까?"

그 순간, 등 뒤에서 들려온 남자의 목소리에 움찔한 최 대리가 그녀의 팔을 놓았다. 동시에 후다닥 그 품을 빠져나온 수진이 적절한 순간에 나타나 준 목소리의 주인공을 확인하곤 저도 모르게 숨을 들이켰다.

"준성……."

"사, 상무님!"

놀란 그녀의 목소리는 완전히 사색이 되어 버린 최 대리의 외침에 그대로 묻혀 버렸다. 일을 마치자마자 바로 나선 길이었는지 준성은 어두운색의 슈트 위에 코트를 걸친 차림이었다. 밤공기만큼이나 차갑게 굳은 얼굴로 최 대리를 쏘아보던 그의 입술이 천천히 열렸다.

"지금."

"……."

"뭐 하는 건지 물은 것 같은데요."

나직하게 깔리는 목소리엔 한기가 가득했다. 짙게 음영이 드리워져 한층 매서워 보이는 눈이 잔뜩 움츠려 있는 수진과 조금 떨어진 곳에 엉거주춤하게 선 남자를 번갈아 향했다. 음산하기까지 한 목소리에 질려 잔뜩 얼어 버린 최 대리가 더듬더듬 입을 열었다.

"아, 그게, 사, 상황이 좀 오해가 있으실 거 같은데, 이건 그냥 제가 김 주임한테 개인적으로 중요하게 하, 할 이야기가 있어서……."

"아, 잠시 질문을 바꿔야겠군요."

툭하니 최 대리의 말을 잘라 낸 준성이 성큼성큼 수진의 곁으로 다가왔다. 그러고는 그녀의 손목을 붙잡으며 다른 손으로 그녀의 턱 끝을 붙든 채 신중한 눈으로 몸 이곳저곳을 살폈다. 고운 얼굴 어딘가에 행여 생채기라도 났을까, 꼼꼼히 살피던 그는 곧 다친 곳이 없다는 걸 확인한 듯 짧게 숨을 내쉬더니 다시 눈을 돌려 최 대리를 쏘아봤다.

"내 여자한테 무슨 볼일이라도 있습니까?"

"헉! 야, 그걸 그렇게 말해 버리면……!"

쩌적. 쩡.

뭔가가 급속도로 얼어붙는 소리가 난 것처럼 느껴진 건 귀의 착각일까.

심지어 황급히 준성을 제지하려다 저도 모르게 꺼내 버린 말은 그야말로 확인 사실이었다. 더욱 당황한 수진이 잽싸게 입을 다물고 고개를 돌리다 이미 모든 걸 파악한 최 대리와 눈이 마주쳤다.

"그, 그럼 그때 그 반지가 그럼…… 히끅."

넋을 놓은 채 혼잣말처럼 중얼거리던 최 대리가 딸꾹질을 했다.

"시, 실례했습니다. 전 그럼 이만 들어가 보겠……."

"중요한 이야기가 있다고 하지 않았었나요?"

"아, 아닙니다. 전혀 중요하지 않았습니다. 그냥 제가 오늘 수, 술이 과해서 조금 실수를……. 죄송합니다. 그, 그럼 이만 전 회식이 있어서."

"최용민 대리님."

황급히 자리를 빠져나가려던 최 대리가 움찔하며 그 자리에 멈춰 섰다. 제 이름을 알고 있을 거란 생각은 꿈에도 못 한 건지 놀란 눈이 불안하게 깜빡였다.

"현재 그룹 내 사정으로 인해 호텔과 HJ건설의 정기 인사가 좀 늦어지고 있는 건 알고 계시죠?"

"네? 네, 네. 알고 있습……."

"그리고 최근 제주 지점의 매출이 몇 년째 하락하는 추세라 이번에 내부 리노베이션을 통해 시설을 보강하고, 서울 쪽 전문 인력들을 투입해 분위기를 쇄신할 계획이 있는 걸로 아는데요."

지금의 상황과 전혀 관련 없어 보이는 건을 연이어 입에 올린 준성이 이윽고 아주 무심한 투로 툭하니 질문을 던졌다.

"최 대리님. 바다 좋아합니까?"

단순히 문자 그대로 호불호를 묻는 말이라면 굳이 싫을 것까지야 없는 일이다. 하지만 묻는 뉘앙스는 절대 그런 뜻이 아니었다. 눈치 없기로는 둘째가라면 서러운 최 대리였지만, 지금이 아주 불길한 상황이라는 것쯤은 알고도 남았다.

"아, 아, 아뇨. 전 미역도 싫어하고 수, 수영도 못하는데요."

더듬더듬 대답하는 최 대리의 얼굴은 이미 하얗게 질려 있었다. 서울에서 태어나 뼛속까지 도시 양생이로 살아온 그는 서울을 벗어난 장소에서 살아가는 건 상상조차 할 수 없는 사람이었다.

"그거 아쉽네요. 바다를 좋아해야 제주 생활도 즐거울 텐데."

"……"

"뭐, 살다 보면 정들어서 취향이 바뀔 수도 있겠죠."

싱긋 웃어 보이는 남자에게선 흉흉한 오라가 마구 풍겨 났다. 최 대리는 하얗게 얼어붙다 못해 숫제 소금 기둥이 되어 버릴 기세였다.

그러게 어쩌다 이런 남자한테 걸려서 그러고 있니. 평소에 똑바로 좀 살 것이지.

"사, 사, 상무님 저는……."

"그냥 원론적인 이야기를 한 것뿐입니다."

"……"

"아직은 계획에 없습니다만, 혹시 모르죠. 언제, 갑자기, 어떤 이유로 확 마음을 먹게 될지."

"……."

"가령 다른 누군가 우리 관계에 대해 알게 되는 날이 온다거나 하는 경우엔."

그 자리에 딱 못 박힌 채 진땀만 흘려 대는 남자를 마지막으로 흘 깃 바라봐 준 준성이 싱긋 웃었다.

"다음 날 바로 제주행 비행기에 타고 계시겠죠."

"며, 명심하겠습니다, 상무님. 꼭 입 다물고 있겠습니다."

입에 지퍼 채우는 시늉까지 하며 다짐한 최 대리가 몸을 90도로 숙여 보였다.

"그럼 두 분 오붓한 시간 보내십시오. 전 이만 가 보겠습니다."

마지막으로 한물간 웨이터 같은 멘트를 남긴 최 대리가 후다닥 자리를 벗어났다. 수진은 혼비백산하며 식당으로 도망치는 최 대리를 잠시 지켜보다 이윽고 준성을 향해 고개를 돌렸다.

"정말 제주 지점에 그런 이야기가 있어? 딱히 그런 소문은 못 들은 것 같은데."

"실제로 시설이 오래된 건 사실이니, 언젠간 하겠지."

"……뭐?"

너무도 태연히 내놓은 대답에 잠시 벙쪄 있던 수진이 헛웃음을 지었다.

"와, 어쩜 얼굴 하나 안 바뀌고 거짓말을 해?"

"아주 거짓말은 아니지. 마음만 먹으면 보고서 올려서 내가 말한 그대로 이행 가능하니까. 거기다 사람 하나 그쪽으로 내보내는 건 일도 아니고."

"헐……."

경악하는 그녀를 흘깃 쳐다본 준성이 고개를 비뚜름하게 기울였다. 그의 입가로 슬쩍 비틀린 웃음기가 걸렸다.

"감히 내 여자를 건드리고, 그 현장에서 들킨 놈이야. 지금 제 발로 걸어서 돌아가게 둔 것만으로도 많이 참은 거라 생각하는데."

지그시 어금니를 악물며 내놓는 말이었다. 불거진 귀밑 턱이 작게 꿈틀거리고 좁아진 눈매는 베일 듯 날카롭다. 차분한 태도는 여전했지만, 잔뜩 날이 선 말투에서는 선득한 광기마저 느껴질 정도다.

이 남자. 진짜로 열받으면 이런 얼굴을 하는구나.

평소에 보던 것과는 상당히 다른 모습이었다. 굉장히 낯설고, 무서워 보이는데 이상하게 심장이 두근거렸다. 이런 와중에도 제 마음은 철없이 설레고 있으니 이것도 병인 듯하다.

"이제 그 일은 그만 생각하고 나 좀 봐 줘."

저도 그 못지않게 화가 났었다. 피곤한 하루의 끝이 엉망이 될 뻔한 순간이었다. 자칫 최악의 기억으로 남을 수도 있는 날이었다.

그럼에도 불구하고 지금은 모든 게 괜찮았다. 신기할 정도로 아무렇지 않았다. 이런 순간 떡하니 제 앞에 나타나 준 그에게서 느낀 든든함은 오늘 그녀가 느껴야 했던 모든 불쾌감을 희석시키고 있었다.

"하루 종일 보고 싶었는데 얼굴 좀 보여 주시라고요, 상무님."

이어진 말에 그가 헛, 하고 웃음을 터뜨렸다. 전혀 예상하지 못한 듯 떠오른 웃음에는 즐거운 기색이 역력했다.

"축하해. 그동안 정말 수고 많았어. 이번 일은 정말 네가 고생하고 신경 쓴 만큼 좋은 결과로 돌아온 거라 생각해. 그래서 더 값진 거고."

꼭 해 주고 싶었던 말을 꺼내 놓은 수진이 생긋 웃음을 머금었다.

"너도 나 때문에 마음고생 많았어. 잘 버텨 줘서 고마워."

금세 다정해진 말투가 간지럽다. 방금 전까지 냉기가 풀풀 넘치던 남자라선지 더더욱 비교가 되는 느낌이었다. 같은 생각인지 가만히 마주 보던 두 사람에게서 동시에 피식거리는 웃음이 새었다.

그를 만나기 전까진 분명 하고 싶은 말이 많았는데, 정작 이렇게 마주 보고 있으려니 아무것도 생각나지 않았다. 그리고 그건 지금의 두 사람 앞에선 그다지 중요한 일이 아니었다.

"참, 어쩌지? 네가 이렇게 갑자기 나타날 줄 몰라서, 아직 방은 못 잡았는데."

"어쩔 수 없지. 정 뭐하면 일단 여기라도 들어와 볼래?"

장난스럽게 대꾸한 그가 슬며시 코트 깃을 열어 보였다. 그새 넉살만 한 단계 더 늘어 버린 그의 대응에 크게 웃음을 터뜨린 그녀가 그 틈으로 쏙 파고들었다. 다정히 그녀를 감싼 그의 품 안은 그 어떤 스위트룸보다 아늑하고 따뜻했다.

고즈넉한 분위기의 방 안은 무거운 침묵만 짙게 깔려 있었다. 식사의 흔적마저 말끔히 사라진 테이블 위엔 두 개의 찻잔이 놓여 있었지만, 자리에 남은 건 단 한 사람이었다.

묵묵히 굳은 얼굴로 자리를 지키던 한 회장의 곁으로 윤 이사가 조심스럽게 다가왔다.

"슬슬 집무실로 돌아가셔야죠."

"연희 양은 잘 출발했나요?"

"네. 무사히 차를 타고 가시는 걸 확인하고 돌아오는 길입니다."

"수고했어요."

짤막하게 대답한 한 회장이 이윽고 긴 숨을 내쉬었다. 그 얼굴엔 뜻대로 되지 않는 상황에 대한 피곤함이 묻어났다.

"꼭 한꺼번에 약속이라도 한 것처럼 일이 터지는군요."

갑작스럽게 연희에게서 연락이 왔다. 한번 뵈었으면 한다는 정중한 요청에 조만간 함께 저녁이라도 들자는 말로 답을 했었다.

그리고 이틀 후, 강남 모처의 한식당에서 대면한 연희는 시종일관 묘하게 굳은 표정을 유지하고 있었다. 미래의 시어머니 앞에서 마냥 얼굴이 밝을 수는 없겠지만, 평소 자신감이 넘치던 연희의 모습과는 괴리감이 커서 의아하던 참이었다.

'아무래도 제가 먼저 말씀드려야 할 것 같아 부득이하게 연락을 드렸습니다.'

그렇게 식사가 끝나자마자 연희는 차분히 용건을 꺼내 들었다.

'이 약혼 없던 일로 해 주세요.'

한 회장의 얼굴에 당혹스러움이 스쳤다. 준성이야 쭉 이 약혼에 회의감을 보여 왔지만, 지금껏 긍정적이었던 연희의 태도가 왜 바뀐 건지 알 수가 없었다.

아니, 알 것도 같았지만 선뜻 믿기가 힘들었다.

'혹시 그 이유가 김수진 양 때문이니? 그 아이가 네 친구고, 지금 내 아들의 연인

이라서?'

단도직입적으로 묻는 말에 연희는 눈에 띄게 놀란 얼굴이었다.

'설마하니 내가 그런 것도 모르고 이 일을 진행했을까. 야망이 큰 아이라 생각했는데 고작 그런 거로 물러날 줄은 미처 몰랐어. 실망이 크구나.'

제 아들의 짝이 될 만한 여자를 꽤 오랫동안 수소문해 왔지만, 사실 누구 하나 마땅히 눈에 차는 이가 없었다. 외모도 재능도 집안도 다 거기서 거기였다. 그나마 그중 자신감 넘치고 자기애가 강한 연희가 괜찮아 보였다. 제 아들과도 안면이 있는 사이라 거부감도 덜할 거라 생각했다.

그런데 정작 제 아들에게 연인이 생겨 버렸다. 워낙에 이성에 관심이 없던 녀석이니 잠깐 호기심에 만나다 끝날 줄 알았는데, 생각 외로 그 인연이 깊었다.

그 아이가 하필 연희의 오랜 친구라는 건 정말 최근에야 알았다. 알았으면서도 그냥 밀어붙였다. 친구 사이인 만큼 현실은 더욱 아프게 다가올 것이기에. 그러니 더 버티지 못하고 알아서 떨어져 나갈 거라 생각했는데…… 그게 반대로 작용할 수도 있다는 건 왜 깨닫지 못했을까.

'알았다. 네 마음이 그렇다는데 내가 무슨 수로 잡겠니.'
'죄송합니다, 회장님.'

그렇게 제 용건을 마치고 돌아서던 연희는 잠시 머뭇거리더니 끝내 듣고 싶지 않은 말을 덧붙였다.

'수진이 정말 괜찮은 아이예요. 어떤 자리에서도 빛날 수 있는 사람이고요. 그러니 부디 한 번만 제대로 지켜봐 주세요. 부탁드립니다.'

우습게도 그런 연희의 말은 언젠가 제 앞에서 당당히 제 연인에 대한 평가를 늘어놓던 아들의 얼굴을 떠올리게 했다. 그런 제 눈에 보인 사람이에요, 라고 했었던가.

동시에 면세점 발표가 있던 날, 함께 늦은 점심을 들며 나눈 이야기가 연이어 머릿속을 맴돌았다.

'방법은 두 가지였던 거 알고 계셨을 거라 믿습니다.'

자리를 지키기 위해 내 세력을 키우거나, 상대의 세력을 와해시키거나.

준성이 택한 방법은 후자였고, 덕분에 한 사장의 세력은 철저히 무너지는 중이었다.

'결과적으로 회장님께서 원하신 결말을 얻으셨으리라 생각합니다. 그러니 이 약혼, 철회해 주세요.'

너무도 당당히 내놓는 말에 한 회장은 깊은 한숨으로만 답했다.

'왜 굳이 이연희여야 했는지는 묻지 않겠습니다.'

한발 물러나는 척 저를 더욱 궁지에 몰아넣는 말이었다. 이미 제
치졸했던 뜻을 다 알아 버린 아들의 차가운 시선 앞에서 한 회장은 불
쾌한 침묵만을 지키고 있었다.

그리고 오늘. 기어이 모든 계획이 틀어졌음을 인정해야만 했다. 아
무래도 이젠 직접 움직여야 할 때인 것 같다.

다시 짧은 숨을 토해 낸 한 회장이 무겁게 입을 열었다.

"인사과 김준헌 상무 좀 불러오세요."

18. 폭풍 전야

이상하게 평화로운 하루였다. 물론 여전히 일은 산처럼 쌓여 있고, 이래저래 불려 다니느라 의자에 엉덩이 붙이고 있을 시간조차 없는 건 평소와 크게 다르지 않은데, 묘하게 주변이 조용한 느낌이라 해야 하나.

단순히 평온한 일상이라 하기엔 찝찝한 느낌이었다. 굳이 설명하자면 이 느낌은 큰 폭발이 있기 직전의 고요함 내지는 폭풍의 눈 안에 들어와 있는 것과 유사했다.

아니, 어쩌면 이것은 이제 곧 닥쳐올 운명에 대한 예감이었던 건지도 모르겠다.

그 시작을 알린 건, 나 과장의 당혹스러움 가득한 목소리였다.

"어라? 잠깐만 있어 봐라. 엄마야, 이게 뭐야? 어? 이게 대체 뭔 소리야?"

퇴근을 한 시간쯤 앞뒀을 무렵이었다. 신 부장에게서 막 결재를 받아 낸 따끈한 서류를 들고 와 자리에 앉으려는 순간 들려온 나 과장의 목소리가 이상하게 낯설었다. 저도 모르게 멈칫한 수진이 의아한 얼굴로 나 과장을 바라봤다.

우습게도 그때 강철도 모자라 비브라늄 멘탈의 소유자로 이름난 나 과장도 이런 표정을 지을 때가 있구나, 하는 생각을 했다. 그도 그럴 것이 3년이 넘는 시간 동안 함께하며 단 한 번도 본 적이 없는 모습이었다.

"왜요, 무슨 일이라도 생겼어요?"

"아니, 아니. 잠깐만. 이거 뭐가 잘못된 거 같은데. 맞아. 이거 뭐 문제 있는 거다. 그치? 잠깐만, 이거 좀 더 알아보고……."

정작 묻는 말에는 대답 없이 제 할 말만 중얼거렸다. 그런 나 과장을 보는데 하루 종일 찜찜하게 들러붙어 있던 불안감이 뇌리를 치고 지나갔다. 어떤 예감에 끌리듯 제자리에 앉아 마우스를 집어 든 순간,

"주, 주임님! 큰일 났어요! 방금 인사 발령 공고가 떴는데…… 여기 왜, 왜 주임님 이름이……."

들려온 유리의 외침에 그녀는 그대로 굳어 버렸다.

「인사 발령 공고

다음과 같이 인사 발령 되었음을 알립니다.

시행일 : 20XX년 1월 1X일

대상자 : 김수진

변경 전 : 영업부 객실판촉팀 주임

변경 후 : 객실부 프런트 데스크 사원」

"아니, 대체 이게 무슨 일이야? 아무 죄도 없이 멀쩡히 일 잘하는 직원을 왜 갑자기 엉뚱한 곳으로 이동을 시키는 거냐고. 이런 경우가 어디 있어?"

"제 말이요. 심지어 프런트면 우리 주임님이 5년 전에 근무하시던 곳이잖아요. 거기다 일반 사원으로 보내는 거면 이건 누가 봐도……. 아 진짜! 이런 부당한 일이 어디 있냐고요!"

1차로 흥분한 나 과장의 언성이 높아지자 그에 맞장구치던 유리는 차마 좌천이라는 말을 입에 올리진 못하고 분통을 터뜨렸다. 제 일처럼 나서서 화를 내 주는 두 사람의 앞에서 멍하니 모니터를 보며 글자하나하나 눈에 새기듯 읽고 또 읽던 수진이 문득 쓴웃음을 머금었다. 공식적으로 좌천의 빌미가 될 일이라면 하나, 마음에 걸리는 게 있었다.

"지난번 영진그룹 건 때문일 거예요, 아마."

"아니, 그러면 더 웃긴데? 일을 친 건 영진그룹 쪽이라는 것도 다 밝혀졌고, 심지어 그 가수인가 하는 분도 수진이 덕분에 공연할 수 있는 거라고까지 말해 줬다며. 이건 잘했다고 표창장에 상금까지 줘여 줘야 할 일 아니야? 하, 나 정말 이해를 할 수가 없네."

"윗분들이 보시기엔 또 다른 일이니까요. 제가 나서서 그쪽 담당자랑 일이 더 꼬일 뻔하기도 했고, 더군다나 다들 보는 앞에서 다투기까지 했잖아요. 충분히 있을 법한 일이죠."

"그러니까 웃긴 상황 아니냐고. 이런 식으로 부당하게 하향 전보 시키는 거, 징계보다 악랄한 짓인 거 몰라? 차라리 징계면 이게 정당하니 부당하니 다퉈 보기라도 하지, 이건 사람 우스운 꼴 만들려고 작정을 한 거잖아. 지금 네 연차, 네 능력에 프런트면 지금 최소 매니저는 달고 있을 때인데 거기다 대고 사원이라니. 막말로 알아서 그만두고 나가라는 소리지, 이게! 그리고 이게 말이 영진그룹 때문이지 솔직히…… 어휴!"

분통을 터뜨리며 말을 줄인 나 과장이 크게 한숨을 내쉬었다. 유리가 있어 말을 아끼고는 있지만, 나 과장이라고 이 상황의 진짜 원인이 뭔지 모를 리 없었다. 어색하게 웃어 보인 수진이 착잡한 얼굴로 다시 모니터를 바라봤다.

준성의 약혼이 무산되었다는 소식을 전해 들은 건 이틀 전, 점심때의 일이었다. 차마 그 일을 제 입으로 언급하긴 힘들었던 건지 전화를 걸어 온 건 수혁이었다. 제 연인에게 제 약혼의 경과를 이야기한다는 게 맨정신으로 할 이야기가 아님을 알기에 그런 상황 정도야 충분히 이해할 수 있었다.

— 어쨌든 잘 해결된 거 같으니까, 이제 너무 걱정 말라고.

과연 그런 걸까.

당장에 그가 약혼식장에 끌려갈 일은 없어졌으니 다행이긴 했다. 당당히 네 약혼을 깨 주마, 선언하고 나선 건 저 자신이었으니 생각대로 되었음을 기뻐해야 함이 옳은데…….

이상하게 뭔가가 찜찜했다.

그 찜찜함은 한 회장에 관한 것이었다. 과연 한 회장이 준성의 의사를 온전히 존중해 주며 물러나 주실까. 그의 주변을 캐고 압박하는 일이 없을까.

아니, 한 회장은 정말로 제 존재에 대해 모르고 있었을까.

문득 그건 아닐 것 같다는 생각이 들었다. 애초에 모를 수가 없는 위치라는 걸 뒤늦게 깨달은 기분이었다. 그렇다면 언젠가 호텔 로비에서 저를 바라보던 날카로운 시선도, 초청 가수 대기실에서 마주쳤을 때의 차가운 눈빛도, 모두가 의도된 외면이라는 뜻이 된다.

그냥 무시하고 외면하는 것만으로 적당히 해결될 존재라 생각했던 건지도.

하지만 그렇게 하찮기만 한 존재는 아니라는 걸 알게 되었을 지금은 어떨까.

알 수 없는 불안감이 엄습하기 시작한 것도 그때부터였다. 그리고 이런 일이 생길 수도 있다는 것 또한 이미 어느 정도 염두에 두고는 있었다.

그럼에도 정작 눈앞의 현실로 맞닥뜨리니 생각한 것 이상으로 막막했다.

사실 당장 직급이 낮아지고, 연봉이 줄어드는 일 정도는 크게 와닿는 문제가 아니었다.

아니, 이 역시 달갑진 않았지만, 지금껏 공들여 쌓아 온 커리어가 무너지는 것에는 비할 바가 못 될 것이다.

현재의 자리에서 3년쯤 더 일하고, 회사의 스폰서십 프로그램을 통해 MBA 유학을 다녀온 후 당당히 각 업장의 지배인 노릇을 하다 최종적으로 이 호텔의 총지배인이 된다는 게 그녀의 원대한 계획이었다.

그러나 그 계획은 이제 물거품이나 다름없었다. 실질적으로 징계나 다름없는 처분을 받게 될 존재에게 스폰서십이라는 기회가 올 리는 만무했으니 말이다.

"불복해. 지금이라도 인사과 가서 항의하자. 부당한 처분인 거는 본인들도 알 거야. 고소감이라고, 이 정도는. 너 이대로라면 여기 더 못 다녀, 이것아. 새파랗게 어린 후배들 밑에서 아무렇지 않게 일할 수 있겠어?"

"어쩔 수 있나요. 그렇다고 회사 상대로 싸워 봤자 좋을 게 없는데. 그리고 저 이래저래 그럴 형편 아닌 것도 아시잖아요."

오너의 아들과 연애를 하는 입장에선 상당히 껄끄러운 일임은 부정할 수 없었던 걸까. 사정을 알기에 더 기가 막힌 나 과장은 제 속이 답답하다는 듯 한숨을 푹푹 쉬어 댔다.

"어떻게든 버텨야죠, 뭐. 괜찮아요. 그 정도는."

해탈한 듯 차분히 말을 내어놓고 씁쓸하게 웃자 다시 한숨을 내쉰 나 과장이 투덜투덜 불만을 토해 냈다.

"아니, 그래. 그건 그렇다 치는데 날짜도 그렇다. 당장 사흘 후라니? 인계는 그렇다 쳐도 연락 줘야 할 거래처가 몇인데 그걸 고작 끽해야 이틀 안에 해치우라는 게 말이 돼? 이게 어떤 일인지 몰라서 이러나? 제대로 정리할 시간은 줘야 할 거 아니냐고."

"히잉, 주임님. 주임님 안 계시면 전 이제 어떡해요. 아직 배울 게 천지인데⋯⋯."

"너무 걱정 마세요. 일단 연초라 계약 연장 건은 다 마무리된 상태고, 정 안 되겠으면 같은 회사인데 며칠 더 도와주러 올 수도 있지 않겠어요? 유리 너도 그러니까 너무 걱정하지 말고."

부당한 일을 당한 건 제 쪽인데, 어째 달래 주는 것도 제 몫이 되어 있었다. 차라리 그래서 멀쩡한 정신이 유지되고 있는 건지도 모르겠다. 제 일처럼 침통해하는 나 과장과 곧 울 것처럼 어쩔 줄 몰라 하는 유리 때문에라도 더 힘을 내야 할 것 같았으니까.

"자, 이럴 시간 없어요. 일단은 저 업체 자료 정리부터 하고, 인계서 작성하고 있을게요. 일단 이걸 한 사람이 다 인계받기 힘들 테니까 조금 있다 민 주임이랑 민영 씨까지 오면 그때 자료 보면서 다시 이야기해 봐요."

애써 바쁜 척 주변을 환기하며 일감을 꺼내 들었다. 지금으로서는 다른 방법이 전혀 생각나지 않았다.

"……역시 있네."

8시가 조금 넘어선 늦은 퇴근길. 터덜터덜 사무 건물을 나선 그녀의 시야에 익숙한 차량 한 대가 걸렸다. 저만치 가로등 아래 고고히 서 있던 차량은 그녀가 도로에 모습을 드러내자마자 기다렸다는 듯이 스르륵 다가와 멈춰 섰다.

"기다리지 말라니깐."

나지막하게 중얼거리는 말은 차량의 주인에게까지 닿진 못했을 것이다. 이윽고 운전석에서 내린 남자가 천천히 그녀를 향해 다가왔다. 어둑한 가로등 불빛 아래 점차 선명하게 정체를 드러내는 남자를 보며 수진은 길게 한숨을 내쉬었다.

보고 싶지 않았는데.

적어도 오늘 하루만큼은.

그의 잘못이 아니라는 것쯤은 알고 있다. 이건 그 역시도 어쩔 수 없었던 일이라는 것 또한 알고 있다.

그럼에도 당장은 그를 보고 싶지 않았다. 지금은 저 자신을 추스르는 것조차 벅차 타인을 생각할 여유가 없었다. 무엇보다 이런 기분으로 그를 만났다가 저도 모르게 그를 탓할까 봐, 그에게 책임지라고 울며불며 매달릴까 봐 더 만나고 싶지 않은 마음이 컸던 건지도 모르겠지만.

[몇 시에 끝나? 얼굴 좀 보자.]

처음 그에게 연락이 온 건 퇴근을 10여 분 앞둔 시간이었다. 몰래 도착한 메시지를 확인한 수진은 팀원들과 인수인계를 논의 중이라 늦을 것 같다고 답했다. 실제로 그땐 나 과장과 민 주임을 앞에 놓고 한창 거래사들에 대한 설명을 늘어놓던 때였다.

기다리겠다는 말에 오늘은 먼저 들어가라며 잘라 냈다. 정리할 게 많아 꽤 많이 늦을 거라고. 너무 오래 기다리는 건 나 자신이 부담스럽다고도 했다.

이 건을 핑계로 오늘은 그를 피해 볼 생각이었다. 한 시간쯤은 정말로 기다리고도 남을 사람이라 자료 정리를 구실 삼아 8시가 넘도록 자리에 멍하니 앉아만 있다가 나서는 길이었다. 이쯤 되면 적당히 알아서 자리를 떴으리라는 판단이었다.

그런데 두 시간이 지난 지금, 그는 당연하다는 듯이 그녀의 앞에 다가와 서 있었다. 이렇게 오랫동안 저를 기다리게 한 것에 대한 불만도 있을 거고, 그 이유가 궁금할 법도 한데 전혀 그런 내색도 없이.

"뭐 좀 먹었어? 배고플 텐데 일단 밥부터 먹자."

참 예쁘게도 웃으며 말을 건네 왔다.

이토록 칙칙하게 꼬인 마음을 가지고 쳐다보는 게 미안할 정도로.

"아니, 괜찮아. 지금은 생각이 없어서. 먹어도 소화가 될지도 모르겠고."

"그래도 조금이라도 먹어야지. 자꾸 식사 거르고 그러면 몸 상하잖아. 정 소화 못 시킬 거 같으면 죽이라도……."

"나 정말 괜찮아. 준성아."

"……."

"그러니까 그렇게 미안해하지 마."

그 순간 남자의 입가에 잔잔히 떠 있던 미소가 서서히 사그라졌다.

당혹스러움이 떠오른 남자의 눈을 보며 수진은 허탈하게 웃어 버렸다.

"거봐. 진짜 미안해하고 있잖아."

그를 보면 저 자신을 제어하기 힘들까 봐 피하려고 했던 것 같은데, 정작 그를 만나고 나니 실은 그의 이런 모습을 보고 싶지 않아서였던 것 같기도 하다.

그의 잘못이 아닌 일로 힘들어하는 걸 보는 게 싫었다. 하지만 죄지은 것도 없이 제게 미안해하며 마음고생을 하게 두는 건 더 싫었다.

"그래, 뭐. 사실 평생을 생각해 온 목표가 이런 식으로 흔들리는 게 달갑진 않더라."

애써 아무렇지 않게 말을 마친 수진이 남은 기운을 모두 짜내다시피 하며 입가를 끌어 올렸다. 벌써 두 시간을 기다린 이 남자는 절대 이대로 물러나지 않을 것이다. 그럴 바에야 그냥 제 속에 있는 이야기를 털어놓고 그의 이해를 구하는 게 더 나을 것 같단 생각도 들었다.

"그냥 나 자신한테 실망스러워서 그래. 이렇게 될 수도 있다는 걸 전혀 모르고 시작한 일도 아닌데. 실제로 그게 무서워서 널 피해 다니기까지 했었고."

'설마 날 백조로 만들고 싶은 건 아니죠?'

비굴하게 사정해 가며 너랑은 죽어도 사귈 수 없다 했던 어느 날의 기억이 머릿속을 맴돌아 픽 웃어 버렸다. 그땐 정말 그것만큼 무서운 게 없었는데, 고작 몇 개월 사이 그보다 더 싫은 일이 생겨 버릴 줄은 몰랐다.

"이렇게 너랑 함께하려고 마음먹었을 때는 분명 이런 상황도 올 걸 각오했을 텐데, 정작 이런 일이 생기니까 나도 모르게 후회하고, 흔들리고 있더라고."

그런 자신이 어쩌면 그리도 하찮아 보이던지.

타인의 힘에 무참히 흔들리는 제 현실이 아니라, 손짓 한 번에 흩어지는 먼지와 다를 바 없는 제 마음이 너무도 하찮아서. 그게 견딜 수가 없었다.

"당장 연희가 엮인 일이다 보니, 난 어떻게든 이 일만 해결하면 될 거라 생각하고 있었나 봐. 그냥 눈앞의 일밖에 생각을 못 해서…… 진짜 신경 썼어야 할 상대가 누구였는지 파악도 못 하고."

또다시 허탈한 웃음이 새어 나왔다. 진즉에 한 번쯤은 그럴 가능성에 대해 이야기를 나눴어야 했는데. 눈만 가리면 안전하다 믿는 타조처럼, 내가 볼 수 없는 상대면 상대도 나를 볼 수 없을 거라 생각하고 있었던 거다.

"회장님, 내가 누군지 알고 계시는 거지?"

그의 잇새로 짧은 숨이 새어 나왔다.

"미안. 내가 어떻게든 제자리로 다 돌려놓을게. 오늘은 그 이야기 하러 온 거야."

"아니야. 그러지 마."

수진은 딱 잘라 고개를 저었다.

"네가 나서서 해결이 될 일이었다면 처음부터 이런 일도 생기진 않았을 거라 생각해. 이런 상황에서 네가 나서면 네 입장만 곤란해질 거야. 난 널 그렇게 만들고 싶지 않아."

제 처지를 회생시킬 방법은 아마도 단 한 가지뿐일 터다. 그리고 한 회장은 그 결과를 얻어 내기 위해 이런 일을 자행했을 거고.

하지만 그건 그도 그녀 자신도 원하지 않는 방법임엔 분명했다.

낮게 한숨을 내뱉은 수진이 조심스럽게 그의 손을 붙잡았다. 마주 잡은 손에 힘이 들어가는 걸 느끼며 애써 밝게 목소리를 밀어냈다.

"괜찮아. 나 충분히 버틸 수 있어. 그리고 정 아니다 싶으면 다른 곳으로 옮겨도 되니까. 생각보다 나, 되게 능력 있다? 먹고사는 건 문제없어. 실은 오라는 곳도 많아. 내가 안 갔던 것뿐이지."

그건 너를 만나기 위해서였으니까.

그래서 이미 너를 만난 지금은 크게 의미가 없다고 생각하고 싶은데, 왜 포기가 안 되는 건지 모르겠다.

"어쨌든 지금은 다른 답도 없고, 여길 나갈 마음도 없으니 뭐. 어쩌겠어. 일단은 버텨 봐야지."

이렇게 커져만 가는 욕심이 무엇도 포기할 수 없게 만들어서.

이런 자신의 부족함이 처음으로 싫어진 날이었다.

발 없는 소문은 그야말로 날개 돋친 것처럼 빠르게 퍼져 갔다. 사실상 인사 발령이 떨어진 다음 날엔 호텔 내에서 그녀의 좌천 소식을 모르는 이가 없을 정도였다.

정기 인사마저 미뤄지고 있는 시점에서 굳이 한 직원에게만 인사 발령이 떨어졌다. 심지어 승진이나, 같은 직급의 보직 이동도 아닌 명백한 좌천 인사.

공고문엔 별다른 사유가 적혀 있지도 않았고, 이런 식으로 사람을 밀어내는 인사는 30년이 넘는 호텔 역사상에서도 손에 꼽을 만큼 드문 일이었다. 그러다 보니 사람들의 관심은 자연히 그 사유를 캐는 쪽으로 초점이 맞춰질 수밖에 없었다.

덕분에 일차적으로 언급될 수밖에 없는 연말 행사 건을 중심으로, 나무가 가지를 뻗듯 온갖 구설의 향연이 펼쳐지고 있었다.

사건 당일 영진그룹 회장에게 큰 결례를 범했다는 둥, 초대 가수를 설득하며 미인계를 쓰다 들통이 났다는 둥, 호텔의 품위를 손상시켰다며 회장님이 노했다는 둥. 듣는 이조차 기함할 소리가 아무렇지 않게 오갔다.

안타깝게도 사람들은 진실이 뭔지는 궁금해하지 않았다. 그런 구설에 반박은커녕 이때다 싶어 생각난 온갖 루머를 언급해 대며 즐기는 기색이 역력했다. 그런 와중에 그녀가 여자라는 사실은 좀 더 과한 상상력을 불러일으키기에도 좋았던 모양이다.

"헐! 진짜요? 이게 회장님한테서 나온 명령이라고요?"

"쉿, 효은 씨만 알고 있어야 해요, 이거. 룸에서 둘이 나오는 걸 본 사람이 한둘이 아니래요. 거기다 비서들 퇴근하고 난 다음엔 상무실을 그렇게 애용했는지 밤마다 불이 안 꺼지더래요. 청소하는 분들이 툭하면 소파 밑에서 쓰고 난 콘돔 발견해 온다는 소문이 아주 파다해요."

"어머, 웬일. 그럼 둘이 정말 그렇고 그런 사이라는 거예요?"

"사귄다기보단 한쪽이 열심히 몸으로 들이댄 거겠죠. 솔직히 그거 마다하는 남자가 어디 있겠어요? 거기다 뭐, 외모도 그럴싸하고 잘 아는 사이기도 하니 더 쉬웠겠죠."

"허, 대박이다. 어쩐지 유난히 친구니 뭐니 강조하고 다니더라니, 이게 그렇게라도 접근해 보려고 발악을 한 거였네. 우리 팀 최 대리한테도 은근 여지 주면서 어장 치다가 딱 끊어 냈었거든요. 그게 상무님 오시고 나서였으니 정확하겠네요."

휴게실 앞, 꺾어지는 길목에서 듣게 된 말에 수진은 그 자리에 우뚝 선 채 움직일 수가 없었다. 테이크아웃 커피 잔을 들고 있는 손이 잘게 떨렸다. 제 옆에 선 나 과장도, 재잘거리며 뒤를 따르던 유리도 약속이나 한 듯 입을 다문 채였다.

사무실로 출근을 하는 마지막 날이었다. 아무 말도 없이 제 짐을 챙기고 있던 수진을 끌고 나선 건 나 과장이었다. 잠시 기분 전환이나 하자며 간식거리를 사 들고 휴게실로 들어서다 제대로 똥을 밟았다.

한동안 멍하니 서 있던 수진이 이내 정신을 차리고는 두 사람을 돌아봤다.

"아, 맞다. 저 따로 챙겨야 할 게 있었는데 지금 생각났어요. 또 잊기 전에 먼저 가 볼게요. 간식은 두 분이서 드시고 오세요."

그렇게 자리를 피해 버리는 수진을 차마 잡지도 못하고 굳어 있던 두 여자의 귓가로 꺄르르, 웃음소리가 들려왔다. 결국 발끈한 나 과장이 성큼 그 자리로 뛰어들었다.

"니들 지금 뭣들 하는 거야? 밖에 소리 다 들리는데!"

"과장님!"

"어머, 나, 나 과장님!"

갑자기 뛰어 들어온 나 과장을 발견한 여자들의 얼굴이 당황으로 굳었다. 인사과의 직원 두 명과 그 사이에 껴 있던 효은을 확인한 나 과장이 더욱 분개하며 언성을 높였다.

"민효은! 너는 뭐 하는 사람이야? 업무 시간에 나와서 헛짓거리 하는 것도 모자라 말려도 모자랄 판에 같은 팀 식구를 네가 나서서 씹고 있어? 지금 제정신이니?"

"과, 과장님. 그게 아니고요, 저는 그냥……."

"같잖은 변명 하지 마, 이미 다 들었으니까! 우리 팀 막내랑 니들이 그렇게 씹어 대던 당사자까지 듣고 가셨다. 이제 속이 시원하니?"

서늘하게 내뱉은 말에 그녀들은 완전히 사색이 되었다. 그제야 아차 싶은 얼굴이었다. 그래 봤자 이미 저지른 짓을 되돌리는 건 불가능한 일이다.

"우리 수진이랑 상무님이 친구라는 건 알고 있지? 친구끼리 만나는 것도 너희들 눈치 봐 가면서 만나야 하니? 니들이 뭔데? 그리고 말이야 바른말이지. 누가 누구한테 들이댔다고? 허, 내가 정말 어이가 없어서. 소문을 낼 거면 제대로 내. 만약에 둘이 사귄대도 그건 수진이가 들이댄 게 아니고 상무님이 들이댄 거야. 뻑하면 우리 팀 찾아오고, 뻑하면 우리 수진이 연락해서 불러내고 한 게 누군데 그딴 소리

들이야?"

"아, 아니 몰라서 하는 말을 가지고 뭘 그렇게 화를 내세요? 그냥 도는 말인데."

계속 야단만 맞고 있는 게 불편했는지 인사과 직원 하나가 볼멘소리로 항의했다. 그 순간 나 과장이 코웃음을 쳤다.

"그치. 모를 수 있어. 그건 죄가 아니지. 근데 모르면서 아는 척 떠들어 대는 건 창피한 일이지. 그리고 진실을 알았으면서도 미안해하는 마음조차 없는 건 사람도 아니고!"

그녀들은 더 이상 아무 말도 하지 못했다. 제 할 말을 다 쏟아 낸 나 과장은 곧장 효은에게로 눈을 돌렸다.

"너 당장 따라와."

횅하니 휴게실을 나서는 나 과장의 뒤로 민 주임과 유리가 졸졸 따라붙었다. 내내 벌레 씹은 얼굴을 하며 따르던 효은은 인적이 드문 복도 앞에 딱 멈춰 선 나 과장이 뒤를 돌아보자 움찔하며 마른침을 삼켰다.

"여자 쪽이 들이대서 남자가 넘어간 거라고? 넌 그게 정말 덤벼들어서 될 일이라 생각하니? 그래?"

"과, 과장님. 이건 그게 아니라요."

"아니, 다른 건 그렇다 치고. 네 눈엔 상무님이 그리 쉬운 사람으로 보이든? 그리 쉬운 분 같으면 네가 먼저 덤벼 보지 그랬냐? 잘되면 사모님 소리 들을 일인데."

여지없이 비꼬는 말이 작렬했다. 네게는 절대 불가능했을 거란 의미였다. 그 뜻을 읽어 낸 효은이 불쾌한 듯 입을 다물었지만 나 과장은 멈추지 않았다.

"그리고 만약에 수진이가 진짜로 상무님이랑 그런 사이라 치자. 그건 온갖 방해되는 요소 다 감수하고 사귄다는 뜻이야. 그런 마당에 쉽게 헤어지겠니? 상무님 성품이라면 분명 결혼까지 가고도 남을 텐데 그러면 김 주임이 그때도 김 주임으로 남아 있을 거 같냐, 이 말이다."

그제야 뭔가를 깨달은 듯 멍해진 효은을 한심하다는 듯 쳐다보던 나 과장이 나직하게 덧붙였다.

"심보 곱게 써. 사람 미래 어찌 될지 아무도 장담 못 하는 거야. 그때 가서 후회해 봤자 늦으니까."

은근 뼈가 실린 말을 내뱉고는 그대로 사무실 쪽으로 걸음을 뗐다. 그런 나 과장의 옆으로 유리가 황급히 따라붙었다.

"헐, 과장님. 방금 그 말씀 진심이세요? 정말 두 분이서 그런 사이라고…… 아니, 그거야 그럴 수 있다 쳐도 정말 결혼까지 가능하다고 생각하시는 거예요?"

"말이 그렇단 소리지. 그리고 순서가 엉망이잖아. 일단은 정말 사귀는 사이인지 아닌지부터 확인하고 말하자."

기막힌 소문이 도는 게 화가 나 내놓은 말이지만, 아직은 두 사람의 비밀을 지켜 줘야 하는 입장이다. 먼저 밝히지 않는 한 제가 먼저 말해도 될 일은 절대 아니었기에 나 과장은 얼버무리듯 말을 돌렸다.

"그리고 애초에 내가 한 말이 성립하려면, 10년이 넘도록 한 여자만 좋아하고 있었어야 가능한 건데 그게 말이 좋아 10년이지. 강산도 변한다는 세월이 짧은 것도 아니고."

"그렇긴 해요. 차라리 10년 우정이면 모를까. 10년 사랑은 부부도 어렵죠."

"그래. 그래서 정말 그런 사람이라면 보통 사람은 아니라 생각하는 거지. 솔직히 세상 어떤 미친놈이 그리 지고지순하게 한 여자만 생각하고 살겠냐고. 그것도 10년씩이나."

툭하니 내뱉던 나 과장이 문득 걸음을 멈췄다. 나 과장의 얼굴만 바라보며 걷던 유리도 같이 그 자리에 멈춰 서더니 나 과장의 시선이 향한 곳을 바라봤다. 이어 '어머.' 하고 내뱉는 유리의 눈이 휘둥그레 커졌다.

한눈에도 범상치 않은 실루엣을 가진 근사한 슈트 차림의 남자가 거침없이 사무실로 들어서는 순간이었다. 나 과장의 입가로 피식거리는 웃음기가 떠올랐다.

"근데 정말 그런 미친놈이 있더라고."

"어머, 여긴 어쩐 일이세요?"

"어이구, 상무님. 이번 면세점 건 소식은 들었습니다. 역시 상무님이십니다. 허허."

"와, 엄청 오랜만에 오신 거 같아요! 어쩜 그사이에 더 멋있어지셨네요!"

사무실 입구가 소란스럽다 싶더니 난데없이 단어 하나가 귓속으로 푹 박혀 들었다. 커다란 상자에 짐을 챙겨 넣고 마지막으로 남은 물건이 없나 서랍을 열어 보던 수진이 저도 모르게 움찔하며 그 자리에서 멈칫했다.

설마. 아니겠지. 뭔가 잘못 들었을 거라 생각하며 고개를 돌리자 그새 몰려든 대여섯 명의 직원들 사이에 유난히 빛나는 존재 하나가 우뚝 선 채 정확히 저를 바라보고 있었다. 묘하게 짓궂어 보이는 미소가 깃든 얼굴과 눈이 마주친 순간 불길함이 엄습했다.

"김수진 씨."

동시에 주변 사람 모두가 휙, 하니 고개를 돌려 저를 바라봤다. 어찌나 칼 같은 타이밍인지 순간 소름이 돋을 정도였다.

"아, 네. 상무님. 무슨 일이신가요?"

그러나 이대로 말릴 순 없었다. 자리에서 일어난 수진이 허튼짓은 하지 말라는 뜻을 가득 담은 눈빛을 쏘아 보내자 그는 더없이 매혹적인 미소를 지어 보였다.

"무슨 일은요. 짐 옮겨 주려고 왔지."

그 순간 주변 전체로 정적이 찾아들었다. 꼭 시간이라도 멈춘 것처럼 꼼짝도 하지 않는 사람들 속에서 그만이 유유히 움직이기 시작했다. 점차 가까워지는 남자를 멀거니 바라보고만 있는 사이 그녀의 책상까지 다가온 그가 아무렇지 않게 짐 상자를 덥석 집어 들었다.

"짐은 이게 다예요? 더 챙길 건 없습니까?"

"이게 지, 지금 뭐 하시는……."

"밖에 차 세워 놨어요. 일단 거기로 옮기죠."

"아니, 그러지 마시라고요! 제가 알아서 가져갈 수 있으니까."

"설마 이 무거운 걸 들고 본관까지 걸어갈 생각입니까? 그런 데다 낭비할 힘 있으면 나한테나 좀 쓰시죠. 가뜩이나 체력도 없어서 빌빌대는 게."

"뭐? 허, 야. 빌빌대긴 누가 빌빌거렸다고……!"

너무도 자연스럽게 튀어나온 대꾸에 주변에서 동시에 숨을 들이켜는 소리가 났다. 한 박자 늦게 정신을 차린 그녀가 식겁하며 입을 다 물었지만 이미 사무실 안의 사람들 모두가 두 사람의 말을 들어 버린 후였다.

심지어 방금 전 이 남자의 입에서 나온 말이 꽤 야릇한 뉘앙스라는 것도 뒤늦게 깨달은 수진은 필사적으로 변명을 짜냈다.

"아, 저기 오해하지 마세요. 저희 친구 사이인 건 아시죠? 그사이 좀 많이 친해져서 저도 모르게……."

"네, 많이 친해졌습니다. 몸도 마음도, 엄청 가까워졌죠."

"……."

수습은커녕 바로 이어진 남자의 대꾸에 살짝 웅성거리던 주변은 다시금 차디찬 정적에 휩싸이고 말았다.

삐걱삐걱삐걱.

굳어 버린 머릿속으로 녹슨 쇠를 긁어내리는 것 같은 소리가 들려 왔다. 그러거나 말거나 남자는 아무렇지 않게 몰려 있는 사람들 쪽으로 성큼성큼 걸어 나가더니 뒤를 돌아보며 고개를 까닥, 한다.

"뭐 해? 가자."

그런 남자를 멀거니 바라보다 저도 모르게 주변으로 눈을 돌렸다. 언제 끼어들었는지 익숙한 얼굴의 팀원들 사이에 빼꼼히 고개를 빼며 동정을 살피는 최 대리에 이어 이제 막 도착했는지 손을 들어 알은척 을 하는 나 과장과 유리가 보인다. 그리고 그 뒤에 하얗게 질린 얼굴 로 굳어 있는 효은까지.

빼도 박도 못하고 모두가 알아 버렸음이 분명한 상황에 수진은 더 해명하기를 포기하고 고개만 꾸벅 숙여 보였다.

"그럼 전 이만 가 보겠습니다. 그동안 감사했습니다."

그렇게 나름의 작별 인사를 마치고 난 수진은 얌전히 그들 틈을 헤치며 사무실을 나섰다. 그렇게 몇 발자국 뗄 새도 없이 등 뒤로 비명인지 환호인지 모를 이상한 소리가 들려왔다.

"까아악! 말도 안 돼!"

"헉! 대박! 미쳤어!"

"뭐예요? 방금 뭐였어요, 이거? 우리가 생각하는 그거 맞아요? 네?"

"그럼 뭐겠어? 이야, 등잔 밑이 어두웠네, 진짜로. 와……!"

사무실 안은 난리가 났는데 그러거나 말거나. 남자는 무슨 일이 있었냐는 듯 아주 느긋한 표정으로 저를 기다리고 있었다. 그런 남자와 점점 가까워지는 동안 이상하게 웃음이 났다.

어쩜 이렇게 화끈하게 터뜨리는 거니.

그렇지 않아도 아주 불쾌한 소문이 돌고 있다는 걸 제 귀로 똑똑히 들어 버린 다음이었다. 제 평판을 더럽히는 소문의 내용보다, 그 자리에서 아무 말 하지 못하고 돌아서야 했다는 사실에 더 상처를 받았다. 그런 소문에 반박하지 못하는 자신이 정말로 소문 속 쓰레기가 된 기분이었다.

그래서일까.

아무렇지 않게 나타나 모든 걸 뒤집어 놓은 이 남자의 행동이 마음에 들었다. 평소라면 분명 곤란했을 남자의 막무가내가 이렇게 반가운 적은 처음이었다. 이 일이 제 앞날에 어떤 영향을 미치게 될지는 모르겠지만, 솔직히 말해 지금은 속이 너무 시원했다.

하지만 그 마음을 내색하고 싶진 않았다. 잘했다고 했다간 더욱 기함할 짓을 저지르고도 남을 남자니까. 수진은 괜히 그를 흘겨보며 볼

멘소리를 내뱉었다.

"너 미쳤지?"

"아니. 내 여자의 명예를 지켜 주려고 달려온 남자가 미쳤겠어? 지극히 정상이지."

"허."

"웃지 마. 난 심각하니까. 대체 어디서 그딴 소문이 시작된 거야? 정작 내 집무실에선 한번 안아 보지도 못했는데."

"어우, 정말! 누가 들으면 어쩌려고."

황급히 주변을 둘러본 수진이 아무도 없다는 걸 확인하고는 팔꿈치로 그의 옆구리를 세게 찔러 줬다. 꽤나 힘을 줬는데 아프지도 않은지 남자는 그저 뻔뻔하기 그지없는 얼굴로 웃고만 있다. 그런 얼굴로 힐끗 그녀를 바라보더니 나직한 목소리로 덧붙였다.

"다른 건 몰라도 이번 일이 네가 어딘가 부족해서라거나 큰 잘못이 있어서 생긴 게 아니라는 건 확실히 해 두려고."

"……"

"이건 부당한 일이야. 넌 이런 부당한 처사에 희생당한 피해자일 뿐이고. 그러니 더욱 그 진짜 이유를 알려야지."

사실상 이 좌천 인사는 그녀를 공개적으로 망신 주려 작정한 거나 다름없었다. 이런 상황이니 저를 우습게 보는 사람이 늘어난 것도 당연했다. 그게 달가운 건 절대 아니었다.

하지만 이렇게 진실을 밝혀 버리면 반대로 한 회장의 입장이 난처해질 건 불을 보듯 뻔했다. 다른 누구도 아닌 한 회장이 지극히 사적인 감정으로 권력을 휘둘렀다는 사실은 수진의 주변을 맴돌았던 구설보다 더욱 빠르게 퍼져 나갈 것이다. 그리고 만인의 입방아에 오르며 우스갯거리가 될 테지. 고고한 자존심으로 똘똘 뭉친 분이 과연 그런 평판을 조용히 들어 넘길 수 있을까.

"넌 그냥 네 생각만 해."

길어지는 생각을 잘라 낸 건 준성의 단호한 목소리였다. 그녀가 무슨 생각을 하고 있는지 이미 다 알고 있다는 말투다.

"먼저 치졸하게 나선 건 회장님이셨어. 더군다나 나와의 약속을 어기면서까지 그런 짓을 저지르셨는데 억울하실 것도 없지."

"약속?"

"기회를 달라 했거든. 이미 마음에 두고 있는 사람이 있다고. 내가 좋아하는 사람이 어떤 사람인지, 증명해 보이고 싶다고. 이번 면세점 건이 해결되는 대로 널 제대로 소개할 생각이었고."

전혀 몰랐던 이야기에 절로 입이 벌어졌다. 저도 모르는 사이에 그런 엄청난 약속이 오갔을 줄이야.

"그런데 내 동의도 없이 멋대로 약혼을 진행시키고 계셨던 것도 모자라 너한테 이런 짓까지 하셨어. 그 부당함까지 이쪽에서 참아 드려야 할 이유는 없다고 보는데."

그로서는 불복할 수밖에 없는 상황이긴 했다. 하지만 이런 식으로 나서는 건 한 회장에게 정면으로 도전하는 일이나 다름없지 않나. 그 차갑고 냉정하신 분이 제 자식이라고 관대함을 베풀어 주실 것 같진 않은데…….

어느새 건물 입구를 빠져나간 준성의 앞으로 재빨리 다가서는 김 비서의 모습이 보인다. 자연스럽게 짐을 넘긴 준성이 굳은 얼굴로 뒤따르는 그녀를 바라보더니 싱긋 웃으며 손을 뻗었다.

"당하고만 있지 말자. 얌전히 시키는 대로 해 봤자 해결되는 건 절대 없어. 그럴 바에야 뭐라도 해서 상황이 움직이도록 만드는 게 나을 거야."

"그건 그렇지만……."

"너무 걱정 마. 그런 치졸한 짓까지 했다는 게 알려지는 게 부끄러우시다면 이 건도 스스로 철회하실 테니까."

"……과연 그러실까?"

이론은 그럴듯한데, 제 자리 하나 보전하자고 하는 짓이 꼭 빈대 잡으려 초가삼간 불태우는 듯한 기분이 드는 건 왜인지. 더군다나 그 불길 속에서 벼룩만도 못한 나란 존재는 과연 무사할까 싶다. 절레절레 고개를 젓던 수진이 문득 눈썹을 찡그리며 준성을 바라봤다.

"그런데 나, 왠지 네가 이 순간을 기다렸던 것처럼 느껴지는데. 기분 탓이니?"

줄곧 두 사람의 관계를 공개하고 싶어 하던 남자였다. 그런 남자가 꼭 기다렸던 것처럼 이런 소문이 돌자마자 달려와 정정한다는 핑계로 이런 대형 폭탄을 터뜨려 버렸다. 이걸 정말 노리지 않았다고 할 수 있을까.

"그런 것도 없잖아 있긴 하지."

너무도 태연히 수긍하는 말에 픽 하고 웃어 버렸다. 이런 대책 없는 남자 같으니라고. 그런데도 이런 남자가 믿음직스럽게 느껴지는 걸 보면 이젠 저도 그 대책 없음에 물들어 버린 건가 싶다. 이젠 될 대로 되라 싶은 기분이라 해야 하나. 허탈하게 웃어 버리는 그녀의 앞으로 남자의 커다란 손이 다가왔다.

"가자."

조각상처럼 완벽한 선을 그리는 얼굴에 근사한 미소가 그려졌다.

그 웃음이 오늘따라 유난히 눈부시다. 이 멋진 남자가 내 남자라는 것도. 이 남자가 내 남자라는 걸 모두가 알게 되었다는 사실도. 새삼 믿기지 않아 웃음이 났다.

"응. 가 보자."

작게 대답한 그녀가 그 손을 잡았다.

어떤 후폭풍이 불어오더라도 절대 놓고 싶지 않은 따뜻한 손이었다.

호텔 전체를 한바탕 뒤집어 놓은 사건은 곧장 회장실까지 전해졌다. 무표정한 얼굴로 윤 이사의 보고를 듣고 있던 한 회장이 피곤한 듯 눈살을 찌푸리며 안경을 벗더니 이마를 짚었다.

"알았으니, 그만 나가 봐요."

이번 인사가 아주 부당한 짓이었음은 스스로도 인정하는 바다. 하지만 영원히 그 자리에 처박아 둘 마음은 없었다. 그저 살짝 겁을 줘 볼 생각이었다. 목표가 그리 큰 아이니 제 커리어가 무너지는 걸 견디지 못하고 알아서 포기하고 항복해 올 줄 알았다. 그럼 제자리로 복권을 시키든 원하는 자리로 승진을 시키든 적당히 회유하며 데리고 있다가 후에 온전히 마음을 다잡고 나면 중히 기용할 용의도 있었다.

그런데 제 아들이 이렇게 초를 칠 줄이야.

원래도 한 고집 하는 녀석이긴 했지만, 워낙에 신중해 함부로 행동하는 일은 없을 거라 생각했다. 기껏해야 제게 달려와 부당함을 직설하며 인사 발령 건을 철회시키려 할 테고, 그러면 협상 테이블에 올려 원하는 결과로 이끌어 볼 계획이었다.

다시 말해 이런 식으로 제게 반기를 드는 상황은 꿈에도 생각하지 못했다는 뜻이다.

대체 이 일을 어떻게 수습해야 할까.

지그시 미간을 누르던 한 회장이 절로 깊은 한숨을 토해 냈을 때였다.

"눈빛이 아주 선해 보이는 것이 딱 준성이가 좋아할 상이긴 하더군요."

불쑥 들려온 남자의 목소리에 한 회장은 불쾌한 듯 눈을 치뜨며 저만치 놓인 소파를 노려봤다. 때마침 느긋하게 찻잔을 집어 들던 송 교수가 흘깃 그녀를 보더니 능청스럽게 입가를 늘여 웃었다.

"설마 그새 그 아일 만나고 오신 거예요?"

"네. 잠깐 보고 왔습니다. 다른 놈도 아니고 준성이 녀석이 푹 빠져 있는 처자라는데 궁금해서 참을 수가 있어야지요."

"……."

"더군다나 회장님께 핍박을 받고 있다는 소문까지 자자하니 더 궁금해서 꼭 한번 만나 보고 싶더군요."

제 대답이 못마땅한 듯 뾰로통한 시선을 보내는 한 회장 앞에서 송 교수는 너털웃음을 터뜨렸다.

만났다고 하기엔 정체를 숨기고 대화만 조금 나눠 본 것뿐이었다. 외부에 정체가 알려져 있지 않은 데다, 일견 인자한 노신사로 보이기 좋은 제 외양이 이럴 때엔 꽤 도움이 된다. 아마도 그 아이는 저를 은퇴 후 유유자적한 삶을 살고 있는 여유로운 할아버지라고만 생각했을 것이다. 꽤 오랫동안 이어진 제 이야기를 들어 준 건 그런 자신이 행여 적적해할까 말 상대라도 해 주려는 마음이었을 테고.

'이런, 이거 내가 시간을 너무 많이 뺏었군요.'

'아니에요, 할아버님. 평일 오전엔 그렇게 많이 바쁘지 않으니 너무 마음 쓰지 마세요. 그리고 전 원래 말도 많고 설명하는 것도 굉장히 좋아해서요. 실은 여기서 종일 똑같은 이야기만 하다가 할아버님께서 지금 이렇게 저랑 대화해 주시니까 어우, 살 것 같아요.'

무슨 비밀이라도 털어놓듯 목소리를 낮춰 내놓는 말에 저도 모르게 웃어 버렸다.

기본적으로 노인이나 약자에 대한 배려심이 강한 사람임에 분명했다. 일부러 말귀를 못 알아듣는 척 같은 설명을 반복하게도 해 보고, 노인이라는 입장을 이용해 뻔뻔하게 온갖 시시콜콜한 질문을 입에 올려 댄 다음이었다.

사실 이쯤 되면 진즉에 컨시어지 데스크로 보내고도 남았을 사안이었다. 그럼에도 그녀는 전혀 개의치 않고 직접 응대를 해 왔다. 상대와 교감하며 문제를 해결해 가는 과정을 진심으로 기꺼워하는 태도였다.

'사흘 동안 여기 머무시는 거죠? 그동안 또 필요한 게 있으시면 맘 편히 찾아 주세요. 저 이번 주는 오전 조라서 매일 이 시간에 나와 있을 테니까요.'

'허허, 고마워요. 덕분에 이번 여행이 더 즐거워졌어요. 언제 기회만 된다면 우리 아들도 한번 데려와 보고 싶네요. 아직 미혼인데 내 아들이지만 정말 괜찮은 녀석이거든. 소개 한번 해 주고 싶어서.'

'어머, 저를 며느릿감으로 생각해 주시는 거예요? 말씀만으로도 정말 영광스럽고 감사한 일이지만 어떡하죠? 전 이미 사귀는 사람이 있어요. 정말 죄송합니다.'

'아니아니, 그건 미안할 일이 아니죠. 인연이 따로 있는 것을. 아주 좋은 사람을 만나고 있는 것 같네요. 보는 내가 다 기분이 좋아집니다, 허허.'

싹싹한 말투며 서글서글한 웃음이 제 눈에도 이렇게나 예쁜데 아들의 눈엔 오죽할까 싶었다. 시간과 여건만 허락한다면 좀 더 붙들고 이야기를 해 보고 싶었지만, 바쁜 일과에 폐를 끼치는 게 마음에 걸려 아쉽게 대화를 마무리하고 돌아 나온 참이었다.

"고운 아이더군요. 얼굴만 고운 게 아니라 천성이 고운 아이요. 물론 좀 더 겪어 봐야 알겠지만, 우리 준성이가 그렇게나 아끼는 아이라면 그럴 만한 이유가 있지 않을까 싶더이다."

더욱 불쾌한 듯 표정을 굳힌 한 회장의 눈치를 슬쩍 살펴본 송 교수는 넌지시 하고 싶었던 말을 꺼내 들었다.

"이번 일은 우리 회장님답지 않게 조금 성급하셨던 것 같습니다."

준성이 어떤 마음으로 한국 땅을 밟기로 결심한 건지. 면세점 일에 죽도록 매달렸던 건지. 그 마음을 모르지 않았을 텐데, 제 자식을 좀 더 단단한 반석 위에 올려놓고자 한 부모로서의 욕심이 그 진심을 외면하게 만들었을 것이다. 아이러니하게도 한 회장만의 자식 사랑이 도리어 자식의 가슴에 못을 박고 있는 셈이었다.

"이건 서로에게 상처만 될 뿐이지 문제를 해결할 방법이 아니었지요. 괜찮다면 지금이라도 철회하는 게 어떨까요?"

"……이제 와서 되돌리는 것도 꼴이 우습긴 마찬가지겠죠."

"그렇기도 하겠군요. 그럼 뭐, 좀 더 생각해 봅시다."

단호하게 잘라 내는 말에 송 교수는 바로 수긍하며 물러났다. 한 회장에게도 생각할 시간을 주는 게 옳다는 판단에서였다. 그리고 좀 더 조심스럽게 단어를 골라낸 말이 이어졌다.

"다만, 준성이 녀석. 그동안 너무 외로웠잖아요."

젊어서는 자신의 삶에만 치중하느라 가족의 소중함을 몰랐다. 뒤늦게 그런 자신의 삶을 돌아보기 시작했을 때는 이미 모두가 가족이란 울타리를 벗어난 후였다. 아무도 없는 집 안에 덩그러니 혼자 남아 보니, 그제야 그 외로움이 뼈에 사무쳤더랬다.

그런 환경 속에 방치된 아들 녀석들은 과연 얼마나 외로웠을까.

그럼에도 크게 엇나가지 않고 나름대로 잘 자라 준 건 정말로 기적 같은 일이었다.

특히나 준성은 누구보다 착실히 부모의 뜻을 따라 살아왔고, 단 한 번도 두 사람을 실망시킨 적이 없었다. 부모 품에서 한창 응석을 부려야 할 나이에도 또래에 비해 지나치게 어른스러워 믿음직스럽다고만 생각했던 아들이었다.

"30년이 넘도록 그렇게 살아온 아이예요. 아무 욕심도 없이. 그저 우리가 깔아 놓은 길만 묵묵히 걸어온 그런 녀석이 처음으로 뭔가를 원하고 있고요."

그런 아들의 진심이 뭔지는 단 한 번도 제대로 들어 본 적이 없었다. 무엇도 내색하지 않기에 괜찮을 거라고만 생각했다.

하지만 정말로 그 마음속까지 괜찮았을까.

아마, 절대 그건 아니었을 것이다.

천천히 자리에서 일어난 송 교수가 여전히 불퉁한 표정으로 말이 없는 한 회장의 앞으로 다가섰다. 그녀의 손등을 다정하게 두드리며 남은 말을 내놓았다.

"당신이 자랑스러워하는 아들이에요. 그런 아들의 안목인데, 한 번
만 믿어 줍시다."

19. 마지막 선택, 답은 하나

한 회장에게서 연락이 온 건 그녀가 근무를 시작한 지 딱 5일째 되는 날 아침. 막 출근한 그녀가 라커룸으로 들어서기 직전이었다.

"회장……님께서요? 저를요?"

"네. 바로 사옥으로 모셔 오라고 하셨습니다. 출근 시간이라 차가 밀릴 수 있으니 빨리 움직이시는 게 좋을 것 같습니다."

라커룸 앞에서 기다리고 있던 남자는 재촉하듯 말을 덧붙였다. 어감으로 봐선 이미 회장실에서 기다리고 계시는 분위기였다.

잠시 머뭇거리던 수진은 곧 휴대폰을 꺼내 저와 함께 근무를 할 프런트 직원에게 자리를 비우게 되었다는 메시지를 남기고 바로 남자를 따라나섰다.

드디어 올 것이 왔구나 싶은 기분이었다. 대기하고 있던 차에 오르는 순간부터 잔뜩 위축된 심장이 미친 듯이 두근거리기 시작했다. 이제 곧 한 회장의 차디찬 시선 속에 덩그러니 선 채 추궁당할 제 모습을 상상하니 숨이 콱 틀어막히는 기분이었다. 그럴 바에야 어느 막장 드라마의 한 장면처럼 눈앞에 돈 봉투 하나가 툭 떨어지고 이거나 먹고 떨어지라는 말을 듣는 쪽이 차라리 나을 것 같았다.

그렇게 출근하는 차량으로 가득한 강남의 빌딩 숲을 헤치며 도착한 곳은 삼성동에 위치한 HJ그룹의 사옥이었다. 직원의 안내를 받아 도착한 회장실의 묵직한 문 앞에서 수진은 크게 숨을 들이켰다.

"찾으셨습니까, 회장님."

문이 열리고 회장실 안으로 한 걸음 들어서자마자 어디선가 차디찬 바람이 훅 덮쳐 오는 듯한 착각에 저도 모르게 움찔하며 몸을 떨었다. 난방이 빵빵하게 돌아가고 있음이 분명한데도 한 회장의 집무실 안에선 묘하게 한기가 도는 느낌이었다.

한 회장은 입구에서 꺾어진 위치에 놓인 커다란 소파의 상석에 앉아 있었다. 뭔가를 보고 있었던 건지 손에 쥐고 있던 것을 내려놓으며 고개를 들었다. 콧등에 걸친 안경 너머로 날카로운 시선이 찌르듯이 그녀의 얼굴에 닿았다.

"앉아요."

최대한 침착한 태도로 걸음을 뗀 수진은 한 회장과 대각선으로 마주 보는 자리로 가 앉았다. 다소 꼿꼿해 보일 만큼 단정한 몸짓과 태도를 냉정하게 지켜보던 한 회장이 하얗게 긴장한 채 시선을 내리고 있는 여자의 얼굴로 눈을 돌렸다.

"내가 김수진 양을 왜 이 자리까지 불렀는지는 알고 있죠?"

"네. 알고 있습니다."

"좋아요. 어차피 서로 사연은 알 만큼 아는 사이일 테고. 군이 이걸 돌려 말할 시간도, 그럴 이유도 없으니 단도직입적으로 말하죠. 난 수진 양이 내 아들과 헤어졌으면 해요."

막연히 이 순간을 상상만 했을 때는 아직 그를 놓을 수 없다며 소심하게나마 제 의견을 말할 수 있을 줄 알았는데, 그건 정말 상상뿐이었나 보다. 막상 그게 현실이 되니 말을 하기는커녕 딱 달라붙은 입술을 뗄 수조차 없었다. 그저 멍하니 테이블 어느 부분에 시선을 둔 채이어지는 한 회장의 말을 듣고만 있을 뿐이었다.

"연애? 할 수야 있죠. 옛 친구라 했으니 그만큼 정도 깊을 거고, 어쩌면 특별한 인연이라 착각할 수도 있을 거예요. 하지만 결혼이라는건 그리 쉽게 생각할 문제가 아니에요. 이 세계에서의 결혼은 단순히두 사람의 결합을 뜻하는 게 아니니까. 이건 수진 양이 생각하는 그이상으로 복잡한 문제가 얽혀 있고, 내 아들이 내 아들로 남아 있는한 죽을 때까지 따라붙을 조건이기도 해요."

냉정하게 설명을 마친 한 회장이 잠시 틈을 주듯 길게 숨을 내쉬었다.

"물론 그 역시 수진 양이 몰랐을 거라곤 생각하지 않아요. 그걸 알면서도 당장 좋은 감정이 커서 외면했겠죠."

"……."

"그리고 아마 지금도 헤어질 마음은 전혀 없을 거고."

정확히 제 속마음을 끄집어내는 말에 수진은 조용히 숨만 몰아쉬었다. 여기서 어떤 말이 더 떨어질지 당최 감을 잡을 수가 없어 불안했다. 그 전에 그녀 자신도 제 뜻이 뭔지 제대로 어필을 해야 할 텐데도저히 입이 떨어지질 않았다.

"그러니 나로서는 다른 방법을 생각할 수밖에요."

툭하니 내뱉은 한 회장이 그녀의 앞에 뭔가를 내놓았다. 방금 전까지 한 회장 본인이 바라보고 있던 서류 봉투였다.

그 정체를 확인한 수진이 저도 모르게 한 회장을 바라봤다. 이게 뭐냐고 묻는 듯한 시선에 한 회장은 등받이에 몸을 기대며 턱짓으로 서류를 가리켜 보였다. 알아서 확인해 보라는 뜻을 읽어 낸 수진이 조심스럽게 봉투를 열어 안의 내용물을 꺼내 들었다.

"주변을 압박하거나, 더 좋지 않은 상황으로 몰아넣고 떼어 놓는 방법도 고려는 해 봤지만, 솔직히 말하면 그런 짓을 더 하는 게 썩 내키지 않더군요."

한 회장에겐 무엇보다 쉽고 간단한 일이었지만, 그건 저 자신의 자존감은 물론, 소중한 제 아들에게도 상처가 되는 일이었다. 더군다나 이미 제 치졸함에 준성이 내보인 반응을 생각하면 그 자신이 망가질 때까지 치달을 가능성 또한 무시할 수 없게 되었다. 억지로 찢어 놓았다간 더욱 불타오르게 될 감정임을 알기에 절대적으로 피해야 할 방법이었다.

"내가 조사해 본 바, 수진 양은 지금보다 훨씬 발전할 수 있는 사람이에요. 사실 직원으로만 보자면 버리기 아까운 인재죠. 가능하다면, 이대로 쭉 우리 호텔에서 근무하면서 지배인 이상의 자리로 올라서는 걸 권해 보고 싶을 정도로요."

차분히 말을 마친 한 회장이 지그시 수진의 반응을 살폈다.

뉴욕 맨해튼의 중심부에 위치한 호텔 라비타 뉴욕 지점으로 그녀를 보내겠다는 소개장과 뉴욕행 비행기 티켓. 그리고 미국 내 부동산 계약서로 추정되는 문서와 호텔 경영학 MBA를 딸 수 있는 대학의 자료까지 모두 확인하고 난 수진은 얼떨떨한 눈으로 한 회장을 바라봤다.

혼란에 빠진 눈을 마주 바라보던 한 회장이 천천히 입을 열었다.

"거기서 3년이면 될 것 같은데. 수진 양 생각은 어때요?"

도무지 어떤 반응을 해야 할지 알 수가 없었다. 아니, 알 것도 같은 데 선뜻 믿기지가 않았다. 다시 시선을 내린 수진이 제 손에 들린 서류를 멍하니 바라봤다.

"이미 준비는 다 되어 있는 상황이니 남은 건 수진 양의 결정뿐이 군요. 뉴욕 한복판에서 일을 해 보는 것만으로도 수진 양에겐 좋은 경험이 될 테지만, 이 제안의 진짜 목적이 그것이 아님은 알 테고."

저도 모르게 마른침을 삼키며 숨을 죽였다. 아무리 봐도 다시 봐도 이건 제게 스폰서십 유학을 제안하는 것이었다. 모든 직원들에게 그 기회가 열려 있다고 말은 하지만, 실상 아주 특별한 몇 가지 경우를 제외하면 대부분 10년 정도 근속을 해 온 과장급 이상 우수 사원들에게나 간신히 기회가 돌아오는 아주 어려운 일이었다.

저도 뜻이 있었기에 줄곧 목표로 해 온 일이자, 제 꿈인 총지배인 이라는 길에 다가서기 위해선 꼭 필요한 과정이기도 했기에 이번 좌천 건이 더욱 뼈아팠던 터였다. 이젠 꿈조차 꿀 수 없는 일이 되었구나 싶었는데, 이런 식으로 기회가 돌아올 줄이야.

"그곳에서의 생활비며, 수진 양이 대학원에 진학했을 시의 모든 학비 일체는 우리 호텔, 아니, 내가 직접 부담하게 될 겁니다. 그리고 만약 우수한 성적으로 장학금을 타 낼 경우에도 이쪽에서 약속된 자금은 모두 지원될 테니 할 수 있는 만큼 재주를 발휘해 보는 것도 나쁘지 않겠죠."

그것도, 지금껏 듣도 보도 못한 파격적인 조건과 함께라니.

좀처럼 실감이 나지 않았다. 무엇보다 이 상황에서 이런 이야기가 나온다는 게 너무도 비현실적이라서 생각이 미처 따라잡지 못하는 느낌이었다.

"일단 내 제안은 여기까지고, 이젠 수진 양이 하기 나름이겠죠. 그곳에서 최고 수준의 대학에 진학을 하든, 적당히 학위만 따서 돌아오든, 진학에 실패해서 1년가량 뉴욕 연수만 채우고 돌아오든, 모든 건 스스로 결정하도록 해요. 그리고 그 결과에 대해서만 책임을 지세요."

"……."

"물론 각각의 경우에 따라 앞으로 수진 양의 미래는 많이 달라지겠죠."

저 하기에 따라 미래가 달라질 수도 있다.

유독 깊숙이 박혀 오는 말에 수진은 저도 모르게 뛰어 대는 심장을 다스리려 애를 썼다. 지금의 그녀에겐 이것보다 달콤한 유혹이 없었다. 심지어 저 혼자만의 미래가 아니라, 준성과의 관계에 대해서도 어느 정도 여지를 주는 것처럼 들리는 건 너무 상황을 긍정적으로만 보는 걸까.

"왜 대답이 없죠? 자신이 없다는 뜻입니까?"

차갑기 그지없는 질문에 수진은 순간 크게 숨을 들이켰다. 정신이 번쩍 돌아오는 기분이었다.

맙소사. 무슨 기대를 한 거니?

정신적으로 너무 몰려 있던 나머지 뇌가 스스로 행복 회로를 돌리고 있었나 보다. 한 회장이 굳이 제게 이런 제안을 꺼내 든 목적이 뭔지는 그녀 자신이 가장 잘 알고 있지 않나.

"이런 기회를 제게 그냥 주실 리 없다고 생각해서입니다."

달콤한 미끼 안엔 날카로운 낚싯바늘이 도사리고 있는 법이다. 당장 배가 고프다고 그것을 덥석 물어 버렸다간 낚싯대의 주인에게 끝도 없이 휘둘릴 건 자명한 일.

처음부터 한 회장이 바라는 건 한 가지였다.

바로 저 자신이 준성의 곁에서 사라지는 것.

제 자리를 빼앗고, 겁을 주는 방식으로는 부작용이 컸으니 이번엔 직접 저를 회유해 원하는 걸 쥐여 주고 그를 포기하게 만들려는 것임에 분명했다. 그렇기에 한 회장은 어떤 일이 있어도 이 건을 성사시키려 할 것이다.

긴장으로 굳은 눈이 한 회장을 향했다. 여전히 의자에 기대앉아 있던 한 회장이 느릿하게 양손을 움직여 깍지 끼며 그녀를 마주 바라봤다.

"될성부른 인재에게 투자를 하는 건 늘 해 온 일이니 특별할 건 없습니다. 이 기회를 통해 수진 양이 내가 생각한 이상의 인재가 되어서 활약해 준다면야, 그건 내게도 나쁠 건 없는 일이죠. 만약 그런 인재가 못 된다면 기회비용만 버리는 일이겠지만, 그것도 내겐 그다지 큰 손해는 아니고."

"……."

"여기까진 표면적인 이유고."

싱거운 말과 함께 말을 끊은 한 회장의 입가로 희미한 미소가 떠올랐다.

"이미 짐작하고 있겠지만, 난 수진 양에게 선택을 강요하는 거예요."

좀 더 확실하게 목적을 품은 말이 툭 던져졌다.

"현재의 수진 양은 얻어 낼 수 있는 게 아무것도 없어요. 왜냐면 내가 아무것도 허락하지 않을 테니까."

당연하다는 듯 내놓는 말과 함께 한 회장의 미소가 좀 더 뚜렷해졌다. 어떤 방법을 통해서라도 그녀를 바닥에 짓눌러 놓겠다는 의지가 깃든 말이었다.

"일단 이곳에 남아 있을 경우, 그 미래를 예상해 보죠. 최소 우리 호텔에서의 성공은 일찌감치 포기해야겠죠. 만약 여길 그만두고 떠난다 해도 이쪽 업계는 물론, 관련된 모든 직종에서 발붙일 수 있는 곳은 없을 거라 생각하세요."

그런 것쯤이야 무서울 게 없다고 생각하고 싶은데, 이상하게 몸이 떨렸다.

"내 아들과의 관계 역시 마찬가지예요. 두 사람의 연애는 막지 못한다 해도, 결국엔 사랑하는 남자가 다른 여자의 남편이 되는 걸 지켜봐야 할 겁니다. 설령 내 아들이 모든 걸 버리고 나가 수진 양을 선택한다 해도, 그렇게 내 아들의 삶을 망쳐 놓은 것에 대한 책임은 평생지고 가야 할 거고요."

이것 역시 그 사람과 함께라면 충분히 견뎌 낼 수 있는 일이라 생각하고 싶은데, 이미 머릿속은 아무것도 손에 쥐지 못한 채 망연해 있는 제 모습만을 덩그러니 그려 내고 있었다.

"미국으로 가든, 여기 머무르든 선택은 수진 양이 하면 됩니다."

말은 선택이지만, 이건 가라는 협박이나 다름없었다.

"물론 멀리 떨어져 지내며 두 사람의 마음이 서로 식어 간다면야 나로선 그 이상 좋을 일은 없겠지요."

그리고 이것이 진짜 한 회장의 목적일 터.

머리 위로 드리워지는 먹구름을 본 것만 같았다. 아무리 달려도 빠져나갈 수 없는 쳇바퀴 속에 갇힌 기분이었다. 서서히 제 목을 죄여 오는 올가미의 감촉이 섬뜩했다.

"……생각 좀 해 봐도 되겠습니까?"

"얼마든지."

쿨하게 대꾸한 한 회장이 다시 의자에 깊숙이 기대앉았다. 승리를 직감한 듯 여유롭게 걸린 미소 앞에서 고개를 숙여 보인 수진은 그대로 회장실을 물러 나왔다.

오전 조 근무가 끝난 건 오후 4시쯤 되었을 때였다. 교대를 마치고 호텔을 나선 수진은 바로 집으로 돌아가는 대신 호텔 주변을 멍하니 걷고 있었다.

어느덧 늦은 오후의 저물어 가는 햇살이 곱게 단풍 진 빛을 뿌려 대는 시각이었다. 사실 그냥 걷기엔 꽤 추운 때였지만, 시베리아 기단이 점령한 대기는 모처럼 미세 먼지 하나 없이 쾌청했고, 거센 바람도 없어선지 산책에 크게 지장은 없는 정도였다.

도리어 이만큼 춥기라도 해서 종일 바쁘게 돌아가느라 열이 오른 머릿속을 식힐 수 있었던 것 같기도 하다. 복잡한 상념 대신에 '어우, 춥다.' 소리가 입 밖으로 튀어나올 무렵엔 퇴근 때가 되어 있었다.

"그럼, 이제 가 볼까."

나직하게 중얼거린 수진이 사무 건물을 향해 걸음을 옮겼다.

"안녕하세요, 김 비서님."

"어? 어, 김— 주임님?"

잠시 제 호칭을 고민하던 기색이 역력한 김 비서의 대꾸에 수진은 작게 웃음을 터뜨렸다. 느닷없이 준성의 집무실 앞에 나타난 저를 보며 살짝 당황한 눈치였다. 이래도 되는 건가, 싶은 건지 습관적으로 주변을 살피는 눈동자가 불안하게 떨리고 있었다.

하지만 이미 저와 준성의 관계는 호텔 전체에 소문이 날 대로 난 상황이다. 그렇지 않아도 저만치 보이는 부속실 직원들의 눈과 귀가 몽땅 이쪽을 향해 있는 게 느껴졌지만, 이젠 숨겨 봤자 의미도 없고 달리 껄끄러울 것도 없기에 수진은 당당했다.

"지금 안에 있죠? 들어가도 될까요?"

"아, 마침 상무님께서도 업무 마무리하고 계십니다. 이제 곧 나오실 거고요."

"그럼 여기서 좀 기다리면 되겠네요. 김 비서님의 빠른 퇴근을 위해서 제가 빨리 데리고 가겠습니다."

"하하…… 그건 고맙네요."

싱거운 말에 김 비서가 작게 웃음을 터뜨렸다.

그리고 약 10여 분 후, 집무실의 문이 열리고 기다리던 남자가 모습을 드러냈다. 남은 지시 사항을 전달하려던 건지 김 비서를 부르던 그대로 멈칫한 준성이 놀란 눈으로 그녀를 바라봤다.

"어? 수진아."

"생각보다 일찍 나왔네?"

생긋 웃어 보인 수진이 그의 앞으로 가까이 다가섰다. 줄곧 이 관계를 숨기려고만 했던 수진이기에 이런 일은 상상조차도 못 해 봤다. 생각지도 못한 상황이 기쁘면서도 얼떨떨한지 그의 입가엔 웃음기가 만연하다.

"뭐야. 무슨 일이라도 있었어? 네가 여기까지 걸음을 다 하고."

"무슨 일은. 그냥 너랑 같이 퇴근하려고 왔지. 가다가 저녁도 같이 먹고. 나 배고파. 빨리 가서 맛있는 거 먹자."

애교 섞인 웃음과 함께 재촉하자 그가 너털웃음을 지었다. 이런 그녀가 예뻐 죽겠다는 듯이. 그저 사랑스러워 못 견디겠다는 듯이 짓는 웃음이 이상하게 가슴에 맺히는 것만 같아 수진은 더욱 아무렇지 않게 그의 팔을 잡아끌었다.

유유히 호텔 부지를 빠져나온 차량은 곧 복잡한 도심지로 접어들었다. 바로 밥을 먹으러 갈지, 아니면 집으로 갈지. 메뉴는 일식으로 할지, 한식으로 할지. 찌개가 좋을지, 면류가 좋을지 등등. 쉽사리 결론이 나지 않는 이야기가 오가다 결국 '국물만 있으면 뭐든 좋아'는 수진의 의견을 따라 두 사람은 가까운 샤브샤브 체인점으로 들어섰다.

메뉴를 주문하고, 뒤따라 나온 작은 솥에 담긴 육수가 끓기를 기다리는 동안 두 사람은 시시콜콜한 하루의 일과를 늘어놓으며 키득거렸다.

"어휴 말도 마. 역시 오퍼레이션에서 접하는 진상은 그 농도가 다르다니까. 대신에 여긴 더 다양한 사람을 접하게 되니까 그건 좀 더 재밌는 거 같고."

"되게 낙관적이네. 그런 진상을 만났는데도 웃음이 나와?"

"그렇다고 손님하고 계급장 떼고 맞장 뜰 수도 없잖아. 프런트면 우리 호텔의 얼굴이나 마찬가진데."

짐짓 단호하게 말하는 게 제법이다 싶었는데 아니나 다를까.

"뭐, 나중에 어디서든 반대 입장으로 만났으면 하는 작은 소망은 있지. 그땐 내가 아주 뼛속까지 그득하게 농축시켜 놓은 진상 짓을 아주 유감없이 발휘해 줄 거거든. 누구든 걸리기만 해, 그냥."

뒤이어 덧붙인 말에 픽 웃어 버렸다. 말만 그렇지 정작 그런 일이 생기면 언제 그랬냐는 듯 아주 얌전히 제 할 일만 마치고 돌아올 사람이다. 아니, 그들의 고충까지 들어 주며 온갖 오지랖을 펼칠 가능성도 아주 없다곤 못 하겠다.

문제는 그런 그녀라서 더더욱, 못 견디게 사랑스럽다는 것뿐인가.

"매일 이렇게 너랑 같이 퇴근했으면 좋겠다."

가만히 그녀의 얼굴을 바라보고 있던 준성이 문득 생각난 소망을 내뱉었다.

면세점 건을 마무리하고서 모처럼 여유로운 때였다. 이미 다음 프로젝트 투입이 결정된 상태였지만, 지금까지처럼 급한 건은 아닌지라 한동안은 이렇게 퇴근 후 그녀와의 시간을 만끽할 수 있을 터였다.

그런데 순간 그녀의 얼굴에 그늘이 졌다. 바로 그러자는 대답을 할 수 없는 그녀의 사정도 이해했기에 준성은 다시 웃으며 말을 이었다.

"알아. 오후 조나 야간 조면 택도 없는 거. 그 전에 어떻게든 널 다시 원래 자리로 돌려보내 줄게. 그렇지 않아도 계속 그 일에 대해 궁리 중이었어. 일단은 이번 프로젝트 건으로 최대한 딜을 걸어서 회장님을 설득시켜 보는 걸로 시작하려고. 힘들겠지만, 며칠만 더 기다려 줘. 무슨 수를 써서라도 네 권리 꼭 찾아 줄 테니까."

"그게…… 준성아."

가만히 듣고 있던 수진이 조심스럽게 그를 불렀다. 무겁게 떨어진 목소리에 준성이 의아한 표정을 지으며 그녀를 바라봤다. 무슨 말이든 들어 주겠다는 듯 다정한 남자의 시선 앞에서 수진은 선뜻 입이 떨어지지 않는지 눈을 내리깐 채 잠시 망설였다.

그러다 작게 한숨을 내쉬고는 이내 결심한 듯 그의 눈을 마주 봤다.

"실은 오늘 회장님 만났어."

순간 준성의 얼굴에서 웃음기가 싹 사라졌다.

"회장님을? 무슨 일로……. 아니, 괜찮은 거야? 별일 없었어?"

걱정스러움이 가득한 물음에 수진은 씁쓸하게 웃으며 고개를 저었다.

"그런 일이 아니야. 나, 제안을 받았어."

차분히 운을 뗀 수진은 한 회장과의 사이에서 있었던 일을 설명했다. 최대한 자신의 입장과 의견은 배제한 채 그저 어떤 대화를 나눴으며, 결과적으로 어떤 제안을 받았는지까지만 아주 심플하게 털어놓았다.

설명이 끝난 후에도 준성은 한동안 말이 없었다. 이미 말을 꺼낸 시점부터 굳어 있던 얼굴은 시간이 꽤 지난 후에도 풀리지 않은 채였다.

그렇게 말이 없는 남자의 눈치를 살피던 수진이 얼른 젓가락을 집어 들었다.

"어, 육수 다 끓은 거 같은데. 와, 채소 되게 신선해 보여. 고기도 꽤 많이 주네, 여긴. 그치? 맛있겠다."

끓고 있는 육수에 채소와 고기를 넣고 익히며 애써 웃어 보였다. 가라앉은 분위기를 어떻게든 누그러뜨려 보려는 노력이었다. 이미 이

일이 그의 기분을 상하게 한 건 명백했지만, 여기서 그와 다투고 싶진
않았다.

"그런 일이 있었으면 제일 먼저 나한테 연락을 했어야지."

그러나 노력이 무색하게도 이어진 준성의 목소리는 스산하기 짝이
없었다.

"미리 이야기 못 해서 미안. 나도 갑자기 가게 되는 바람에 연락할
짬이 안 났어."

약간 변명하듯 덧붙인 수진이 멋쩍게 웃었다. 연락을 하려면 얼마
든지 할 수 있었고, 실은 당장에라도 그에게 전화를 걸어 도와 달라
하고 싶을 만큼 무서웠지만, 참아야 했다는 말은 이 상황에 전혀 도움
이 되지 않을 것이다.

"이런 말은 좀 그렇지만, 어쨌든 무사히 이야기 잘 마치고 왔고,
또……."

"지금 그게 문제야?"

"……."

"이미 넌 가는 쪽으로 마음이 흔들리고 있는데."

아무것도 내색하지 않았다고 생각했는데 그는 너무도 정확히 제
생각을 꿰뚫어 봤다. 잠시 말문이 막혔던 수진이 이내 낮게 한숨을 내
쉬었다.

"저기, 준성아. 내 말 좀 들어 봐."

"그런 말에 넘어가지 마. 이미 한 번 나하고의 약속도 깨신 분이야.
한 번 약속을 깨셨는데 또다시 깨지 말라는 법 없어."

물론 그녀 자신도 지나치게 좋은 조건이 의심스러운 건 사실이었
다. 제아무리 계약서를 쓰고 법적인 공증을 받는다 해도 이건 한 회장

305

측에서 이행하지 않으면 그만인 약속이었으니까.

만약 그런 일이 벌어진다면 제가 할 수 있는 일이라곤 법의 힘을 빌려 따지는 일뿐인데 거대 기업을 상대로 법적인 다툼이라니. 이미 그 시점에서 제 인생은 구겨진 휴지 조각이 되는 거나 다름없다.

"하지만 다른 방법이 없잖아."

그럼에도 불구하고 이 기회를 잡고 싶었다.

"나도 알아. 이건 너랑 나를 떼어 놓기 위한 방법일 뿐이라는 거. 외국에 나가 공부하는 게 쉽지 않은 것도 알고, 설령 회장님이 흡족해 하실 만큼 결과를 낸다 해서 우리 사이를 인정해 주실 거란 보장이 없다는 것도 알아. 다 아는데, 그렇다고 가만히 기다리고만 있으면 여기서 달라지는 게 없잖아. 어떻게든 뭐라도 해야……."

"아니. 그럴 일은 없을 거야. 내가 그렇게 두지 않을 테니까. 방법은 얼마든지 찾을 수 있어. 지금 여기서 네가 내 곁을 떠나는 게 더 최악의 시나리오라고. 네가 회장님 말씀대로 따른다 해서 과연 회장님이 너 돌아올 때까지 기다려 주실 거라 생각해?"

"……."

"3년이야. 그 시간이면 회장님, 충분히 너랑 나 어느 쪽을 공략해서든 완전히 남으로 만들어 버리고도 남을 분이고."

또한 불같았던 감정이 식어 버리기에도 충분한 시간일 테지.

그 긴 시간이 주는 무게감이 너무도 컸기에 수진은 다시 말문이 막혔다. 한 회장에 대해서라면 저보다 훨씬 더 잘 알고 있을 것이다. 그런 그가 이렇게나 완강히 만류하는 일이라면 정말로 아닌 걸까.

"어려운 생각 말고, 넌 그냥 내 곁에 있으면 돼. 일단 밥부터 먹자. 배고프겠다."

다소 날카로운 투로 잘라 냈던 것과 달리 한층 부드러워진 말이 돌아왔다. 익은 고기와 채소를 건져 덜어 주고서 묵묵히 젓가락질을 시작한 남자를 바라보던 수진은 이윽고 꾹 쥐고 있던 젓가락을 조심스럽게 내려놓았다.

"예전에 내가 이런 일이 있을지도 모른다고 했을 때 네가 그랬었잖아. 날 제대로 보여 드린 적도 없으면서 단정 짓지 말라고. 그리고 이번 인사 건이 터졌을 때도 당하고만 있지 말자고. 뭐라도 해서 상황이 움직이도록 만드는 게 낫다고도 했었고."

식사를 하는 둥, 마는 둥. 성의 없이 움직이던 젓가락질이 천천히 멈췄다. 유난히 고운 남자의 손에 잠시 시선을 두던 수진이 눈에 띄지 않게 한숨을 내쉬었다.

"네 말대로 이건 기회가 아닐 수도 있어. 알고 있지만 하고 싶은 거야. 아무것도 못 해 보고 그냥 네가 뭔가 해 주길 기다리고 있는 건 싫으니까. 열심히 발버둥이라도 쳐 보고, 내가 할 수 있는 모든 걸 다 해 보고 나서 부당함을 논하는 게 나 스스로도 떳떳한 일이라 생각해."

지레짐작하고 포기하는 건 대학 시절, 눈앞에서 차갑게 돌아서던 이 남자의 뒷모습을 본 것만으로 족했다. 더는 그런 식으로 살고 싶지 않았다.

"정당하게, 내 힘만으로 인정받고 싶다고. 다른 누구의 힘을 빌려서가 아니라, 오직 내 능력만으로."

평생을 그렇게 살아왔기에 제 삶은 누구에게도 부끄럽지 않았다. 제 손으로 일군 결과물은 곧 자신의 긍지였다. 그 고집스러움은 제힘으로 어쩔 수 없는 일이라면 차라리 욕심을 내지 않는 게 옳다고 생각하기에 이르렀다.

하지만 이 남자는 아니었다. 제게는 버거운 존재라는 걸 알면서도 도저히 포기가 되지 않았다. 포기하라며 내놓은 미끼마저도 나서서 물어 버리고 싶을 만큼 욕심이 났다.

그래서 실은 한 회장에게서 그런 제안을 받았을 때 가슴이 떨렸었다. 처음 서류를 받아 들고 내용을 확인했을 때 순간적으로 제 안에서 피어올랐던 환희가 제 진심이었음을 부정할 수 없었다.

버릴 수 없어서 괴로웠던 꿈을 다시 꿀 수 있고, 이 남자와의 사랑을 당당히 세상에 보일 수 있는 기회라고 생각했다. 아니, 그걸 현실로 만드는 게 제게 떨어진 의무라고 확신했다.

그래서 더 고집을 부렸다. 어렵게 만난 소중한 사랑인 만큼, 더더욱 확실히 인정받고 싶었으니까.

"그렇게 내 자리 찾아내고, 회장님께도 꼭 인정받을 거야. 그리고."

잠시 말을 멈춘 수진이 여전히 굳은 채 저를 보고 있는 남자를 마주 바라봤다.

"모두에게 축복받으면서 너랑 결혼할 거야."

당당히 튀어나온 포부에 준성은 잠시 멍한 얼굴이었다. 몇 번이나 결혼을 언급했지만, 그녀는 단 한 번도 긍정적인 대답을 내놓은 적이 없었다. 부담을 느끼는 것도 같았고, 자신이 없어 보이기도 했다. 그렇기에 그녀를 설득하고 조르는 건 늘 제 몫이라고만 생각했었는데, 생각지도 못한 순간에 그녀가 스스로 저와의 결혼을 입에 올린 것이다.

"그땐 내가 너한테 청혼할게."

더군다나 이런 귀여운 소리까지 내놓을 줄이야.

"하……."

결국 준성은 나직하게 웃어 버렸다. 이런 반칙을 저질러 놓고도 그녀는 당당하게 저를 보며 미소를 짓고 있다.

"그거 알아? 네가 그렇게 말하면 난 더 막을 방법이 없다는 거."

사람을 이렇게 쥐락펴락하는 주제에 뭐가 떳떳하다고 그리 예쁘게도 웃는 건지.

"미안해. 난……."

"알았으니 일단 밥부터 먹자."

"준성아."

"아무 말 하지 마, 지금은. 나도 생각할 시간이 필요하니까."

냉정하게 잘라 내는 말에 순간 목이 메었다. 말없이 식사를 시작한 남자를 보며 수진은 젓가락을 집어 들었다. 입맛은 없었지만, 그를 불편하지 않게 하기 위해서라도 일단 먹는 시늉은 해야 할 것 같았다.

정적 속에서 식사를 마치고, 나란히 차에 오른 후에도 두 사람은 달리 말이 없었다. 생각할 시간이 필요하다는 사람을 붙잡고 눈치 없이 수다를 떨 수도 없었기에 수진은 차창 밖으로 눈을 둔 채 곰곰이 제 생각을 정리하고 있었다. 그렇게 집 앞에 도착할 때까지도 두 사람은 침묵을 유지했다.

"고마워. 태워다 줘서."

익숙한 길목에 들어선 차량이 멈춘 후에야 수진은 간신히 말을 밀어냈다. 아직도 긍정적인 생각은 전혀 들지 않는 모양인지 어둡기만한 그의 얼굴을 보고 있으려니 제 마음도 착잡했다.

"나 이만 들어가 볼게. 운전 조심하고."

애써 웃으며 말하곤 차에서 내렸다. 아무래도 설득에 실패한 걸까. 이러다 한 회장과의 일을 걱정하기 이전에 그와의 관계를 걱정해야 할지도 모르겠다. 생각조차 하기 싫은 일을 떨쳐 내듯 씁쓸하게 웃으며 돌아서는데 운전석의 문이 여닫히는 소리가 났다.

"수진아."

차마 돌아보지도 못하고 걸음만을 늦춘 그녀의 등 뒤로 성큼 다가온 남자가 그녀를 붙잡았다. 이어 등 전체를 포근히 덮어 오는 온기에 또다시 눈가가 화끈해졌다. 이런 와중에도 그의 품은 너무도 넓고 따뜻했다. 머뭇거리며 올라간 손이 제 어깨를 감싼 남자의 팔을 붙잡았다.

"내가 허락하지 않는다 해도 네 마음, 바꿀 생각 없는 거지?"

나직하게 귓가를 스치는 말에 수진은 고집스레 입술을 깨물며 눈을 감아 버렸다. 그렇게 끝내 자신이 원하는 대답을 내놓지 않는 그녀를 그는 한참 동안 말없이 품고만 있었다.

다시 찾은 한 회장의 집무실은 여전히 한기가 느껴지는 곳이었다. 온기를 품은 찻잔을 앞에 놓고서도 손도 뻗지 못할 만큼 긴장한 채 앉아 있던 수진이 가만히 시선을 들었다.

"미국으로 가겠습니다."

그럴 줄 알았다는 듯 상석에 앉은 한 회장이 한쪽 입가를 슬쩍 올려 웃는다.

"그리고 헤어지지도 않을 거고요."

불쑥 이어진 말에 한 회장이 흥미롭다는 듯 고개를 기울였다. 더해 보라는 뉘앙스에 수진은 신중히 말을 이었다.

"처음부터 이 건은 조건에 넣지 않으셨던 거로 기억합니다. 물론 회장님께서 바라시는 게 뭔지 모르는 건 아니지만, 이미 체급부터 다른 싸움에서 철저히 불리한 제가 챙겨 드릴 수 있는 일이 아니라 생각해서입니다. 그리고 회장님께서는 이 조건에 크게 영향받지 않으시겠지만, 제겐 이 관계를 지키고 싶은 간절함이 제가 발전하는 데 아주 큰 도움이 될 거라 생각 중이고요."

"그러니까, 지금 내가 주는 혜택은 받고도 내 아들과 헤어지진 않겠다는 뜻인가요?"

"네."

"허."

나직하게 헛웃음을 짓는 한 회장의 앞에서도 수진은 물러서지 않았다.

"어차피 미래의 일을 당장 알 수는 없으니까요. 어쩌면 회장님께서 원하신 결말을 맞이할 수도 있고, 저희가 이 감정을 지켜 낼 수도 있겠죠. 어떤 결과가 나오든 자연스러운 시간의 흐름에 맡겨 주셨으면 합니다."

그다지 마음에 드는 말이 아닌지 소파에 깊숙이 기대앉는 한 회장의 미간으로 깊숙이 골이 파였다. 그 타이밍에 수진은 하고 싶었던 말을 꺼내 놓았다.

"대신에 어디 내놓아도 부끄럽지 않은 인재가 되어 돌아오겠습니다. 회장님께서 제가 탐나 못 견뎌 하실 정도로요."

또다시 한 회장의 입에서 헛바람 새는 소리가 들려왔다. 어처구니가 없는지 몇 번이나 헛웃음을 짓던 한 회장이 한참 만에야 툭하니 입을 열었다.

"하긴. 굳이 떼어 놓지 않아도 그 정도면 긴 시간이죠. 수진 양 말대로 굳이 내가 신경 쓰지 않아도 잘 해결될 가능성이 더 높은 건 사실이고."

입가에 어린 웃음기 탓인지 아까보단 누그러진 말투였다. 그런 얼굴로 흥미롭다는 듯 수진을 빤히 바라보던 한 회장이 이윽고 고개를 끄덕였다.

"그렇게 해요."

"감사합니다, 회장님."

이후의 절차는 윤 이사를 불러 진행하게 했다. 꼼꼼히 계약서를 작성하고, 서명까지 날인한 서류를 집어 든 수진이 회장실을 나선 후에야 한 회장의 입가로 지금껏 내보이지 않았던 흡족한 웃음이 떠올랐다. 그런 한 회장을 흘깃 바라본 윤 이사가 슬그머니 덧붙였다.

"아무래도 저분이 정답을 선택하신 거 같네요."

"쓸데없는 소리 말고. 그만 나가 봐요."

"네. 알겠습니다."

불퉁하게 내놓은 말에도 오랜 세월 한 회장의 곁을 지켜 온 윤 이사는 속지 않았다.

보이지 않게 웃음을 머금고서 고개를 꾸벅 숙여 보인 윤 이사가 회장실을 나서자 괜히 못마땅한 듯 표정을 굳힌 한 회장이 다시 의자에 기대앉았다.

"뻔뻔하고 배짱 좋은 건 나쁘지 않군."

나직하게 중얼거리는 목소리에 슬며시 웃음기가 어렸다.

막상 모든 게 결정되고 나니 일은 일사천리로 진행되었다. 뉴욕에서의 생활에 필요한 건 모두 준비가 된 상황이었고, 심지어 한 회장은 출국 날짜까지 정해 놓은 상태였다. 어차피 자리를 비울 거면 하루라도 빨리 정리하고 떠나는 게 남은 이들에게도 도움 될 거라는 윤 이사의 조언에 따라 수진은 정확히 열흘밖에 남지 않은 날짜에 맞춰 준비를 마쳐야 했다.

부모님께 소식을 전하고, 나 과장과 수혁을 비롯한 지인들을 만나 사정을 설명하고, 모든 필요한 서류와 짐을 챙긴 후 마지막으로 집을 내놓기까지. 눈코 뜰 새 없이 바쁜 나날을 보내는 동안 열흘은 정말 눈 깜짝할 사이에 지나 버렸다.

"……끝까지 연락이 없네."

그를 설득하려 했던 날, 끝내 그의 웃는 얼굴은 보지 못하고 헤어졌었다. 이후 그는 가끔 안부 메시지만 전해 올 뿐 달리 의견을 전하거나, 만나자는 말을 꺼내지 않았다. 그가 생각을 정리하고 확실히 답을 해 주길 기다려야 하는 제 입장에선 차마 먼저 얼굴 좀 보여 달라고 할 수가 없었기에, 결국 그렇게 열흘 동안 생이별을 경험한 터였다.

"그렇다 해도 어떻게 이렇게까지 무시하는 건데."

이미 집에 있을 때 그에게 곧 출발할 거라 알리고 나선 참이었다. 혹시나 하고 전화를 걸어 봤지만 통화는 하지 못했다. 이후 공항에 도착해 수속을 마치고 자리를 찾아 앉는 몇 시간 동안에도 그는 끝내 연락을 주지 않았다.

물론 그로서는 쉽게 마음을 풀기 힘든 일이겠지만, 그래도 섭섭한 건 어쩔 수 없었나 보다. 결국 비행기에 오르고, 통 큰 한 회장님 덕분에 머리털 나고 처음 접하는 프레스티지석에 앉은 후였지만 심란한 마음은 사라지질 않았다.

정말 헤어지자는 건가. 그냥 이렇게 서서히 멀어지려 마음을 먹은 건가.

제가 양보를 하지 않으니 그 역시도 양보할 이유가 없다고 생각한 건지도 모르겠다. 그래. 그렇게 지지 않고 고집을 부려 댔으니 정이 떨어질 만도 했지.

"어우 씨. 왜 자꾸 그런 생각만 해."

생각이 마이너스극을 향해 달리고 있었다. 저도 모르게 눈물까지 찔끔한 수진이 얼른 눈가를 문지르며 고개를 저었다. 설마, 그럴 리는 없었다. 정말 헤어질 마음이라면 차라리 대놓고 헤어지자 말을 했지, 이런 식으로 질질 끌 사람이 절대 아니었다. 그런 사람이 아니란 걸 알고 있는데……

"그런데 왜 연락이 없냐고."

제 이런 결정이 그만큼 그에겐 상처였던 걸까.

그와 진정으로 함께할 수 있는 유일한 방법이라 생각했는데, 이 방법이 그에게 상처만 준다면 그게 무슨 의미가 있는 걸까. 이런 제 고집으로 인해 상처만 남고 얻는 건 없을지도 모른다 생각하니 눈물이 후두둑 흘러내렸다.

"아, 진짜 왜 울어. 뭘 잘했다고."

흘러넘치는 눈물을 주체하지도 못하고 울먹이는 사이 누군가 옆자리로 들어와 앉는 기척이 났다. 잽싸게 눈물을 닦아 내며 창밖으로 눈을 돌리는데 어딘지 익숙한 남자의 목소리가 들려왔다.

"그러게 뭘 잘했다고 웁니까? 본인이 그리 고집부린 거면 후회는 하지 말아야지."

순간 눈물이 도로 쏙 들어가 버리는 기분이었다. 수진은 뻣뻣하게 굳어 버린 몸을 움직여 제 옆자리를 확인했다. 너무도 낯익은 목소리. 절대 헷갈릴 수 없는 목소리의 주인공이 느긋한 포즈로 자리에 앉아 빤히 그녀를 바라보더니 픽 웃음을 머금었다.

"회장님도 기왕 인심 쓰실 거면 퍼스트로 쓰시지. 애매하게 비즈니스는 뭐야."

"너, 네가 여긴 어떻게……. 아니, 이 시간에 회사는 어쩌고?"

"당연히 휴가 냈지. 같이 여행하는 기분으로 비행기도 타 볼 겸, 내 여자가 살 곳이 어떤지 확인도 할 겸 해서."

당당히 이어진 대꾸에 절로 입이 벌어졌다.

"휴가? 이 바쁜 시기에 뜬금없이 무슨 휴가?"

"음, 포상 휴가?"

과연 그 휴가를 결재해 준 사람이 누굴까.

역시나 싱긋 웃음을 머금은 준성이 거드름을 피우듯 턱을 조금 치켜들더니 태연히 대답했다.

"그 고생 하며 성과를 낸 나한테 내가 선물 좀 주겠다는데. 뭐 잘못됐어?"

그럼 그렇지.

기막힌 논리가 너무나 어처구니없는데 그런 와중에도 웃음이 난

다. 더불어 이상한 안도감으로 온몸의 기운이 쭉 빠지는 느낌이었다.

기쁘다고 해야 할지, 화가 난다고 해야 할지. 종잡을 수 없는 기분에 울컥하려는 감정을 누르듯 아랫입술을 말아 물자 슬그머니 자리에서 일어난 준성이 바로 그녀의 앞으로 다가와 한쪽 무릎을 꿇고 앉았다. 다시 눈이 마주치면 또 눈물이 터질 것 같아 애써 외면하는 그녀의 손을 붙잡으며 다정하게 말을 건네 왔다.

"아무리 섭섭했어도 그렇지. 간신히 생각 정리하고 왔는데 이제 내 얼굴 좀 봐 주시죠? 내가 그렇게 밉나?"

"아, 아니야, 그런 거. 그게 아니라 지금은 그냥 좀……."

황급히 입을 열었다가 또 목이 메어 와 입을 다물었다. 기어이 흘러내린 눈물이 제 허벅지로 뚝뚝 떨어졌다. 그렇게 결국 아무 말 못 하고 울고만 있는 그녀의 어깨를 당겨 안은 그가 달래듯 등을 토닥였다. 나른한 웃음이 그녀의 머리맡을 스쳤다.

"큰일이네. 벌써 이렇게 눈물 바람인데 정말 나 없이 잘 살 수 있나? 밤마다 보고 싶다고 전화통 붙들고 우는 거 아니야?"

"뭐래, 정말."

놀리는 듯한 말에 툭하니 그를 밀치며 품 안을 빠져나왔다가 이번엔 양팔이 붙잡힌 채 그를 마주 봐야 했다. 진지하지만 여전히 다정한 눈동자가 눈물 젖은 그녀의 눈가를 지그시 살폈다. 엉망이 된 얼굴도 그저 예뻐 죽겠다는 듯이 바라보던 그가 그녀의 양손을 굳게 잡았다.

"생각보다 시간은 금방 흐를 거야. 타국 생활이 만만치 않을 테니 다른 생각 할 겨를도 없을걸? 정신 좀 들 만하면 이미 귀국하는 비행기에 올라 있을지도 몰라."

일부러 과장을 더한 말에 수진은 작게 웃음을 머금었다. 기다리는 입장인 그가 더 고통스러울 텐데, 이렇게 말해 주는 그가 고마워서 또 눈물이 날 것 같았다.

"혹시 정 힘들거나 내가 보고 싶어 못 견디겠으면 언제든 말하고. 바로 달려갈게. 네가 원하면 일주일에 두 번 세 번도 움직일 수 있어."

"……야, 그건 아니지. 그런 소리 하지 마. 누가 들으면 미친 줄 알걸?"

그건 완전 무리라고. 애초에 비행시간부터 개오버야.

그런데 정말 이 남자라면 그러고도 남을 것 같아 수진은 정색하며 말을 끊어 냈다. 다시 말하지만, 이 남자는 홱 돌면 진심으로 위험해진다. 정말로 걱정되는 마음을 아는지 모르는지. 남자는 태연히 웃으며 말을 이어 갔다.

"그러니 한눈팔지 말고 열심히 공부만 하라는 뜻이야. 거기도 내 영역인 건 알지? 혹시 엉뚱한 놈이랑 눈이라도 마주쳤다간 바로 나한테까지 소식 전해지는 곳이니까 조심해. 그랬다간 그날로 바로 잡으러 간다."

"어우, 정말."

기어이 한다는 소리에 수진은 질렸다는 얼굴로 그의 가슴팍을 툭 때렸다. 가렵지도 않다는 듯 웃음을 터뜨린 그가 그녀의 머리를 쓰다듬었다.

"잘하고 와. 얌전히 기다리고 있을게."

"……."

"여기. 네가 잡아 둔 방은 언제든 너만 기다리고 있을 테니까."

툭툭, 손끝으로 제 가슴팍을 두드려 보인 남자가 싱긋 웃었다. 결국 웃음을 터뜨린 그녀가 그의 품으로 뛰어들며 그의 목을 끌어안았다. 그대로 그녀의 허리를 끌어안은 그가 고개를 기울여 그녀의 입술을 찾았다. 나른한 웃음소리와 함께 마주 닿은 입술이 이내 깊이 맞물렸다.

— 손님 여러분, 안녕하십니까? 저희 KS항공에 탑승하신 여러분을 진심으로 환영합니다. 저희 비행기는 뉴욕까지 가는 KS항공 142편으로……

그렇게 애틋한 감정을 나누는 두 사람의 머리 위로 출발을 알리는 방송이 흘러나오고 있었다.

"이제 슬슬 출발했겠네요."

물끄러미 창밖을 바라보고 있는 한 회장의 곁에 선 윤 이사가 툭하니 말을 건네 왔다. 대답 대신 흥, 하고 코웃음을 흘린 한 회장은 여전히 창밖에 시선을 둔 채로 오전 내내 곱씹던 기억을 다시 떠올렸다.

'만약 수진이가 뉴욕으로 가는 걸 선택하지 않았다면 어떻게 하실 생각이셨어요?'

어젯밤, 자신을 찾아온 준성이 대뜸 꺼낸 질문이었다. 어떠한 확신을 가지고 꺼낸 질문임이 명백한 눈이었다.

이제야 그걸 깨닫다니. 이 녀석도 아직 멀었구나, 싶다.

'그랬으면 영원히 탈락이었지. 그만한 계산도 안 되는 아이한테 우리 호텔을 맡길 순 없는 거잖니.'

대수롭지 않다는 듯 대답한 그녀의 앞에서 준성은 허, 하고 헛웃음을 지었다. 그제야 이것이 한 회장의 시험이었고, 수진은 그 시험에 통과했다는 사실을 확신한 웃음이었다.

'마음 놓을 거 없다. 그 애는 겨우 자격시험만 통과한 거지, 진짜는 이제부터야. 네 말대로 기회는 줬으니 제대로 증명할지 지켜봐 줄 생각이다. 이제부터 정신 똑바로 차리지 않으면 너나 그 애나 다음 기회는 없을 테니 그리 알아.'
'고맙습니다, 어머니.'

그런데 들려오는 말이라니.

말문이 막혀 뭐라 대꾸할 말을 찾지 못하는 사이, 성큼 다가온 녀석이 그녀를 덥석 껴안았다. 정확히 초등학교 3학년 이후, 한 번도 제 품에서 느껴 보지 못했던 아들의 온기에 당황한 나머지 저도 모르게 불퉁한 말이 툭 튀어나와 버렸다.

'징그럽게. 다 큰 녀석이 지금 뭐 하는 짓이니?'

그러면서도 그 징그러운 아들을 밀어 내진 못하고 어색한 손길로 등을 토닥였다. 제대로 한번 안아 주지도 못한 사이에 장성해 버린 아들은 이제 제 어미보다 훨씬 커다란 품을 가지고 있었다. 그저 성실하다는 이유로. 강한 책임감을 타고났다는 이유로 원치 않는 것까지 모두 짊어지고 살아야 했던 아들의 품 안에 원하는 것 하나 정도는 안겨 줘도 나쁘지 않을 것 같았다.

"어느 정도 삶의 재미는 느끼게 해 줘야 하니까요. 그래야 목적의식도 생기는 법이니."

절로 흐뭇하게 피어오르기 시작한 웃음을 감추려는 듯 표정을 굳힌 한 회장이 특유의 서늘한 말투로 중얼거렸다.

"하여간, 아들 녀석은 잘 키워 봐야 결국 남의 남편밖에 안 된다니까. 안 그래요, 윤 이사?"

"그렇습니다, 회장님."

뒤따르는 대꾸에 픽 웃음 짓던 한 회장이 쾌청하게 맑은 하늘로 눈을 돌렸다. 저 멀리 비행기처럼 보이는 하얀 조각을 지그시 바라보는 그녀의 입가로 엷은 미소가 떠올랐다.

에필로그 1. 우리 결혼합니다

막바지 휴가철이 한창인 8월 중순의 어느 날.

체크아웃 고객들이 한바탕 휩쓸고 간 1층 로비엔 간신히 여유가 찾아왔다. 오전 업무를 마무리하는 와중에 마지막으로 객실 정비 상태를 체크하고 관리부 직원에게 지시 사항을 남긴 수진이 한산해진 로비로 내려오자 컨시어지 데스크를 지키고 있던 윤 매니저가 웃으며 알은척을 해 왔다.

"수고 많으셨어요, 부지배인님. 오늘따라 이상하게 컴플레인이 많았네요."

반갑게 부르는 목소리에 수진이 싱긋 웃으며 데스크로 다가섰다.

"그러게요. 날이 더워서 그러나. 기분 좋게 휴가 즐기러 오셔 가지고 왜 이리들 화가 많으신 건지. 그나저나 아까 레스토랑 예약 변경 건은 어떻게 됐어요? 서은 씨가 직접 모시고 이동한 건가요?"

"네. 아무래도 단체 고객분들이시라 소란이 커질까 봐 바로 움직인 거 같아요. 아, 그리고 5분쯤 전에 부지배인님 찾는 분이 계셨는데 바로 연락드리겠다고 하니 바쁘면 나중에 다시 오겠다 하셨어요."

"저를요? 어떤 분이셨어요?"

"왜, 있잖아요. 지난주에도 오셨던 그 멋지게 생기신 할아버님이요."

"아, 송 교수님이요? 혹시 지금 어디 계시는지 아세요?"

"호텔 밖으로 나가시는 거 같긴 했는데, 행선지가 어딘지까지는 잘 모르겠어요."

"흠. 일단 전 프런트에 있을게요. 혹시 오셨는데 제가 못 보거나 반응이 늦으면 바로 콜 해 주시고요."

"네, 알겠습니다."

용건을 마친 수진이 프런트로 향하자 때마침 근처를 서성이던 직원들이 선망 어린 시선을 보내며 작게 수군거렸다. 자기들 딴엔 눈에 띄지 않게 움직이는 거겠지만, 이미 이런 일을 수없이 겪어 본 그녀로서는 뻔히 제 이야기를 하고 있음이 뚜렷한 그녀들의 행동에 그저 헛웃음이 날 뿐이었다.

햇수로 3년. 정확히는 2년 6개월간의 뉴욕 생활을 마치고 한국에 돌아온 지도 벌써 두 달째였다. 뉴욕 지사에서 근무하며 착실히 대학원 진학 준비를 마치고 이듬해 5월, 코넬대학 대학원에 입학해 MMH(Master of Management Hospitality)를 수료하며 호텔경영학 석사 학위를 따내고 귀국. 이후 객실부의 부지배인으로 발령을 받아 화려하게 복귀한 그녀는 현재 호텔 내 가장 핫한 이슈의 주인공이었다.

처음 그녀의 좌천 소식이 전해졌을 때만 해도 사소했던 사건은 회장님의 아들인 송준성 상무와의 열애 사실이 밝혀지며 일대 파란을 일으켰다. 이후 뉴욕행을 선택하기까지 근본 없는 괴소문이 자자했던 며칠 동안은 그야말로 제 얼굴 한번 보러 기웃거리는 사람들만 하루에 수십은 너끈했더랬다.

당사자가 뉴욕 지사로 떠난 후에도 한동안은 꽤 많은 이야기가 오갔으나, 더 이상의 떡밥이 수급되지 않은 탓인지 그 기간은 그리 길지 않았다. 그리고 꽤 긴 시간이 흘러 돌아올 때가 되었을 무렵엔 슬슬 모두의 기억 속에서 제 이야긴 잊혔으리라 생각했다.

그러나 귀국 직후, 갑작스러운 부지배인 진급이라는 파격적인 행보는 다시금 그녀를 화제의 중심으로 몰아넣었다. 그럴듯하게 오가는 무성한 추측 중에서 가장 유력한 건 그녀가 실은 뉴욕에서 재벌가 며느리가 되기 위한 수업을 받아 왔고, 조만간 준성과 결혼해 호텔을 물려받기 위한 과정의 일환으로 지금의 자리에 떨어진 거란 의견이었다.

'진짜로 그런 거면 억울하지나 않지.'

정작 그녀는 뉴욕으로 떠난 이후 단 한 번도 한 회장에게서 긍정적인 말을 들어 본 적이 없다는 게 함정.

며느리 수업은 무슨. 언젠가 준성이 했던 말처럼 처음엔 현지 생활에 적응하느라 피똥을 쌌고, 이후엔 MMH의 살인적인 학점을 따내느라 정말 머릿속이 하얗게 타 버릴 정도로 공부만 했던 기억뿐이었다. 그리고 돌아온 지 두 달이 지난 지금까지, 그녀는 저를 향한 호기심 어린 시선을 조용히 감내하는 중이었다.

"그럼, 다들 조금만 더 신경 써 줘요. 오늘은 날이 많이 찜찜해서 그런지 사소한 일로도 트러블이 많네요."

"네, 부지배인님."

프런트 데스크에 도착해 객실 현황을 살피고 유달리 말이 많았던 오전 업무 내용까지 체크하고 나니 꽤 시간이 흘러 있었다. 직원들에게 몇 가지 당부를 마친 수진이 뒤늦게 송 교수의 존재를 떠올리곤 혹시나 하고 눈을 돌렸을 때였다.

"어?"

때마침 호텔 입구로 들어서는 사람들 틈에서 건장한 체구의 송 교수를 발견했다. 서둘러 입구 쪽으로 이동한 수진이 뭔가를 찾는 건지 주변을 두리번거리고 있는 송 교수에게 정중히 인사말을 건넸다.

"어서 오세요, 교수님. 다시 만나 뵙네요."

"아, 여기 계셨네요. 내가 너무 자주 와서 귀찮은 건 아니죠?"

"그럴 리가요. 오늘도 숙박이신 거죠? 지금은 룸 정비 중이라서 바로 체크인은 힘드실 듯합니다. 혹시 다른 일정이 있으신가요? 그동안 제가 짐이라도 맡아 도움을 드리고 싶은데 괜찮을까요?"

"허허허, 아니. 아닙니다. 오늘은 그냥 근처에 일이 있어 잠시 들렀습니다. 우리 부지배인님 얼굴도 보고 괜찮으면 점심이라도 한번 사주고 싶어서요."

"어머, 그러셨구나. 저야 기억하고 찾아 주시는 것만으로도 영광인데요. 식사는 제가 대접해 드려야 할 일이고요."

"사양하지 말아요. 오늘은 소개해 줄 사람도 있으니."

"소개……요?"

"아, 마침 여기 왔네요. 여기다."

뭐라 대응할 새도 없이 송 교수는 저만치 서 있는 남자를 손짓해 불렀다. 성큼성큼 다가오는 낯선 남자를 발견한 수진의 얼굴에 살짝 당황스러운 기색이 떠올랐다. 꽤 오래전, 처음 송 교수를 만났을 때

들었던 말이 번개같이 머릿속을 스친 순간이었다.

'아직 미혼인데 내 아들이지만 정말 괜찮은 녀석이거든. 소개 한번 해 주고 싶어서.'

아무리 봐도 이 상황은 그건데…….

수진의 당혹스러운 마음을 아는지 모르는지, 송 교수는 만면에 웃음기를 띠운 채 말을 이어 갔다.

"일단 인사라도 해요. 이쪽은 내 아들."

"처음 뵙겠습니다. 김수진이라고 합니다."

차마 고객 앞에서 곤란한 내색을 할 순 없었던 수진은 먼저 인사말을 건네곤 제 눈앞까지 다가선 남자를 바라봤다. 꽤나 건장한 체격의 남자였다. 나이는 대략 삼십 대 후반쯤 되려나. 단정한 헤어스타일에 캐주얼이 가미된 세미 정장을 갖춰 입은 모습이었는데 전혀 더워 보이지 않았다. 차가워 보이는 금속 테의 안경 탓인지 꽤나 냉정한 인상이라 더더욱 그런 느낌이었다.

거기다 뭔가…… 굉장히 익숙한 느낌?

아니, 누군가를 굉장히 닮은 느낌이었다. 그것도.

"처음 뵙겠습니다. 송준하라고 합니다."

송준성과 매우 닮아 있었다. 심지어 다크 모드 버전으로.

수진은 어안이 벙벙한 채 눈앞의 남자를 바라봤다. 세상에. 사람이 이렇게 닮아도 되는 거야? 더군다나 성도 같고 이름까지 비슷한 것이 형제라 해도 믿을 수 있을 것 같은데?

'그러고 보니 형이 둘 있다고 그러지 않았나?'

한 번도 소개받은 적 없고 사진 한 장 본 적 없었기에 사실 무슨 유니콘 같은 존재가 아닌가 싶긴 했다. 그러고 보니 그 형제들의 이름조차 들어 본 적이 없었고.

……에이, 설마.

"나랑 같은 학교에서 교수로 일하고 있어요. 이놈도 송 교수라서 학생들은 작은 송 교수라고 부르긴 하는데, 뭐. 호칭은 차차 정리하도록 하고. 아, 어차피 크게 자주 볼 일은 없으려나? 허허."

"그, 그런가요? 하하……."

뭐라 대꾸를 해야 할지 몰라 애매하게 답하고 웃었다. 그러니까 이게 어떤 느낌이냐면, 뭔가 주변에서 엄청난 일이 벌어지고 있는데, 나만 정황 파악을 못 하다 제일 먼저 죽어 나가는 공포 영화 속 엑스트라가 된 기분이었다.

'그러고 보니…… 교수님도…… 좀 닮으신 것 같기도…….'

방금 소개받은 남자를 가운데 두고 준성과 교수님을 양옆에 세우면 딱 그라데이션이 완성될 것 같다고 생각한 순간이었다.

"거기서 뭐 하세요, 아버지."

불쑥 끼어든 목소리에 수진은 저도 모르게 흠칫하며 굳었다. 절대 잘못 들을 수가 없는 내 남자 준성의 목소리인데, 들리는 단어의 조합이 그렇게 낯설 수가 없다.

"이런, 여기서 마주치다니……."

겸연쩍게 웃어 보이는 송 교수의 시선을 따라 그녀의 시선도 옮겨갔다. 그러고는 수많은 수행원들을 거느린 채 떡하니 버티고 선 준성과 그 옆에서 매서운 눈빛을 보내고 있는 한 회장을 발견했다.

왠지 머릿속이 새하얗게 바래졌다. 굳어 버린 머리로 생각하기 전

에 습관적으로 움직인 몸이 공손히 양손을 모으고 고개를 숙이게 했
다.

"어서 오십시오, 회장님. 부사장님."

인사를 전하는 그 짧은 순간, 뒤늦게 수많은 생각이 주마등처럼 머
릿속을 스쳤다.

그러니까 여기 이 할아버님이, 아니, 송 교수님이라 불리던 분이
실은 내 남자의 아버지셨고, 저기서 무시무시한 눈으로 저를 쏘아보
고 있는 회장님의 남편 되시는 분이로구나.

……난 그런 분을 그냥 인자한 할아버지 취급을 하고 있었던 거구
나.

머릿속이 바래다 못해 이젠 눈앞이 캄캄해졌다.

그러고 보니…… 정말 닮았다. 가까이 두고 보니 완전 거푸집이 따
로 없어.

한심하다는 듯 수진과 송 교수를 번갈아 바라보던 한 회장이 특유
의 서늘한 목소리로 말을 이었다.

"요즘 들어 왜 이리 호텔에 자주 드나드시나 했네요."

"제 행적을 다 꿰고 계시나 봅니다, 회장님."

"모를 수가 있나요. 여긴 제 안방이나 다름없는 것을요."

한층 냉정하게 대꾸한 한 회장이 수진에게로 눈을 돌렸다. 단정한
태도로 한 회장을 바라보는 얼굴은 겉보기엔 꽤 평온해 보였지만, 잘
게 흔들리는 눈동자며 하얗게 힘이 들어간 손끝에선 어지간히 긴장을
하고 있음이 역력했다. 그 사실을 가볍게 감지해 낸 한 회장의 입술이
슬쩍 치켜 올랐다.

"조만간 시간 내서 부사장이랑 함께 본가에도 좀 들러요. 대체 언

제까지 안부 인사도 안 전하고 일만 할 생각이었니?"

"……네?"

생각지도 못한 말에 수진은 저도 모르게 되물었다. 시선은 분명 저를 향해 있는데, 그 내용은 제게 하는 말이 맞는지 의심스러울 만큼 비현실적이었다. 멍하니 눈만 깜빡이는 그녀 대신에 준성이 너털웃음을 지으며 끼어들었다.

"그야 어머니가 저흴 초대해 주셔야 가는 거죠."

"다 큰 녀석들이 언제까지 시키는 대로만 하고 살는지. 그리고 부사장은 사돈 되실 분들에게 인사는 드렸습니까?"

"좀 더 선선해지면 바로 찾아뵈려던 참이었습니다."

"그래서 식은 언제 올리려고요. 바로 준비해도 이것저것 챙기다 보면 시간 훌쩍 갈 텐데. 한시라도 빨리 식을 올려야 아이 낳고 다시 활동하기도 수월하죠. 최대한 빨리 시간 내서 찾아뵙도록 하세요."

"명심하겠습니다."

너무도 태연히 오가는 대화의 내용을 도무지 따라잡을 수가 없었다. 여전히 아무 말도 하지 못하는 그녀에게로 다시 눈을 돌린 한 회장이 아까보다는 조금 누그러진 투로 입을 열었다.

"아무래도 네 시아버지 되실 분이 애가 달아 더는 못 기다리실 모양이구나. 네가 복귀하자마자 만사 제쳐 두고 호텔에만 죽치고 있는 꼴 좀 보려무나. 내가 그걸 언제까지 보고 있어야겠니?"

그러고는 샐쭉한 눈으로 송 교수를 바라봤다.

"점심때 친지분들과 모임이 있으시다고 들은 거 같은데, 그 장소가 우리 호텔일 줄은 미처 몰랐네요."

"내가 그랬던가요? 어째 요즘 통 기억이……."

"명색이 교수님이란 분이 채신없게 벌써부터 며느리 될 아이 주변만 맴돌고 있어서야 되겠어요? 거기다 오늘은 모처럼 휴식 중인 큰아들까지 끌고 나와선."

"허허, 요즘 집 안이 적적해서 그런지 가만히 있기가 고역이에요. 아마 준하도 그랬을 겁니다. 그렇지?"

"하여간 벌써부터 이러니 나중엔 또 얼마나 끼고 도실지. 안 봐도 눈에 훤하네요."

능청스럽게 대꾸하는 송 교수를 지그시 노려보던 한 회장이 그대로 몸을 돌렸다. 로비를 가로질러 엘리베이터가 있는 곳으로 향하는 그녀의 뒤로 한데 모여 위화감을 조성하던 수행원들이 우르르 따라붙었다. 그렇게 자리를 떠나 버리는 한 회장을 물끄러미 바라보는 사이 나직하게 웃음을 터뜨린 송 교수가 말을 이었다.

"이런. 회장님께서 이리 역정을 내시니, 아쉽지만 오늘 점심은 미뤄야겠네요. 대신에 회장님 말씀대로 수진 양이 한번 집에 들러 줘요."

"아, 네, 교수님."

이래저래 당혹스러운 일로 약간의 패닉 상태였기에 또다시 습관처럼 내놓은 대답이었다. 역시나 그게 마음에 들지 않았던지 한쪽 눈썹을 실그러뜨리며 웃던 송 교수가 툭하니 말했다.

"그리고 앞으론 아버님이라고 불러 주면 좋겠어요."

대체 여기선 뭐라고 대답해야 하는 걸까.

웬만큼 사람 상대하는 것에 이력이 난 그녀라도 선뜻 뭐라고 대답해야 할지 알 수가 없었다. 그런 마음을 아는지 모르는지. 사람 좋게 웃으며 걸음을 뗀 송 교수가 저만치 멀어진 한 회장의 행적을 쫓아 로비를 가로질렀다.

"그럼 또 봅시다."

내내 꿔다 놓은 보릿자루처럼 묵묵히 그 자리에 서 있던 준하가 무뚝뚝하게 덧붙이곤 송 교수의 뒤를 따랐다.

동시에 로비는 기묘한 정적에 휩싸였다.

프런트와 현관을 지키고 있던 직원들은 물론, 꽤 많은 손님들이 오가며 북적거리는 곳이었지만, 정말 이상하리만큼 소음이라곤 들리지 않았다. 직원들은 눈앞에서 보고 들은 일에 넋이 나가 멍해 있는 상태였고, 손님들은 유난히 포스가 느껴지는 한 회장 일행과 직원들의 태도를 보며 덩달아 숨을 죽이고 있었던 탓이었다.

여전히 얼떨떨한 상태로 한 회장 일행이 사라진 쪽을 바라보고 있던 수진이 나직하게 물었다.

"……나 지금 이 상황을 제대로 이해하고 있는 거야?"

"우리 결혼을 허락해 주신 거로 이해한 거라면 제대로 맞췄는데."

태연히 들려온 대꾸에 수진은 천천히 고개를 돌렸다. 그리고 제 옆에 선 채 가만히 저를 내려다보는 남자와 시선을 마주했다.

"축하해. 네가 해낸 거야."

"아……."

그의 입가로 떠오른 다정하기 그지없는 미소를 발견하자 순간 눈물이 툭 터져 나왔다. 후두둑 떨어지는 눈물에 당황하며 얼굴을 가리자, 준성은 그대로 그녀의 어깨를 당겨 품에 안았다. 한순간 로비 전체가 크게 술렁였다.

"아니. 자, 잠깐만 이것 좀……."

이 많은 사람들 앞에서 생각지도 못한 포옹 신을 선보이게 된 수진이 당황해서 그의 품을 벗어나려다 몰려든 시선을 감당 못 하고 움츠러들었다. 도저히 저 인파 속으로 제 얼굴을 드러낼 자신이 없다.

"잠시만 못 본 척해 주세요. 눈물 그칠 때까지만."

거기다 불을 지르는 것도 아니고!

주변을 둘러보며 여유롭게 말을 건넨 준성이 싱긋 웃음을 머금었다. 완전히 도화선을 당겨 버린 그의 태도에 사방에서 꺄악! 대박! 어떡해! 따위의 비명 섞인 탄성이 이어졌다. 그리고 용감한 누군가가 큰 소리로 물었다.

"부사장님! 정말 부지배인님이랑 결혼하시는 거예요?"

"네. 저희 곧 결혼합니다."

그 순간 어디선가 박수 소리가 들린다 싶더니 곧 온 로비에서 와아! 하는 함성과 함께 우렁찬 박수 세례가 터져 나왔다.

"부지배인님! 정말 축하해요!"

"두 분 결혼 진심으로 축하드립니다!"

"미쳤어, 미쳤어! 어떡해. 대박!"

"우우! 이럴 순 없습니다! 이렇게 두 분만 행복하게 보내 드릴 순 없습니다!"

더욱 커진 환호와 간간이 껴드는 야유 속에서 준성은 보란 듯 더욱 힘을 줘 그녀를 껴안고 근사한 미소를 지어 보였다.

"어우, 이제 어떡해. 나 이제 여기서 일 어떻게 하냐고."

새빨개진 얼굴이 작게 한탄하며 살짝 품을 빠져나왔다가 도로 그의 가슴팍으로 숨어들었다. 이러지도 못하고 저러지도 못한 채 이 소란이 가라앉기만을 기다리던 그녀의 입술 사이에서도 결국 허탈한 웃음이 새어 나왔다.

◇ ◆ ◇

로비에서 있었던 일은 인트라넷을 통해 빠르게 호텔 전체로 퍼졌다. 친절한 누군가는 영상까지 남겨 놓았고, 그 영상에 선명히 담긴 '네. 저희 곧 결혼합니다.'라는 준성의 목소리는 그야말로 일대를 초토화시켰다.

남은 오후 시간은 정말 무슨 정신으로 보냈던 건지.

그녀는 가는 곳마다 평소의 몇 배는 되는 수군거림과 노골적인 시선을 받느라 아주 진땀을 뺐다. 하필 지배인님이 급한 일이 있어 자리를 비운 날이라 어떤 핑계로도 자리를 벗어날 수 없었다는 게 문제였다.

그 엄청난 입방아 속에 저를 향한 나쁜 말이 없어 다행이긴 했지만, 듣기 좋은 꽃노래도 한 철인 법. 귀에 피딱지가 앉도록 같은 소리를 듣고, 또 같은 질문에 답하고 답하다 보니 슬슬 부아가 치미는 것도 어쩔 수가 없었다.

아니 사고를 친 건 송씨 집안 남자들인데!

심지어 완전히 호텔을 뒤집어 놓고 떠나 버린 사람은 따로 있는데 뒷수습은 왜 내 몫인 거냐고!

"교수님, 아, 아니 아버님께서 그렇게 종종 찾으셨다는 걸 네가 정말 모르고 있었다고? 나더러 그 말을 믿으라고?"

그와 함께 퇴근하는 길, 달리는 차 안에서 내내 종알거리던 그녀는 신호가 걸리자마자 기다렸다는 듯이 홱 하니 그를 노려보며 물었다.

"알잖아. 나 요즘 집에 잘 안 들어가서……."

"아아, 호텔 안에서 벌어지는 일은 손바닥 보듯이 꿰고 계시는 분이. 내가 하루에 화장실 몇 번 가는지까지 알고 계시는 대왕 스토커께서 내가 무려 일주일에 한 번씩 외간 남자를 만나고 있었는데 정말 모르셨다고요?"

역시나 씨알도 안 먹히는 변명이었나 보다. 결국 준성은 난처한 얼굴로 웃으며 실토할 수밖에 없었다.

"미안. 아버지께서 너무 즐거워하시기에. 차마 아들로서 거기다 초를 칠 수는 없잖아."

"허. 허. 기가 막혀서 정말. 아니, 내가 그러다 실수라도 했으면 어쩌려고 그런 짓을……."

"네가? 그럴 리 없잖아."

내내 그녀의 시선을 피하며 웃기만 하던 남자가 이 순간만은 너무도 단호히 단정 지으며 잘라 낸다. 수진은 잠시 말문이 턱 막혔다. 아니, 대체 뭘 믿고 그렇게 말하는 거지? 만약의 경우라는 게 있지 않던가. 그런 실수 한번 안 하는 사람이 어디 있다고. 그리고 그 실수 한번에 두 사람의 미래가 송두리째 날아가 버릴 수도 있는 판국인데!

그러나 준성은 아주 확신에 가득한 눈이었다.

"난 오히려 있는 그대로의 널 보여 줄 수 있는 좋은 기회라고 생각했는데."

아주 오래전, 치매기를 보이는 할머니를 모셔 놓고 재잘재잘 이야기를 늘어놓던 그녀의 모습이 아직도 눈에 선했다.

'어떤 사람에겐 별것 아닌 배려인데, 그게 어떤 사람에겐 평생의 좋은 기억으로 남을 수 있잖아. 난 우리 호텔이 그런 곳이 되었으면 좋겠다고 생각했어. 그래서

　그녀가 꾸는 꿈의 근간이 곧 사람에 대한 배려임을 아는 그로서는 이런 일로 그녀가 실수를 할지도 모른다는 가정 따윈 할 필요가 없었다. 그녀는 있는 그대로. 그녀 자체로. 모두에게 사랑받을 수 있는 사람이었으니까.

　"아마 이번에 큰형님과의 만남이 잘 지나갔더라면 다음은 둘째 형님이었을 거야. 지금도 너 되게 궁금해하고 있거든."

　"허!"

　"그나저나 회장님한테 들켜서 더는 호텔에 못 온다는 걸 알면 실망이 클 텐데. 아, 하긴. 이미 한 번쯤 들렀다 갔을지도 모르겠다. 궁금한 건 못 참는 성격이거든."

　한다는 말이 점점 가관이라 도무지 입이 다물어지질 않는다.

　왠지 결혼이라는 말 앞에 함정이라는 단어가 생략된 듯한 이 느낌은 뭐지?

　"아흐……, 나 정말 어떡해."

　절로 신음이 나왔다. 아무래도 얼굴만 닮은 줄 알았더니, 저 제멋대로인 성격이야말로 유전인 모양이었다. 예비 시아버지는 물론, 둘이나 되는 예비 아주버님의 존재감이 벌써부터 두통을 유발시키는 기분이다. 한 회장이라는 벽만 넘으면 다 해결될 일이라 생각했는데, 다른 의미로 막강한 장벽들이 기다리고 있을 줄이야.

　때마침 신호가 바뀌고 준성은 나직하게 웃으며 차를 출발시켰다.

　"네가 이해해 줘. 실은 지금까지 이렇게 가족이란 것에 관심을 줘 본 적이 없는 사람들이라서 더 그래."

지끈거리는 관자놀이를 살살 누르던 수진이 멈칫하며 준성을 바라봤다. 슬쩍 눈을 돌려 그녀를 바라본 준성이 다시 운전에 열중하며 말을 이었다.

"온 가족이 자기 일을 하는 데다, 아들만 셋인 집이니까 대강 알 만하지? 더군다나 우리 형제들이 유독 개인적인 성격이라 서로 더 모이기 힘든 분위기이기도 했고."

무겁지 않게 설명했지만, 실상은 훨씬 심각했음을 그 자신이 가장 잘 알았다. 그런 집안에서 일어나기 시작한 변화의 물결을 가장 크게 감지하고 있는 것도 그 자신이었다.

집에 들어오는 날이 1년간 한 손에 꼽는다는 준하와 준영이 매일 같이 집에 들락거리기 시작한 것도. 저녁마다 세 남자가 오순도순 앉아 식사를 하고 있더라는 말을 전해 들은 것도, 모두 수진이 한국에 돌아오고 난 다음이었다. 그리고 그들의 관심사는 오직 하나였다.

준성이 언제쯤 새사람을 데려와 인사를 시켜 줄 것인가.

그걸 기다리다 못한 송씨 부자들의 철없는 행동이 결국 한 회장에게 꼬리를 밟힌 것이었다.

"덕분에 다들 즐거운 모양이야. 그런 점에서 네게 고마워하고 있고."

"……나 좀 진지하게 부담스러워해도 되는 거지?"

정색하는 그녀는 또 왜 이리 귀여운 건지.

그렇게 말하면서도 머릿속으로는 그 부담스러운 분들과 잘 지내는 방법을 열심히 생각하고 있을 여자였다. 그런 그녀가 함께함으로서 달라질 인생을 생각하는 것만으로도 가슴이 뛰었다. 모두에게 사랑받으며 활짝 피어날 그녀와 그녀를 닮은 아이를 보게 될 날도 머지않았다는 게 새삼 믿기지 않아 더욱 행복한 순간이었다.

빠르게 도심지를 헤치며 달린 차량은 이윽고 그녀의 오피스텔 건물 지하의 주차장에 멈춰 섰다. 퇴근길을 함께한 지도 자연스럽게 두 달을 꽉 채웠다. 다른 건 몰라도 그가 본가에 들어가지 않은 지 오래라는 말은 사실이었다.

"세상에. 이건 또 뭐야."

현관문을 열고 들어서자마자 그녀의 입에서 탄식이 터져 나왔다. '또'라는 건 이것이 벌써 수없이 벌어진 일이라는 뜻이다.

떡하니 눈앞을 가로막고 있는 커다란 안마 의자를 발견한 수진은 말 그대로 숨이 턱 막히는 기분이었다. 뒤따라 들어선 준성이 의미심장한 미소와 함께 그녀의 어깨를 감싸 안았다.

"아, 벌써 와 있었네? 요즘 많이 피곤해하는 거 같아서 샀어. 마음에 들어?"

애초에 피곤한 게 누구 탓인데!

그리고 이게 마음에 들고 안 들고는 나중 문제였다.

"그걸 말이라고……. 어떻게 여기다 이걸 사 놓을 생각을 하는 거야? 집 꼴을 봐, 이게! 이게 지금 사람 사는 집인지 창고인지……!"

실컷 따지려던 수진이 숨을 훅 들이켜며 입을 닫았다. 당장에 뒷목을 잡는대도 전혀 이상하지 않을 상황이었다.

"즈기요, 부사장님? 여기가 지금 몇 평인지는 알고 계시는 거죠?"

단둘일 땐 어지간해서 튀어나오지 않는 호칭이 그녀의 입술 사이로 새어 나왔다. 굉장히 열받았다는 의미다.

라비타 호텔의 상무에서 HJ건설의 전무로. 그리고 현재 HJ건설의 부사장이 되기까지. HJ건설 내의 비리를 제압하고 내부 구조를 개선

하기 위해 투입된 지 2년 만에 성공적으로 모든 과업을 달성했다는 유능한 남자는 오로지 그녀에게만큼은 민폐도 이런 민폐가 없는 존재였다.

수진은 열 평 남짓한 제 방 안을 둘러보곤 한숨을 내쉬었다. 어느 순간부터 당연하다는 듯이 늘어만 가는 커플 세트들은 그렇다 치자. 슬그머니 개수를 불려 가는 그의 트렁크라든가, 선물이라는 이름을 붙이고 등장하는 가구와 언제 쓸지 알 수 없는 가전들이 쌓이다 못해 이젠 발 디딜 틈도 없는 실정이었다.

그리고 오늘, 그 모든 걸 다 가져다 버린대도 감당하지 못할 대형 안마 의자까지 등장했다. 다시 봐도 숨이 막힐 것 같은 풍경에 절로 한탄이 새었다.

"……이젠 침대 말곤 앉을 데도 없겠어."

"성공했는데?"

"뭐? 아……!"

뜬금없는 말에 반응할 새도 없이 훌쩍 들린 몸이 순식간에 침대 위에 놓이고 음험한 눈을 한 남자가 그녀를 내려다봤다. 순식간에 분위기가 바뀐 남자는 어김없이 오늘 밤도 무사히 넘어가지 못할 것임을 예고하고 있었다.

"종일 붙어 있으려고 점점 공간 줄이는 중이었거든."

기막힌 웃음이 새어 나온 순간 기다렸다는 듯이 뜨거운 입술이 살포시 그 웃음을 집어삼켰다. 벌어진 입술 사이로 말캉한 혀가 뒤섞이고 순식간에 달아오른 숨이 새어 나왔다. 다소 성급하게 옷자락을 헤치며 파고드는 커다란 손도. 온몸을 감아 오는 체온도. 기분 좋게 몸을 눌러 오는 무게감도. 모든 게 참을 수 없이 그녀가 사랑하는 것들이다.

아아, 이렇게 또 사람 정신을 빼놓으려는 거겠지.

"음! 잠깐만, 그만. 이렇게 넘어갈 생각 말고 똑바로 이야기하라고요, 부사장님! 대체 무슨 속셈인데?"

간신히 정신을 챙긴 수진이 그의 얼굴을 양손으로 붙잡고서 단호하게 묻자, 방금까지 야릇한 짓을 벌이려던 입술로 빙긋이 미소가 떠올랐다. 참으로 예쁘게도 웃는 것이 또 무슨 꿍꿍이가 숨어 있음에 분명했다.

"나 진지하게 건의할 게 있는데."

그런 얼굴로 '진지함'을 이야기하니 괜히 긴장이 된다.

"……뭐, 뭔데?"

"오늘은 콘돔 없이 해."

"……."

"이제 결혼 허락도 받았으니 괜찮잖아."

절로 입이 떡 벌어졌다. 어떻게 전개가 그리로 튀는지 그녀로서는 알 길이 없다.

"제대로 널 느껴 보고 싶어. 이젠 네 안의 감촉까지 온전히 내 것으로 만들고 싶다고."

아니, 제 모든 걸 손에 넣고 알고 싶어 하는 남자가 지금껏 꼬박꼬박 콘돔을 써 가며 피임약엔 손도 대지 못하게 했으니 저 집요한 성격에 정말 많이 참긴 했지.

"그리고 우리 아이가 어떻게 생겼을지, 얼마나 사랑스러울지도 궁금해. 생기면 바로 낳는 거로 하자. 아들이건 딸이건 따지지 말고 딱둘만 낳고. 셋이면 더 좋겠지만, 그건 좀 더 고민해 보고. 그쪽은 무조

건 네 의견 존중할게."

맙소사. 이건 또 무슨 급발진 전개니.

"아니, 잠깐만. 아직 그쪽으론 아무것도 생각한 게 없는데……!"

"그럼 지금부터 생각해."

싱긋 웃어 보인 준성이 그녀의 손목을 가볍게 잡아 내렸다. 이미 몇십 년은 앞서 있는 제 계획을 이 여자가 얼마나 따라와 줄지 지켜보는 것도 나름의 즐거움이 될 것이다.

"아니, 생각 안 해도 돼. 그런 건 내가 알아서 할 테니까. 넌……."

열감이 깃든 그의 목소리가 위협적일 만큼 낮게 가라앉아 있었다. 절대 피하지 못할 순간임을 직감한 수진이 숨을 죽였다. 소음마저 잦아든 듯한 긴장감 속에서 미친 속도로 뛰어 대는 제 심장 소리가 경고처럼 귓속을 울려 댄다.

"그냥 내 곁에만 있으면 돼."

이 남자는 알까.

매일같이 맞이하는 순간임에도 새삼스럽게 떨리는 이 마음을.

거침없이 덮쳐 온 그의 입술이 그녀의 입술을 지그시 눌러 왔다. 능숙하게 입술을 벌리고 들어온 혀가 다시 입안을 점령하며 그녀를 적셔 갔다.

나긋한 여자의 몸을 타 누르며 정신없이 입을 맞추는 동안 그의 손은 바쁘게 그녀의 옷자락 틈으로 파고들었다.

"나도 벗겨 줘야지."

그녀의 손도 바빠졌다. 넥타이를 풀고 셔츠 단추를 풀어 헤치던 조그만 손이 곧 허리춤으로 다가와 버클을 매만진다. 지익, 지퍼 내려가는 소리에 자극당한 아래가 지잉 울렸다. 눈으로 보지 않아도 시도 때도 없이 불끈거리는 녀석은 지금 터지기 일보 직전까지 부풀어 있을 것이다.

"예쁘네."

시키는 대로 잘 따라 주는 그녀가 어쩌면 이리도 사랑스러운지.

성급한 마음이 여지없이 흘러넘친다. 지금이 여름이라 다행이었다. 홑겹뿐인 블라우스와 치마를 벗기고 나니 정갈한 속옷에 둘러싸인 여체가 드러났다. 찢듯이 셔츠를 벗어 던진 준성은 눈이 부시도록 깨끗한 피부에 입술을 내리며 그녀의 등 뒤로 손을 올려 호크를 풀어냈다. 이어 꼿꼿하게 여물어 있는 분홍빛 유두를 머금자 달콤한 신음성을 내놓은 그녀가 그의 머리를 끌어안았다.

"여기가 좋아?"

"으, 으응……."

그녀의 입가로 설핏 미소가 떠오른 순간 낮게 신음한 그가 깊이 몸을 숙이며 유두를 입에 머금었다. 들이켠 숨을 내뱉기도 전에 세차게 그의 입안으로 빨려 들어간 유두가 짓씹히고 짜릿한 통증이 밀려들었다.

"으음! 이, 이건 아파."

칭얼거리며 어깨를 두드리자 나른한 웃음이 가슴 위에 흩뿌려지더니 축축한 혀가 유륜과 유두를 한 번에 누르며 핥았다. 이어 단단히 뭉친 꼭지를 입술로 문 채 혀를 굴린다. 절로 움찔한 그녀가 다리를 바르작댔다.

"아응, 아으읏, 으…… 읏!"

조그만 알갱이를 입안에 굴리고, 혀로 문질렀다가 다시 쭉 빨아들일 때마다 그녀는 시시각각 다른 반응을 보였다. 조금 더 열이 오르기 시작한 지금을 그냥 넘길 수 없었다. 동시에 커다란 손이 하늘하늘한 팬티를 꽉 움켜잡으며 끌어 내렸다. 어지간히 힘이 들어갔는지 여린 천 조각이 찢겨 나가는 소리가 생생하다.

"아아, 또!"

수진은 저도 모르게 소리를 지르며 그를 바라봤다. 이렇게 또 죄 없는 팬티 하나가 덧없이 수명을 마감했다. 기함한 그녀를 마주 바라보는 그의 입가로 장난스러운 웃음기가 걸렸다.

"미안, 내가 너무 급해서. 새로 사 줄게."

아니, 벌써 이게 몇 번째냐고!

최근 두 달 사이에 그가 해 먹은 팬티만 열 개가 넘었다. 매번 실수인 척했지만, 속은 건 딱 두 번까지였다. 크리스마스 때 이후로 묘한 페티시가 생겼음이 분명했다. 환경을 위해서라도 쓸데없는 낭비는 더 못 하게 해야 하는데, 저렇게 몰두하고 있는 얼굴을 마주하면 할 말이 없어진다는 게 문제다.

"흐으…… 변태."

"그래서 천생연분이잖아."

느긋하게 대꾸한 그가 뻣뻣해진 성기를 쥔 채 두툼한 귀두로 순식간에 촉촉해진 그녀의 입구를 치댔다. 아무것도 씌우지 않은 끄트머리로 느껴지는 감촉이 예사롭지 않다. 벌써부터 이런데 안의 감촉은 과연 어떨지.

"바로 넣을게."

"으, 하아……."

나름 예고라고 했지만, 그땐 이미 두툼한 귀두가 좁은 틈을 열며 반쯤 파고든 다음이었다. 그대로 그녀의 허리를 휘어잡으며 두어 번

하체를 쳐올리자 미어지듯 벌어지는 아래로 *끈끈한* 액이 새어 나왔
다. 좁은 내벽이 힘겹게 그를 집어삼키는 사이 버거운 기색이 역력한
여자의 이마로 송골송골 땀이 맺혔다.

"아, 흐윽!"

"훗!"

뿌리 끝까지 완전히 다 밀어 넣은 순간, 뜨거운 내벽이 성기 전체
를 꽉 조여 왔다. 딱 맞붙은 곳에서부터 예사롭지 않은 열기가 피어오
른다. 꾸물거리며 움직이는 주름의 감촉까지 선명했다. 벌써 눈앞이
아득해지는 게 이러다 곧 사정해 버릴 기세다. 준성은 지체하지 않고
허리를 움직였다.

"으, 흑!"

수진은 아찔한 정신을 추스르며 그의 팔을 움켜잡았다. 이젠 충분
히 익숙해질 만도 한데, 그를 온전히 품는 건 아직도 너무 벅차다. 빈
틈없이 맞물린 페니스가 몸 안쪽을 문지르며 푹푹 치고 드는 감각이
지독히도 생생해서 절로 신음이 났다.

아프도록 꽉 채우는 느낌. 아니, 아프면서 좋은 느낌.

"하응, 으, 훗!"

그가 거침없이 허리를 추어올릴 때마다 몸 전체가 흔들렸다. 꽉 조
인 내부를 사정없이 밀고 들어와 실컷 안을 헤집고서 빠져나가고, 그
짧은 여유도 주기 싫다는 듯 맹렬하게 파고든다. 순식간에 흥건해진
다리 사이로 찰박이며 액이 튀어 댔다.

"하아, 아…… 웃, 대체…… 말 나오자마자 이러는 게, 읏! 어, 어
디 있어."

"넌, 여유만 줬다 하면 도망칠 궁리부터 하니까. 후, 그 전에 해치

우려고."

"아웃, 윽! 내, 내가 언제…… 아!"

혹 쳐올린 순간 수진은 비명을 지르며 그의 어깨를 움켜잡았다.

"아파아, 조금만 천천히……!"

"미안. 근데 알잖아. 어쩔 수 없는 거."

"어우 정말…… 내가 못 살아."

포기한 듯 읊조리자 나직하게 웃음을 터뜨린 그가 그녀의 눈가에 입을 맞췄다. 제대로 된 전희도 없이 시작한 행위지만, 이젠 이러는 것도 싫지가 않아 문제다.

"이제 괜찮지?"

저 다정하기 그지없는 목소리에 넘어가면 안 되는 건데…… 이미 기대감에 부푼 몸은 제멋대로 그를 조이고 빨아들이기 시작했다. 힘이 드는 것과는 별개로 그가 좀 더 강하게 몰아붙여 줬으면 하는 욕심이 들끓고 있다.

대답도 못 하고 제 입술만 깨무는 사이 느긋하게 웃어 보인 그가 거칠게 그녀의 허리를 휘어잡았다. 여지없이 본색을 드러낸 그는 먹어 치울 것처럼 그녀의 입술을 집어삼키며 쿵쿵 소리가 나도록 짓찧어 댔다.

버겁게 새어 나오는 숨결마저 다 마셔 버릴 듯 격렬한 입맞춤에 온몸의 기운이 그대로 녹아내리는 것만 같다. 점점 더 흥건히 젖어 버린 몸은 한껏 부푼 남성이 주는 쾌감을 더욱 깊고 진하게 받아들이고 있었다. 그에 맞춰 몸 안을 문지르고 찌르는 움직임도 강해졌다.

"하아, 수진아."

아득해지려는 정신을 붙들며 눈을 뜬 수진이 남자를 바라봤다. 반듯한 그의 어깨 위로 보이는 불빛이 흐릿하다. 뭔가를 참는 듯 찌푸린 얼굴이 눈앞에서 흔들린다. 흘러내린 땀으로 조각 같은 몸의 외곽이 희미하게 빛나고 있었다.

후광을 본다는 게 이런 느낌인가, 생각하다 설핏 미소를 지었을 때였다. 잠시 멈칫하던 그가 나직하게 뭔가를 읊조리더니 그녀의 허벅지를 잡아 눌렀다.

"아!"

푸욱!

더욱 벌어진 다리 사이로 깊숙이 파고든 것이 정확히 내벽의 어느 지점을 짓누르며 뭉개자 그녀의 몸이 거세게 튕겨 올랐다. 빠르게 차오르는 쾌감으로 뜨거워진 아래는 연신 흘려 댄 애액으로 흥건했다. 무섭도록 젖어 버린 음부에서 흘러내린 물기가 연신 안을 들락거리는 페니스를 타고 흐르는 게 느껴질 정도였다.

"아, 흐, 읏! 흐으윽……."

빠르게 차오르는 쾌감에 허덕거리던 그녀가 울먹이며 몸을 떨었다. 그런 여자를 마음껏 짓누르는 남자의 입가로 언뜻 웃음기가 맴돌았다.

알기나 할까. 이런 그녀의 반응이 저를 더욱 미치게 만든다는 것을.

울먹임에 가까운 비명이며, 중간중간 틈이 생길 때마다 힘겹게 숨을 들이켜는 소리와 끊어질 것 같은 신음성까지. 그 하나하나가 너무도 사랑스러워서 그의 내면에 자리한 그악함을 일깨우기도 한다는 것을.

"빨리 결혼부터 하자."

그렇게 네 삶을 온전히 손에 쥐고 싶다는 말은 마음속에만 간직했다. 그녀가 원하는 건 무엇이든 할 수 있도록 완벽한 자유를 누리게 해 줄 생각이지만, 그건 철저히 자신의 영향력 안에서 이뤄져야만 했다.

그래서 그는 더욱 강한 힘을 가질 생각이다. 그녀를 위한 더 큰 새장을 지어 나갈 예정이다. 그녀가 불행하지 않도록. 제 품에 갇혀 살게 될 앞으로의 인생에 위화감을 느끼지 않도록. 철저히, 완벽하게.

"꼭 행복하게 해 줄게."

"하아, 준성…… 준성아……. 준성, 아."

눈앞의 남자가 어떤 생각을 하는지도 모르고 수진은 연신 그를 불렀다. 희미해진 남자의 얼굴을 마주 보려 애쓰며 매달렸다. 어느 순간부터는 정신없이 그의 목에 팔을 감으며 엉덩이를 들썩여 대고 있었다.

난잡하게 맞물리는 자리에서 들려오는 끈끈한 소음이 한층 요란했다. 터질 듯 핏발이 선 굵직한 페니스가 아무렇게나 내벽을 쑤셔 댈 때마다 쾌감에 젖은 몸이 미친 듯이 기뻐하며 안달하는 게 느껴졌다. 곧이어 들이닥칠 희열을 기대하며 턱을 치켜드는 그녀의 발끝이 바짝 긴장하며 오므라들었다.

"아, 아, 아앗……!"

퍽! 세차게 파고든 페니스가 잔뜩 달아오른 내벽을 헤집은 순간, 그녀의 입이 벌어지며 비명 같은 신음이 터져 나왔다. 마침내 찾아든 절정의 끝에서 준성은 달달 떨리는 여체를 꼭 끌어안았다. 경련하듯 성기를 꽉 조여 오는 통에 그도 더 참지 못하고 굵직한 신음을 흘렸다. 거침없이 터져 나간 정액이 그녀의 몸 안에 퍼져 나갔다.

"크읏……!"

등골이 오싹하도록 낮고 거친 신음과 함께 몇 번이고 몸을 털며 사정을 마친 그가 이내 긴 숨을 내뱉었다. 그러고는 완전히 녹초가 되어 간신히 숨만 몰아쉬는 여체를 힘껏 껴안았다. 아직도 열기가 남은 눈으로 작게 훌쩍이는 그녀의 이마에 길게 키스하곤 나른하게 속삭였다.

"사랑해."

"……."

"앞으로도 평생 난 네 곁에 있을 거야. 그러니까."

"……."

"영원히 내 손 놓지만 말아 줘."

담담히 내놓은 말에 가슴 한편이 찌릿하게 울렸다. 온전히 와닿는 그의 진심에 목이 메어 왔다. 물기를 품어 한층 더 반짝이는 눈동자가 이리저리 방황했다. 괜히 입술을 깨물어도 보고, 눈을 깜빡여도 보고. 그러다 결국 웃음을 터뜨린 그녀의 눈가로 맑은 이슬이 맺혔다.

"응. 영원히 잡고 있을게. 내가…… 평생 책임질게."

젖은 눈가에 다시 눈물이 고이는 것을 지그시 바라보던 그가 천천히 입술을 내렸다. 나른한 웃음소리와 함께 다시 두 사람의 입술이 마주 닿았다. 실컷 서로를 탐하며 키득거리는 두 사람의 머리맡으로 짙은 여름밤이 시작되려 하고 있었다.

에필로그 2. 신랑 수업

신은 인간에게 견딜 수 있을 만큼의 고난만 준다고 했던가.

그러나 이 역시 무신론자인 수진에겐 전혀 해당 사항이 없는 일이었나 보다. 그러지 않고서야 도저히 눈 뜨고는 볼 수 없는 지금의 광경을 떡하니 제 눈앞에다 선사해 줄 리가 없을 테니 말이다.

아아, 참으로 잔인한 신이시여.

"자, 한 잔 더 받고. 잉? 송 서방 아직 잔이 그대로네? 쯧쯧. 술이 그리 약해서 쓰나. 아, 사내로 태어났으면 이 정도야 거뜬해야지."

술병을 든 채 눈앞의 남자를 채근하는 아버지도.

"죄송합니다. 제가 아직 배움이 많이 부족한 것 같습니다."

독한 과실주를 못 견디고 결국 낮게 기침을 하며 송구스러워하는 내 남자도.

"자자, 너무 섭섭해하지 마시고요. 대신에 제가 받겠습니다, 아버님."

눈치 없이 능청스럽게 끼어드는 십년지기 친구 녀석도.

하나같이 현실감이 없어 꿈을 꾸는 기분이었다. 아니, 이건 꿈에서도 겪어 본 적 없었고, 겪고 싶지도 않았다. 단언컨대 이보다 괴상한 조합이 세상에 존재할까.

"허허, 그렇지. 역시 우리 수혁이가 뭘 좀 알아. 남자라면 확실히 이런 맛이 있어야지."

"저야 늘 사내답지 않았습니까, 하하. 아버님도 한 잔 받으셔야죠."

"그래, 그래. 우리 수혁이가 주는 건데 받아야지."

심지어 꿔다 놓은 보릿자루처럼 얌전히 앉아 있는 준성에게 보란 듯이 친분을 과시하며 부어라 마셔라 쿵짝이 맞는 아버지와 수혁을 보고 있자니 이젠 슬슬 부아가 치밀었다.

아니, 정작 오늘의 주인공은 따로 있는데 사람 왕따 시키는 것도 정도가 있지. 대체 언제부터 그렇게 사이가 돈독하셨다고 이리 오버들이냐고!

성큼성큼 거실로 들어선 수진이 들고 온 과일 접시를 쾅! 소리가 나도록 내려놓자 사이좋게 잔을 채우던 아버지와 수혁이 흠칫하며 그녀를 바라봤다. 그 틈을 타 수혁의 손에 들려 있던 술병을 획 빼앗아 들었다.

"이제 그만 드시고 곱게 대화만 좀 하세요, 아빠. 지금 이게 몇 병째인 줄 알기나 하세요?"

"어허, 이 녀석이. 아, 하나뿐인 딸내미가 사윗감을 데려왔는데 당연히 애비가 술 한잔 먹어 볼 수도 있지! 자고로 남자는 술을 먹어 봐야 안다고, 결혼 전에 술버릇이 어떤지도 봐야……"

"술버릇이고 뭐고, 애초에 그렇게 마실 일도 없고 그렇게 마시지도 않아요. 지금 아빠는 아무 짝에도 소용없는 일에 열을 올리고 계신다는 뜻이에요!"

"아니, 왜 술을 못 마셔? 사내놈이 술도 좀 할 줄 알아야 사회생활도 잘하고……."

"요즘 세상에 그렇게 술 먹이는 회사 있으면 뉴스에 날걸요? 그리고 자꾸 사내놈이 어쩌고 하시는데 술에 남자 여자가 뭔 상관이에요? 그렇게 따지면 내가 수혁이보다 술이 더 센데 나는 아주 사내대장부게요?"

"아, 당연히 사내대장부보다 낫지, 내 딸은. 고등학교 때부터 아빠 술친구 해 주느라 술도 잘 마시고, 사회생활도 잘하고……."

"그건 자랑이 아니잖아요, 아빠!"

"알았다. 그러니까 딱 이거까지만. 자자, 송 서방도 잔 들게. 어른이 주는 건 거절하는 거 아니라네. 일단 받아 놓기만이라도 해야지."

"네. 알겠습니다."

"어우! 정말!"

아무리 타박하고 말려 봐도 그러거나 말거나.

어느새 제 손에 들린 술병을 뺏어 든 아버지가 다시 준성을 향해 손을 내밀었다. 그는 조금도 흐트러짐 없이 반듯한 자세로 앉아 얌전히 술잔을 내밀고 있었지만, 그 얼굴에 웃음기라곤 전혀 없다는 게 몹시 마음에 걸렸다.

아니, 더 정확히 말하면 완전히 굳어 버린 얼굴은 보는 제가 심장이 얼어붙을 만큼 무서웠다. 이 상황이 그에게 미안해 죽겠는 건 둘째 치고, 그 특유의 속을 알 수 없는 표정을 짓고 있다는 사실이 딱 불안해서 미쳐 버릴 지경이었다.

그런데 아버지는 이런 제 속도 모르고 또다시 흥이 올라 있었다. 멋대로 술잔을 가득 채워 놓고서 킬킬거리는 아버지를 힐끗 노려봐 준 수진은 더는 못 말리겠다는 듯 한숨을 폭 내쉬었다.

아버지의 건강도 걱정이고, 후환이 두려운 것과는 별개로 이렇게 들떠 계시는데 더 이상 면박을 줄 수 없는 제 효심이 개탄스러울 따름이었다.

늘 그렇듯이, 이 황당한 상황을 만들어 낸 건 아버지였다.

'네? 아버지가요? 병원은요?'

— 그건 죽어도 싫다 하시는데 어떡하니. 감기인지 뭔지 열이 펄펄 끓기에 일단 해열제 드시게 하고 누워 있으라 했지. 근데 계속 끙끙 앓으시잖아. 안 그러던 분이 이러고 있으니 내가 걱정이 돼서…… 미안하다 엄마가.

'아니야, 뭐가 미안해. 잘했어요, 엄마. 지금 바로 준비하고 출발할 테니까 아버지 상태 어떤지 보고 계세요. 금방 갈게요. 혹시라도 저 도착 전에 너무 나빠진다 싶으면 바로 119 부르시고요. 저 지금 출발해요, 끊어요.'

한창 일에 몰두해 있을 금요일 오후, 느닷없이 어머니, 차 여사에게서 전화가 걸려 왔다. 무소식을 희소식이라 여기며 바쁜 딸의 삶을 조용히 응원해 주시던 분이었기에 이미 그 이름을 확인했을 때부터 불길한 느낌이 엄습했었다.

어쨌거나 이젠 그때처럼 당황해서 정신을 놓고 있을 수만은 없었다. 침착하게 하던 일을 마무리하고, 버스 정보를 검색하며 호텔을 나섰다. 퇴근 때를 두 시간쯤 앞둔 시각이었다.

그런데 어떻게 알았는지 준성이 정문 앞으로 차를 끌고 나타났다. 얼떨떨한 얼굴로 선 그녀를 차에 태우고 출발한 준성은 아무렇지 않게 본가의 주소를 물어 그녀를 두 번 놀라게 했다. 이쯤 되니 슬슬 이 남자가 무서울 지경이었다.

'솔직히 말해 봐. 대체 내 옆에다 첩자를 몇이나 깔아 둔 거야?'

진지하게 물었지만 돌아온 건 다정한 웃음뿐이었다.

'너무 걱정 마. 아버님 괜찮으실 테니까.'
'……'
'내가 있잖아. 그러니까 마음 편히 쉬고 있어. 퇴근 시간 전이라 좀 밟으면 금방 도착할 거야.'

이 순간 이렇게나 든든하게 저를 지탱해 주는 사람이 있어서 얼마나 다행인지.

그의 말대로 이젠 저 혼자 아등바등 발버둥을 치지 않아도 되는 거였다. 모든 책임을 혼자 짊어지며 버티지 않아도 이제 어느 때건 제게 달려와 함께 고민하고 먼 길을 달려가 줄 사람이 있었다. 그 사실을 실감하자 바짝 긴장했던 어깨에 힘이 풀리는 기분이었다.

'아빠!'
'어, 왔냐?'

그런데 정작 마주한 아버지는 너무도 멀쩡히 거실 소파에 앉아 계셨다. 눈물이 글썽해 뛰어 들어간 자신이 민망할 정도로 건강한 모습이었다.

'아니, 아프시다면서요? 자리에서 못 일어난다며?'

'큼. 아침부터 감기 기운이 있길래 일찍 퇴근하고 들어와서 낮잠 좀 잤다. 뭐 죽을병이라고.'

기막힌 대꾸에 절로 입이 벌어졌다. 이게 어떻게 돌아간 상황인지, 더 묻지 않아도 눈으로 본 것처럼 머릿속에 그려지는 순간이었다.

'그러니까 지금 그런 거짓말로 날 속여서 여기까지 부른 거라고요? 심지어 엄마까지 짜고서?'

'거짓말이면 또 어떠냐. 어차피 금요일인데 애비가 딸내미한테 연락 좀 할 수도 있는 거지.'

도리어 핀잔하듯 중얼거리는 말에 수진은 조용히 뒷목을 잡았다.

예정대로라면 날이 좀 선선해질 9월 중순쯤에나 준성과 함께 정식으로 인사를 전하고 제 결혼에 대한 이야기도 나눌 생각이었다. 이미 결혼하고 싶은 사람이 있다는 소식을 전하긴 했지만, 하필 시즌이 시즌인지라 시간을 내기 힘들어 부득이하게 결정된 일이었다.

분명히 알아듣게 설명을 드렸고 흔쾌히 알았다, 하고 대답하시던 목소리가 아직도 귓가에 선한데 어떻게 이렇게 뒤통수를 때리시나.

올해 정년을 맞이하시게 될 아버지, 김평식 교장 선생님은 아주 청

렴결백하고 성실한 분으로 이 지역 주민들의 존경을 한 몸에 받아 온 분이셨다. 학생이건 교직원이건 가릴 것 없이 가족처럼 챙기고 존중하며, 누구와도 유쾌하고 즐거운 웃음을 나눌 줄 아는 이 멋진 아저씨에게 한 가지 단점이라면, 그 유쾌함이 지나쳐 가끔은 막무가내로 보일 수도 있다는 점이었다.

아니, 그 역시도 대외적인 이미지 탓에 조금 희석되어 보이는 것일 뿐.

사실 딸인 제 눈으로 바라본 아버지는 종종 철이 없고, 이상한 데서 똥고집을 부리다 어머니에게 등짝을 맞기도 하는 그런 분이시라는 걸 그만 깜빡 잊고 있었다.

'그럼 그냥 차라리 시간 좀 빨리 내 볼 수 없냐고 물어나 보시든가! 그럼 어떻게든 조율이라도 해 봤을 거 아니에요? 걱정돼서 같이 와 준 사람한테 이게 무슨 민폐냐고요.'

'어, 왔는가? 거, 기왕에 왔으니 같이 식사라도 하고 가든지.'

'아빠 정말······!'

미안한 기색은커녕, 뒤따라 들어온 준성에게 인사를 받고는 태연히 식사까지 권하는 아버지가 기막혀 한 소리 하려던 때였다. 갑자기 목을 쭉 뺀 아버지가 마당이 있는 쪽의 창밖을 흘깃거리며 중얼거렸다.

'그나저나 슬슬 올 때가 됐는데······.'

'또 뭔가요?'

'저 왔습니다, 아버님!'

기다렸다는 듯이 현관문이 열리더니 아주 익숙한 남자가 떡하니 들어섰다. 무심코 뒤를 돌아본 수진이 기겁하며 눈을 부릅뜬 순간, 한껏 밝아진 아버지의 목소리가 이어졌다.

'오, 우리 수혁이. 마침 딱 왔구만.'

설마하니 멋대로 수혁을 불러다 놓았을 줄은 누가 알았을까. 그렇게 수혁이 능청스러운 얼굴을 들이밀었을 때, 준성의 얼굴에 순간 시퍼런 안광이 비쳤던 건 제 눈이 미쳐서 잘못 본 거라 생각하고 싶었다.

결국 빈 접시를 들고 돌아선 수진이 주방으로 들어서며 작게 분통을 터뜨렸다.

"어우, 정말 평소엔 눈치도 빠르면서 오늘따라 왜 저러는 건지 모르겠어."

"왜, 차 군 때문에?"

때마침 식탁에 앉아 꿀차를 타고 있던 차 여사가 무심히 말을 받았다.

"몰라, 진짜. 기껏 여기까지 왔으면서 이럴 때 도와주면 좀 좋냐고. 거기서 지가 더 신나 가지곤 아빠랑 쿵짝 맞아서 놀고 있으면 어쩌자는 건데."

"흠, 내가 보기엔 차 군 나름대로 열심히 돕고 있는 거 같은데?"

"저게 돕는 거라고? 누가 봐도 방해하는 거지. 그이가 원래 말이 없는 편이긴 한데, 오늘은 표정도 많이 안 좋단 말이야. 평소랑 느낌이 엄청 달라. 진중하고 착한 사람인데 괜히 상처받을까 봐 걱정돼 죽겠어."

사랑받고 싶은 사람들에게 환영받지 못하는 기분을 누구보다 잘 아는 그녀였다. 한 회장에게 인정받지 못했던 그때의 자신처럼, 그 역시도 제 아버지에게 상처받고 있는 건지도 모른다 생각하니 가슴이 답답해졌다.

간신히 그의 가족들에게 인정받고, 또 그와의 미래를 꿈꿀 수 있다는 것만으로 다 해결되었다고 믿고 있던 자신이 너무 안일했던 걸까.

적어도 제 부모님은 제가 사랑하는 사람이라면, 저만 행복하다면 당연히 반겨 주실 거라 믿어 왔는데. 그 믿음이 이렇게 저를 배신할 줄이야.

"글쎄. 엄마가 보기엔 그렇게 마음 상해 보이는 얼굴이 아닌데? 긴장한 거 아닐까?"

"무슨 소리야. 쟤가 얼마나 간이 부은 앤데. 어디 가서 긴장하고 그럴 사람 절대 아니거든?"

"그건 모르는 일이야. 봐. 당장 네 아빠도 사윗감 앞에서 어쩔 줄을 몰라 하잖아. 부담스러워서 아주 죽을 맛이라고 얼굴에 써 있어. 지금 본인이 무슨 말을 하는지도 모를걸?"

"뭐? 에이, 설마. 말도 안 돼."

선뜻 믿을 수 없는 말에 의구심을 드러내자 웃음을 터뜨린 차 여사가 싱크대 앞으로 다가서며 말을 이어 갔다.

"네 아버지가 겉보기엔 성격이 둥글어 보여도 실은 낯가림이 심하셔. 동네나 학교에서야 죄다 같은 지역민들이니 잘 지내시는 거지. 과묵한 데다 술도 즐기지 않고 집안까지 어마어마한 예비 사위면 아주 어려운 상대야. 단둘이었으면 아마 말 한마디도 제대로 못 하셨을 게다."

"와, 못 믿겠어. 아빠가 정말 그러신다고?"

작은 쟁반을 챙겨 온 차 여사가 다시 나직하게 웃으며 말을 이었다.

"그리고 다른 것보다 딸 가진 부모 마음이라는 게 있어. 시대착오적인 마인드라곤 하지만, 아직은 세상이 그렇지. 행여 그 집안에서 내 딸이 기죽어 지낼까 봐. 마음고생만 시켰다면 봐라, 하고 지레 센 척하시는 거지."

"……."

"뭐, 하나밖에 없는 딸 냉큼 데려가겠다는데 보내기 아쉬워서 괜히 더 심술부리시는 것도 있고."

차 여사는 따뜻한 꿀차 세 잔을 쟁반 위에 가지런히 올리고는 힐끗 그녀를 바라봤다.

"그렇지 않아도 일하느라 바쁘다고 자주 보기도 힘든 내 딸인데. 이젠 시집까지 가겠다니 더 보기 힘들까 봐서."

"뭐야. 누가 들으면 무슨 이민이라도 가는 줄 알겠어."

"그게 딸 가진 부모 마음이라는 거야. 그래도 엄마가 보기에 저 정도면 엄청 마음에 들어 하시는 거 같은데? 앞으로 종종 놀러 오고 하면 또 금세 친해질 거니까 너무 걱정 마."

자연스럽게 그녀의 손에 쟁반을 쥐여 주더니 슬슬 아버지의 술자리를 끝내라는 듯 거실을 향해 눈짓했다. 조용히 그것을 받아 든 수진이 거실로 걸음을 옮겼다. 여전히 이해하기 힘든 상황이지만, 누구보다 지혜로운 차 여사의 조언이니 조금은 믿어 봐도 되지 않을까, 생각하면서.

"그럼 아버님, 어머님. 저는 이만 가 보겠습니다."

돌아갈 때가 된 수혁이 먼저 몸을 일으켰다. 아버지의 얼굴엔 못내 아쉬운 기색이 역력했지만 내일도 일이 있다는 말에 더 잡지는 못하셨다. 재빨리 따라 일어난 수진이 준성의 어깨를 톡톡 건드리며 말했다.

"잠깐, 같이 나가. 아빠, 저희도 수혁이 가는 거 배웅할 겸 바람 좀 쐬고 올게요."

그렇게 우르르 집을 빠져나온 세 사람은 한적한 시골길을 나란히 걷기 시작했다. 오늘의 술자리를 예상한 수혁은 차를 가지고 오지 않았기에 마을 입구에 위치한 버스 정류장으로 콜택시를 불러 놓은 상태였다.

"뭘 여기까지 따라오고 그래? 어련히 알아서 잘 들어갈까."

"누가 너 걱정해서 그래? 술에 떡이 돼서 돌아다니다 어디 논두렁에 빠져 허우적거리고 있으면 주인 심장 마비 올까 봐 그렇지. 바래다줄 때 고마운 줄 알아."

"너 말에 아주 가시가 겁나게 박혀 있다? 왜, 내가 오늘 아버님 사랑 듬뿍 받아 가 버려서 속이 좀 불편해?"

내내 품고 있던 불만을 차마 말로 꺼내진 못하고 툴툴거리다 정곡을 찔린 수진이 눈을 흘겼다. 그런 수진의 반응에 웃음을 터뜨린 수혁이 이번엔 준성의 곁으로 다가가 그의 옆구리를 쿡 찌르며 물었다.

"뭐, 예정에 없이 갑자가 내려오게 돼서 그럴 수도 있겠다만, 그래도 그렇지. 준성이 너 너무 긴장하고 있는 거 아니냐? 이렇게 말 한마디 제대로 못 하는 꼴은 처음 본다? 너도 이럴 때가 있……기야 하겠지. 암."

뭔가 대꾸하는 대신 묵묵히 바라보는 준성의 눈빛에서 '죽고 싶냐.' 는 질문을 읽어 낸 수혁이 말끝을 흐리며 후다닥 멀어졌다. 그 광경을 지켜보는 수진의 입가로 기막힌 헛웃음이 떠올랐다.

보아하니 종일 아버지 곁에 달라붙어 보란 듯 친분을 과시하던 목적이 뭔지 알 만했다. 오늘도 어김없이 사람 속 뒤집는 재미로 사는 녀석이었다.

"친구가 돼서 도와주진 못할망정 일부러 우리 아빠랑 더 친한 척하면서 사람 놀린 거야? 니가 그러고도 친구니?"

"어허, 놀리다니. 그게 아니지. 난 어색한 분위기를 부드럽게 만들어 주려고 이 한 몸 딱 희생한 건데."

"그래서, 종일 우리 아빠랑 준성이는 제대로 대화 한번 못 해 보고 아까운 시간만 다 흘려보낸 상황이고요?"

"쯧쯧, 이렇게 생각이 짧아서야. 열심히 분위기 잘 풀어 놨으니 이제 밤새 오붓하게 대화 나누면서 친해질 차례잖아. 그러라고 내가 핑계까지 대면서 피해 주는 건데."

정말 말이나 못하면.

한마디를 안 지고 둘러대는데 그 말이 또 그럴듯하게 들려서 기막혔다.

"마침 저기 택시 오네. 자, 그럼 난 이만 간다. 부디 내 노력이 헛되지 않도록 아버님과 많이 친해지길 빌어 주마. 그럼 수고."

"어휴, 정말. 끝까지 매를 벌지?"

주먹을 불끈 쥐며 덤벼드는 수진을 가볍게 피해 버린 수혁은 때마침 앞에 멈춰 선 택시로 냉큼 올라타더니 그대로 횡하니 떠나 버렸다.

닭 쫓던 개도 아니고. 멀뚱해진 수진이 한숨을 푹 내쉬자 조용히 곁으로 다가선 준성이 그녀의 손을 잡았다.

"우리도 좀 걸을까?"

여느 때와 다름없어 보이는 준성의 얼굴을 확인한 수진이 고개를 끄덕였다. 그렇게 두 사람은 동네를 멀리 도는 길목으로 걸음을 옮겼다. 어둑한 가로등이 띄엄띄엄 서 있는 작은 오솔길을 걷는 사이 선선해진 밤공기 사이로 웃자란 풀과 젖은 흙의 냄새가 섞여 들었다. 여름이 끝나 가는 냄새였다.

찌는 듯한 습기가 걷혀 나간 공기는 아주 산뜻했고, 환하게 비치는 달빛 아래 크고 작은 주택이 드문드문 모인 마을의 풍경은 제법 운치가 있었다. 한동안 손을 맞잡은 채 말없이 걷기만 하는 준성을 흘깃 바라본 수진이 조금 멋쩍은 얼굴로 입을 열었다.

"하여간 수혁이 쟨 도움이라곤 안 된다니까. 알지? 예전에 우리 아빠 쓰러지셨을 때 수혁이가 와서 도와준 적 있다는 거. 그때 이후로 아빠랑 친해지긴 했는데, 진짜 저 정도는 아니었단 말이야. 대체 오늘따라 왜들 그러는 건지…….'

주절주절, 말이 길어지자 가만히 듣고 있던 준성이 결국 웃음을 터뜨렸다.

"왜 네가 변명을 해?"

"그야 뭐⋯⋯. 오늘 너 기분도 저조해 보이고 그래서. 애초에 여기 온 것도 우리 아빠한테 속은 거잖아. 기분 나빴지?"

"전혀. 기분 나쁠 일이 뭐가 있어."

"그런데 왜 종일 말이 없었던 거야? 잘 웃지도 않고."

그런 준성을 신경 쓰느라 저는 종일 피가 마르는 기분이었다는 걸 아는지 모르는지. 정작 그는 대답 없이 웃기만 한다.

"설마 진짜 긴장해서 그런 거야?"

"응."

"헐. 진짜? 너도 긴장이란 걸 하는 사람이었어?"

"무슨 소리야. 나도 사람인데 당연하지."

아무렇지 않게 실토한 그가 잡고 있던 손을 당기며 걸음을 멈췄다. 그대로 끌려간 여자의 몸이 휙 돌려지며 그와 마주했다. 멋대로 그녀를 마주 세운 그가 그제야 만족스럽다는 듯 미소 지으며 남은 손을 마저 붙잡았다.

"내가 사랑하는 사람을 낳아 주신 분들께 더 잘 보이고 싶어서. 나스스로 그런 마음에 부담을 느꼈던 거 같아."

"⋯⋯."

"나도 이런 적은 처음이라 제대로 파악하고 있는 건지 잘 모르겠지만."

차분히 이어지는 말에 어쩐지 심장이 일렁였다. 무엇 하나 부족한 것이라곤 없는 이 남자가 모든 걸 감수하고 맞춰 주려 했다는 사실이 조금 기뻤고, 아주 많이 미안했다.

"미안. 괜히 고생시켜서."

"고생은 무슨. 그리고 네가 사과할 일도 아니잖아."

"그래도. 바로 옆에 있으면서 전혀 도와주지 못했으니까."

좀 더 단호하게 아버지를 제지했어야 했는데. 사랑받고 싶은 사람들에게 인정받지 못하는 기분이 어떤 건지 누구보다 잘 알면서, 괜히 상황을 더 나쁘게 할까 봐. 그런 분위기를 수습하기 힘들까 봐, 너무 소극적으로만 대처했던 게 후회스러웠다.

그런데 정작 준성은 이해가 가지 않는다는 얼굴로 잠시 뭔가를 생각하더니 불쑥 입을 열었다.

"우리 어머니께서 널 프런트로 보내셨을 때 말이야. 그때 넌 내가 원망스럽거나, 혹은 알아서 뭔가 해 주길 바랐어?"

"아니. 전혀. 그런 거 절대 바라지 않았어, 난."

"그래, 알아. 그때 네가 했던 말도 다 기억하고 있고."

'나 정말 괜찮아, 준성아. 그러니까 그렇게 미안해하지 마.'

미안해서, 괴로워서 어쩔 줄 몰라 하는 제 앞에서 그녀가 툭하니 꺼낸 말이었다. 깊은 좌절감에 몸부림치는 순간에도 그녀는 끝내 제게 도움을 청하진 않았다. 당시 누구보다 힘든 상황에서. 이 일을 어떻게 극복할지 고심하면서도, 끝내 제게 걱정을 끼치고 싶지 않다는 이유로 애써 밝은 태도로 허세를 부려 보던 모습이 아직도 눈에 선했다.

"나도 마찬가지야."

"……."

"아버님이 지금 날 환영해 주시지 않는다 해도, 그런 일로 널 원망하거나 하지 않는다고. 그러니 네가 미안해하지 마. 이건 나 스스로 노력하고, 극복해야 할 일이니까."

단호하게 잘라 낸 준성이 그녀의 뺨을 툭 건드렸다.

"그리고 넌 더 어려운 상황에서 우리 어머니에게 인정받았잖아. 그만큼이나 노력해서 결과를 만들어 냈는데 그런 네 앞에서 부끄럽지는 말아야지."

온전히 제 행적을 인정해 주는 말에 쑥스러워진 수진이 작게 웃었다. 당시 마음고생이 많았던 건 사실이었지만, 이미 지난 일이 되어 버린 지금으로서는 두고두고 회자하며 웃을 수 있는 이야기일 뿐이었다.

"나야 운이 좋았지. 솔직히 어머님께서 훨씬 관대하고 통이 크실걸? 그러니 날 제대로 알아주시려 한 거잖아. 그런데 우리 아빠…… 딸인 나도 잘 모르겠어. 가끔은 진짜 이해가 안 가는 이상한 고집을 부리실 때가 있어서."

"꼭 이번이 아니어도 언젠가 또 기회가 있을 거야. 어차피 이젠 좋든 싫든 날 가족으로 받아들이셔야 할 텐데. 평생 이렇게 찾아뵙고 또 찾아뵙다 보면 어쩔 수 없어서라도 마음을 열어 주시지 않을까?"

"흠…… 그러려나?"

"그리고 내 느낌인데…… 지금도 날 아주 싫어하시진 않는 거 같아."

태연히 이어지는 말에 수진은 다시 웃음을 터뜨렸다. 이젠 당연하다는 듯 결혼을 이야기하고 가족이 될 것임을 못 박는 그의 말에 새삼스럽게 행복해졌다. 앞으로도 영원히, 우리는 가족으로 살아갈 거라 장담하는 그가 너무나 사랑스러웠다.

"고마워. 그렇게 생각해 줘서."

"고맙긴. 부부끼린데 당연한 일이지."

아직 날도 잡지 못했는데 호칭은 벌써 정리가 끝나 버린 남자다. 자연스럽게 마주 보던 두 사람에게서 동시에 키득거리는 웃음소리가 새어 나왔다.

서로를 끌어안은 채 가볍게 입을 맞추고 사랑을 속삭이는 연인의 머리 위로 깊어 가는 늦여름 밤의 달빛이 쏟아지고 있었다.

생각보다 길어진 밤 산책을 마치고 다시 집으로 돌아오자 거실 소파에 앉아 TV를 보고 있던 아버지가 퉁명스레 말을 걸어왔다.

"늦었구나."

"네. 밤공기가 아주 상쾌해서 좀 오래 걷다 보니 늦었어요. 그런데 엄마는요?"

괜히 찔리는 마음을 숨기며 얼른 말을 돌리자 아버지는 리모컨을 든 채 채널을 돌리며 대꾸했다.

"요 앞집에 가셨다."

"지운이네요? 거긴 왜요?"

"사위 될 놈 인사하러 왔다고 하니까 닭 한 마리 준다고 부르더라. 뒷마당에다 한 예닐곱 마리쯤 풀어놓고 키우고 있거든. 그 집 토종닭이 아주 실하게 크긴 했더라만."

"와, 아빠. 사위 왔다고 씨암탉까지 잡아 주시는 거예요?"

"크흠."

수혁이 있을 때는 이래저래 신경 쓸 게 많아선지 미처 몰랐는데,

이제 보니 아버지의 귓바퀴가 벌겋게 물들어 있다. 이쪽은 보지도 않고 맹렬하게 채널만 돌려 대는 모습이 굉장히 낯설었다. 정말 차 여사의 말대로 지나치게 잘난 예비 사위가 어려웠던 걸까.

결국 서로가 서로를 신경 쓰느라 평소답지 않게 많은 모습을 보인 셈이었다. 생각지도 못한 진실을 알게 된 수진이 웃음을 참으며 슬쩍 준성의 팔을 잡아끌었다. 선선히 따라온 준성이 소파에 앉자 아버지는 그제야 힐끗 그를 바라보더니 중얼거리듯 말을 건네 왔다.

"피곤하지 않은가? 먼 거리 운전하느라 고됐을 텐데."

"괜찮습니다. 길이 많이 막히지 않아서 운전도 오래 하지 않았고요."

"체력은 쓸 만한 모양이구만. 그나저나 아직 이른 시간인데 벌써 잠자리에 들라 할 수도 없고. 괜찮으면 가볍게 한잔 더 할 텐가?"

불쑥 내놓은 제안에 수진이 조용히 아버지를 제지했다.

"아빠."

"……뭐 저렇게 눈에 쌍심지를 켜니 술은 안 되겠고. 에잉. 뭘 해야 할지 모르겠구만."

아쉽다는 듯 입맛을 다신 아버지가 다시 리모컨을 만지작대다 바둑 전문 채널을 틀어 놓고 멈칫했다. 화면 속엔 두 남자가 커다란 바둑판을 놓아둔 채 뭔가 진지하게 대화를 나누고 있었다. 그 광경을 흥미롭다는 듯 바라보던 아버지는 이윽고 거실 테이블 아래에서 주섬주섬 바둑판을 꺼내 들었다. 어색함과 무료함을 이기지 못해 혼자 바둑이라도 두며 차 여사를 기다려 볼 심산인 듯했다.

"그럼 저희는 잠깐 제 방에 좀 다녀올게요. 이이가 구경하고 싶다고 해서요."

"그러든지."

여전히 TV에 시선을 고정한 채로 무뚝뚝하게 대답한다. 이쯤 되면 일단은 따로 격리를 시키는 게 서로가 편해 보일 정도였다. 몰래 한숨을 내쉰 수진이 준성을 톡톡 건드리곤 이 자리를 빠져나가자는 손짓을 했다.

"잠시만."

그런데 준성은 그런 수진을 슬쩍 제지하더니 아버지의 앞에 놓인 바둑판으로 시선을 두었다. 그사이 바둑알 몇 개가 알 수 없는 형태로 놓여 있었고, 지그시 바둑판을 응시하며 뭔가를 고민하던 아버지가 흑돌 하나를 내려놓았다. 기다렸다는 듯이 맞은편으로 다가간 준성이 어느 한 부분을 가리켰다.

"그 자리도 좋지만 이쪽에 두시는 것도 괜찮아 보이는데요."

그 순간 휙 하니 고개를 치켜든 아버지가 준성을 바라봤다. 어쩐지 그 눈이 반짝이며 빛을 냈다.

"혹시 바둑 둘 줄 아는가?"

"그냥 돌만 좀 놓을 줄 압니다. 돌아가신 저희 할아버지께서 아주 좋아하셨거든요. 오랜만에 바둑판을 보니 할아버님 생각이 나서 좋네요. 괜찮으시다면 제가 한 수 배울 수 있을까요?"

"그래? 그럼 어디, 실력이 어떤지 확인 좀 해볼까?"

못 이기는 척 자리를 권한 아버지가 헛기침을 하며 더욱 무뚝뚝한 표정을 지어 보였다.

학창 시절에 배운 바둑을 평생 취미로 삼아 왔지만, 안타깝게도 가까운 사람 중에는 같이 둘 사람이 없었다. 그러다 보니 집에선 늘 이렇게 혼자 바둑알을 늘어놓으며 적적함을 달래는 게 전부였는데 뜻밖의 상대를 찾을 줄이야.

"그럼 자네가 백을 쥐게."

"알겠습니다."

갑작스럽게 벌어진 일에 당황한 건 수진이었다. 얼른 준성의 곁으로 다가간 수진이 그의 어깨를 두드리며 속삭였다.

"뭐야. 바둑도 둘 줄 알았어? 난 왜 몰랐지?"

"그냥 조금 취미로만 둔 거라서. 별건 아니야."

나직하게 대꾸한 준성이 싱긋 웃었다.

실은 초등학교 시절, 방과 후 활동을 통해 바둑을 접했고, 거기서 꽤나 소질을 보여 기원 연구생으로 입문했다가 중학생이 되던 해에 프로의 문턱까지 밟고 그만뒀다는 제 전적을 굳이 밝힐 필요는 없을 것이다.

중요한 건 이것으로 아버님이 제게 큰 호감을 가지게 되었다는 것 뿐.

그렇게 대국이 시작되고, 시간은 빠르게 흘러갔다. 수진은 진지하게 맞붙은 두 남자의 옆에 따뜻한 차를 대령하곤 한참을 앉아 구경했다.

뭔지도 모르는 바둑은 전혀 재미도 없고, 두 남자는 여전히 말수가 적었지만, 어느덧 짙게 깔려 있던 어색함이 완전히 사라져 버린 그 분위기가 좋았다. 시시각각 가까워지는 두 남자의 마음이 눈에 보이는 것 같아 흐뭇했다.

그 무렵 집으로 돌아온 차 여사가 유난히 조용한 거실에 머리를 맞대고 앉은 세 사람을 확인하곤 눈을 휘둥그레 떴다.

"어머, 송 서방이 바둑도 둘 줄 아나 보네?"

"그러게. 나도 오늘 처음 알았어."

나지막하게 속삭이는 차 여사를 향해 역시나 목소리를 낮춰 대꾸한 수진이 가만히 입술 위로 검지를 세웠다. 그러고는 키득거리며 차 여사의 손을 잡아끌었다. 방해가 되지 않도록 안방으로 옮겨 가 오붓하게 대화를 나누는 게 좋을 것 같았다.

그리고 한참 후, 수진은 먼저 잠자리에 든 차 여사를 확인하고 다시 거실로 돌아왔다. 그러는 동안에도 두 사람은 여전히 같은 자세로 바둑판을 바라보고 있었다. 그때가 약 세 시간이 흐른 시점이었다. 낮게 탄식을 내뱉은 준성이 패배를 선언했다.

"이런……. 졌습니다. 역시 아버님께는 못 당하겠네요."

"그래도 젊은 사람치고 제법 놓을 줄은 아는구만. 어르신이 생전에 자네를 제대로 가르치신 모양일세."

"그나마도 다 잊어버린 모양입니다. 아무래도 다시 배워야 할 것 같은데요."

"허허, 그럼 나한테 배우러 오든지."

얼굴 가득 만족스러운 웃음을 담은 아버지가 기다렸다는 듯 툭 내놓은 말에 당황한 건 수진이었다.

"에이, 아빠. 그건 좀 힘들어요. 이 사람 너무 바빠서 오늘도 어렵게 시간 낸 거예요. 그냥 가끔 놀러 올 때만 같이 두시고 그러세요. 그리고 뭐, 요샌 온라인 바둑 이런 것도 잘되어 있다면서요? 그런 것도 한번 시도해 보시고요."

"흠……."

딴엔 아주 조심스럽게 만류하고 대안을 제시했는데, 아버지는 급격히 가라앉은 얼굴로 주섬주섬 바둑돌을 정리하기 시작했다. 이어 내놓는 말끝에 씁쓸함이 어렸다.

"암만 세상이 좋아져서 인터넷이 편해졌다 해도…… 그래도 직접 얼굴 보면서 두는 이것만은 못하지. 점점 사람 얼굴 마주할 일이 없어지는 세상이라 그런지 이래저래 좀 외로운 것도 같고."

"아빠."

풀이 죽은 아버지를 보고 있으려니 마음이 좋지 않다. 단순히 취미만을 즐기려는 게 아니라, 이젠 가족이 될 사람을 더 자주 보고 싶은 마음임을 어찌 모를까.

"그래도 이젠 기다리는 재미가 있겠지. 자네, 앞으로도 시간 나면 우리 수진이 데리고 내려오게. 와서 맛있는 것도 먹고, 술도 나랑 딱 한 잔만 하고. 그러다 바둑도 한번 두고. 그렇게 하룻밤 푹 쉬고 돌아가는 거로 하세. 아랫목 따듯하게 데워 놓을 테니."

"……"

꼭 혼잣말처럼 중얼거린 말에 수진과 준성이 서로를 바라봤다. 어렵기만 해서 괜히 툴툴거리기만 했던 예비 사위에게 이제야 제대로 친해져 보자는 뉘앙스의 말을 건네 온 순간이었다.

"아빠 이제 사위 오는 거만 목 빠지게 기다리시겠네요."

"애비 술 한 잔도 제대로 못 마시게 하는 불효자식보다야 바둑 한 판 둬 주는 사위가 더 반갑겠지, 그럼."

툴툴거리며 내뱉는 말인데, 이상하게 가슴이 뭉클해 웃어 버렸다.

어렵게 얻은 딸자식을 평생 금이야 옥이야 기르며 행복해하신 분인 걸 알지만, 한편으론 이렇게 같은 취미를 공유할 아들 하나 있었으면 하는 바람을 평생 꼭꼭 눌러두고 사셨음을 왜 모르랴.

처음엔 그저 내 품 안의 작고 소중한 공주님이었는데, 어느 순간 다 자란 딸은 이제 함부로 만지기도 조심스러운 존재가 되어 있었을 것이다. 아이의 성장과 함께 점차로 공유할 수 없는 일들이 생기며 소외감을 느끼기도 하셨을 것이다.

어쩌면 그녀의 결혼을 종용한 것도 안전하고 평온한 가정을 꾸리는 딸의 모습을 보고 싶은 마음이 큰 한편, 그런 아들 같은 사위를 얻어 노후를 즐겁게 보내고 싶은 바람 또한 없진 않았을 터.

아…… 그래서 준성이 썩 마음에 차지 않으셨던 건가.

그제야 아버지의 마음을 좀 이해할 수 있을 것 같았다. 술도 못하고, 싹싹하지도 않고, 배경은 너무 거창한 사위와 친해지기 어렵겠다고 생각하셨던 거다.

그래서 이 자리의 어색함을 상쇄해 줄 수혁까지 불러들였던 거고.

더불어 준성 쪽에서 좀 더 마음을 열고 다가와 주길. 난 딸의 친구와도 친근하게 잘 지내는 사람이니 사위인 자네와는 더 가까이 지낼 수 있지 않겠냐, 뭐 그런 걸 보여 주고 싶었던 게 아닐까?

"하여간 못 말려요, 정말."

왜 그리 엉뚱한 짓으로 사람 속을 뒤집나 했더니만, 그 속내를 알고 나니 남는 건 헛웃음뿐이었다.

'그래도 엄마가 보기에 저 정도면 엄청 마음에 들어 하시는 거 같은데?'

'열심히 분위기 잘 풀어 놨으니 이제 밤새 오붓하게 대화 나누면서 친해질 차례잖아. 그러라고 내가 핑계까지 대면서 피해 주는 건데.'

'그리고 내 느낌인데…… 지금도 날 아주 싫어하시진 않는 거 같아.'

심지어 유치원생보다 유치했던 그 속셈을 몰랐던 건 저뿐이었나 보다. 그제야 모든 퍼즐이 착착 들어맞는 기분에 어이도 없고, 그런 아버지가 이제야 편히 좋아하시는 모습에 가슴이 뭉클하기도 했다.

"아버님 많이 피곤하십니까?"

"아니, 왜. 잠이 안 오는가?"

"네. 오랜만에 바둑알을 잡아 보니 재미도 있고요. 괜찮으시면 한 판 더 두실까요?"

"그럴까?"

벌써 12시에 가까운 시각이었지만 한껏 밝아진 평식의 목소리엔 기운이 넘쳤다. 그런 아버지와 함께 다시 바둑판을 세팅하던 준성이 슬쩍 그녀를 바라봤다. 그의 얼굴에도 지루함은 없어 보이는 게 진심으로 이 순간을 기꺼워하는 게 보였다.

"그럼 난 먼저 들어가 자야겠네. 아빠, 너무 오래 붙잡고 있진 마세요."

"그거야 결과가 나와 봐야 아는 거고. 안 그런가, 송 서방?"

"네. 난 괜찮으니까 걱정 말고 쉬고 있어."

"어우, 이젠 완전 둘이 한패지?"

그렇게 불만을 토하거나 말거나.

아주 기분이 좋은 듯 껄껄 웃음을 터뜨린 평식이 이어 준성을 향해 한쪽 눈을 찡긋해 보였다.

"이번엔 봐주지 말고 제대로 실력 발휘 하게."

"……역시 전 아직 멀었습니다."

나직하게 대꾸하는 준성의 입가로 멋쩍은 웃음기가 떠올랐다.

그렇게 다시 대국에 집중하는 두 남자를 바라보며 잠시 흐뭇한 웃음을 짓던 수진은 조용히 제 방으로 돌아왔다. 아무래도 이러다 밤을 새우겠지 싶었지만, 이제야 서로에게 마음의 문을 열기 시작한 두 남자에겐 그리 중요한 일이 아닐 것이다.

에필로그 3. 애지중지

「재계의 결혼 트렌드가 된 '연애결혼'. 몇 년 전 큰 화제가 되었던 강윤 KS그룹 고문의 결혼 이후, 최근 HJ건설 송준성 부사장의 약혼설까지. 핑크빛 기류가 솔솔 풍기는 재계의 속사정은?」

「경영 방식의 변화와 그룹의 글로벌화. 결혼 적령기 인구의 변화 등의 원인으로 파악.」

「……그러다 보니 몇몇 대기업과 고위 공무원, 법조인, 의료계 등 소위 '그들만의 세상' 속에서 혼처를 찾아 왔으나 최근 혼기를 맞이한 3세들을 중심으로 달콤한 열애 후 결혼하는 사례가 늘어나고 있다.

그런 가운데 HJ그룹 한정원 회장의 삼남 송준성 HJ건설 부사장의 결혼이 임박하여 화제가 되고 있다. 그 상대는 현재 호텔 라비타의 부지배인으로 재직 중인 김 씨(33세). (중략) 이미 호텔 라비타의 상무 이사와 영업부 판촉팀 지배인으로 재회하기 전, 국내의 명문 K대학에 함께 진학하며 인연이 되었고, 10여 년을 기다린 끝에 빛나는 결실을 맺었다고……」

"저 왔어요, 차장님. 뭘 그렇게 열심히 보는…… 으악!"

화창한 주말 오전. 손님이 많지 않은 주택가 공원 앞 카페엔 난데 없는 비명이 울려 퍼졌다. 느긋하게 소파에 기대앉아 태블릿 PC로 포털 사이트를 뒤적이고 있던 나 과장, 아니 이젠 나 차장이 된 명인이 덩달아 흠칫하며 목소리를 높였다.

"아, 깜짝이야! 뭐야? 간 떨어지는 줄 알았네."

"아니 차장님! 여기서 이런 걸 보고 계시면 어떡해요?"

"어차피 보라고 띄운 기사인데 보는 게 어때서? 내용도 뭐, 나쁘지 않더구만. 로맨스 영화보다 더 로맨틱한 현실이라니……. 크!"

다시 평정심을 찾은 명인이 낄낄거리며 내놓은 말에 치미는 한숨을 삼킨 수진이 맞은편 자리로 가 앉았다. 다시 중얼거리듯 이어지는 말이 축축 늘어졌다.

"전 진짜 요즘 낯 뜨거워 죽을 맛이란 말이에요오."

"어쩌겠어, 이젠 수진이도 오너 일가 사람이 되었는데 그냥 즐겨야지. 그나마 뭐 이름이나 개인 정보 같은 건 너무 상세히 실리진 않은 거 같던데. 그 집안에서 나름 보호를 하긴 한 모양이지?"

"……호텔 라비타에서 부지배인으로 근무하는 서른세 살 김 씨가요?"

"뭐, 부지배인 김 씨는 너 말고도 한 분 더 계시니까."

또 다른 부지배인 김 씨가 마흔이 다 되어 가는 남자분이라는 사실은 말해 봤자 한 귀로 들어 흘리실 테지. 제 일 아니라고 그저 재밌어 죽겠다는 목소리에 한숨만 깊어졌다.

"그건 그렇다 치고. 요즘 나 사무실만 가면 너무 심심해. 아직도 너 앉아 있던 자리 문득문득 쳐다보고 그런다?"

"판촉팀 나온 게 벌써 3년 전인데 아직도 그러면 어떡해요? 누가 보면 제가 차장님이랑 연애한 줄 알겠어요."

"푸훗. 그런가?"

"그리고 아직 유리도 있고 민영 씨도 있잖아요."

"그치. 둘 다 좋은 애들이긴 한데, 그래도 우리 수진이만큼 말이 잘 통하고 재밌진 않더라고."

히죽 웃어 보인 명인이 반쯤 남은 아이스아메리카노 잔을 들어 얼음을 달그락거렸다.

지난 3년 동안 영업부에도 상당히 많은 변화가 있었다. 재작년엔 민영이, 올해엔 유리가 각각 주임을 달았고, 얼마 전 새로운 막내와 팀장급 인재 하나가 들어와 잘 스며들고 있다는 좋은 소식이 있는 반면, 사무실을 떠난 이들의 소식 또한 간간이 들려왔다.

가장 먼저 자리를 비우게 된 건 효은이었다. 제가 미국에 있는 동안 퇴사를 해 친구들과 작은 카페를 차렸지만, 예상만큼 결과가 좋진 않았던 모양이다. 최근 다시 취업 준비를 하고 있다는 소식을 건너 건너 전해 들은 기억이 있다.

제 감정을 주체 못 하고 주변 사람들의 눈살을 찌푸리게 했던 최 대리 역시 비슷한 시기에 호텔을 제 발로 그만두고 나갔다. 꽤 오랫동안 구직 상태로 지내다 거의 1년 후에야 모 여행사로 이직을 했다는 이야기가 마지막이었고 다음 근황은 알 수 없었다.

입버릇처럼 성희롱을 일삼던 신 부장은 야무진 직원 한 명에게 제대로 걸려 고소까지 당한 후에야 깊이 후회하고 반성했다는데, 믿거나 말거나. 어쨌든 결국 올해 초 인사에서 이사 진급에 실패하며 씁쓸하게 회사 생활을 마무리했다. 오랜 시간을 회사를 위해 일해 왔으나 그 누구도 아쉬워하지 않았다는 게 안타까운 점이었다.

그래서 현재 영업부는 새로 오신 점잖은 부장님과 함께 최근 차장으로 진급한 명인을 중심으로 아주 평화롭게 잘 굴러가는 중이었다.

"그나저나 오늘은 무슨 일로 보자고 한 거야?"

"아, 저 청첩장 나왔어요."

"오! 드디어 나왔구나. 어디 보자."

화색을 띠며 반기는 명인에게 수진은 곱게 봉해 놓은 봉투를 내밀었다. 내용물을 꺼내 확인하는 명인의 눈에서 빛이 반짝였다.

"우리 수진이가 정말 결혼을 하네. 그것도 상무님이랑. 세상에, 내 딸도 아닌데 왜 내 딸 시집보내는 것같이 기분이 이상하지?"

"에이, 딸이라뇨. 이렇게 큰 딸이 있으면 큰일이죠, 그 연세에."

"그런가? 하긴. 이제 마흔 초반에 그건 좀 너무 갔지?"

"그럼요. 아직도 어디 가면 대학생으로 보일 외모신데?"

"어디까지 갈 셈이니? 슬슬 돌아와."

싱거운 말을 주고받은 두 사람이 키득거리며 웃음을 터뜨렸다. 이어 다시 청첩장으로 눈을 돌린 명인이 흐뭇한 얼굴로 말을 이었다.

"바로 3주 후라니 믿기지가 않네. 처음엔 12월쯤 하려고 생각하지 않았었나? 갑자기 이렇게 훅 당겨졌으니 정신이 하나도 없겠다."

"그래도 잘 넘겨 봐야죠. 사정이 사정이니만큼."

"그건 그래. 배가 불룩해서 예식장 들어가긴 좀 민망하긴 하지?"

은근하게 목소리를 낮춘 명인이 한쪽 눈을 찡긋해 보이곤 수진의 배로 슬쩍 시선을 내렸다.

"입덧은 좀 괜찮고?"

"네. 생각보단 버틸 만해요. 저희 어머니도 입덧이 그리 심하진 않으셨대요."

"그 쪼그만 것이 벌써부터 효도를 하네. 나중에 또 얼마나 크게 효도하려고 벌써부터 이렇게 예쁜 짓을 할까."

쑥스러운 듯 시선을 내리깐 수진이 멋쩍게 웃었다. 그런 수진을 지그시 바라보는 명인의 눈매가 따뜻한 곡선을 그렸다.

"하긴, 엄마가 이렇게나 예쁜 짓을 하는데, 당연히 엄마 닮아 예쁘겠지. 요즘 우리 회장님 댁에 웃음이 끊이질 않는다는 소문이 파다하더라. 완전 우리 며느리, 우리 며느리 하고 다니신다고. 와, 나 정말 세상에 우리 회장님이 이런 팔불출이 되실 줄은 몰랐네."

이건 그녀 자신도 상상 못 한 일이긴 했다. 동의하듯 웃음을 터뜨린 수진의 머릿속엔 어느덧 지난 몇 주간의 일이 새록새록 떠오르고 있었다.

우여곡절 끝에 양가 부모님의 허락을 받아 낸 이후, 본격적으로 결혼 이야기가 오가기 시작했다. 가장 먼저 상견례를 치르고, 가급적 올해만 넘기지 말자는 양가 부모님의 의견을 받아들여 예식은 12월 중순경으로 잡았다.

졸지에 귀국한 지 반년도 채 되지 않아 결혼식을 치러야 할 처지가 되었지만, 어차피 부부나 다름없는 생활을 하고 있었기에 크게 불만은 없었다. 오히려 결혼이라는 커다란 숙제를 해치워야 한층 바빠진 호텔 일에 집중할 수 있을 것이기에 그만하면 적당한 시기라고 생각했다.

하지만 늘 그렇듯이, 세상일은 예상 밖의 문제로 인해 크게 틀어지기 마련이었다.

"어서 오세요, 제수씨. 처음 뵙네요. 송준영이라고 합니다."

"아, 처음 뵙겠습니다. 김수진이라고 합니다. 여기, 이건 제가 준비한 작은 선물인데 마음에 드셨으면 좋겠네요."

"어이구, 뭘 이런 걸 다 가져오셨어요? 귀한 손 무겁게. 고맙습니다, 제수씨."

들고 온 꾸러미를 내밀자 냉큼 그것을 받아 든 준영이 웃으며 대꾸했다. 서글서글하게 웃는 얼굴은 확실히 준성을 빼닮았다. 준하와는 전혀 다른 의미로 거푸집이라 해야 할까.

두 번째로 준성의 본가에 들른 날이었다. 처음 들렀던 날에는 늦은 오후에 도착해 한 회장 내외와 저녁을 함께하고 짧게 담소를 나누다 돌아왔었다.

그런데 이번엔 준성의 두 형까지 모두 모이는 자리였다. 적어도 결혼 전에 한 번쯤은 얼굴을 보는 게 좋겠다는 송 교수의 의견 덕분이었다.

"일단 응접실로 가자. 아버지랑 형님이 기다리고 계셔."

"어머니는?"

"급하게 처리할 일이 좀 있으신가 봐. 지금 서재에 계실 거야. 뭐, 사실상 우리 중에 가장 바쁘신 분이잖아."

준성의 물음에 흔쾌히 답한 준영이 키득거렸다. 앞장서는 두 남자의 뒤를 조용히 따라붙었다. 세 사람이 응접실에 들어서자 기다리고 있던 송 교수와 준하가 그녀를 반겼다. 그리고 한 회장이 오길 기다리는 동안 그들은 소파에 둘러앉아 시간 가는 줄 모르고 담소를 나눴다.

"그나저나 이렇게 제수씨를 직접 봐 보니 역시나, 준성이 녀석이 왜 10년 넘도록 잊지도 못하고 있었는지 확 와닿는데요?"

"……형."

"아, 왜? 부끄럽냐? 소개해 줄 때까지 궁금해 죽을 것 같아도 참아 줬잖아. 이 정도는 말할 수 있지. 하여간 얼마나 꽁꽁 감추고 안 내놓는지, 아주 누가 보면 몰래 꿀단지라도 숨겨 놓은 줄……. 알았다, 알았어. 알았다니까."

너스레를 떨며 손을 내젓는 준영부터.

"꿀단지는 맞지. 준성이 어릴 때 생각해 보면 사람이건 물건이건 이렇게 아끼고 숨긴 건 처음이었잖아."

무심히 거기다 한술 더 뜨는 준하까지.

"캬, 역시. 우리 작은 송 교수님 통찰력 기가 막히고. 이 김에 제수씨한테 준성이 과거사부터 좀 풀어 드릴까?"

"헛소리 좀 하지 말고."

"아니, 저 봐. 제수씨는 너무 좋아하시는데? 궁금하죠? 그렇죠?"

그야 궁금하긴 했다. 대학 시절 준성은 이미 완성형 인간이었기에 조금 더 미숙하고 푸릇푸릇했을 청소년기엔 어땠을지, 얼마나 상큼하고 귀여운 모습이었을지 궁금해 미칠 것 같았다.

'……아깝다!'

그런데 거기서 대놓고 궁금하다고 말하기엔 자리가 너무 어려웠다. 하다못해 예비 시아버님이라도 이 자리에 안 계셨다면 한번 질러보는 건데. 아쉬운 마음을 누르며 어색하게 웃어 보이자, 그 광경을 흐뭇하게 지켜보던 송 교수가 껄껄 웃음을 터뜨렸다.

"허허, 이렇게 모이니 참 좋구나. 모처럼 집 안이 북적대는 게 얼마 만인지 모르겠고. 앞으로도 종종 모이기로 하자."

"에헤이. 그건 너무 부담 주시는 거 같은데요, 아버지. 예비 시아버지가 조금 눈치가 없네, 하고 흉보면 어떡하려고 그러세요?"

준영은 농담처럼 말했지만, 수진은 순간 당황해 버렸다. 얼른 양손을 내저은 수진이 황급히 말을 받았다.

"흉은 무슨. 아니에요. 전혀 부담되는 거 없고, 저도 많이 즐거워요. 그러니 자주 불러 주세요."

"오, 그럼 올 때마다 나한테도 꼭 연락해 주깁니다."

냉큼 이어지는 말에 웃으며 고개를 끄덕이자, 뭐가 불편한지 눈매를 좁힌 준성이 준영을 향해 툭하니 말을 던졌다.

"설마 우리 올 때마다 여기 있을 셈이야?"

"물론. 이 삭막한 집 안에서 우리 제수씨 즐겁게 해 줄 사람은 나뿐인데 당연히 있어야지."

"아니, 전혀. 그럴 필요까진 없어 보이는데."

"어허, 시댁 어렵지 않은 며느리가 어디 있다고. 안 그래요? 제수씨도 제가 있는 쪽이 덜 어색하죠?"

유치한 다툼을 벌이며 동시에 저를 바라보는데 차마 무슨 말을 해야 할지 모르겠다. 서로 제 편을 들어 달라는 시선이 부담스러우면서도 우스워서 절로 입꼬리가 치솟는다. 뭐라 대답은 없이 입가를 꾹꾹 누르며 피식거리자 그것을 어떻게 해석한 건지 준영이 의기양양하게 어깨를 폈다.

"거봐. 제수씨도 그게 더 좋으시다잖아."

"내 눈에만 차마 거절은 못 하고 곤란해하는 거로 보이나?"

"나도 준성이한테 한 표. 준영이 넌 허물이 없어도 너무 없어."

"아, 형. 그렇게 배신하기야?"

세 형제의 옥신각신 말씨름이 이어지던 때였다. 어느새 비서들을 이끌고 응접실에 도착한 한 회장이 시끄럽게 떠들어 대는 남자들을 보며 한심하다는 듯 혀를 찼다.

"새 식구 앞에서 경망스럽게 뭐 하는 짓들이니? 점잖게 굴지 못하고선."

"죄송합니다."

"죄송해요, 어머니."

조용한 일갈에 순식간에 얌전해진 아들들이 자리에서 일어났다. 그녀도 서둘러 몸을 일으키며 인사말을 전하자 싱긋 웃으며 다가온 한 회장이 다정하게 어깨를 다독이며 말을 건네 왔다.

"바쁜데 시간 내 줘서 고맙구나. 기다리느라 시장했겠네. 그럼 이동하죠, 다들."

주변을 돌아보며 호령하듯 내놓은 말에 남자들이 일사불란하게 움직이기 시작했다. 다정하게 그 곁을 에스코트하는 송 교수와 자연스럽게 그 뒤를 따르는 준하와 준영. 그리고 제 곁으로 다가와 손을 내미는 준성까지.

이것은 의외로 아주 단단해 보이는 울타리였다. 거의 흩어져 지내다시피 하며 서로에 대한 이해 없이 그저 가족이라는 이름만 남아 있었다고 했던가. 그럼에도 어떤 전환점을 지나 서로를 돌아보게 된 순간 이들은 진짜 가족이 되어 있었다.

아마도 이게 핏줄이란 거고, 기른 정(情)이란 거겠지. 잘 자라 준 든

든한 자식들에게 둘러싸인 한 회장을 보자 문득 저도 준성을 닮은 아들이 있으면 어떨까, 하는 생각이 들었다.

……그러고 보니 잠깐만. 마지막 생리가 언제였지?

그 답을 생각할 새도 없이 식당으로 들어서자 한창 바쁘게 음식을 나르던 여자가 밝게 웃으며 그들을 반겼다.

"어서 오세요. 마침 준비가 끝난 참이네요."

"수고했어요, 광주댁."

커다란 식탁 위엔 이러다 주저앉지 않을까 싶을 정도로 많은 음식이 차려져 있었다. 가족들이 먼저 자리를 잡아 앉은 후에야 수진은 조심스럽게 식탁으로 다가섰다. 그리고 준성의 도움을 받아 막 의자에 앉으려던 참이었다.

"……욱!"

갑자기 헛구역질이 튀어나왔다.

동시에 식당엔 정적이 깔렸다. 자리에 앉아 있는 가족들도. 커다란 접시를 들고 나오던 광주댁과 그 뒤에서 물병을 들고 있던 강화댁도.

그리고 제 옆에서 의자를 빼 주고 팔을 부축해 주는 준성까지도 그대로 굳은 채 그녀만을 바라보고 있었다. 남이 정성스럽게 차려 놓은 식탁 앞에서 구역질이라니. 이게 무슨 짓인가 싶어 당황한 수진이 황급히 입을 열었다.

"아…… 죄송……."

재빨리 몸을 감싸듯 허리를 받쳐 준 준성이 당황한 손길로 그녀의 이마를 짚었다.

"괜찮아? 체한 건가? 열도 좀 있는 거 같은데."

"어? 어, 아니 잠깐만 그게……."

놀라며 묻는 준성을 안심시켜 줄 새도 없었다. 동시에 튀어 오르듯 일어난 남자들이 우왕좌왕 헤매기 시작했다.

"준영아, 얼른 119, 아니, 일단 병원부터 가자."

"김 기사 대기시킬까요?"

"그래. 아니, 내가 운전하마. 키 좀 찾아오너라. 정 원장한테도 연락하고!"

"운전은 제가 하는 게 빠르죠. 일단 제 차로……!"

"헛구역질에 병원은 무슨 병원입니까. 정신들 좀 차리세요."

얼토당토않은 소리가 오가는 현장을 한 방에 제압해 버린 한 회장이 헛웃음을 지었다. 이 집안 남자들에게 이런 면이 있을 줄은 40여 년을 함께 살아온 그녀 자신도 몰랐다. 주접도 세상 이런 주접이 없었다.

"하여간 며느리 일이라면 벌써부터 이렇게 정신들을 못 차리니."

머쓱해진 남자들을 향해 혀를 끌끌 차던 한 회장이 긴장하며 선 수진에게로 눈을 돌렸다. 방금 전 남자들을 혼낼 때와는 전혀 다른, 따뜻한 눈빛과 자애로운 미소가 걸린 얼굴이었다.

"혹시 그런 기미가 있었니?"

"지금 생각해 보니…… 날짜가 좀 지나긴 한 것 같아요."

다정한 목소리에 수진은 민망해하며 대답을 내놓았다. 고개를 끄덕이는 한 회장의 얼굴에 눈에 띄게 화색이 돌았다.

"식사를 할 수 있을지 모르겠구나."

"아직까진 많이 심하진 않은 것 같아요."

"그럼 뭔가 가볍게 먹을 수 있는 걸 찾아보라 하마. 간단히 식사하고 일단 준성이랑 병원부터 다녀오고."

"네, 어머님."

차분한 대구에 고개를 끄덕이던 한 회장이 문득 생각났다는 듯 말을 덧붙였다.

"아무래도 결혼식을 좀 더 앞당겨야 할 것 같지?"

명인에게 청첩장을 전하고 난 수진은 다음 약속을 위해 곧장 JL백화점으로 이동했다. 그녀가 탄 차량이 정문에 도착하자 미리 기다리고 있던 직원들이 앞다퉈 뛰어나와 정중히 문을 열어 주며 말을 건네왔다.

"회장님께서 기다리고 계십니다."

"감사합니다."

이어 안내된 곳은 특급 VIP들만 이용이 가능한 라운지였다. 고급스럽게 꾸며진 장소로 들어서자 예닐곱 명쯤 되는 직원들이 쭉 서 있었다. 그 안쪽 커다란 소파에 앉아 우아하게 차를 마시던 한 회장이 때마침 들어서는 그녀를 보곤 손짓해 불렀다.

"어서 오너라. 오는 길 힘들진 않았니? 어서 앉고."

가까이 다가서는 수진의 손을 붙잡으며 자리를 권한 한 회장이 자애롭게 웃어 보였다.

"죄송해요. 제가 조금 늦었습니다."

"죄송은 무슨. 내가 시간이 남아 일찍 온 거니 신경 쓸 거 없다. 컨디션은 좀 어떠니?"

"많이 좋아졌어요. 오늘은 식사도 잘 했고요."

"그래. 다행이구나. 그럼 현 실장. 바로 준비해요."

"네, 회장님."

한 회장을 전담하는 퍼스널 쇼퍼 현 실장이 깍듯이 대답하곤 대기하던 직원들을 향해 지시를 내렸다. 우르르 몰려 나간 직원들은 잠시후, 흰 장갑을 낀 채 의복이 걸린 행거부터 가방이며 구두 따위의 온갖 상품들을 줄줄이 가지고 돌아왔다.

"마음에 드는지 한번 보고 확인해 보렴."

"네?"

당연히 한 회장의 쇼핑이라고만 생각했던 수진이 기함하며 되물었다. VIP들의 쇼핑이 대충 어떻게 이뤄지는 건지는 알고 있었지만, 설마하니 제게 이런 일이 생길 줄이야.

"저한테는 너무 과분합니다, 어머님."

"과분하긴 뭘. 얼마나 한다고. 마음에 드는지만 확인하면 된다."

"그리고 너무 많아요. 여기서 고르기도 무섭고요."

"어차피 전부 구입할 예정이니 부담 가질 거 없다. 여기, 현 실장이 엄선해 놓은 물건들이긴 한데, 혹시 네 마음에 들지 않는 게 있다면 바꿔도 좋고. 그럼 일단 하나하나 보여 주도록 해요."

더더욱 기함할 소리에 무슨 말을 해야 할지 알 수가 없었다.

이걸 전부 산다고? 이중에 고르는 게 아니라 사고 싶지 않은 걸 골라내라고?

머리까지 아찔해지는데 이런 일 정돈 익숙한지 현 실장이라 불린여자가 상냥하게 말을 붙여 왔다.

"그럼 사모님. 제가 같이 봐 드릴게요."

도저히 입이 다물어지지 않는다. 그런데 말도 나오지 않는다. 눈만 깜빡이는데 웃으며 다가온 여자들이 그녀를 데리고 커다란 거울 앞으로 이동하더니 정성스럽게 설명을 늘어놓았다. 얼결에 그녀들에게 둘러싸인 채 온갖 명품들을 하나씩 착용해 보고 온갖 낯간지러운 칭송을 듣는 동안, 한 회장은 또 다른 직원들이 준비한 다과를 들며 흐뭇한 얼굴로 그 광경을 지켜봤다.

"그 블라우스는 아직 좀 노숙해 보이는구나. 나이가 어리니 좀 더 산뜻한 디자인이 좋겠어. 다른 디자인으로 보여 주고, 다른 건 모두 차로 옮겨 둬요."

"네, 회장님."

"그리고 이 구두는 와인색도 있는 거로 아는데, 포인트가 될 것 같으니 와인색도 같이 준비하고요."

"알겠습니다, 회장님."

꽤 많은 상품들을 준비했기에 전부 확인하기까지 상당히 시간이 걸렸지만 한 회장의 얼굴에는 전혀 지루한 기색이라곤 없었다. 심지어 간신히 의복과 잡화를 마무리하고 나니 이젠 명품 화장품들이 줄줄이 밀려 들어왔다.

어지간히 쇼핑을 좋아했던 그녀도 밀려드는 물량 공세엔 그만 질려 버릴 지경이었다. 부자가 되면 아무 매장에나 들어가 '이쪽 라인, 저쪽 라인 다 주세요!' 라고 외치고 싶었던 꿈 따윈 진짜 부자들의 현실 앞에선 아무것도 아니었다.

"그래. 가방은 다 마음에 드니?"

"네. 다 하나같이 너무 예뻐서 뭘 골라야 할지도 모르겠어요."

"그런 고민은 앞으로 네 옷장 앞에서 하려무나."

쿨하게 대꾸한 한 회장이 모든 상품을 차에 싣도록 지시해 놓고는 다시 그녀의 손을 붙잡아 자리에 앉혔다. 그리고 긴 쇼핑에 지친 몸을 쉬게 할 겸, 마주 앉아 담소를 나눴다. 달콤한 간식을 권하며 예식 준비며 출산 계획. 육아 휴직과 관련한 계획이 어떤지를 묻던 한 회장이 문득 생각났다는 듯 말을 꺼냈다.

"참, 그리고 혹시나 싶어 본가 가까운 곳에 집을 알아보고 있는 중이다. 둘만 사는 거라면 지금 준성이 집도 나쁘진 않다만, 이젠 애가 있으니 애가 뛰어놀 만한 마당이 있는 게 더 좋을 것 같고, 가까이 있으면 다른 가족들이 널 돕기도 수월할 듯해서. 물론, 네 의향이 가장 중요하니 전적으로 네 의견을 존중할 생각이야. 그러니 부담 갖지 말고 한번 생각해 보렴."

충분히 명령으로도 가능할 말을 조심스럽게 권유하는 한 회장의 배려에 수진은 이상하게 말문이 막혔다.

저를 감시하고 간섭하겠다는 의미가 아니라, 곁에 두고 보살펴 주고 싶은 의미임은 충분히 알고도 남았다. 처음 만나는 손자를 좀 더 자주 보고 싶은 마음도 분명 있을 거고.

지난 몇 달간 겪은 한 회장의 본모습은 '시어머니 종결자' 같은 별칭을 떠올리기엔 민망할 정도로 다정한 분이었다. 기업인으로서 치열한 삶을 살아오느라 정작 어린 자식들에겐 다정하지 못했던 건 사실이지만, 그 사실을 후회하거나 외면하느니, 이제라도 조금씩 달라져 보려 노력하는 것이 한 회장의 방식이었다.

나이가 들수록 완고해지기 쉬운 생각을 늘 경계하고, 좀 더 나은 선택을 위해 고민하고 행동하는 한 회장이기에 도리어 함께하며 맞춰 갈 수 있을 만한 사람이라 생각하는 건 너무 섣부른 결정일까.

"왜, 내키지 않니?"

바로 대답이 나오지 않아선지 한 회장의 목소리가 더욱 조심스러워졌다. 그 순간 엷게 미소를 머금은 수진이 고개를 저었다.

　"그게 아니에요, 어머님."

　임신이라는 사실을 알았을 때, 그녀도 생각이 많았다. 빌딩 숲으로 가득한 도심지보단 넓은 마당이 있어 조금이나마 자연 경관을 접하고 자랄 수 있는 주택이 좋을 것 같다는 생각을 한 건 그녀도 마찬가지였다. 기왕에 그런 집을 찾는다면, 본가와 가까운 집을 구해도 괜찮지 않을까, 생각하다 문득 떠올린 계획이었다.

　"저…… 본가에 방 두 개만 내주시면 안 될까요?"

　예상하지 못한 답이었는지 한 회장의 눈이 휘둥그레 커졌다. 괜히 멋쩍어진 수진이 배시시 웃음을 머금었다.

　"저도 실은 마당이 있으면 좋겠다, 싶었거든요. 그런데 생각해 보니 괜히 집 한 채 더 사서 낭비만 하느니 방도 많고, 같이 지켜봐 줄 사람도 많은 곳이 더 좋을 것 같아서요."

　세상 최고로 멋진 아빠와 팔불출 삼촌들. 엉뚱한 듯 인자한 할아버지와 조금은 무섭지만 속마음은 누구보다 다정한 할머니의 사랑을 듬뿍 받으며 자라날 아이의 모습이 벌써부터 눈에 선했다. 그런 환경에서 태어난 아이가 제가 받은 사랑을 나눌 줄 아는, 그런 사랑스럽고 어여쁜 아이로 자라 준다면 얼마나 좋을까.

　"제가 잘해 낼 수 있을지는 잘 모르겠어요. 하지만 함께 살면서 따뜻한 가정을 만들어 보고 싶습니다. 분명 우리 아이에게도 좋은 영향을 끼치리라 생각하고요."

　가만히 그녀의 말을 경청하던 한 회장이 흔쾌히 고개를 끄덕였다.

　"세 개도, 네 개도 괜찮으니 말만 하려무나."

그런 와중에도 은근히 둘째 셋째에 대한 욕심을 내비치시는 것처럼 들리는 건 기분 탓인가.

뒤이어 대기하고 있던 윤 이사를 호출한 한 회장이 막힘없이 지시를 내렸다. 새로운 가족을 맞아들일 공간을 손수 준비하겠다는 의욕으로 가득한 표정이 아주 행복해 보였다. 그렇게 벌써부터 바빠지려 하는 한 회장의 곁에서 수진은 작게 미소만 머금었다.

"어서 와. 오늘도 고생 많았어."

밤늦은 시각, 문이 열리는 소리에 수진은 현관으로 쪼르르 달려갔다. 막 들어서던 남자가 그런 여자를 발견하곤 잠시 멈칫하더니 눈을 휘둥그레 떴다.

"피곤할 텐데 이 시간까지 안 잔 거야?"

"응. 혼자 잘려니까 잠이 안 오네."

싱긋 웃어 보인 수진이 그의 손에 들린 짐을 달라는 듯 손을 내밀었다.

"내 남편은 밤늦게까지 고생하는데, 나만 집에서 쿨쿨 자고 있으려니 잠이 와야 말이지."

그런데 준성은 꼼짝도 않고 잠시 수진을 물끄러미 바라보더니 이내 피식 웃음을 머금었다. 달라는 짐은 주지도 않고 웃고만 있는 남자를 의아하다는 얼굴로 바라보던 수진이 눈을 깜빡이며 물었다.

"뭐야? 왜 그런 얼굴로 웃는데?"

"모르겠어. 방금…… 뭔가 되게 좋았어."

하루의 시작과 끝을 함께할 수 있는 사람이 있다는 게 이런 기분일까.

순간 벅차오르는 감정을 참지 못한 준성이 불쑥 다가와 그녀의 허리를 감아 당기며 입을 맞추려 했다. 휘청하며 끌려간 수진이 얼른 그의 입술에 손끝을 가져다 대며 고개를 저었다.

"잠깐만, 먼저 씻어야지."

"아, 참. 그렇지. 조금만 기다려."

막 입술을 대려다 멈칫한 남자가 아쉽다는 듯 말했다. 당장에라도 그녀를 안고 싶어 어쩔 줄 모르는 눈이었다. 매일 보는 얼굴임에도, 문득문득 낯설어질 만큼 가슴을 설레게 하는 남자였다.

사실 저는 이 남자가 거름 더미를 밟고 와서 스킨십을 한대도 상관없었지만, 그 자신이 아마 용납하지 못할 것이다. 그녀가 임신했다는 사실을 알고 난 후로 무엇보다 청결과 위생을 신경 써 온 남자였다. 한순간 감정에 혹해 깔끔하지 못한 상태로 그녀를 가까이 한다면 그 사실에 가장 실망할 사람도 그 자신일 것이다.

"오늘은 별일 없었어?"

꽤 오랫동안 샤워를 하고 나온 남자는 방으로 돌아오자마자 침대에 걸터앉아 있던 그녀의 곁으로 다가와 가녀린 몸을 끌어안았다. 포근하게 등을 감싸 오는 온기에 슬쩍 어깨를 움츠렸던 수진이 키득거리며 대꾸했다.

"음, 오전엔 차장님 만나서 청첩장 전해 드렸고, 점심 이후엔 어머님 만나서 같이 쇼핑했어."

"⋯⋯진짜 별일 없었어?"

다시 묻는 목소리가 진지하게 가라앉았다. 장난인지, 진심인지 헷

갈리는 말투에 수진은 헛웃음을 지으며 제 옆의 남자를 바라봤다.

"뭐야. 아직도 어머님을 못 믿는 거야, 설마?"

"말했잖아. 태어나 처음으로 어머니한테 뒤통수를 맞아 봤더니 그게 아직도 얼얼해서 자꾸 의심하게 된다고. 이게 트라우마란 건가?"

"어우, 무슨 남자가 이렇게 뒤끝도 길고."

"어떻게 알았어? 난 한번 가슴에 맺히면 평생 못 잊는 사람인 거."

반은 진심을 섞어 내놓은 타박이었는데 듣는 당사자는 아무렇지도 않다는 얼굴이다. 거기다 더해 내놓는 대꾸가 의미심장해서 순간 심장이 덜컥했다. 그런 진지한 얼굴로 그런 말을 하니 꼭 그 대상이 저를 말하는 것처럼 들려서 순간 설레었다. 아니, 이 남자라면 정말 그렇게 들리게끔 의도했으면서 아닌 척하고도 남을 사람이다.

하여간 약아빠졌지, 이 남자.

괜히 얄미운 마음을 담아 남자의 허벅지를 툭, 때려 준 수진이 다시 말을 이었다.

"아무튼 어머님께 너무 그러지 말라고. 애가 듣는단 말이야. 난 우리 애가 할머니랑 아주 사이가 좋길 바라니까 절대 이간질하면 안 돼. 알겠어요?"

"아, 그런 거라면 뭐. 알아 모시겠습니다, 김 여사님."

저는 제법 진지했는데, 대꾸하는 남자는 갈수록 짓궂어지기만 한다. 헛웃음을 터뜨린 수진이 매끈한 남자의 옆구리를 팔꿈치로 푹 찔러 주고는 눈을 흘겼다. 정말 아픈 것처럼 몸을 구부리던 남자가 갑자기 그녀의 몸을 냅다 끌어안았다. 그의 품 안으로 풀썩 끌려간 수진이 꺄, 하며 웃음을 터뜨렸다.

"이 여자 손버릇이 점점 나빠지네. 안 되겠다. 묶어 놔야겠어."

"뭐야, 네가 자꾸 이상한 소리를 하니까 그렇지."

"야한 말 하는 것도 아닌데 뭐가?"

"또 그런다."

품에 파묻혀 있던 수진이 슬쩍 고개를 들며 눈을 흘기자 웃음을 터뜨린 그가 커다란 손으로 그녀의 뒤통수를 가만히 누르며 끌어안았다. 다시 제 뺨과 맞닿은 그의 가슴팍을 통해 그의 웃음소리가 낮게 울린다.

"알았어. 이제 안 그럴게. 그래서 정말 무슨 일로 만났던 거야?"

장난기를 쏙 뺀 다정한 목소리였다.

"그냥 어머님이랑 같이 쇼핑 좀 했어."

"쇼핑?"

"응. 이번 시즌 신상 가방이랑, 원피스. 거기다 구두랑 코트, 브로치까지 아주 풀 세트로 사 주셨어. 그리고 기사님 달린 외제차도 한 대 주문해 주셨고. 아, 신혼집으로 쓰라고 성북동에 주택도 내 명의로 한 채 사 주신다 하셨는데, 그건 거절했어."

"아깝게 그걸 왜 거절해?"

"그러게. 내가 왜 거절했을까? 진짜 아깝긴 했는데 말이지. 그런데 아무리 생각해도 딱히 필요가 없을 거 같더라고. 어차피 본가에 방도 많은데 거기서 두어 개쯤은 내가 써도 되지 않나, 싶어서."

그 순간 다정하게 그녀의 머리카락을 쓸어내리던 손길이 멈칫했다. 어느새 손을 내린 준성이 그녀를 내려다봤다. 기다렸다는 듯이 그의 가슴팍에서 얼굴을 뗀 수진이 똑같이 그를 마주 봤다. 휘둥그레 커진 눈에 떠오른 감정이 낯설다.

따뜻한 가정을 가져 본 적이 없는 남자라고 했다. 어린 시절의 추억이 없기에 한때는 메마른 상태로 감정 없이 살아왔다고도 했다. 그러면서도 그 나름의 노력과 그만의 방식을 유지하며 끝내 가족이란 큰 울타리를 지켜 온 사람이었다.

그것이 어머니를 비롯한 가족에 대한 사랑이었음을 왜 모를까.

그 자신은 내색하지 않았지만, 그런 마음의 한편으론 언젠가 진정한 가족의 모습을 되찾고 싶어 했었다. 그리고 다행스럽게도 다른 가족들 역시 같은 마음이었다. 계기만 있다면 언제든 화목함을 되찾을 수 있는 사람들이었다.

그리고 그녀는 그 계기를 어쩌면 자신이 만들어 줄 수 있지 않을까, 생각했다.

고마움과 미안함. 그리고 걱정스러움이 혼재한 남자의 얼굴을 바라보는데 괜히 쑥스러워진 수진이 입가를 늘여 씩 웃었다.

"왜 그런 얼굴로 보는데?"

"……나는 별로 안 내켜서."

그런데 튀어나온 말은 생각과는 달리 아주 뜬금없었다. 당혹스러워진 수진이 저도 모르게 되물었다.

"뭐? 왜? 왜 싫은데?"

"너 은근 목소리가 크잖아. 참을 수 있겠어?"

무슨 소린가 했다가, 순식간에 얼굴이 달아올랐다.

와, 세상에. 이 와중에 그런 말이 나올 줄이야.

그런데도 정작 그 말을 내놓은 남자는 여전히 장난기라곤 없는 얼굴이다. 정작 필요한 순간엔 쓸데없이 진지한 표정을 고수하는 남자를 어쩌면 좋나. 진심으로 기쁜 이 순간이 쑥스러워서 괜히 더 짓궂은 말을 늘어놨다는 걸 모르지 않아 더욱 기막혔다.

"그럼 방 하나 잡지, 뭐. 널린 게 빈방인데. 언제든 말만…… 흡!"

갑자기 제 얼굴을 붙잡고 입을 맞춰 오는 남자의 서슬에 뒷말이 뚝 끊어졌다. 가볍게 입술만을 머금고 슬쩍 물러난 남자가 나직하게 웃었다.

"앞으로 잘 부탁합니다. 미래의 총지배인님."

기쁨이 가득 묻어나는 대답에 괜히 뭉클해진 그녀가 따라 웃었다. 그대로 그의 목을 끌어안은 그녀가 그의 입술에 제 입술을 포개었다. 입술이 마주 닿은 순간 기다렸다는 듯이 서로의 숨이 깊어졌다.

어제보다 행복한 오늘이었다. 그리고 내일은 오늘보다 행복할 것이다.

우리는 영원히 함께할 것이기에.

에필로그 4. 친구와 원수 사이 그 어디쯤

"······그러니까."

의자에 비스듬히 앉아 팔짱을 낀 채 심각한 얼굴을 하고 있던 수혁이 나직하게 운을 뗐다. 가을 햇살이 눈부시게 빛나는 어느 토요일, 오후 2시.

"이 좋은 날, 이 좋은 시간에 내가 왜 너를 만나고 있어야 하는 거냐고."

음침하게 가라앉은 목소리가 새어 나왔지만, 마주 앉은 여자의 얼굴은 미동도 없다. 심지어 느긋하게 미소까지 떠올린 채 얼음이 가득 담긴 음료 컵 빨대를 쪼옥, 빨아들이는 모양새가 얄밉기까지 하다.

"뭐래? 네 조건 받아 주는 대신에 앞으로 내가 시키는 거 다 해 주겠다고 한 건 너였거든?"

말문이 막힌 수혁은 기막힌 얼굴로 눈앞의 여자, 연희를 바라봤다. 곱게 정돈한 헤어스타일과 차분한 화장. 화려하면서도 고급스러운 블라우스에 정장 치마.

그리고…… 기묘하게 화려한 디자인의 하이힐까지.

확실히 하이힐이 좀 튀지만, 누가 봐도 그녀는 완벽하게 선을 보러 나온 차림새였다.

'온전히 네 편만 들어 줄 그런 친구는 필요 없니?'

연희와 준성의 약혼 소식을 듣고 얼마 후, 결국 저 스스로 연희를 찾았다. 그리고 나름 심사숙고를 거친 제안을 꺼내 들었다. 준성을 포기한다면 온전히 네 편이 되어 주겠다는 제안이었다.

'그냥 포기하라는 게 아니야. 나 같은 남자를 평생지기로 끼고 있는 거라고. 세상에 그만한 조건 없다?'

물론 당시의 연희는 그 말을 비웃었다. 이미 수진의 편이면서 뭔 개소리냐는 대답만 듣고 돌아서야 했다. 사실 무리라는 걸 알면서도 뭐라도 해 보고픈 절박함에 던져 본 말이라 크게 좋은 결과를 기대한 건 아니기도 했다. 그런데 뜻밖에도 연희는 얼마 안 있어 정말로 약혼을 파기하고 제게 연락을 해 왔다.

— 다 끝났으니 와서 술이나 사.

그때의 연희에게 정확히 어떤 심경의 변화가 있었는지는 알 수가 없었다. 다만, 독한 술을 잔뜩 들이켜고 잠이 들기 직전 내놓은 말만은 아직도 수혁의 기억에 또렷하게 남아 있었다.

'날 선택했었대잖아. 기분 나빠. 빚진 기분이라 짜증 난다고 정말……'

그리고 어딘지 홀가분해하던 그 표정과 깊게 내쉬던 한숨. 눈가에 맺혔던 눈물까지도.

"대체 그 말이 어떻게 그렇게 들리냐, 너는?"

"뭐가 다른데? 아무튼 앞으로도 부를 때 꼭 나와. 대충 보아하니 이렇게 두세 번만 더 하면 우리 엄마도 포기하실 거 같아. 그리고 너 담엔 더 일찍 나와. 네가 늦는 바람에 그 떡두꺼비남이랑 20분이나 이야기했단 말이야."

덕분에 수혁은 주말에 호출당해 그녀의 맞선남이나 쫓아 보내는 팔자에도 없는 역할을 맡고 있는 중이다. 바로 5분 전, 이 자리에서 벌어졌던 끔찍한 참상을 떠올린 수혁이 낮게 한숨을 내쉬었다.

그 짓을 앞으로 두세 번이나 더 해야 한다고? 망할.

"저기. 우리 나이 벌써 서른셋이거든? 그리고 올해도 벌써 2/3가 지났지. 이제 그냥 포기하고 결혼하는 것도 나쁘지 않다고 보는데. 어차피 남자는 결혼하면 다 거기서 거기야."

"아 싫어! 방금 너도 봤잖아. 솔직히 그 얼굴은 재벌 3세가 아니고 재벌 할아버지래도 용납 안 될 얼굴 아니니?"

"그렇게 재고 따질 때 아니라니까. 그나마 개미 눈곱만큼이라도 장점이 있는 놈이면 일단 채 와야지. 이 바닥 남자들 괜찮은 놈들은 진즉 다 가 버리고 없는데 어쩌려고 이러냐?"

"그깟 결혼 안 한다고 죽는 것도 아니고. 정 안 되겠다 싶으면 너라도 데려가지, 뭐."

"……."

"아, 그러네. 왜 그 생각을 못 했지?"

연희가 눈을 빛내며 바라보자 수혁은 조용히 마른침을 삼켰다. 갑자기 등골이 싸해지는 게, 흡사 뱀 앞에 놓인 개구리가 된 기분이라 일단은 급히 말을 돌렸다.

"어, 뭐. 아무튼. 그건 그렇다 치고. 너 아직도 만날 생각 없냐?"

주어도 꺼내지 않았는데 연희의 고운 미간으로 작게 주름이 잡혔다.

"……내가 걜 왜 만나? 연 끊기로 했다니까 그러네."

심통 부리듯 툴툴거리며 내놓은 말끝에 멋쩍은 기색이 어리는 걸 수혁은 놓치지 않았다.

"이미 네가 직접 약혼 파기한 것도 아는 상황인데, 이제 그만 잊은 척하고 다시 만나서 놀아도 되지 않냐?"

"그러게 왜 그런 쓸데없는 짓을 해? 네가 그렇게 말해 버리는 바람에 얘가 미련을 못 버리고 자꾸 연락하는 거 아니야! 봐, 며칠 전에도 메시지 온 거."

버럭, 외친 연희가 수혁의 눈앞에 제 휴대폰 화면을 들이댔다.

[여기 해방촌인데 엄청 예쁜 신발 발견! 어때? 완전 네 스타일이지? 가격도 싸. 12만 원에 해 주신대!]

메시지와 함께 굉장히 익숙한 하이힐 한 켤레가 떡하니 찍힌 사진이 눈에 들어오자 수혁은 저도 모르게 피식 웃어 버렸다.

"애 진짜 무슨 호구니? 나한테 이러고 싶대? 이딴 싸구려나 추천해 주고 말이야. 거기다 여긴 뭐야. 지금 준성이랑 데이트하면서 나한테 이 사진 보낸 거 맞지? 놀리는 것도 아니고."

"그래서 지금 신고 계시는 건 뭔데?"

"그럼 그걸 내버려 둬? 귀신같이 내 스타일인 걸 어떡해! 당연히 바로 사러 가야지."

정말로 열받아 죽겠다는 얼굴로 내놓는 말에 수혁은 더 크게 웃음을 터뜨렸다. 그런 수혁의 앞에서 연희는 보란 듯 팔짱을 끼더니 나직한 말로 툴툴거렸다.

"하여간 계집애 눈썰미도 좋다니까. 못하는 게 없어서 더 짜증나."

"그래서. 진짜 평생 안 볼 거냐?"

웃음기 깃든 물음에 연희는 그대로 입을 다물어 버렸다. 그러나 말하는 것과는 다른 속내를 여실히 드러내듯 복잡해진 얼굴이다. 그렇게 머뭇거리던 연희는 한참 만에야 투덜대듯 작게 내뱉었다.

"뭐. 봐서 결혼식 정도는 참석할 수도 있고."

"그냥 눈 딱 감고 한번 만나 보는 게 서로서로 속 편하지 않겠냐?"

"아, 정말. 이게 생각처럼 간단하지 않거든? 굉장히 섬세하게 작용하는 인과 관계로 엮인 일이란 말이야. 무슨 남자가 이렇게 무신경해? 넌 여자의 마음을 그렇게 모르니까 여태까지 솔로인 거라고!"

그런데 불똥은 또 왜 여기로 튀는 거냐.

종알종알 저를 잡고 늘어지는 여자를 앞에 두고 수혁은 긴 한숨을 내쉬었다. 이 철없는 여자 사람 친구가 제대로 어른이 되려면 몇 년을 더 기다려야 할지. 생각할수록 눈앞만 깜깜하지만 어쩌겠는가.

'이놈의 오지랖이 불치병이라서.'

　제 마음도 모르고 홀로 가슴앓이하는 여자만 보면 가만 둘 수가 없으니 이건 분명 병이겠지. 그런 미련한 여자를 외면할 수 없는 건 제 쪽이니 순응하며 사는 수밖에.

— *Fin*

상무님,
방 잡을까요?

1판 1쇄 찍음 2020년 3월 6일
1판 1쇄 펴냄 2020년 3월 13일

지은이 | 장민하
펴낸이 | 정 필
펴낸곳 | (주)뿔미디어

기획·편집 | 이영은
표지·디자인 | 우 물

출판등록 | 2002년 9월 11일 (제1081-1-132호)
주소 | 경기도 부천시 소향로17, 303(두성프라자)
전화 | 032)651-6513 팩스 | 032)651-6094
E-mail | dahyangs@naver.com
블로그 | http://blog.naver.com/dahyangs
비북스 | http://b-books.co.kr

값 9,000원

ISBN 979-11-6565-050-6 04810
ISBN 979-11-6565-048-3 04810 (세트)

www.b-books.co.kr

www.b-books.co.kr